U0453045

2018年度教育部人文社会科学研究青年基金项目"清代词韵编订的时代特征与编韵理据研究"（18YJC751008）

清代词韵专书
编韵理据研究

杜玄图 著

中国社会科学出版社

图书在版编目（CIP）数据

清代词韵专书编韵理据研究／杜玄图著．—北京：
中国社会科学出版社，2023.6
ISBN 978-7-5227-2429-4

Ⅰ.①清… Ⅱ.①杜… Ⅲ.①词（文学）—诗词研究—
中国—清代 Ⅳ.①I207.23

中国国家版本馆 CIP 数据核字（2023）第 153032 号

出 版 人	赵剑英
责任编辑	王小溪　顾世宝
责任校对	师敏革
责任印制	戴　宽

出　　版	中国社会科学出版社
社　　址	北京鼓楼西大街甲 158 号
邮　　编	100720
网　　址	http://www.csspw.cn
发 行 部	010-84083685
门 市 部	010-84029450
经　　销	新华书店及其他书店
印　　刷	北京君升印刷有限公司
装　　订	廊坊市广阳区广增装订厂
版　　次	2023 年 6 月第 1 版
印　　次	2023 年 6 月第 1 次印刷
开　　本	710×1000　1/16
印　　张	15.75
插　　页	2
字　　数	255 千字
定　　价	89.00 元

凡购买中国社会科学出版社图书，如有质量问题请与本社营销中心联系调换
电话：010-84083683
版权所有　侵权必究

目 录

前 言 ………………………………………………………… (1)

第一章　词体韵法探讨与清代词韵学 ……………………… (1)
　第一节　清代以前的词体韵法探讨 ………………………… (1)
　第二节　清代词韵学的词体学语境 ………………………… (25)

第二章　清初格律类词韵专书 ……………………………… (51)
　第一节　沈谦《词韵》 ……………………………………… (52)
　第二节　《词韵略》 ………………………………………… (62)
　第三节　《词韵简》与仲恒《词韵》 ……………………… (81)

第三章　清初曲化类词韵指南 ……………………………… (92)
　第一节　《笠翁词韵》 ……………………………………… (93)
　第二节　《诗词通韵》和《韵选类通》 …………………… (109)
　第三节　词韵曲化的背景和土壤 …………………………… (125)

第四章　康雍乾间词韵的音律探求 ………………………… (130)
　第一节　《钦定词谱》与楼俨词韵观 ……………………… (131)
　第二节　《词韵考略》 ……………………………………… (151)

第五章　师法姜张与宽韵指南 ……………………………………（165）
　　第一节　乾嘉间的宽韵主张 ……………………………………（165）
　　第二节　《学宋斋词韵》 …………………………………………（174）

第六章　乾嘉间的审音类严韵 ……………………………………（185）
　　第一节　《榕园词韵》和《词韵选隽》 ……………………………（185）
　　第二节　吴衡照的词韵观 ………………………………………（197）

第七章　嘉道间的协律类词韵 ……………………………………（201）
　　第一节　《词林正韵》 ……………………………………………（201）
　　第二节　《碎金词韵》 ……………………………………………（213）

结　语 ………………………………………………………………（233）

参考文献 ……………………………………………………………（237）

前　言

词韵学是清代词体学的重要组成部分，清代词韵学的主要成就表现为词韵专书的编订。清代词韵专书颇多，其分部不一，编韵方法各异。明确诸家差异背后的编韵理据，既是梳理清代词韵学史的关键，又有助于管窥清代词体学的发展面貌。学界对清代词韵学和清代词韵专书的关注由来已久，范围不一、视角各异、方法多样，但对清代词韵专书编韵理据的研究起步较晚，许多问题尚未得到有效解答。

长期以来，对清代词韵学的研究集中于词学界和音韵学界。

民国至20世纪80年代初的词学界，作为晚清词学的余绪，主张韵协于律，多以评点的方式论及清代词韵学，推崇清初与晚清词韵学主张，此阶段的研究很少涉及清代词韵专书编韵理据，如陈任中《词韵谐声表》（1924）、洪汝冲《词韵中声》（1925）、吴梅《词学通论》（1932）、王易《词曲史》（1932）、夏承焘《词韵约例》（1955）、张世彬《论清代诸家词韵之得失》（1973）、宛敏灏《谈词韵——词学讲话之四》（1980）、刘永济《词论》（1981）、詹安泰《詹安泰词学论稿》（1984）。

20世纪后20年代清词和清代词学研究繁荣，但鲜涉及清代词韵学。2000年以来，清代词学和词韵学研究的内容、视角和方法有所突破，开始有意识地从词体韵律、词体史料、编韵原因和词韵主张等角度论及清代一家或几家词韵与清代词学的关系，如谢桃坊《词学辨》（2007）、王兆鹏《词学史料学》（2004）、孙克强《清代词学》（2004）、沙先一《清代吴中词派研究》（2005）、鲍恒《清代词体学论稿》（2007）、曹明升《清人对宋词用韵研究的得失与意义》（2008）、郭娟玉《沈谦词学与其〈沈氏词韵〉研究》(2008)、刘超《谢元淮词学研究》(2008)、刘少坤《清代词律批评理论史》(2015)。清代词韵专书编韵理据研究，始于江合友，其《明清词谱史》(2008)立足于清代词韵学和词谱的关系，集中考察《沈氏词韵略》和《词林正韵》。张瑞《清代词韵专书研究》(2009)立足于词学史和专书对比，探讨清代词韵专书繁荣的原因和特点。

承 20 世纪上半叶挖掘元明清韵书价值之风而来，80 年代以来音韵学界开始关注清代词韵专书的音系性质和语音价值，但不涉及清代词韵专书编韵理据，尤其是词学理据的考察，如何九盈《〈诗词通韵〉述评》(1985)、麦耘《〈笠翁词韵〉音系研究》(1987)、花登正宏《〈诗词通韵〉考》(1988)、林庆勋《〈诗词通韵〉及其音系》(1998)、李美慧《〈诗词通韵〉"通音"研究》(2000)。90 年代以来，部分学者立足于音韵方法和音系分析，兼及清代词韵编订的目的、性质、方法和优劣问题，但缺乏足够的词体学观照和词韵学发展路径考察，如鲁国尧《论宋词韵及其与金元词韵的比较》(1994)、高淑清《〈词林正韵〉研究》(2008)、陈宁《明清曲韵书研究》(2013)、倪博洋《〈词韵选隽〉与乾隆时代词韵编纂思想》(2021)。

清代词韵学是以清代词体学的系统架构为旨归、以时代韵学为津筏的韵法规范建构行为。因此，词体学和音韵学是研究清代词韵学的必要视角。前贤时彦基于各自的专业、方法已展开深入研究，惜两大视角长期分界而治，其间壁垒使得各自专长难以融通，殊不利于更全面地审视清代词韵学。其弊表现为：词学界所论，多不涉及清人的编韵方法和韵学主张；音韵学界所论，多忽视清人的编韵目的、编韵背景及其与词体学的关系。

就清代词韵专书而言，其编订多以音韵学为切入口，但其落脚点在于词体学。前者在编韵理据层面的意义更多是方法性的，而后者则是编韵的根本理据和最终目的所在。因此，研究清代词韵专书的编韵理据，当更多地着眼于清代词体学的内部系统和外部环境，考察其编韵原则，同时结合音韵学视角解读其编韵方法。本书将清代词韵学视为清代词体学内部一个发展的子系统，着眼于其词体学价值、编韵方法和发展理路，词学与韵学视角结合、共时和历时视角结合，考察诸书的编韵理据及其历时演进路径。照此思路，我们对清代词韵学和清代词韵专书编订有以下总体认识。

第一，在清代词体学"辨体"话题语境下，清代词韵编订的一大使命便是辨明词体与诗、曲等他体用韵的区别。大体而言，清初沈谦《词韵》《词韵略》《词韵简》、仲恒《词韵》较好地实现了词、曲韵别的辨体目标，但对词韵与古体诗韵、近体诗韵关系的认识和处理尚有错乱之处。相反，《笠翁词韵》《韵选类通》严辨诗、词之韵，却以词、（南）曲韵通；《诗词韵通》则对诗、词、曲韵辨体不明。清前中期，楼俨论韵、《词韵考略》、四库馆臣论韵，过度关联词韵与古韵关系。清中期以降，编韵者才基本实现了词韵与他韵的辨体。

第二，在清代词体学"尊体"话题语境下，清代词韵编订更重要的使命在于，明确词体韵法的音律特性，解释其"何以然"的问题。在这个问题上，清人编韵论韵的视角大致经历了"格律—音律—格律、音律兼顾"的演变历程。大体而言，清初沈谦《词韵》《词韵略》《词韵简》、仲恒《词韵》持格律本位视角，以归纳旧词用韵之法编韵。《笠翁词韵》《诗词通韵》《韵选类通》试图从词曲互动视角出发，迎合词韵的音律特性。而后从《词韵考略》到《学宋斋词韵》再到《词林正韵》《碎金词韵》，都不同程度地兼顾格律、音律二视角，编韵方法上也在尽量寻求二者之间的平衡。

第三，除《榕园词韵》，清代诸家词韵专书编订中都兼顾合古和范世的原则，即力求在合古尊体有据与范世指南有用之间达成平衡，最终使词韵成果在保证系统性的情况下，尽量保留唐宋旧词用韵特征。

第四，清代词韵学有其内在发展理路，但对该理路的描写不宜简单地持"阶段"论或"时期"论。作为清代词体学的一支，往往每个时期词坛的词体观、词韵观都是多元的。因此，某个时期的编韵原则和理据也可能是多样的。比如，清初尊体语境下的词韵编订，既有从归纳旧词角度出发的尊词体格律的韵书（《词韵略》），又有从词曲互动视角出发的尊词体音律的韵书（《笠翁词韵》）。又如，乾嘉时期，既有兼顾师法"姜张"和宽韵诉求的十五部《学宋斋词韵》，又有只追求系统性的《榕园词韵》。

基于上述认识,本书立足于清代诸家词韵专书,结合词谱、词论,综合清代词体学语境和音韵学方法,观照时代特质,但不拘泥于阶段论,分章节探讨各家编韵理据,梳理清代词韵学发展路径。

第一章

词体韵法探讨与清代词韵学

用韵法则是考量词之为体并区别于他体的一个必要维度，词体韵法探讨是词体学的重要内容。对词体韵法的考察可追溯至两宋，倚声语境下，宋人的论韵从音律视角出发。两宋以降，词乐消亡，元曲代词而兴，明词常与曲混。明人论词论韵，旨在辨体。不同于两宋，明人从格律视角出发，既论词调韵法，又考分部韵法，两者构成词体韵法内涵，关系密切，但又有所不同。失乐语境下明人所论词体韵法，堪称草创，有辨体不精之弊。清代词学中兴，辨体愈精，尊体的诉求越发迫切。清人论韵不止乎分辨于他体，更有探求词体韵法特性的期许。承明人论韵之法，清代的词韵考察细化了格律视角，并将词调韵法成果融入分部韵法。同时，清人积极反思词体韵法的音律特性，或从时曲旁推韵乐融通之法，或从韵学寻求词韵的音理阐释，或从词乐文献考索词韵与宫调的关系。作为清代词体韵法探讨的两大必要途径，格律和音律是一组矛盾的视角、思路，尤其在词体分部韵法的考察中很难融合，清人始终努力在两者之间寻求一种平衡。同时，在编韵目的和途径上，清人还在寻求合古和范世的平衡——所得词韵系统既要合乎两宋旧词所示词体韵法，又要对清人的填词选韵具有可操作的统一性和规范性。

第一节 清代以前的词体韵法探讨

词之为体，盛于两宋。后世论及词体韵法，多以两宋旧词为依据，在合乐可歌的语境下，宋人已论及词之用韵。词史上，明代虽称"中衰"，但明人对词体学的建构有着不容忽视的贡献，其中就包含词体韵法的考察模式和相关成果。宋、明两代的词韵探讨，为清代词韵编订提供了有效的思路和方法。

一　宋代的词体韵法探讨

随着词之题材、体制、风格的转变，两宋之交的词坛开始出现了维护词体特性的词论，偶及词体韵法，但并不成系统。今可见者，有李清照、杨缵、张炎、沈义父几家。

李清照《词论》梳理词史，评点北宋诸家词之弊端，揭示词体音律特性，论及不同词调的用韵特点：

> 逮至本朝，礼乐文武大备，又涵养百余年，始有柳屯田永者，变旧声，作新声，出《乐章集》，大得声称于世，虽协音律，而词语尘下。又有张子野、宋子京兄弟、沈唐、元绛、晁次膺辈继出，虽时时有妙语，而破碎何足名家。至晏元献、欧阳永叔、苏子瞻，学际天人，作为小歌词，直如酌蠡水于大海，然皆句读不葺之诗尔，又往往不协音律。何耶？盖诗文分平侧，而歌词分五音，又分五声，又分六律，又分清浊轻重。且如近世所谓〔声声慢〕〔雨中花〕〔喜迁莺〕，既押平声韵，又押入声韵；〔玉楼春〕本押平声韵，又押上去声韵，又押入声。本押仄声韵，如押上声则协，如押入声则不可歌矣。王介甫、曾子固，文章似西汉，若作一小歌词，则人必绝倒，不可读也。乃知词别是一家，知之者少。①

词之为体，不同于诗文，别是一家。形制方面，诗文只分平仄格律，词则分五音、五声、六律、清浊轻重，用韵方面还须依词调详分平、上、去、入，以合乎词之音律特性。李清照将词体用韵置于音律语境下探讨，符合宋词倚声的时代特征。

---

① （宋）李清照著，徐培均笺注：《李清照集笺注》（修订本），上海古籍出版社2013年版，第289页。

随着词之音乐体性的进一步减弱，南宋中后期，杨缵、张炎、沈义父等词学家开始关注填词的韵律、平仄四声等问题。如杨缵《作词五要》：

> 作词之要有五：第一要择腔。腔不韵则勿作。如〔塞翁吟〕之衰飒，〔帝台春〕之不顺，〔隔浦莲〕之寄煞，〔斗百花〕之无味是也。第二要择律。律不应月，则不美。如十一月调须用正宫，元宵词必用仙吕宫为宜也。第三要填词按谱。自古作词，能依句者已少，依谱用字者，百无一二。词若歌韵不协，奚取焉？或谓善歌者，融化其字，则无疵。殊不知详制转折，用或不当，即失律，正旁偏侧，凌犯他宫，非复本调矣。第四要随律押韵。如越调〔水龙吟〕、商调〔二郎神〕，皆合用平、入声韵。古词俱押去声，所以转折怪异，成不祥之音。昧律者反称赏之，是真可解颐而启齿也。第五要立新意。若用前人诗词意为之，则蹈袭无足奇者。须自作不经人道语，或翻前人意，便觉出奇。或只能炼字，诵才数过，便无精神，不可不知也。更须忌三重四同，始为具美。①

杨缵是在词尚能合乐可歌的语境下讨论词体韵律的，其前提是词之韵、律尚符合词乐腔调的音律要求。杨缵主张"随律押韵"，不同宫调有具体的用韵要求。其"律"是乐律，而非格律；其"谱"是词乐谱，而非格律谱；其"韵"与乐律之间尚存在直接关系，而不是像近体诗一样，只将韵作为格律元素。

张炎完全将"均（韵）"纳入音乐范畴，探讨韵法韵理，揭示韵的音乐属性和乐拍功能。如"歌曲令曲四掯匀，破近六均慢八均。官拍艳拍分轻重，七敲八掯靸中清。大顿声长小顿促，小顿才断大顿续。大顿小住当韵住，丁住无牵逢合六"②，又"一曲有一曲之谱，一均有一均之拍，若停声待拍，方合乐曲之节。……所以舞法曲大曲者，必须以指尖应节，俟拍然后转步，欲合均数故也。……慢曲有大头曲、叠头曲，

---

① （宋）张炎：《词源》，唐圭璋编：《词话丛编》，中华书局1986年版，第267—268页。
② （宋）张炎：《词源》，唐圭璋编：《词话丛编》，中华书局1986年版，第253—254页。

有打前拍、打后拍，拍有前九后十一，内有四艳拍。引近则用六均拍，外有序子，与法曲散序中序不同。法曲之序一片，正合均拍。俗传序子四片，其拍颇碎，故缠令多用之。绳以慢曲八均之拍不可。又非慢二急三拍与三台相类也。曲之大小，皆合均声，岂得无拍"①。

  张炎又从作词的角度出发，提出合律用韵的技巧和注意事项。他主张"词之作必须合律"，合律是作词的关键，但不宜作为填词的第一步工作，"若词人方始作词，必欲合律，恐无是理"，因"律非易学"，其讲求"当渐而进可也"。进而指出"音律所当参究，词章先宜精思，俟语句妥溜，然后正之音谱，二者得兼，则可造极玄之域"。至于用韵，亦当以合乎词意，方可"二者得兼"。因此，张炎主张"词不宜强和人韵"，因"若倡者之曲韵宽平，庶可赓歌。倘韵险又为人所先，则必牵强赓和，句意安能融贯，徒费苦思，未见有全章妥溜者。东坡次章质夫杨花水龙吟韵，机锋相摩，起句便合让东坡出一头地，后片愈出愈奇，真是压倒今古。我辈倘遇险韵，不若祖其元韵，随意换易，或易韵答之，是亦古人三不和之说"。②

  沈义父对用韵问题亦有所探讨，与张炎所论多相通。如其论词腔："词腔谓之均，均即韵也。"③ 揭示词韵的音乐属性。论用韵与用典的关系："押韵不必尽有出处，但不可杜撰。若只用出处押韵，却恐窒塞。"④ 指出不可为了兼顾用韵与用典而影响词意表达。此外，沈义父还特别指出词中的句中韵现象："词中多有句中韵，人多不晓。不惟读之可听，而歌时最要叶韵应拍，不可以为闲字而不押。如〔木兰花〕云：'倾城。尽寻胜去。''城'字是韵。又如〔满庭芳〕过处：'年年，如社燕'，'年'字是韵。不可不察也。其他皆可类晓。又如〔西江月〕起头押平声韵，第二、第四就平声切去，押侧声韵。如平声押'东'字，侧声须押'董'字、'冻'字韵方可。有人随意押入他韵，尤可笑。"⑤ 沈氏也是站在"腔律""词应拍"等音律的语境下来谈论词的用

---

① （宋）张炎：《词源》，唐圭璋编：《词话丛编》，中华书局1986年版，第257页。
② （宋）张炎：《词源》，唐圭璋编：《词话丛编》，中华书局1986年版，第265—266页。
③ （宋）沈义父：《乐府指迷》，唐圭璋编：《词话丛编》，中华书局1986年版，第283页。
④ （宋）沈义父：《乐府指迷》，唐圭璋编：《词话丛编》，中华书局1986年版，第280页。
⑤ （宋）沈义父：《乐府指迷》，唐圭璋编：《词话丛编》，中华书局1986年版，第283页。

韵问题的。

诸家所论为清代的词韵探讨留下了重要线索，可惜随着词乐的消亡，后世很难回归音律语境，再探词韵的音乐属性和应拍功能。且宋人的词韵探讨，因有音律语境的保障，并未也并不需要系统地呈现词体韵部系统和具体词调的韵法特征。不过，在清代文献中却有宋人为词体颁韵、拟韵的片语记载，语焉不详，引人遐想。

清初沈雄在《古今词话》（1689 年刊行）的《词品》上卷"详韵"条，引朱权《琼林雅韵序》、王世贞《宛委余编》、卓人月《古今词统》，引文中有宋人颁韵、制韵之说，如"宋应制词赋，类遵颁韵"（《琼林雅韵序》）、"宋成《广韵》，共二万六千一百九十四字，始有颁韵应制诸词"（《宛委余编》）、"唐小令原遵沈韵，宋慢词类因颁韵"（《古今词统》）等，① 但核查朱、王、卓原文献，并无颁韵、制韵之语，可见沈雄有作伪之嫌。

其《词品》上卷"详韵"条引元末明初陶宗仪《韵记》云：

> 本朝应制颁韵，仅十之二三，而人争习之，户录一篇以黏壁，故无定本。后见东都朱希真复为拟韵，亦仅十有六条。其闭口侵寻、监咸、廉纤三韵，不便混入，未遑校雠也。鄱阳张辑，始为衍义以释之。洎冯取洽重为缮录增补，而韵学稍为明备通行矣。值流离日，载于掌大薄蹄，藏于树根盎中，湿朽虫蚀，字无全行，笔无明画，又以杂叶细书如半菽许。愿一有心世道者，详而补之。然见所书十六条，与周德清所辑，小异大同，要以中原之音，而列以入声四韵为准。南村老人记。②

引文先提及元代"应制颁韵"，但不知其韵是词韵还是曲韵。以元代的词曲发展情况来看，很可能是曲韵。又称两宋之交，朱敦儒（希真）将词之用韵拟为十六条，后来张辑、冯取洽注释增补。这十六条全貌不详，据引文只知以下两点信息。

---

① （清）沈雄：《古今词话》，唐圭璋编：《词话丛编》，中华书局 1986 年版，第 831—833 页。
② （清）沈雄：《古今词话》，唐圭璋编：《词话丛编》，中华书局 1986 年版，第 832 页。

第一，十六条中，舒声与周德清《中原音韵》十九部大同小异，入声分列为四部。《中原音韵》已入派三声，其体例除平、上、去三声，另有入作三声的安排。故十六条可表述为：十六条＝舒声韵（十九部，含入作三声）＋入声韵（独立四部）。

第二，舒声部分，侵寻、监咸、廉纤等闭口韵（—m尾韵）三分，与《中原音韵》相同。但是存在三韵混杂的现象，陶氏认为这不合理，是朱敦儒未及校雠造成的。

据此，"十六条"并非十六部，而是二十三部。所谓"十六条"，当为十六则用韵指南，不同于后世词韵指南（如《词韵略》《词林正韵》等）以韵书的编排方式呈现韵部系统。

词之为体，盛于两宋。有宋是否存在专设的填词用韵指南、宋人是否有自觉的编韵意识，关系到词体学史和词韵学史的源头书写，甚至关乎宋词创作的机制问题。因此，辨明"拟韵说"之真伪是必要的。谢桃坊先生通过归纳朱敦儒词作的用韵情况，得出十六部用韵系统，如下：①

韵部	平声	仄声	入声
一	东冬	董肿送宋	
二	江阳	讲养绛漾	
三	支微齐	纸尾荠置未霁	
四	鱼虞	语御遇	
五	佳灰	蟹贿泰卦队	
六	真文元侵	轸吻阮寝震问愿沁	
七	寒删先覃咸	旱潸铣感俭豏翰谏霰勘艳陷	
八	萧肴豪	筱巧皓啸效号	
九	歌	哿个	
十	麻	马祃	
十一	庚青蒸	梗迥敬径	
十二	尤	有宥	
十三			屋沃

---

① 谢桃坊：《词学辨》，上海古籍出版社2007年版，第123页。

十四	觉药
十五	质陌锡职缉
十六	物月黠屑叶合洽

谢先生认为这十六部就是《韵记》所言朱希真拟韵十六条。刘少坤对此持认同态度。① 但鲁国尧先生通过考察"拟韵说"的文献来源和朱敦儒词作的用韵，力证此说不可信。首先，鲁先生通过考察《南村辍耕录》各完帙版本，未发现《韵记》条。其次，与沈雄同时代的徐釚、毛奇龄、朱彝尊、沈谦、仲恒等人未提及陶宗仪《韵记》。再次，朱敦儒《樵歌》词的用韵亦与十六条不合。鲁先生通过系联朱敦儒《樵歌》词韵脚，得十四部：歌戈、家车、皆来（灰少）、支微（灰多）、鱼模、尤侯、萧豪、监廉寒先（合叶）、侵寻真文庚青（彼此互叶甚多）、江阳、东钟、铎觉、屋烛、德质月贴（合叶），另有阴声韵、入声韵偶叶现象。② 倪博洋从"宋代文献未记载朱敦儒制词韵""沈雄《古今词话》多所伪造""朱氏词韵无法概括宋代词韵""宋代词学观不注重用韵"等角度，证明"朱敦儒拟韵说实不成立，该说为沈雄自炫其书之作伪"。③

沈雄又引时人赵钥评沈谦《词韵》语："入声最难牵合，颁韵分为四韵，今人亦别立五韵，亦就宋词中较其大略以为区别耳。"④ 入声分四韵是"拟韵说"的内容，似指朱氏拟韵为颁韵性质，但赵氏评语被仲恒引作"入声最难判断，去矜（沈谦）分为五韵，亦就宋词中较其大略以为区别耳"⑤，无"颁韵"之语。可证宋人制韵诸说为沈雄臆撰。

"拟韵说"之证伪，进一步证明了宋人填词"但有制调之文，绝无撰韵之事"⑥。不编撰词韵指南，符合宋词的创作机制。宋人倚声而填词，词韵的功能完全系乎音律乐理，"雅俗通歌，惟求谐耳"⑦，为了满

---

① 刘少坤：《清代词律批评理论史》，人民出版社 2015 年版，第 78 页。
② 鲁国尧：《鲁国尧自选集》，大象出版社 1994 年版，第 166—169 页。
③ 倪博洋：《沈雄"朱敦儒拟韵说"辨伪》，《文献》2019 年第 2 期。
④ （清）沈雄：《古今词话》，唐圭璋编：《词话丛编》，中华书局 1986 年版，第 834 页。
⑤ （清）仲恒：《词韵论略》，（清）查培继辑编：《词学全书》，北京市中国书店 1984 年据木石居校本影印本。
⑥ （清）永瑢等主编：《四库全书总目提要》，海南出版社 1999 年版，第 1100 页。
⑦ （清）永瑢等主编：《四库全书总目提要》，海南出版社 1999 年版，第 1100 页。

足韵位的拍节谐应功能，其填词或用通语，或采方音，或杂诗韵，唯以合乎时人"口吻"为准则，无须统一于某词韵指南。

除"拟韵说"，另有南宋绍兴二年（1132）定《菉斐轩词韵》之说。清厉鹗《论词绝句》十二："去上双声仔细论，荆溪万树得专门。欲呼南渡诸公起，韵本重雕菉斐轩。"注云"绍兴二年菉斐轩刊本"。厉鹗所谓"菉斐轩"词韵，后由秦恩复据阮元家藏本校刻并收入《词学丛书》中，版心刻"菉斐轩"，题名"词林韵释"，又题"新增词林要韵"。该书包含十九韵部：一东红、二邦阳、三支时、四齐微、五车夫、六皆来、七真文、八寒闲、九鸾端、十先元、十一萧韶、十二和何、十三嘉华、十四车邪、十五清明、十六幽游、十七金音、十八南山、十九占炎。此系统各部以平该上去，入声不独立成部，只是于诸阴声韵部后附相应入声作平/上/去声之例。其韵部系统与入作三声体例与《中原音韵》相同，秦恩复已注意到了这一点，称"疑此书出于元明之季，谬托南宋初年刊本。……又疑此书专为北曲而设"①。秦氏论断渐为清代词家所接受，今几为定论。

综上，从现有的文献来看，倚声语境下，两宋的词体韵法探讨仅局限于部分词调韵法话题，重在揭示词韵与词乐宫调的关系。至于区别于诗曲等他体，词体应选用什么样的韵部系统，宋人并无探讨，这符合宋时的填词机制。②

---

① （清）秦恩复：《词林韵释跋》，王云五主编：《丛书集成初编》，商务印书馆1936年影印本，第1239册。

② 山东师范大学音韵学者王兆鹏以李清照《词论》中"五音""五声""清浊"等术语亦见于《切韵指掌图》，在合并韵图且不论入声的情况下，认为"《切韵指掌图》的体系与鲁国尧18部词韵体系有着严整的对应关系"（实有多部并不对应），进而提出"《切韵指掌图》是为填词押韵服务的"的观点（王兆鹏：《〈切韵指掌图〉与宋人用韵》，《中国社会科学报》2021年11月2日第3版）。我们不认同此说。首先，比较术语关系，当以内涵为据。如果脱离词体音律性语境，片面从音韵学的角度解读，可能忽视"五音""五声""清浊"的音律内涵，也无法给相同语境下的其他术语以合理解释（如李清照提及的"六律"）。其次，以部分韵图与韵部存在对应关系，定韵图之词韵指南功用，缺乏合理性。韵的对应性，或可说明其所反映的音系的关系，但不能说明其中一方产生、存在的性质。清人曾对比旧词用韵与古乐府、《广韵》、近体诗、南北曲的用韵关系，发现有相通、相对应之处，对此，绝大多数清人尚且不至于以古韵、《广韵》、诗韵、曲韵为宋人填词指南。

二 明代的词体韵法探讨

随着词乐谱的亡佚和元曲的兴起，南宋诸家所论音律已渐渐不为人所关注。音乐体性的消变，直接促使词演变成了纯案头文学。加之元明以来，词曲的互动乃至二体的相混使得词体本色愈加受损。明中后期，基于明辨词体和填词创作的需要，时人在《中原音韵》《太和正音谱》等北曲格律谱"调有定格、句有定式、字有定声"列谱思路的启发下，开始关注词调、编纂词谱、探讨词的体式问题。但发轫之举，前无古人；久蔽之下，难及内里。这一时期的词谱编纂，完全立足格律，字声限于平仄，不论四声，且早期词谱缺乏备体，呈现出与北曲谱相近的谱式特点。① 随着格律谱的优化，针对各词调的韵法逐渐成为词谱的考察内容之一。不同于宋人对词调韵法特征的音律探讨，明代的韵法考察完全以格律为本位。

基于"使学者按谱填词，自道其意中事"的目的，周瑛于明孝宗弘治七年（1494）编成《词学筌蹄》，这是迄今发现的最早的词体格律谱。该谱在选词范围和风格内容上，脱胎于彼时风行的《草堂诗余》。但在编选体例上，以词调为目重新编排，确立了以"调"为考察中心的格律谱通例，但每调只列一体；在谱式上，采用"圆者平声，方者侧声，读以小圈"②的简单标识方法，成为后世词谱常用的基本范式。"'调'的由边缘走向中心，即标志其对词的格律体式的重视。"③虽然《词学筌蹄》已开词体格律研究之先河，但周氏并未涉及对词体韵法的考察。其谱有句无读，既无对韵叶的探讨，又无韵脚、韵叶标识。

在传统的诗体格律语境下，"韵"是诗律中最重要的内容之一。显然，早期的词体格律谱并未采纳这一传统格律程式。《词学筌蹄》"无韵"的格律谱式倒是和早期的曲谱颇为相似。元代的《中原音韵》以探

---

① 关于明代的词谱特点，参见江合友《明清词谱史》，上海古籍出版社2008年版，第1—72页。

② （明）林俊：《词学筌蹄序》，（明）周瑛、蒋华：《词学筌蹄》，《续修四库全书·集部·词类》第1735册，上海古籍出版社2002年版，第391页。

③ 江合友：《明清词谱史》，上海古籍出版社2008年版，第12页。

讨北曲用韵为主旨，兼及音律、格律考察，卷下所附《作词十法》第九论"末句"谱式，标注某曲末句每字平仄，如〔醉太平〕为"仄仄仄平平"，间分上、去，如〔乔牌儿〕为"上平平去平"，已具备北曲格律谱的雏形，但未论及该曲的韵法。明初的《太和正音谱》随曲辞逐字标明四声，亦不注韵脚，不论韵法。

周瑛并未在《词学筌蹄》中谈及《中原音韵》《太和正音谱》等北曲文献，但从格律谱式的对比来看，周瑛在谱式体例上就算没有直接取法二书，至少也受到了这类谱式的启发。这也从一个侧面反映出，明中期以前基于调的词曲格律考察尚不具备韵法观念。

嘉靖十五年（1536），张綖《诗余图谱》刻成。受《太和正音谱》"作平""作上"等变通之法的启发，张綖制谱在分别平、仄之外，设立了"平而可仄""仄而可平"两种变格。并受《太和正音谱》严别四声的影响，注意到了仄声中上、去、入三声具有不同的音律功能："尝闻人言，凡词曲上、去、入声与旧调不同者，虽可歌，播诸管弦则龃龉不协。"对此，他解释为："不知此正由管弦者泥习师传，无变通耳。"并认为《太和正音谱》"字字讨定四声，似为太拘"，主张："若欲得夫声气之正，必有至人神悟黄钟之律，然后可，非黍筒牛铎所能定也。"谱式上相应地表现为："词中字当平者用白圈；当仄者用黑圆；平而可仄者，白圈半黑其下；仄而可平者，黑圆半白其下。其仄声又有上、去、入三声，则在审音者裁之，今不尽著。"① 虽然注意到了词体的音律特性，但碍于词乐的消亡、自身音律修养的不足以及时人填词的可操作性，张綖在其词谱中只呈现格律元素，舍弃音律元素。此法对后世词体格律谱的制谱观影响深远，并在清初万树编纂《词律》时，将词谱的格律性发挥到了极致。从词体的理论构建史角度来看，张綖《诗余图谱》自觉树立词调格律本位观念，对词体的格律理论构建意义重大。

具体而言，《诗余图谱》确立了以字数、平仄、韵脚为中心的词调格律程式，自此，词调韵法进入了词体格律的考察视野。张綖在《诗余图谱凡例》中指出："词调各有定格，因其定格而填之以词，故谓之填

---

① （明）张綖：《诗余图谱凡例》，（明）张綖：《诗余图谱》，《续修四库全书·集部·词类》第1735册，上海古籍出版社2002年版，第472页。

词。今著其字数多少、平仄、韵脚,以俟作者填之,庶不至临时差误,可以协诸管弦矣。"① 以字数为词调考察的重要标准,据此提出小令、中调、长调概念。又,"按诸调字有定数,而句或无常。盖取其声之协调,不拘拘句之长短",对于调字有定数而句字无定数的现象,张綖认为亦是音律协调使然,具体操作层面"此惟习熟纵横者能之",但基于格律本位的考量,在谱中仍于各句后注明字数。张綖用平仄格律标记之法,标注韵脚平仄及韵叶关系,不涉及任何音律分析,不出乎其格律本位的考量。《凡例》第四则明确其韵法标注程式为:

> 韵脚初入韵者,谓之"起";平韵起,仄韵起。承上韵者,谓之"叶";平叶,仄叶。有换韵者,谓之"换";平韵换,仄韵换。有句中藏韵者,谓之"中韵起";中平韵起,中仄韵起。藏头②承上者,谓之"中叶"。中平叶,中仄叶。③

明人论词虽常言及"音律",但多为自我标榜或溢美他人之词。诸家考察词体,以格律本位为出发点,并无音律层面的深度反思。对词调韵法的探讨,亦是如此。自张綖《诗余图谱》开创"韵""叶""换""句中韵"等韵法标注体例以来,词调韵法的探讨开启了格律视角的时代。词谱成为探讨词调韵法最主要的载体,游元泾《增正诗余图谱》、王象晋重刻《诗余图谱》、谢天瑞《新镌补遗诗余图谱》、徐师曾《文体明辨》、程明善《啸余谱》等后出词谱,在张氏谱韵法标注体例的基础上,沿着格律本位的道路,不断深入、优化对"韵""叶""换""句中韵""叠叶"等词体韵法问题的考察,《文体明辨》《啸余谱》还指出了旧词中所存在的"平仄相叶"的韵法现象。

依托于词谱的词调韵法标注,旨在考察具体词调和又体的"韵""叶""换""叠"等用韵特征,但所示韵字的相叶关系,为词家进一步

---

① (明)张綖:《诗余图谱凡例》,(明)张綖:《诗余图谱》,《续修四库全书·集部·词类》第1735册,上海古籍出版社2002年版,第472页。
② 头(頭),疑为"韵"(韻)字之讹。
③ (明)张綖:《诗余图谱凡例》,(明)张綖:《诗余图谱》,《续修四库全书·集部·词类》第1735册,上海古籍出版社2002年版,第472页。

思考词体用韵的分部特征提供了依据：凡为韵叶关系的即可归为一部，换韵者为别部。通过考察某词谱中词调韵法的标注情况，结合例词的韵脚，理论上便可归纳出一个韵部系统，但我们并不能据此说，该词谱的编者已经具备关注分部韵法的意识。

以张綖《诗余图谱》为例，张氏谱已开创"韵""叶""换"等词调韵法标注程式，"韵""叶"者为同部，"换"为异部，系联例词韵脚，大体能得出一些韵部分合的框架特点。如卷一〔醉太平〕〔武陵春〕〔小桃红〕〔洞仙歌〕〔高阳台〕诸调例词以"真谆文青耕庚清"等韵的韵字为韵脚，谱注均为"韵""叶"，客观上呈现出以［—n］［—ŋ］韵脚韵相合的宽式韵部划分的特点。但并不代表这是张綖在分部韵法层面的观点。因为词谱对诸调各韵脚"换""叶"关系的确认依据，是归纳该调诸多例词的韵法特点，而非各韵字之间的音理关系，亦非不分词调地对众多旧词做韵脚归纳。换言之，其词体韵法的关注点只在词调韵法上，不涉及分部韵法。

明人对词体分部韵法的实际关注较词调韵法晚，其载体形式主要表现为韵书。与对词调韵法的开创相同，明人对词体分部韵法的探讨，亦无前代词韵专书的依傍和借鉴。

嘉靖间，杨慎已开始思索词体的用韵特征，他在《词品》（完成于1551年）中指出："沈约之韵，未必悉合声律，而今诗人守之，如金科玉条。……若作填词，自可通变。……元人周德清著《中原音韵》，一以中原之音为正，伟矣！然予观宋人填词，亦已有开先者。"[①] 其主张填词不宜墨守诗韵，认为以《中原音韵》为代表的曲韵与宋人词韵一脉相承。杨慎区别诗词韵、关联词曲韵的观点，以旧词中部分韵字的相叶关系为据。由于音变，这些字在词曲中往往不与同部（诗）韵之字相押，而与异部（诗）韵之字相叶。杨氏观察到了诗词曲韵（尤其是词曲韵）之间的部分关系，但缺乏对诸体用韵的整体把握，亦未对这些用韵现象做体性层面的解释。

真正开始关注词体分部韵法并形诸专书，始于明后期胡文焕编订《文会堂词韵》。胡文焕，字德甫，一字德文，号全庵，一号抱琴居士，

---

① （明）杨慎：《词品》，唐圭璋编：《词话丛编》，中华书局1986年版，第436页。

为明万历、天启间藏书家、刻书家，其在杭州的藏书兼刻书之所名为"文会堂"，《文会堂琴谱》《文会堂诗韵》《文会堂词韵》等皆刻于此处。胡文焕一生刻书多达 600 余种，1300 余卷，其中一部分收入其《格致丛书》中。据《四库全书总目》，胡氏所刻《格致丛书》，收书 181 种 600 余卷，现存 168 种，《文会堂词韵》就是其中一种。

明万历间所刻《格致丛书》本，为今可见《文会堂词韵》的唯一版本，藏于南京图书馆，又见于日本内阁文库。一方面，胡氏发扬杨慎"区别诗词、关联词曲"的词韵观，主张"诗之韵分之太严，而词之韵用之贵广"，又"元时尚乐府而乐府与词同其韵也，故周德清有《中原音韵》一书，乃世之弗行者，盖不知其即词韵也"，① 只是其曲（即元乐府）韵并非《中原音韵》，而是与《中原音韵》大同小异的一部北曲韵书（有学者认为是一明本《词林韵释》②）。另一方面，胡氏认为虽然词曲韵都存在"入声一韵，其间或叶作平、或叶作上、或叶作去，分为四散"③ 的现象，但词之用韵大体上还是入声独押，故主张"补以入韵"，以备入韵"独为之用"。至于入声之分部，胡氏取《洪武正韵》十部，舍诗韵之十七部，因"词韵贵宽广，而诗韵多严别"④。显然，胡氏对入声韵的处理，较杨慎之辨体辨韵更进一步。

明确词之为体区别于其他韵文的用韵特征，是词体分部韵法的一项重要内容和意义所在。在后世看来，胡文焕《文会堂词韵》编订之法过于简陋草率，既无针对旧词韵脚的系联归纳，又非依据实际语音系统或其他某单一文体韵部系统，也缺乏像清人"诗韵严，曲韵宽，词韵介于两者之间"这样基本的文体用韵认识，属"骑墙之见，亦无根据"⑤ 之韵，不能精细地明确词体与他体之间的用韵差异。《文会堂词韵序》称

---

① （明）胡文焕：《文会堂词韵序》，（明）胡文焕：《文会堂词韵》，明万历间刻《格致丛书》本。
② 倪博洋：《〈文会堂词韵〉文献价值说略——〈词林韵释〉的一个明代别本》，《文献》2022 年第 2 期。
③ （明）胡文焕：《文会堂词韵卷附》，（明）胡文焕：《文会堂词韵》，明万历间刻《格致丛书》本。
④ （明）胡文焕：《文会堂词韵卷附》，（明）胡文焕：《文会堂词韵》，明万历间刻《格致丛书》本。
⑤ （清）戈载：《词林正韵》，上海古籍出版社 2010 年版，第 39 页。

"乐府与词同其韵也",其所谓"乐府"当指散曲。称二体韵同,体现了胡氏辨体不详的问题。

但相较于明人径以诗韵或北曲韵为填词用韵指南的普遍做法,及杨慎简单关联词曲韵的观点,胡氏词韵在辨体方面已有一定进步。清人通过归纳唐宋旧词用韵,普遍对词体分部韵法达成了一个基本共识:词韵较诗韵为宽,又认为:平声独押,上、去通押,间有三声通押者,入声无与平、上、去通押之法。一方面,不同于诗韵之严,旧词用韵普遍上、去通押,且常常邻部(指平水韵部)通叶。并且,实际的填词创作中,基于表意寄托的需要,很难做到谨遵诗韵之严。因而,不宜以诗韵填词。另一方面,"宋人用韵,间有以入作去,以入作上,及平、上互通者,已开曲韵先声",给人以"曲韵近于词韵"①的错觉。但词韵与曲韵又有所不同,因"制曲用韵,可以平、上、去通叶,且无入声……'支思'与'齐微'分二部,'寒山''桓欢''先天'分三部,'家麻''车遮'分二部,'监咸''廉纤'分二部。于曲则然,于词则不然。况四声缺入声,而词则明明有必须用入之调,断不能缺",因此,不宜以曲韵为词韵。

因此,不论是从辨体角度还是从归纳唐宋旧词用韵角度,都不宜径用诗韵或曲韵作为填词规范。胡文焕以拼合北曲韵和《洪武正韵》之法编订《文会堂词韵》,显然已经注意到了这一点。以曲韵为词韵符合明人"曲韵近于词韵"的用韵认识,入声韵独立又符合"入声不与三声通押"的词体用韵特征。只是由于缺乏具体的旧词用韵归纳工作,使得该韵部系统不能清晰地体现出词体的实际分部韵法。虽然看似辨别了诗、词、曲韵,但拼凑无据之韵,显得不伦不类。

对于《文会堂词韵》的功过,明末清初诸家的评价比较客观,较戈载等人所论更具历史眼光。如沈际飞云:"曲韵以上'支纸寘'分作支思韵,下'支纸寘'分作齐微韵,上'麻马祃'分作家麻韵,上'麻马祃'分作车遮韵,而入声隶之平、上、去三声,则曲韵不可为词韵明矣。胡文焕《文会堂词韵》似乎开眼,乃平、上、去三声用曲韵,入声

---

① 语出沈际飞《古香岑草堂诗余四集》"研韵"条,见(明)沈际飞《古香岑草堂诗余四集》,明末翁少麓刊本。

用诗韵，居然大盲，世不复考。将词韵不亡于无，而亡于有。"① 在沈际飞看来，胡氏韵虽不可为法，但已有"开眼"之功。又如，毛先舒《词韵序》云："谓近古无词韵，周德清所编，曲韵也。故以入声作平、上、去者，约什二三。而支思单用，唐宋诸词家，概无是例。谢天瑞暨胡文焕所录韵，虽稍取《正韵》附益之，而终乖古奏。"毛氏既站在词体韵法的角度，揭示《文会堂词韵》分部之谬，又看到这部韵书在明代诗、词、曲韵——尤其是词韵与北曲韵不分这一特定语境下的突破。

只是这样一部既迎合时代大众普遍的词体用韵认知又符合当时明辨文体（尤其是诗、词和北曲）趋势的词体分部韵法专书，在明代后期影响甚微。

《四库全书总目提要》评价胡文焕《格致丛书》："所列诸书，亦无定数，随印数十种，即随刻一目录。意在变幻，以新耳目，冀在多售。故世间所行之本，部部各殊，究不知其书凡几种。"《格致丛书》随刊随印，每一新刻，有增有删，皆署名为"格致丛书"，故其种数、卷数不一。今可见《格致丛书》就有多个版本，各本收录种数不一，却很难说清哪一版本为最全本。今所存日本内阁文库本和南京图书馆藏《文会堂词韵》二卷本附于《格致丛书》本《韵学事类》十二卷，同附者还有《文会堂诗韵》四卷。另有浙江省图书馆藏《新刻韵学事类》十二卷，末未附《文会堂词韵》，20世纪90年代，该版的《新刻韵学事类》被收入《四库全书存目丛书》子部第179册。《韵学事类》先刻，《新刻韵学事类》后刻，何以后刻者要剔除《文会堂词韵》？胡文焕是个刻书家，也是个出版商，正如《四库全书总目提要》所言，胡氏新刻"意在变幻，以新耳目，冀在多售"。为了逐利，其刻书多有迎合受众的考虑，若附有《文会堂词韵》的《韵学事类》广受欢迎，新刻本无理由将其剔除。不附于新刻，从一个侧面说明胡氏拼合之韵书并不受当时大众认同。

《四库全书总目提要》称《韵学事类》"庞杂弇陋"，主要是针对胡氏《事类》部分"伪托"李攀龙《韵学大成》而言，并非针对《文会堂词韵》。今天站在词体学史的角度评价胡氏词韵，亦可称为"弇陋"，但

---

① （明）沈际飞：《古香岑草堂诗余四集》，明末翁少麓刊本。

同时也应正视其"弇陋"背后的辨体意识。

万历四十二年（1614）程元初编成《律古词曲赋叶韵统》十二卷，署名"新安程元初全之编辑，西吴茅元仪止生注考"。有清华大学图书馆藏本，卷首《叙》钤有"国立清华大学图书馆藏""明善堂览书画印记""程侠"等印，目录页钤有"安乐堂藏书记""国立清华大学图书馆藏"之印。"明善堂""安乐堂"皆爱新觉罗·弘晓（1722—1778）藏书楼，知此本曾为弘晓所收藏。该本后收入《四库全书存目丛书》经部第211册，《四库全书存目丛书》编纂委员会据卷首草书《叙》所署"崇祯壬申仲秋望前二日新安程侠题于南屏山房"，定该本为崇祯五年（1632）刻本，也有学者据此认为程氏韵刊行于是年秋。①

今所见《四库全书存目丛书》本《律古词曲赋叶韵统》卷首有程侠所撰《叙》及程元初所撰《凡例》十二条。奇怪的是，卷首《叙》的内容与韵学毫无关联。其《叙》为：

> 余友人宇内一奇豪也，生平磊落不羁，每结客于少年场中，慨自韶龄，遂相盟订，年来轶宕多狂，不能与之沉酣文章经史，聊共消磨雪月风花。窃见现前大半为腌臜世界，大可悲复大可骇。怪夫馋涎饿虎，偌大藉以资生，乔作妖妍艳冶，乘时竞出，使彼抹粉涂脂，倚门献笑者，久绝云雨之欢，复受鞭笞之苦。时而玉筯落，翠蛾愁，冤冤莫控，岂非千古来一大不平事？余是深有感焉，遂延吾友相商，构室于南屏之左，日夕闻啼鸟，玩落花，优游山水之间。既而墨酣笔舞，不逾日，神工告竣，展卷则满纸烟波浩渺，水光山色，精奇百出，尽属天地间虚无玄幻景象。虽然，唾玉挥珠，还留待聪明才俊；焚香煮茗，且搜寻风月主人。寓目者适才以之怡情，幸勿以之赘念。崇祯壬申仲秋望前二日新安程侠题于南屏山房。

此《叙》实为程侠为明末醉竹居士所撰男色小说《龙阳逸史》（刊于崇祯五年）写的序言。显然，该《叙》是被刊刻者误置于此的，只是不知此讹误源于何时何人。明确了这一点，学界定于崇祯五年的刊刻时间，

---

① 江合友：《明清词谱史》，上海古籍出版社2008年版，第357页。

就需要再斟酌。《四库全书总目提要》据江苏周厚堉家藏本，称《律古词曲赋叶韵统》为："明程元初撰。元初字全之，歙县人。是编成于万历甲寅，首有《自序》及《凡例》。"可知卷首本有程元初所撰《自序》，只是如今《自序》不存，其内容是否涉及刊刻时间，不得而知。四库馆臣称《律古词曲赋叶韵统》成于万历甲寅年（1614），不知所据为何。若所据源自《自序》所署时间，《律古词曲赋叶韵统》当确编成于万历四十二年（1614）。至于其刊刻的具体时间，则只能存疑。

《四库全书总目提要》评价程氏韵："大旨以古韵、律韵、词韵、曲韵、赋韵、叶韵合为一书。其例每部以四声相从，而纬以三十六母，诸通转之法则冠于各部之首。体例冗杂，持论亦无根据。其《凡例》称'沈休文因律诗分四声作诗韵'，夫齐、梁时安有律诗，又安有诗韵乎？"四库馆臣的评价比较中肯。

今观其卷首《凡例》十二条，旨在申说其编韵目的和体例。目的方面，程氏认为音韵关乎一切韵文的义理性情，称"声者莫如韵，三才之道，性命道德之奥，礼乐刑政之原皆系于此，盖声韵乐之总也。……音韵之备，莫逾于四诗，发诸性情，谐于律吕，皆可歌可诵可舞可弦"，而当时"学者重谈理而轻审音，音律之道遂废。……后之弦歌与舞皆废，直诵其文而已"。不满于此，程氏提出应通过"知其音韵"，而"有得于言语文字之外"，"深入于性情见解……尽得其本性"，并称"尝反复寻绎其音韵，证之古赋、近律，以至诗余、乐府，无不皆合"。程氏之志不可谓不高，但《凡例》诸条多着眼于音韵层面的韵学流变、双声、反切、清浊、声纽字母、音义等问题，甚至附列《六书大义》细辨象形、指事、会意、谐声、转注、假借六书造字用字理据之别，全书并未明言其由音韵而通性情之法，只有《凡例》第五条解说"双声"法时，提及"庶溯仓颉谐声之义于《诗经》、古赋，得其韵，更得其意也"，然语焉不详，仍无从得知双声通于何种"性情"。从这个角度来讲，《凡例》十二条亦不过流于"重谈理"而已。

体例方面，《凡例》第二条云："今先标沈韵所分次第，以其所分而合之，不失原韵故步，而平仄了然目前。且《诗经》、古赋多四声通用，今乐府必用四声，盖四声、宫商角徵羽五音俱备，声律和谐，易动人之听闻也。"全书分十二卷排列平水韵目，注以分用（独用）、通用、通转之法，以明确律、古、词、曲、赋等文体的韵叶特点。《凡例》第十二条解释"通用""通转用"为："有通用者，有通转用者。通者，其音韵皆同，沈韵为律诗而分，今通而为一也。通转用者，其音韵虽非同类，而相近可辗转相通，如同音韵者通用之也。"各卷先排列辖韵韵目，次以总说不同文体分用、通用、通转用的韵叶特点，再分韵列字，韵字以同纽部居，不相杂厕，各字不注反切，不常见之字及"音异而义随异"之字作简要释义。辖韵韵目、总说韵叶及个别分韵部分，偶见茅元仪双行小字补注，韵字部分的页眉处，有茅元仪所注声纽、发音部位或开合口等。

不同于《文会堂词韵》，《律古词曲赋叶韵统》编韵之旨不在于确立某一文体用韵的专书指南，而是欲以诗韵为基础，通过审音之法，兼顾各体的韵叶特点。这种多体兼赅的编韵方法，在明末清初颇为盛行，在文、韵辨体辨流风气的影响下，出现了如方日升《古今韵会举要小补》、程元初《律古词曲赋叶韵统》、胡震亨《唐音癸签》、毛奇龄《古今通韵》、杨锡震《古今诗韵注》、邵长衡《古今韵略》、朴隐子《诗词通韵》、潘之藻《韵选类通》、李书云《音韵须知》、李因笃《古今韵考》等大量兼赅两体甚至多体的韵书。与《文会堂词韵》相同，《律古词曲赋叶韵统》对各体韵叶特点的揭示，都只是言其大概，缺乏针对具体韵文作品的详尽考察。并且，受当时古音学研究的影响，程氏韵在方法上开始注重采用"审音法"，来分析某韵在各体中的分合异同，但并未像稍晚的沈谦一样，对部分平水韵加以割半分用。

缺乏针对性的用韵考察，就很难像后世的词韵专书一样，对词体的分部韵法予以精细的描述，所以《律古词曲赋叶韵统》所示词体分部韵法比较粗略。并且，该书名虽涉及"律古词曲赋"诸体，但全书以古、律、曲为主，不论是《凡例》还是各部分的韵叶解说、茅氏小注，对词体用韵的专门探讨都较少。虽然如此，在词体分部韵法研究极其贫瘠的明代，该书对词体韵法的考察仍有一定贡献。

《律古词曲赋叶韵统》各卷韵叶解说部分，程元初多次提到某几韵"古、词、赋分平、上、去、入通用，上、去通用"，可知他主张词体用韵"平、入独押，上、去通押"。通过抽绎各卷辖韵、韵叶总说及茅元仪补注中涉及词体者，大体能得出该书词体韵法二十八部，包含平声十二韵部，上、去声十二韵部，入声四韵部。具体分合如下。

平声韵部

第一部：

上平一东、上平二冬通用

第二部：

上平四支、上平五微、上平八齐通用

（与上平九佳、上平十灰转用）

第三部：

上平九佳、上平十灰通用

第四部：

上平六鱼、上平七虞通用

第五部：

上平十一真、上平十二文、上平十三元、下平十二侵通用

第六部：

下平八庚、下平九青、下平十蒸通用

第七部：

下平一先、下平十四盐通用

第八部：

上平十四寒、上平十五删、下平十三覃、上平十五咸通用

第九部：

下平二萧、下平三肴、下平四豪通用

第十部：

下平五歌、下平六麻通用

第十一部：

上平三江、下平七阳通用

（与下平八庚转用）

第十二部：

下平十一尤独用

上、去声韵部

第一部：

上一董、去一送、上二肿、去二宋通用

第二部：

上四纸、去四寘、上四尾、去五未、上八荠、去八霁通用

（与上九蟹、去十卦、上十贿、去十一队转用）

第三部：

上九蟹、去十卦、上十贿、去十一队通用

第四部：

上六语、去六御、上七麌、去七遇通用

第五部：

上十一轸、去十二震、上十二吻、去十三问、上十三阮、去十四愿、上二十六寝、去二十七沁通用

第六部：

上二十三梗、去二十四敬、上二十四迥、去二十五径、上二十五拯通用

第七部：

上十六铣、去十七霰、上二十九琰、去二十九艳通用

第八部：

上十四旱、去十五翰、上十五潸、去十六谏、上二十八感、去二十八勘、上三十豏、去三十陷通用

第九部：

上十七筱、去十八啸、上十八巧、去十九效、上十九皓、去二十号通用

第十部：

上二十哿、去二十一箇、上二十一马、去二十二祃通用

第十一部：

上三讲、去三绛、上二十二养、去二十三漾通用

（与上二十三梗、上二十四敬转用）

第十二部：

上二十六有、去二十六宥通用

入声韵部

第一部：

一屋、二沃通用

第二部：

四质、五物、十二锡、十三职、十四缉通用

（与六月、十一陌转用）

第三部：

六月、七曷、八黠、九屑、十一陌、十五合、十六叶、十七洽通用

第四部：

三觉、十药通用

相比于《文会堂词韵》，该韵部系统更符合旧词实际用韵情况，不仅将入声独立以区分词、曲，而且注意到了词体平声独押、上去通押的用韵特征。但程元初基本上将词韵等同于古、赋二体用韵，各卷言及词体，或以"古""词""赋"并列，如卷一"律东、冬分用。古、词、赋分平、上、去、入二韵通"，或以"诗""词""赋"并列，如卷二"诗、词、赋则不分上、下，通用"，未有单言词体者（除元词外，详后）。客观地看，词韵分合与古诗赋用韵确有颇多偶合处，但差异之处亦不少，且其间割半分用及所辖韵字亦不尽相同。程元初只求其大概，并未详察。如卷一一列"上平三江、上三讲、去三绛、入三觉、下平七阳、上二十二养、去二十三漾、入十药"八韵，称诸韵"古诗词赋分平、上、去、入通用，又与庚、梗、敬转用"。诗韵庚韵包含206韵之庚、耕、清三韵，上古韵中确实有部分庚韵（206韵）字来源于阳部，韵文中与阳、唐韵相押，稍晚的顾炎武在其《音学五书》中即将阳、唐、庚（之半）统属于阳部。但唐宋旧词中并无庚韵与阳、唐二韵相押的现象。因此，称江、阳等韵与庚韵可转用只符合古诗赋这类上古韵文，不适用于词体。

"江阳庚转用"属于不当通转而通转之例，另有可通转而未通转之例。如宋词中有"真文侵庚青蒸"通押的现象，按《律古词曲赋叶韵统》体例，当注明六韵可通转。卷五列出"上平十一真、上十一轸、去十二震、入四质、上平十二文、上十二吻、去十三问、入五物、上平十三元、上十三阮、去十四愿、入六月、下平十二侵、上二十六寝、去二十七沁、入十四缉"，但只称诸韵"古分平、上、去、入用，又与庚、青、蒸平、上、去、入转用"，并未指出词中诸韵亦可转用。亦有当割半分用而未分者。该卷以元韵（206韵之元、魂、痕韵）与真、文、侵

通用（举平以赅上去）也不符合唐宋旧词实际用韵情况。旧词中，部分元韵（206韵之魂、痕韵）可与真、文、侵通用，另一部分（206韵之元韵）当与卷七、卷八之先、寒、删韵通用，盐、覃、咸韵通转。但三卷中均未予以说明。

此外，卷七以"下平一先、下平十四盐"为一部，卷八以"上平十四寒、上平十五删、下平十三覃、上平十五咸"为一部，两部分立亦不符合旧词实际用韵情况。诸如此类，都与《律古词曲赋叶韵统》多体兼赅，将词韵与古诗赋用韵混同有关。

需要说明的是，程元初在卷二、卷三、卷五、卷七、卷八中特别提及元词的用韵特点。不同于其二十八部词韵系统，五卷所论元词韵法兼具词、曲二体韵法特点。一方面，所示元词用韵具有平仄相押、舒入相押的特点，近于北曲。另一方面，对部分韵通用的处理，优于其二十八部词韵系统。具体如下。

卷二"支、微、齐"等韵："元词用此十四韵与皆、灰八韵通用，又有通虞、鱼八韵者。""此十四韵"指"上平四支、上四纸、去四寘、入四质十三职、上平五微、上四尾、去五未、入五物、上平八齐、上八荠、去八霁、入十四缉十二锡"，包括五入声韵，"皆、灰八韵"中含"月、陌"二入声韵，"虞、鱼八韵"中亦含"屋、沃"二入声韵。三十韵通用，说明平仄相押、舒入相押。宋词中偶有舒入相叶的现象，但据鲁国尧先生统计，元词中并不存在舒入相押的情况。① 程氏径称"通用"，而非"通转用"，又犯了词、曲混同的错误。

卷三"佳、灰"等韵："元词与支、微、齐、鱼、虞通。"所论与卷二所述相呼应。

卷五"真、文、元、侵"等韵："元词真、文、元、侵十二韵与庚八韵通用。""真、文、元、侵十二韵"指"上平十一真、上十一轸、去十二震、上平十二文、上十二吻、去十三问、上平十三元、上十三阮、去十四愿、下平十二侵、上二十六寝、去二十七沁"，"庚八韵"指"下平八庚、上二十三梗、去二十四敬、下平九青、上二十四迥、去二十五

---

① 鲁国尧：《论宋词韵及其与金元词韵的比较》，《鲁国尧自选集》，大象出版社1994年版，第153—172页。

径、下平十蒸、上二十五拯"。通过考察白朴、张可久、张翥等元代词人词作的用韵，鲁国尧先生认为元词中真文、侵寻、庚青等韵"概不相杂"，元曲中诸韵亦不相混，唯宋金旧词中存在—m、—n、—ŋ韵尾字偶叶的情况。如此看来，程元初此处所论元词韵法更符合宋金旧词用韵特征。又，诸韵既然是偶叶，按体例当作"元词真、文、元、侵十二韵与庚八韵通转用"，而非"通用"。

卷七"先、盐"等韵："元词先、盐六韵与寒、删、覃、咸十六韵通用。""先、盐六韵"指"下平一先、上十六铣、去十七霰、下平十四盐、上二十九琰、去二十九艳"，"寒、删、覃、咸十六韵"当为"十二韵"，指"上平十四寒、上十四旱、去十五翰、上平十五删、上十五潸、去十六谏、下平十三覃、上二十八感、去二十八勘、上平十五咸、上三十豏、去三十陷"。两宋金元中皆存在诸韵偶叶的现象，但非常态，故按体例当作"元词先、盐六韵与寒、删、覃、咸十六韵通转用"，而非"通用"。

卷八"寒、删、覃、咸"等韵："曲、元词寒、删、覃、咸十二韵皆通用。"所论与卷七所述相呼应。

程元初对元词韵法的描述虽然不尽准确，但有意识地将元词与唐宋旧词区分看来，却是值得肯定的。

综上，四库馆臣对《律古词曲赋叶韵统》作出"体例冗杂，持论亦无根据"这样的评价，大体是公正的。但立足于词韵学史，今天再来审视该书，不能仍一味指责其不足之处，而应历史地看待其功过。一方面，《律古词曲赋叶韵统》的局限有其时代的因素：多体兼赅编韵风气的影响，使得程氏未能单独考察词体用韵，编订词韵专书；虽将词韵纳入书中与诗韵、古韵、赋韵等相提并论，但过多立足于韵本身，只是注意到词韵与古韵之相似，实际探讨中论词颇少，难免受到当时词为"小道末技"观念的影响。另一方面，较诸以诗、曲韵为词韵的时代风气，以及胡文焕编订《文会堂词韵》的拼合之法，程元初对词体分部韵法特点的考察又有其进步性：总结出"平、入独押，上、去通押"的词体韵法特点，对后世词韵专书的编订不无影响；采用"分用（独用）""通用""通转用"的术语，区别押韵比例，虽不及清人"割半分用"之法精确，但作为用韵指南，更显灵活；关注元词，注意不同时代层次的旧词的用韵差异①。

明末,沈际飞汇编、评点《古香岑草堂诗余四集》。② 这是一部带有词谱特点的词选书,但因沈氏对词体持"定格"的观念,主张"以一调为主,参差者明注字数多寡,庶定格自在,神明惟人,即此为谱,不烦更觅图谱矣",故并不探讨词调韵法。不过,沈际飞对词体分部的韵法颇为关注,他在其《发凡》中列"研韵"一条,专门探讨词韵分部的问题:

> 上古有韵无书,至五七言体成而有诗韵,至元人乐府出而有曲韵。诗韵严而琐,在词当并其独用为通用綦多。曲韵近矣,然以上"支纸寘"分作支思韵,下"支纸寘"分作齐微韵;上"麻马祃"分作家麻韵,下"麻马祃"分作车遮韵,而入声隶之平、上、去三声,则曲韵不可以为词韵矣。钱塘胡文焕有《文会堂词韵》,似乎开眼,乃平、上、去三声用曲韵,入声用诗韵,居然大盲,世不复考。将词韵不亡于无,而亡于有。可深叹也!愿另为一编正之。

惜沈氏"另为一编"之词韵并不见于文献,或未编订,或未刊行。"研韵"条所论有限,但可管窥其词韵观念之一二。

首先,沈际飞以诗、曲为例,申说先有某体而后有归纳之韵,言外之意就是不认为唐宋时有先导性的词韵指南。其次,明辨诗、词、曲韵之异同,并指出词韵通用不似诗韵之严,宽近于曲韵,但无曲韵舒入相押、"支纸寘"、"麻马祃"等分韵特点。再次,编订词韵的目的不仅仅在于辨体,更在于确立词体韵法特性,有指导填词选韵之用。不能像《文会堂词韵》那样不伦不类、似诗非诗、似曲非曲,拼凑他韵而成词韵,如此虽有韵书而无指导填词选韵之用。

---

① 程氏对元词的关注,与其韵学观照有关,旨在发掘音韵的历史层次差异,并不代表他有区分词体历时流变的意识。

② 沈际飞(昆山人)生卒年不详,大体与胡文焕(钱塘人)、程元初(歙县人)同时代,皆为万历、天启年间人。《古香岑草堂诗余四集》编成及刊行时间不明,其《发凡》中提及《文会堂词韵》,当编于胡氏韵之后。未提及《律古词曲赋叶韵统》(编成于1614年),或因程氏韵尚未编成,或因程氏韵尚未刊行,或流传不广,二者先后关系难以确定。

沈氏简短数语，所透露出的词体分部韵法观念较胡文焕《文会堂词韵》更优，更能有效地辨明诗、词、曲三体用韵的分部特点。其论词、曲二体在"支纸寘"、"麻马祃"和入声方面的用韵差异，与程元初对二体用韵关系的处理并无二致，这说明该时期对分辨词、曲用韵已经有了自觉且较为深入的认识。

第二节　清代词韵学的词体学语境

宋、明时期虽然已经涉及词体韵法探讨，但尚未形成专门之学，亦未成为某一系统学术中不可或缺的分支，尚不足以称为词韵学。自清初始，这一状况开始发生了改变。随着对明代词坛反动的深入，清人对词之体格、体性、体制等层面的反思，推动了词体学的发展。这一时期对词体韵法的探讨被置于词体学系统中，成就以词体分部韵法为主，构成了清代词体学的重要内容。清人对词体韵法的研究过程，是平衡词韵与词律、词乐等词体要素之间关系的过程，认识清人对词韵的种种论断，均离不开当时的词体学语境。在探讨词体韵法的过程中，清人不同程度地受到音韵学的影响，或借鉴古音学系联韵脚的方法归纳旧词韵部；或借用审音音理解释词韵的音律理据；或直接采用等韵学的系统观念，构建词韵系统的四声相承的特点；或梳理韵书发展史，揭示旧词选韵所依据的音韵系统和层次，以明确词韵与206韵、诗韵、曲韵的关系。鉴于清代词韵探讨中对音韵学方法和视角的观照，考察清代词韵学，有必要考虑当时的韵学语境。

词体学和韵学，是与清代词韵学发展密切相关的两大学术语境。在此语境下，清人对词体韵法的探讨，有着不同于宋人和明人的视角和方法。若要更全面地考察清代词韵学的发展历程、价值和其中可能存在的问题，就应当正视不同语境下的编韵动机和策略。在这两种语境中，词体学是清代词韵学的出发点和落脚点，是最重要、最根本的语境，而音韵学则更多作为方法、工具参与其中，因此，我们在考察清代词韵学发展路径时，以词体学语境为纲来展开，涉及音韵学之处，随文分析，不为韵学语境再列章节单独探讨。

词调格律、词韵分部构成了明代词体体制研究的主要内容,词调格律层面对具体词调"韵""叶""换""叠"等韵法特征的考察,为探求词体用韵的分部特征提供了依据,但两者对韵法的考察视角、方法完全不同。明代词体学的这两部分内容之间,存在着一种似无而有、似有而隐的微弱联系,因此,明代的词体学呈现出以下特点:一方面,系统性不强,词调韵法和分部韵法似词体韵法的两张皮;另一方面,重词调格律轻分部韵法,对分部韵法的考察缺乏足够的词体学观照。

总体而言,相较于明代,清代词体学的研究内容面更广、对体性的探讨更深入,涉及词谱、词律、词韵、词乐和词调源流等多个方面,并且注重兼顾各方面的内在联系,这使得清代词体学具有更强的系统性。在清代,词韵被完全纳入词体范畴,对词韵与词律、词乐等词体学其他要素关系的关注日益密切、深化,词韵研究中的体系意识增强。一方面,词体学越发成为词体韵法探讨的核心语境,对各种词韵现象的阐释和韵法规则的揭示,都以词之体性为根本出发点和落脚点,词律、词乐诸要素为词韵学的发展提供了理据支撑。另一方面,基于系统意识,在词体学内部,词韵研究的过程中始终在寻求一种平衡——从格律与音律视角各自深化,到两视角"妥协"兼融。具体来说,清代词韵学的词学语境可以从其与词律、词乐两个方面的关系展开探讨。

一 与词律关系

在清代词体学史上,"词律"的内涵包括词体格律和词体音律。格律和音律是考察词之体制的不同视角,就其与词韵的关系而言,二者对编韵方法有着不同的影响。为了行文方便,我们以"词律"特指词体格律,以"词乐"特指词体音律。清代词体学对词韵与词律关系的观照表现为以律求韵和融韵于律,这是格律视角下清人考察词体韵法的主要途径。

(一)以律求韵

清人承袭明代词体学的格律视角,通过比较同调之词的韵字相叶关系,总结韵法规则,为分部韵法的考察提供依据,并且在前代方法、成果的基础上细化格律视角,进而推进了分部韵法的优化。同前人一样,清人细化格律的主要途径仍是依托于词谱的编纂。

清初词谱以《诗余图谱》和《啸余谱》最为流行,词坛填词亦多以二谱为据。随着填词风气的兴盛和词调研究的深入,时人发现,二谱中普遍存在的遗漏和舛误给填词者带来了诸多不便。词学界编纂新谱的愿望较为强烈。邹祗谟就曾批评张綖《诗余图谱》"平仄差核,而用黑白及白黑半白圈以分别之,不无鱼豕之讹。且载调太略,如〔粉蝶儿〕与〔惜奴娇〕本系两体,但字数稍同,及起句相似,遂误为一体,恐亦未安",评价《啸余谱》"舛误益甚,如〔念奴娇〕之与〔无俗念〕〔百字谣〕〔大江乘〕,〔贺新郎〕之与〔金缕曲〕,〔金人捧露盘〕之与〔上西平〕,本一体也,而分载数体。〔燕春台〕之即〔燕台春〕,〔大江乘〕之即〔大江东〕,〔秋霁〕之即〔春霁〕,〔棘影〕之即〔疏影〕,本无异名也,而误仍讹字。或列数体,或逸本名。甚至错乱句读,增减字数,而强缀标目,妄分韵脚。又如〔千年调〕〔六州歌头〕〔阳关引〕〔帝台春〕之类,句数率皆淆乱"。有鉴于此,邹氏感叹:"成谱如是,学者奉为金科玉律,何以迄无驳正者耶?"① 在此背景下,清初出现了以《填词图谱》《词律》为代表的坚守格律本位的"驳正"词谱,尤其是万树所编《词律》,将词谱的格律视角推向了极致,堪称清初词体格律风气下的集大成之作。其集大成的途径,就是深化格律本位意识,并从理论上确立了词体格律考察的合理性和必要性,认为:"今虽音理失传,而词格具在,学者但宜依仿旧作,字字恪遵,庶不失其中矩矱。"其后的格律谱多以《填词图谱》《词律》为基础,或修订(如戈载、杜文澜等对《词律》的校订、补遗),或简化(如《天籁轩词谱》《白香词谱》等),或加入音律元素(如《钦定词谱》《碎金词谱》等)。这些词谱在韵法的判定和标注上,较明代谱更为全面、细化。如《填词图谱》(1679)和《词律》(1687)在优化韵、叶等基本韵法标注的同时,对前代关注不够的叠韵、句中韵等现象,亦有进一步的考察。② 诸谱对这些韵法的标

---

① (清)邹祗谟:《远志斋词衷》,唐圭璋编:《词话丛编》,中华书局1986年版,第643页。
② 有学者认为:"到了清初词学家赖以邹在编制《填词图谱》之时,却抛弃了张綖辛辛苦苦建立起来的'句中韵'体例,实在不该,这是不懂词体的直接结果。"(刘少坤:《清代词律批评理论史》,人民出版社2015年版,第171页)结论有待商榷。

注,是判定韵位的基础,并不涉及韵部关系问题。但在纂谱时,清人已表现出对韵脚字的部别关系的思考,其关注点主要体现在三个方面:平仄三声相叶、借韵和某韵割半分用。

先看平仄相叶现象,徐师曾《文体明辨》已指出旧词存在平仄三声相叶。《填词图谱》卷二所收〔西江月〕第一体以苏轼词为式,该体上下片二、三句以"霄骄""瑶桥"四平声字为韵,末句以"草""晓"二上声字为韵,前人认为属同部韵的平仄相叶。《填词图谱》于二、三句韵脚处标注"六字平韵起""七字叶",于末句韵脚处标注"六字叶上声"。详辨平仄(上)而不视作换韵处理,似说明《填词图谱》与前谱一样,是认同部分词调存在平仄相叶的韵法特点的。囿于所收词调较少,前谱对平仄相叶的考察只限于〔西江月〕的一体,《填词图谱》所收词调大大超越前谱,其中有一些词调是存在平仄相叶的韵法特点的,但《填词图谱》并未标注出来。如卷六〔哨遍〕第一体以苏轼词为式。该体起韵句"口体交相累"押仄韵,后有十三处韵脚亦押同部仄韵,但前段"谁不遣君归""露未晞""但小窗容膝闭柴扉""策杖看孤云暮鸿飞",后段"噫""归去来兮""念寓形宇内复几时""不自觉皇皇欲何之""此生天命更何疑"叶同部平声,当属平仄相叶,可《填词图谱》对九处平声韵皆不作为韵脚处理。同调第二体以辛弃疾词为式,不列图谱,但注曰:"……后段亦同,唯首句至七句用平韵。"按该体后段"首句至七句"即"噫子固非鱼。鱼之为计子焉知。河水深且广。风涛万顷堪依。有网罟如云。鹈鹕成阵。过而留泣计应非"①,韵位与第一体相同。其中的"知""依""非"为平声韵脚字,与该词中的"水""里""此""事""蚁"等仄声韵同部相叶,制谱者虽以之为韵脚,但并无"平仄相叶"的韵法意识,故不察,只言"首句至七句用平韵"。至于三平韵与诸仄韵是何关系,并未明言。

又如《填词图谱续集》卷上所收〔干荷叶〕以刘秉忠词为式,制谱者对该调韵法的处理颇为有趣。其平仄谱及例词为:

---

① "噫"本当作为韵脚(平声)与前仄声相叶,并断为一句,《填词图谱》未察此调中的平仄相叶现象,故未断为一句。

〔干荷叶〕七句二十九字四平一仄韵
●○●三字●○○三字平韵起●○●○○五字●○○三字叶
○○三字叶○●●●○○七字叶●●○○●五字换仄韵

词　　刘秉忠

干荷叶。色苍苍。老柄风摇荡。减清香。越添黄。都因昨夜一场霜。寂寞秋江上。

〔干荷叶〕是元人小令，第二、四、五、六句用平韵，第七句押同部仄韵，属于平仄相叶。制谱者不察，以末句为换韵。按词调韵法惯例，既为换韵，后当有相叶者。末句换韵而无叶，词体用韵概无是理。相类似的现象还出现在卷下所收〔换巢鸾凤〕中，该调以史达祖词为式，其平仄谱及例词为：

〔换巢鸾凤〕前段九句后段十一句共一百字五平七仄韵
○●○○四字平韵起●○●●●五字○●●○四字叶○●●●五字●●○○五字叶●●○○○○七字叶●○●○○●○○八字叶○●⊖三字●●○○●●○七字换仄韵
○●二字叶○●●三字叶○●●○四字●○●○○五字叶○○●○四字●●○●四字●●○●●○六字叶●○●○●○○七字●○●●七字叶●○○三字●●●○○●七字叶

词　　史达祖

人若梅娇。正愁横断坞。梦绕溪桥。倚风融汉粉。坐月怨秦箫。相思因甚到纤腰。定知我今无魂可销。佳期晚。谩几度泪痕相照。

人悄。天渺渺。花外语香。时透郎怀抱。暗握荑苗。乍尝樱颗。犹恨侵阶芳草。天念王昌忒多情。换巢鸾凤教偕老。温柔乡。醉芙蓉一帐春晓。

此调仅史达祖词一体，无别首旧词可校。该词前段用平韵，结句叶仄韵，后段全叶仄韵，属于本部平仄三声相叶。《填词图谱》径以前段结句处为换韵，可以看出，制谱者并无很明确的平仄相叶的观念。据此，对于前述〔哨遍〕第二体中三平韵与诸仄韵的关系，制谱者或亦持换韵的观点，不以之为平仄相叶。

《词律》对本部平仄三声相叶的处理，看似吸收了《填词图谱》的观点，但实际上已认同平仄相叶，只是将这类平仄相叶视作一种特殊的换韵，故全标注"换平叶""换仄叶"。万树遍考当时所能见到的词调、旧词，凡有平仄相叶的，都在《词律发凡》中一一列出：

> 凡调用平仄通叶者颇多，如〔西江月〕〔换巢鸾凤〕〔少年心〕俱显而易见，人多知之。其外如洪浩〔江城梅花引〕以"蕊""里"叶"谁""飞"；梦窗〔丑奴儿慢〕以"清""明"叶"影"，友古亦以"华""家"叶"画""亚"；山谷〔鼓笛令〕以"婆""啰"叶"我""过"，〔撼庭竹〕以"你"叶"梅""飞"；金谷〔蝶恋花〕以"期"①"伊"叶"计""意"，有〔惜奴娇〕以"家"叶"霸""价"；寿域〔渔家傲〕以"远""怨"叶"天""娟"，又〔两同心〕以"递""计"叶"依""飞"；耆卿〔宣清〕以"噤""枕"叶"森"，又〔曲玉管〕以"秋""洲"叶"久""偶"，又〔戚氏〕以"限""绊"叶"天""轩"，东坡亦以"汉""浅"叶"山""仙"；逃禅〔二郎神〕以"都"叶"雨""堵"；玉田〔渡江云〕以"处"叶"初""锄"，美成、千里亦以"下"叶"沙""家"；君衡〔绛都春〕以"懒""远"叶"寒""闲"；竹山〔昼锦堂〕以"上"叶"阳""伤"，美成亦以"厌"叶"檐""尖"；竹山〔大圣乐〕以"歌""和"叶"破"，伯可亦以"多""波"叶"过"；美成〔四园竹〕以"里""纸"叶"扉""知"，千里和词亦同；东坡〔哨遍〕以"扉""飞"叶"累""是"，稼轩亦以"之""知"叶"水""里"；友古〔飞雪满群山〕以"里"字叶"时""衣"；宋褧〔穆护砂〕以"枯""腴"叶"苦""雨"。如此等调，向来谱家皆未究心，致多失注，使本调缺韵，今俱细订详注。又山谷〔拨棹子〕以"在""害"叶"来"；潘元质〔丑奴儿〕以"啼"叶"汽"，梦窗亦以"鸾"叶"乱"。

---

① 原误作"明"，今改。

《词律发凡》所举诸调体及例词，前谱多未收录。具体谱注中，万树严格地按照其以平仄相叶为换叶平仄的观点标注这些词调的韵叶情况。如卷二所收〔江城梅花引〕"又一体"以洪浩词为式，列词及谱式为：

又一体八十七字，又名江梅引　　洪浩
天涯除馆忆江梅韵几枝开叶使南来叶还带余杭春信到燕台叶准拟寒英聊慰远句隔山水句应销落句赴诉谁叶　空恁退想笑摘蕊换叶断回肠句思故里叶仄谩弹绿绮叶仄引三弄豆不觉魂飞叶平更听胡笳哀怨泪沾衣叶平乱插繁花须异日句待孤讽句怕东风句一夜吹叶平

与前作字句俱同，只"蕊"字、"里"字以上声叶平，而"绮"字以叶韵。

谱中所标及注释符合万氏在《词律发凡》中的观点。但也有不尽相合之处，如卷一收〔竹枝〕，其中一体以皇甫松"山头桃花"词为式，该词以"香""映"为韵字，① 分别为平、上声字，属本部平仄三声相叶，按例当分别下注"韵""换仄叶"，但万树实注为"韵""叶"。又如卷一一所收〔撼庭竹〕以黄庭坚词为式，列词及谱式为：

撼庭竹七十二字　　黄庭坚
呜咽南楼吹落梅韵闻鸦树惊飞叶梦中相见不多时叶隔城今夜也
　　　　可仄　　　　　　　　可仄　　　可平　可仄　　　　可平
应知叶坐久水空碧叶山月影沈西叶　买个宅儿住著伊叶刚不肯相随叶
　　　可平　　作平　　　　　　　　　　可平　作平　　　　可平
如今却被天嗔你叶永落鸡群被鸡欺叶空恁恶怜伊叶风日损花枝叶
可仄 可平　　　　可平可平 可仄　　　　　　　　　可仄

前后同。后尾二句俱用平叶，前段"碧"字亦是作平。"如今却被"句即前段"梦中相见"句，必该用韵，观后王词"画栏"句是叶，可知"你"字乃以上叶平，作者或仍用平声，必不可不叶韵也。

---

① 该词前句韵字当为"杏"，《广韵》"杏"为上声梗韵，"映"属去声映韵或上声荡韵。《词律》作"香"，《广韵》属平声阳韵。"杏""香"之别，或为万树所据版本有误，或为《词律》刊刻致误。

万树既已以该词中的"你"为以上叶平，属于平仄换韵，又据王诜同调词为参照，因王词以"色""惜""力"等入声为韵，后段第三句用"息"亦为入声，故怀疑黄庭坚词后段第三句"或仍用平声"，似有以"你"为作平之意。对此，《钦定词谱》批评道："按此词后段'如今却被天嗔你'句，即前段'梦中相见不多时'句，例应押平韵，此词用'你'字，亦是三声叶韵。按词既押平声韵，其句中平仄即与仄声韵词不同，《词律》强为参校，终属无据。"可以看出，万树对某些词调中的平仄三声相叶的认定，尚处于游移态度。

《钦定词谱》吸收了《填词图谱》《词律》的观点，略有改变，且有了全新的标注方法。《钦定词谱》中，起韵为"韵"，凡后出相叶之韵，若平仄相同，则注"韵"；若平仄三声不同，则注"叶"。①并在标记符号上，严格区分"韵""叶"，以"叶"专指平仄三声相叶。这样，既不完全将三声相叶等同于一般叶韵，又不将其视作一种特殊的换韵，体现出一定的创新。

以卷一所收〔庆宣和〕为例，列词及谱式为：

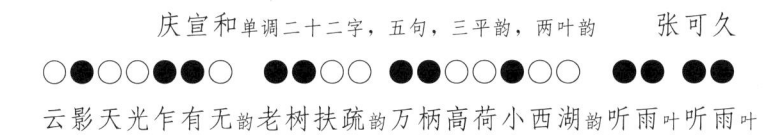

庆宣和 单调二十二字，五句，三平韵，两叶韵　　张可久
○●○●●●●　●●○○●●○●●○○●●○●
云影天光乍有无韵 老树扶疏韵 万柄高荷小西湖韵 听雨叶听雨叶

又如〔凭阑人〕"又一体"以倪瓒词为式，列词及谱式为：

又一体 单调二十五字，五句，三平韵，一叶韵　　倪瓒
●●○○○●○　○●○○●●　○○○●●●●　○○　○●○

---

① 这只是就大体而言。若《钦定词谱》认定某调正体首句不入韵，而又一体首句入韵且平仄不同于次句，于又一体之首句韵注"叶"，次句注"韵"。如卷八收〔西江月〕以柳永词为正体，前后段次句入平韵（摇/醪），又引沈义父《乐府指迷》"〔西江月〕第二句平声韵，第四句就平声切去押仄韵，如平声押'东'字，仄声须押'董、冻'字韵，不可随意押他韵"，以次句入平韵为该调范式，故又一体苏轼词虽前后段首句入仄韵（雨/吐），仍注"叶"，次句用平韵（湖/扶）而注"韵"，后注："此词两起句俱叶仄韵，欧阳炯'水上鸳鸯'词、辛弃疾'贪数明朝'词即此体也。"

客有吴郎吹洞箫韵明月沉江春雾晓叶湘灵不可招韵水云中句环佩摇韵
　　此词第二句用仄韵，结作三字两句，与邵词小异。按元人小令，俱叶北音，所谓
　　《中原音韵》也，与古韵三声叶者微不同。盖三声叶，只平上去三声；若《中原音韵》，
　　则入声作平，无所不叶也。

制谱者特别指出，平仄三声相叶是唐宋词和古诗赋的用韵特征，不同于元曲的平仄四声相叶。

《钦定词谱》不以三声相叶为换韵的一种类型，而是视作"本部三声相叶"，"本部"的判定亦以《词韵略》为参照。如卷一一收〔河传〕，又一体以张先词为式，该词为双调五十三字，前段七句两仄韵（庆圣）、三平韵（熏春云），后段六句三仄韵（梦共动）、两叶韵（封同）。后注云："此词后段平韵，即叶本部三声，与另换别韵者不同。"后段五韵分别为诗韵之去声一送、去声二宋、上声一董、平声二冬和平声一东，《钦定词谱》以之为同部，这与《词韵略》分部相合。又如卷一三〔寻梅〕，以沈会宗词为正体，该词为双调六十字，前后段各五句、四仄韵（蹉我过破/那个可朵）。其中，"蹉"本为平声五歌，但制谱者以其"又去声，故图作仄声"，"我""可""朵"为诗韵之上声二十哿，余字为去声二十一箇。并注云："若作平声，歌、哿二韵，亦是本部三声叶。"《钦定词谱》以之为同部，亦与《词韵略》分部相合。考察其余注"本部三声"者，所示分部特点皆与《词韵略》相符。

对平仄三声相叶的态度，不仅关系到对词调韵法的考察，而且在词体分部韵法层面，涉及本部平仄三声是否能归为一部的问题。自徐师曾《文体明辨》（1573）指出〔西江月〕存在平仄（上）"叶转"现象以来，明末清初的词调韵法探讨多相承袭，但并未将此观念普遍用于分析相类词调。不过，"平仄相叶"的词体观念，对清初的分部韵法考察有很大的启发。沈谦所编订《词韵》（1648）虽然尚严，但充分考虑到部分词调平、上、去通押，故分部上主张本部三声相合，这一做法在清初得到了普遍的认同，并成为清代词韵专书的普遍范式。

再看"借韵""借叶"现象。借韵，或称借叶，是指填词中该选本部韵字时，借用了他部韵字。该术语的使用有一个必要的先决条件——存在一明确的韵部系统作为依据，只有这样，才能谈何字为本部、何字

属他部。清代率先提出此概念的词谱是万树的《词律》，万树以沈谦《词韵》（实为《词韵略》）所示韵部为基础参照，探讨具体词调词作中的韵叶关系。

如卷二〇所收〔穆护砂〕以宋褧词为式，列词及谱式为：

穆护砂—百六十九字　　宋褧

底事兰心苦_韵便凄然_豆泣下如雨_叶倚金台独立_句揾香无主_句断肠封
　　　　　　　可仄　作平　　可平　　　　　　　　　可平可仄
家如妒_叶乱扑簌_豆骊珠愁有许_叶向午夜_豆铜盘倾注_叶便不是_豆红冰缀
　　　　　可平　　　可仄　　　　可平　　　　　　　　　　可平
颊_句也湿透_豆仙人烟树_叶罗绮筵中_句海棠花下_句淫淫常怕凤脂枯_{换平叶}比
　　可平　　　可仄可仄 可平可仄　　　　　　　　　可仄 可平
洛阳年少_句江州司马_句多少定谁似_{借叶仄}　照破别离心绪_{叶仄}学人生_豆
有情酸楚_{叶仄}想洞房佳会_句而今寥落_句谁能暗收玉箸_{叶仄}算只有_豆金钗
　　可平　　　　可仄　　　可仄　　　　可平 可平
曾巧补_{叶仄}轻拭了_豆粉痕如故_{叶仄}愁思减_豆舞腰纤细_句清血尽_豆媚脸肤
　　可仄　　可平　　　　可仄　　　　　可平　　　　　　　可平可平
腴_{叶平}又恐娇羞_句绛纱笼却_句绿窗伴我检诗书_{叶平}更休教_豆邻壁偷窥_句
　可仄　　可平　　　　　　　　可平　　　　　可平
幽兰啼晓露_{叶仄}

　　"倚金台"至"脂枯"，与后"想洞房"至"诗书"同。此调以"枯""腴""书"为叶，是平仄通用者，"似"字系借韵。

全词以"苦""雨""妒""许""注""树""枯""绪""楚""箸""补""故""腴""书""露"押韵，属于本部平仄三声相叶，对应到《词韵略》，即为"鱼语韵"。不过词的前段结句以"似"为韵脚，不属于"鱼语韵"之"本部"，故万树于此句下注"借叶仄"，后注称"似"字是"借韵"，即借自他部（支纸韵）。

如卷一收〔十六字令〕，以蔡伸词"天。休使圆蟾照客眠。人何在。桂影自婵娟"为式，前人首句或断句作"天休使圆蟾"，以"蟾"与"眠""娟"相押。"蟾"为闭口［—m］尾韵，"眠""娟"为［—n］尾韵，非本部同韵，万树认为若以"蟾"为韵，属于"借他韵为叶"。进而基于"小令不借叶"的判断，万氏不以"蟾"为韵（详后）。

以《词韵略》所示韵部为参照，判定或解释具体词调中的韵叶关系，是万树的一项发明，但也偶有例外。如卷二收〔醉太平〕以戴复古词为式，戴词以"亭""醒""情""声""裀""屏""明""程"为韵，按《沈氏词韵略》，"裀"属真轸韵，其余属于庚梗韵，按例万树应在"裀"字下注"借叶"，实际只注"叶"。相同的情况，也出现在〔武陵春〕（毛滂词）的韵法标注中。

《钦定词谱》也注意到了旧词中这类借用本部之外韵字相叶的现象，其判定方法与《词律》相同，以《词韵略》为参照。但制谱者并不满足于从分部韵法角度对韵位做简单描写，还试图进一步对"借叶"关系做出韵理解释。制谱者认为这是古诗赋的用韵特征，称之为"古韵三声相叶"（详后）。

无论是"借叶"还是"古韵三声相叶"，反映到词体分部韵法上来，都体现出旧词用韵现象的复杂性和韵部划分的错杂性。《词律》《钦定词谱》所参照的《词韵略》只有韵部框架，并未详列所辖韵字。针对这种部间"借叶"现象，《词韵略》已对泰（卦）、队、佳、灰、蟹、元、阮、愿诸韵做割半处理，使诸韵分属不同韵部，并列出代表例字。后出词韵专书（如《学宋斋词韵》《词林正韵》《碎金词韵》等）多沿袭此法。不过，《词韵略》割裂之韵的例字普遍较少，多则四字（如真轸部下之"元半"列"魂昆门尊"），少则一字（如歌哿部下之"蟹半"列"夥"），不利于发挥词韵专书的指南性功能，故后出词韵专书多特别注意详列韵字。

词谱编纂中，从格律视角出发，对平仄三声相叶、借韵和某韵割半分用等现象的考察和判定，客观上是有助于优化词体分部韵法的。反过来，所得分部韵法对深化词调韵法的考察也有推动作用。

（二）融韵于律

清代词体韵法的词律语境还表现为，完全将韵法纳入平仄格律的视野下考察。

清初词谱编纂继承了明代的格律本位意识，并进一步从理论上确立了词体格律考察的合理性和必要性。比如，万树在《词律发凡》中首先指出，词体宫调音理与字声格律本相合相生："自沈吴兴分四声以来，凡用韵乐府，无不调平仄者。至唐律以后，浸淫而为词，尤以谐声为主。倘平仄失调，则不可入调。周、柳、万俟等之制腔造谱，皆按宫调，故协于歌喉，播诸管弦。以迄白石、梦窗辈，各有所创，未有不悉音理而可造格律者"，进而提出："今虽音理失传，而词格具在，学者但宜依仿旧作，字字恪遵，庶不失其中矩矱。旧谱不知此理，将古词逐字臆断，平谓可仄，仄谓可平。夫一调之中岂无数字可以互用？然必无通篇皆随意通融之理。"认为在词已不可入乐的时代，仍可通过旧时词作的字声格律探求词体的音律特性。在此主张下，万树并未考虑词之韵脚的特殊性，而是默认韵脚字和句中字的平仄格律，皆为词体音律的外显。具体探求之法，就是将格律考求精细化，"依仿旧作，字字恪遵"，通过"句栉字比于昔人原词"，争取"考究精严，无微不著"。因此，相较于前谱，《词律》有了更为浓重的基于格律的词调韵法观念。万树完全将词体用韵融入词调的整体格律来探讨，而不是单纯地就韵位谈韵法。这主要体现在三个方面。

第一，从字声格律的角度考察韵位的平仄，并据此标注韵脚的可平、可仄，或应作的字声。如《词律》卷二〇所收〔穆护砂〕以宋褧词为式，列词及谱式为：

穆护砂—百六十九字　　宋褧
底事兰心苦韵便凄然豆泣下如雨叶倚金台独立句揾香无主句断肠
　　　　　　　　　　　　　　　可仄　作平　　　　可平　　可平
封家如妒叶乱扑颦豆骊珠愁有许叶向午夜豆铜盘倾注叶便不是豆红冰
可仄　　　　　　　　　　　　可平　　可仄　　　　　　可平　可仄
缀颊句也湿透豆仙人烟树叶罗绮筵中句海棠花下句淫淫常怕凤脂枯换平叶
可平　可平　　可平可仄　　　　　　　　　　　　　可仄　可平
比洛阳年少句江州司马句多少定谁似借叶仄　照破别离心绪叶仄学人生豆
有情酸楚叶仄想洞房佳会句而今寥落句谁能暗收玉箸叶仄算只有豆金钗
　　　　　　可平　可仄　　　　　　　可仄　可平　可平
曾巧补叶仄轻拭了豆粉痕如故叶仄愁思减豆舞腰纤细句清血尽豆媚脸肤腴
　　　　可仄　　　　可平　　　　可仄　　　可平可仄　　可仄　可平可平

叶平 又恐娇羞 句 绛纱笼却 句 绿窗伴我检诗书 叶平 更休教豆邻壁偷窥 句 幽
　　　可仄　　　　　　　　可平 可平

兰啼晓露 叶仄

　　"倚金台"至"脂枯"，与后"想洞房"至"诗书"同。此调以"枯""腴""书"为
　叶，是平仄通用者，"似"字系借韵。

前谱已有关于可平可仄的格律探讨，但并不涉及韵脚字。万树将韵位完全纳入词体平仄格律的视野，通过参校他词，发现〔穆护砂〕后段"媚脸肤腴"句的第四字可平可仄，故于此平韵韵脚处标记"可仄"。

此外，受南北曲的启发，万树还从格律层面提出严辨仄声、以上作平、以入作平等观点。万氏对他的这些主张颇为满意，认为"此虽独出乎一人之臆见，未必有符于四海之时流。然试注目而发深思，平心而持公论。或片言之微中，或一得之足收。亦有偶合于古人，未必无裨于末学"。对此创见，万氏在谱中每每用到。如卷一收〔南歌子〕，又一体以石孝友词为式，该词韵脚为"薄""幙""角""恶""著""削"诸入声字，但万树认为该体"乃以入作平"。并详述其理据如下：

　　此与前词字句俱同，而用入声为叶者。愚谓入声可作平，人多不信，曰："入声派入三声，始于元人论曲，君何乃移其说于词？"余曰：声音之道，古今递传。诗变词，词变曲，同是一理。自曲盛兴，故词不入歌，然北曲〔忆王孙〕〔青杏儿〕等即与词同，南曲之引子与词同者将六十调，是词曲同源也。况词之变曲，正宋元相接处，岂曲入歌当以入派三声，而词则不然乎？故知入之作平，当先词而后曲矣。盖当时周、柳诸公制调，皆用中州正韵。今观词中如不音"逋"、"一"音"伊"之类，多至万千，正与北曲同，而又何疑于入作平之说耶？且用韵句亦可以入为叶，如惜香〔醉蓬莱〕以"吉"字叶"髻""戏"，坦菴以"极"字叶"气""瑞"等甚多，若云入不可叶，则此等词落一韵矣。至通篇入叶之词，有可兼用上去，如〔贺新郎〕〔念奴娇〕之类。有本是平韵，而以入代叶者，如金谷此篇之类，虽全用入声，而实以入作平，必不可谓是仄声而用上、去为韵脚也。若夫以上作平，如永叔〔少年游〕"千里万

里"、"里"字;东坡〔醉蓬莱〕"好饮无事""为我西饮","饮""我"二字;芦川〔贺新郎〕"肯儿曹恩怨相尔汝","尔"字;诚斋〔好事近〕"看十五十六","五"字,皆以上作平,亦不可胜举。姑识于此,高明自能类推,而知鄙说非诬耳。

又如前举〔撼庭竹〕黄庭坚词前段倒数第二句"坐久水空碧",韵脚"碧"字本是入声,据该调韵法,与"梅""飞""时""西"等平声字叶,再参校他词,万树认为"后尾二句俱用平叶,前段'碧'字亦是作平",故于"碧"字旁注"作平"。

《钦定词谱》继承了万树的这一主张和视角。如卷一所收〔南歌子〕,又一体以石孝友词为式,列词及谱式为:

又一体双调五十二字,前后段各四句,三仄韵　　石孝友

◐●　○●　○●●韵　○○●●韵　●○○●●○●韵　●●○○读○●●○●韵

春浅梅红小句山寒岚翠薄韵斜风吹雨入帘幕韵梦觉南楼读呜咽数声角韵

○●○○●●韵　●○●●○○●韵　●●○○读○●●○●韵

歌酒工夫懒句别离情绪恶韵舞衫宽尽不堪著韵若比那回读相见更消削韵

<small>此词用仄韵,其字句与毛熙震平韵词同。按宋沈伯时《乐府指迷》论平声字,可以入声替。如此词本平声韵,今更入声韵是也。曾慥《乐府雅词》录无名氏词,亦入声韵,前段"阁儿虽不大,都无半点俗。窗儿根底数竿竹。画展江南山景、两三幅",后段"彝鼎烧异香,胆瓶插嫩菊。翛然无事净心目,共那人人、相对弈棋局",其前后段起二句平仄微拗,不若此词谐婉也。</small>

这是从字声格律的角度考察韵位的平仄,认为毛、石二词用韵平、仄之别,源于入声可作平声。不同于《词律》的是,《钦定词谱》并未据此标注该体韵脚的可平、可仄,或应作的字声。

第二,以格律韵法辨调体。如《词律》卷一收〔杨柳枝〕,又一体以顾敻词为式。顾词为:"秋夜香闺思寂寥,漏迢迢。鸳帷罗幌麝烟消,烛光摇。　正忆玉郎游荡去,无寻处。更闻帘外雨潇潇,滴芭蕉。"该调句法、平仄与〔贺圣朝影〕相同,万树注云:"按〔贺圣朝影〕句法、字法皆与此同,只后段'无寻处'之'处'字仍用平声,叶前后韵,故于此为各调,不可误也。"试参照欧阳修〔贺圣朝影〕:"白雪梨花红粉

桃。露华高。垂杨慢舞绿丝绦。草如袍。　风过小池轻浪起,似江皋。千金莫惜买香醪。且陶陶。"过片处〔杨柳枝〕换仄韵,〔贺圣朝影〕仍叶前平韵。因格律视角下,对比出韵法不同,万树便别为二调。又如卷一收〔竹枝〕三体,以皇甫松、孙光宪词为式。① 万树注云:"皇甫子奇……其词六首,皆每首二句相叶,其句中平仄不拘,但每句第二字皆平,末一首乃用仄韵者,另录于后。"皇甫松有〔竹枝〕词六首,皆两句体,每句第二字用平,余字平仄不拘,其中五首用平韵,一首用仄韵。万树以仄韵词独为一体。

《钦定词谱》认同万树以韵法辨调辨体的方法。如卷一所收〔忆江南〕又一体以冯延巳词为式,因冯词二首"前后段俱两平两仄四换韵",韵法"与唐宋〔忆江南〕本调不同",故虽"类列"于〔忆江南〕之后,仍主张别为一调。又如〔闲中好〕列二体,分别以段成式、郑符词为式。二词皆为单调十八字四句二韵,韵位亦同,只因段词用平韵、郑词用仄韵,故分该调为"平韵仄韵二体"。又如〔罗唝曲〕列三体,皆以刘采春词为式,其中二体都是单调二十字四句,句中字平仄相同,只因首句有入韵与否的差异,而分作二体。又如〔南歌子〕列七体,其中二体分别以辛弃疾和石孝友词为式,二词皆为"双调五十二字,前后段各四句,三韵",句中字平仄基本相同,只因辛词用平韵、石词用仄韵,而分为二体。

再如卷一所收〔忆江南〕,本为单调二十七字,五句,三平韵,又收又一体以欧阳修词为式,该词双调五十四字,前后段各五句,三平韵。制谱者于该体后注:"此即单调词加一叠,其可平可仄与单调同。按《啸余谱》录李煜作,本单调词两首,故前后段各韵,且双调始自宋人,从无用两韵者,即《海山记》讹托隋词八阕,亦前后一韵,不可不辨。"认为双调体不过是单调加一叠而成,无前后段换韵之例。《啸余谱》卷三收〔望江南〕,以李煜词为式,并注云:"一名〔望江梅〕,即〔梦江南〕后加一叠,双调小令,后段同,唯更前韵。"但所收实为李煜"多少恨""多少泪"两首单调词,程明善误合为一首,作为换韵之双调体。《钦定词谱》编者据〔忆江南〕单调、双调韵法,指出前谱分辨调

---

① 其中一体为四句体,本为孙光宪词,万树误题作皇甫松词。

体之误。

第三，以格律韵法考察词调句法。如卷一收〔十六字令〕，以蔡伸词为式，列词、谱式及注语为：

十六字令 十六字，又名苍梧谣　　　蔡伸

天_韵休使圆蟾照客眠_叶人何在_句桂影自婵娟_叶
　　　　　可仄　　　　　　　　　　可平

此调旧刻收周美成作"明月影穿窗白玉钱"一首，《词综》校正之，谓："此系周晴川词，'明'字乃'眠'字之误，本一字句，'月影'以下为七字句。"蔡词亦"天"字起韵，今作三字起句者，非也。按张于湖送刘郎词三首皆以"归"字起韵，一云"归。十万人家儿样啼"，二云"归。猎猎薰风卷绣旗"，三云"归。数得宣麻拜相时"。是此调之为一字起句无疑矣。盖蔡词尚可读"天休使"为句，张词岂可读"归十万"等为句乎？时流作词名解谓三字起者为〔十六字令〕，一字起者为〔苍梧谣〕，谬矣。至于《填词图谱》注云"首句本作五字，今作三字断，古无此体"，不知所谓"古"者何人之词？五字断句有何考据？且引蔡词云"于五字用韵起"，则尤可笑。"蟾"字是闭口音，岂如此小调而必借他韵为叶？友古不若是之陋也。不亦妄哉！

万树以"天""归"等字在词中叶韵为据，定〔十六字令〕为一字起句。同时，以"蟾"是闭口韵，与"眠""娟"不同部，且小调不借韵为由，反对此调为五字起句。

《钦定词谱》中也存在这种以韵法考察词调句法的视角。如卷一所收〔归字谣〕，列词及谱式为：

归字谣 单调十六字，四句，三平韵　　　张孝祥

○　●●○○●●○　○●●　○●●○○

归_韵猎猎薰风飐绣旗_韵阑教住_句重举送行杯_韵

按张孝祥词三首，皆以"归"字起韵，蔡伸词以"天"字起韵，袁去华词，亦以"归"字起韵，皆一字句也。元《天机余锦》周玉晨词"眠，月影穿窗白玉钱。无人弄，移过枕函边"，本以一字句起，《词统》及《草堂别集》，讹"眠"字为"明"，遂以"明月影"三字为起句者，误。按张词别首第二句"十万人家儿样啼"，"儿"字平声。蔡伸词第二句"休使圆蟾照客眠"，"休"字平声，第四句"桂影自婵娟"，"桂"字仄声。谱内可平可仄据此。

所论与万树《词律》相通。

此外，对于叠韵这类音律特性明显的韵法现象，前谱都只是单纯地考察其韵位。在乐谱和乐理不明的语境下，这是唯一可行的视角。《钦定词谱》承袭了这一标注方法，如〔醉妆词〕（者边走，那边走）、〔潇湘神〕（斑竹枝，斑竹枝）等含叠韵的词调，都只是在叠韵处注"叠"。但偶尔也表现出格律层面的深度思考。如〔荷叶杯〕又一体以顾夐词为式，列词及谱式为：

又一体 单调二十六字，六句，两仄韵，三平韵，一叠韵　　顾夐

●●○○○● 　●●○● 　○○●●○○ 　○●○ 　○●

春尽小庭花落仄韵 寂寞韵 凭槛敛双眉平韵 忍教成病忆佳期韵 知么知韵 知么

○

知叠

按顾夐词九首，内一首起二句"我忆君诗最苦，知否"，故此词"春"字可仄，"小"字可平，"花"字可仄，"寂"字可平。第三、四句"字字最关心，红笺写寄表情深"，故此词"凭"字可仄，"忍"字可平，"成"字可仄。若第六句，即叠第五句平韵，其第五句第一字，即煞尾平韵也。明程明善《啸余谱》，于第五句第一字注"可仄"，则是仄韵煞尾矣，不可从。

对于"ABA，ABA"这类叠韵现象，《钦定词谱》注意到韵脚字与首字相同，认为其平仄亦应一致。据此断定此词第五、六句首字只能是平声，并指出《啸余谱》注为"可仄"有误。

虽然明代在词体探讨中，已涉及词体格律和词体韵法这两个方面，但两者间缺乏足够的联系，这使得明代的词体学在系统性上有所缺失。相较于前人对词律和词韵关系的零散呈现，清人积极沟通两者间的内在联系，使词律和词韵形成一种互构共生的关系，迈出了清代词体学系统性建构的重要一步。

二　与词乐关系

基于词体韵法的音律特性，发掘词韵与词乐的直接关系，远比借道格律视角以期管窥音律遗迹之法来得更有效。但相对于构建词韵、词律

关系的努力和成果，清人在搭建韵、乐联系方面举步维艰，所得成果太少。在词乐文献匮乏、词乐乐理和歌词之法消亡的语境下，探究词韵的音律属性是一种理想追求，为此理想，清人想尽了办法。

明末清初，时人已流露出对词之音律体性的反思，并对既有的格律视角提出批评。比如，刘体仁称："古词佳处，全在音律见之。今止作文字观，正所谓徐六担板。"① 邹祗谟批评《诗余图谱》"一按字数多寡、韵脚平仄，而于音律之学尚隔一尘"②，王士祯（亦即王士禛）谓词"不可尽作文字观"③。在此背景下，清代部分学者从词韵的音律属性出发，对沈谦、毛先舒等的格律词韵提出质疑，或否定从格律角度出发编订词韵系统，或在格律词韵系统的基础上加入乐律元素，或结合音韵学韵理以解释旧词用韵的音律考量。这类工作都以坚守或追求词韵的音律属性为出发点，在部分韵法话题上试图打破格律视角的樊篱，考察词体韵法的音律内涵。其编韵或论韵，各具特点，包括否定词韵编订、词韵曲化、词韵通转、过宽过严等论题，表现出异于清代词韵编订主线的诸多特征，给人以"非正统""非主流"的错觉。

率先向《词韵略》发难的是毛奇龄。毛奇龄在其《西河词话》（最终康熙四十年以后）中对词韵编订持否定态度，他认为"词本无韵，故宋人不制韵，任意取押，虽与诗韵相通不远，然要是无限度者"，《词韵略》所示韵部虽然界限明确、部别井然，做到了"独用之外无嫌韵，通韵之外更无犯韵"，"有功于词甚明"，但于旧词用韵不能尽合，导致其韵部"反失古意"。具体体现为：第一，旧词中支、鱼、尤三平声韵不相押，但其上声纸、语、有三韵常混押（如无名氏〔鱼游春水〕"秦楼东风里"，"轻拂黄金缕"，通纸于语；张元干〔渔家傲〕"短梦今宵远到否，荒村四望知何处"，通语于有）。《词韵略》基于"填词之韵，大略平声独押，上去通押，然间有三声通押者"的整体判断，从音韵系统出发，以平、上、去三声相承之法，将诸韵一刀切为支纸、鱼语二部，"则支通于鱼，鱼通于尤，必以支纸一韵、鱼语一韵限之，未为无漏

---

① （清）刘体仁：《七颂堂词绎》，唐圭璋编：《词话丛编》，中华书局1986年版，第622页。
② （清）王士祯：《花草蒙拾》，唐圭璋编：《词话丛编》，中华书局1986年版，第658页。
③ （清）王士祯：《花草蒙拾》，唐圭璋编：《词话丛编》，中华书局1986年版，第684页。

也"。第二，旧词中真、文、元、庚、青、蒸、侵等平声韵常通押，其上、去声韵亦然，毛奇龄认为诸韵"无不通转"，而《词韵略》将诸韵划分为真轸、庚梗、侵寝三部，只是强行分别，"各自为说"。第三，旧词中歌韵与麻韵"未必不通"，而《词韵略》将其分属歌哿、佳马二部。第四，旧词中寒韵与盐韵"未必不转"，而《词韵略》将其分属元阮、覃感二部。第五，旧词在入声韵的使用上"信口揣合，方音俚响，皆许入押……一入声而一十七韵展转杂通，无有定纪"，而《词韵略》强行将其划分为屋沃、觉药、质陌锡职缉、物月曷黠屑叶、合洽五部，于旧词多不相合。第六，旧词中偶有"误"用"古"韵（如"否"之音"俯"）、乡音入韵（如林外词以闽音"锁""老"相押）的情况，毛奇龄认为这类用韵"乱象"正说明宋人填词根本无"定韵"参照。

清人论词多宗宋，在毛奇龄看来，一方面，无须编订词韵，"词盛于宋，盛时不作，则毋论今不必作"；另一方面，编订词韵吃力不讨好，"万一作之，而与古未同，则揣度之胸，多所兀臬，从之者不安，而刺之者有间，亦何必然"。所以，他得出结论："词韵之了无依据，而不足推求。"

毛奇龄的观点在后世常受到批判，戈载便称之为"丧心病狂"。原因主要在于：考求词体韵法是清代词体学的重要内容，毛氏对旧词用韵"展转杂通，无有定纪""信口揣合""了无依据，不足推求"之语，似乎是在否定词有韵法，动摇了词韵之学的合法性。再者，针对后人所制之韵，毛先舒以其不能合乎所有旧词的用韵特点，而加以否定，有因噎废食之弊。不过，似乎这并非毛奇龄立论的出发点和真正目的，毛奇龄所质疑的只是当时探求词体韵法的途径，而非否定词韵之有法，相反，毛氏是很重视词体的音律特性的。

《西河词话》本有四卷，《四库》收录时，只存两卷，分卷上下，内容较为混杂，编排体例无迹可循，或为随笔记录。其否定词韵编订之论出自上卷，由于所论主要针对沈氏词韵分部提出异议，并有"虽有功于词甚明，然反失古意"之语，后人拟一题名为"沈去矜《词韵》失古意"。我们认为该题名拟得很恰当。只是毛氏所谓"古意"是什么，还需要进一步明确。

在将沈氏韵定性为"反失古意"后，毛奇龄以诗韵平声三十韵在

《词韵略》中的分合为例,评价沈氏韵部的独用、通韵的安排:"假如三十韵中,惟'尤'是独用,若'东冬''江阳''鱼虞''佳灰''支微齐''寒删先''萧肴豪''覃盐咸',则皆是通用。此虽不知词者亦晓之,何也? 独用之外无嫌韵,通韵之外更无犯韵,则虽不分为独、为通,而其为独、为通者自了也。"① 毛奇龄认为,沈氏韵只是犁然有别地呈现韵部,各部界限分明不相杂厕,像其他韵书一样就韵分韵,规则井然。这样的处理是"虽不知词"的人也懂得韵间关系,而这样的韵部关系又无法反映旧词用韵的实际情况,意谓沈氏词韵反映的更多是韵学层面的韵理,但脱离了词体,其韵不符合词的特点。

指出沈氏词韵不合旧词用韵之后,毛奇龄便以南曲用韵作比,来说明"不合古意,反诬古体为非"之谬:"至若北曲有韵,南曲无韵,皆以意出入,而近亦遂以北曲之例限之。至好为臆撰如《西楼记》者,公然以《中原音韵》明注曲下,且引曲至尾,皆限一韵。而附和之徒,反以古曲之出入为谬,而引曲、过曲、前腔、尾声之换韵,反谓非体。何今人之好自用,而不好按古,一至是也。"② 南曲之为体,是存在"引曲、过曲、前腔、尾声之换韵"现象的,也就是说南曲用韵是有其曲体的音律特性的。当时的袁于令《西楼记》乃南曲,却以北曲为韵,且从头到尾只用一韵,没有换韵。可能是碍于袁于令的文坛地位,时人竟以不顾曲体特性的用韵方式为是、以古体为非。可以看出,对词和南曲之用韵,毛奇龄是很重视辨体的,但他并不认为从格律视角出发制定一个整齐划一的用韵指南系统,是考察词韵之根本体性的有效途径。

毛奇龄对字声格律视角的词体考察的质疑,还体现在他对词之宫调与语句文字关系的认识上。他在《西河词话》中明确指出文字平仄不能代表音律宫调:"李于鳞以填词法作乐府,谓乐府有声调,倘语句稍异,则于声调便不合尔。不知填词原有语句平仄正同,而声调反异者,如〔玉楼春〕与〔木兰花〕同,而以'大石调'歌之,则为〔木兰花类〕。然则声调何尝在语句耶? 乐有调同而字句异者,清调、平调,殊于楚歌。

---

① (清) 毛奇龄:《西河词话》,唐圭璋编:《词话丛编》,中华书局1986年版,第568页。
② (清) 毛奇龄:《西河词话》,唐圭璋编:《词话丛编》,中华书局1986年版,第570页。

有调异而字句同者,《豳雅》《豳风》,只一《七月》。于鳞坐不解耳。"①又对当时据字数分列词调和臆谱自度曲的做法提出批评,称:"古者以宫、商、角、徵、羽、变宫、变徵之七声,乘十二律,得八十四调。后人以宫、商、羽、角之四声,乘十二律,得四十八调。盖去徵声与二变不用焉。四十八调至宋人诗余犹分隶之。其调不拘短长,有属黄钟宫者,有属黄钟商者,皆不相出入。非若今之谱诗余者,仅以小令、中调、长调分班部也。其详载《乐府浑成》一书。近人不解声律,动造新曲,曰自度曲。试问其所自度者,曲隶何律,律隶何声,声隶何宫何调,而乃搁然妄作,有如是耶。方渭仁曰,四十八调亦非古律。但隋唐以来相次沿革,必有所受之者,声律微眇,宜以迹求,正谓此也。"②可以看出,毛奇龄并非不承认词体的音律特性,恰恰相反,正是因为看重音律,才反对从字声格律角度探求词体、词韵,他不认为文字平仄是可求之迹。只不过,宋以降,词毕竟"声律微眇",毛奇龄虽主张"宜以迹求",但并未指出探求之法。

综上,我们认为,前述毛氏所谓"古意",指词韵之音律体性,所谓"知词",即知词韵之音律。《四库提要》评价毛奇龄"填词之功,较深于诗……是编虽不及徐釚《词苑丛谈》之赅博,而亦足备谈资……其论沈去矜《词韵》一条,尤为精核,论辛弃疾、蒋捷为别调,亦深明源委"。可见,四库馆臣与之有相同的词体音律观。江顺诒《词学集成》卷三摘录《西河词话》"近人妄作自度曲"条,并评价道:"此论甚允。夫宫调虽失传,尚有门径可寻。苟欲自度腔,何不一求其源,而必妄作乎。"足见毛氏音律反思对后世的影响。

首先受到毛奇龄影响的当属邹祗谟,邹氏评价《词韵略》为"考据该洽,部分秩如,可为填词家之指南",并将《词韵略》收入其与王士禛合编的《倚声初集》前编卷四,但也指出了沈氏韵存在的问题:"且上、去二声,宋词上如纸、尾、语、御、荠,去如寘、未、御、遇、霁,多有通用,近词亦然。而平韵如支、微、鱼、虞、齐,则断无合

---

① (清)毛奇龄:《西河词话》,唐圭璋编:《词话丛编》,中华书局1986年版,第573页。
② (清)毛奇龄:《西河词话》,唐圭璋编:《词话丛编》,中华书局1986年版,第587—588页。

理，似又未能概以平贯去、入。"① 与毛奇龄一样，邹祗谟认为《词韵略》在支纸、鱼语二部的划分上，有过度依赖"三声相承"这一韵部系统理论之嫌，不合旧词实际用韵情况。又认为："周韵（指周德清《中原音韵》）平、上、去声十九部，而沈韵平、上、去声止十四部，故通用处较宽。然四支竟全通十灰，半元、寒、删、先全通用，虽宋词苏、柳间然，毕竟稍滥，觉不如周韵之有别。"在邹氏看来，旧词中诸韵只是偶通，《词韵略》便归为一部，有滥通之弊。需要说明的是，毛奇龄批评《词韵略》没有注意到旧词中"未必不通"的用韵现象，而邹祗谟批评沈氏韵存在因旧词偶叶而滥通，并不意味着毛、邹两家的词韵主张有宽、严之别。二人所论，皆在于指出据格律编订词韵之不可行。"盖词韵本无萧画，作者遽难曹随。"② 邹氏也认为，宋人并未制韵，所以后人不可能依据旧词得出一个统一的词韵分部系统。

至于如何探求词体韵法，邹祗谟认为旧词"分合之间，辨极铢黍"，后人"苟能多引古籍，参以神明，源流自见"。③ 又称："宋人词韵，有通用至数韵者，有忽然出一韵者，有数人如一辙者，有一首而仅见者。后人不察，利为轻便。一韵偶侵，遂延他部。数字相引，竟及全文。此毛氏'一人通谱，全族通谱'之喻，为不易也。学者但遵成法，并举习见者为绳尺，自鲜蹉跌。无遽以鲁男子之不可，学柳下惠之可耳。"④ 在邹氏看来，制定统一分部韵法，只是后人为了填词需要，"利为轻便"之举。谨遵旧词成法，具体词调以习见之名篇为准绳，才能真正地做到合律。换言之，邹祗谟认为，探求词体韵法时，当依据更有针对性的词调韵法，分部韵法虽有指南作用，但韵间关系一刀切的做法过于粗率，填词者若以指南所示韵部关系用于所有词调，可能反失了某一词调应有的音律特性。

---

① （清）邹祗谟：《远志斋词衷》，唐圭璋编：《词话丛编》，中华书局1986年版，第663页。
② （清）邹祗谟：《远志斋词衷》，唐圭璋编：《词话丛编》，中华书局1986年版，第663页。
③ （清）邹祗谟：《远志斋词衷》，唐圭璋编：《词话丛编》，中华书局1986年版，第663页。
④ （清）邹祗谟：《远志斋词衷》，唐圭璋编：《词话丛编》，中华书局1986年版，第664页。

以词调韵法作为填词选韵依据，固然更具针对性，但在词乐缺失的语境下，步趋前人词作用韵，虽可合古尊体，却显得死板，势必大大限制实际的填词活动。擅长戏曲的李渔为探求词体韵法寻找了另一条道路，试图兼顾词之音律特性和韵部系统。

从词之音律体性出发，李渔极力强调词之为体当"专以齿颊为利"①。虽然词乐已亡，但李渔认为词曲多相通，可从曲的视角来审视词之音律特性，称"夫一词既有一词之名，如〔小桃红〕〔千秋岁〕〔好事近〕〔风入松〕之类，明明是一曲体，作之原使人歌"②。进而，李渔将此词体观念及词体探求方法运用于词韵分部考察。具体主张和方法表现为：第一，强调词韵用口语音的必要性，称词为"后世之文，其韵务谐后世之音"，"作词之法，务求声韵铿锵，宫商迭奏，始见其妙"，③并在其所编《笠翁词韵》中融入了"浊上变去""浊音清化""—m韵尾消失""入声塞音韵尾变动"等时音特点，④分部上提出分化"支纸寘""围委未""奇起气"，分化"鱼雨御""夫甫父"，分化"家假驾""嗟姐借"，分化"甘感绀""兼捡剑"等方案。第二，反对以诗韵填词，甚至以今律古，认为旧词中"梅回"等韵脚字存在误押诗韵的问题："曾见从来歌者，有以'梅'字唱作'埋'音，'回'字唱作'槐'音者乎?"⑤又举"士氏仕巨炬拒宁苎伫待怠殆象像丈"等字在诗韵中为上声，在《中原音韵》及时音中为去声，以阐说其"诗韵之必不可通于词韵"的观点。第三，强化南曲韵与词韵的关联，以便其以南曲演唱之法审视词体的韵法特性。

李渔的主张和编韵方法显然不合乎清代词坛辨体、尊体这一发展主

---

① （清）李渔：《词韵例言》，（清）李渔：《李渔全集》第十八卷，浙江古籍出版社1991年版，第364页。
② （清）李渔：《词韵例言》，（清）李渔：《李渔全集》第十八卷，浙江古籍出版社1991年版，第361页。
③ （清）李渔：《词韵例言》，（清）李渔：《李渔全集》第十八卷，浙江古籍出版社1991年版，第361—362页。
④ 麦耘：《〈笠翁词韵〉音系研究》，《中山大学学报》（哲学社会科学版）1987年第1期。
⑤ （清）李渔：《词韵例言》，（清）李渔：《李渔全集》第十八卷，浙江古籍出版社1991年版，第361页。

线，故在清代备受批判，戈载称其"以乡音妄自分析，尤为不经"①。李渔兼顾词体分部韵法和音律特性的尝试以失败告终，但其观念上着眼于词体音律的思索，是有可取之处的，所以在清代前中期曾有朴隐子、潘之藻、陈枚等一小众跟随者。

对音律的追求不仅仅只是清初词体学自发的内在需求，还是康熙朝礼乐文治思想的外在政治需求。康熙四十六年（1707）《御选历代诗余》编成，康熙为之作序，表明其旨在于利用诗余"句栉字比，廉肉节奏不爽寸黍"的音律特性及其"有关政教而裨益身心"的功能，起到"思无邪"的诗教作用。② 具体途径便是编纂《钦定词谱》。该书在坚守格律视角本位的同时，以文献为依据，在宫调考释、衬字探讨等方面积极加入对音律的反思。在词调韵法层面，提出以韵释声和以韵为拍的观点，探求词韵的音律属性；在分部韵法层面，认可平仄三声相叶的韵法特征，并借用毛奇龄《古今通韵》五部三声两界回互四门的古音学观点，提出"本部三声相叶"和"古韵三声相叶"之说，区分旧词用韵之宽严，试图通过分析旧词"韵杂"和用韵宽泛的韵学理据，来窥探其韵法层面的音律特点。

《钦定词谱》以古韵观词韵之法，源于其编纂人员楼俨的词韵观。楼氏对姜、张旧词中的"韵杂"现象表现出了音律层面的疑问和思考，似有以韵法窥音律的用意，惜并未形成系统，但深深地影响了许昂霄。许氏主张"词韵通转，当仿古韵之例"，提出了词体用韵"大约平声宜从古，上、去可参用古今，入声不妨从今。平声宜严，上、去较宽，入声则更宽矣"的论断，选两宋擅长倚声的词人之作，结合古韵、审音，参会词体倚声于用韵层面的秘诀，制定出相应的词韵分部系统。其《词韵考略》虽分词韵为二十六韵部，含舒声韵十七部，入声韵九部，但于各部后详注各部之间的通转、今古、借叶之法，对宋人词作中的诸多"杂韵"给出合理的解释，流露出许昂霄试图以音理证明音律合法的诉求。

---

① （清）戈载：《词林正韵》，上海古籍出版社2010年版，第39页。
② （清）沈辰垣、王奕清等：《御选历代诗余》卷首，浙江古籍出版社1998年影印康熙内府刊本。

《钦定词谱》《洗砚斋集》和《词韵考略》以古韵释"韵杂"之法，似已为宋词中［—m］［—n］［—ŋ］尾韵混押等现象的音律特性找到了韵理依据，但其分部韵法尚在骑墙之间。吴烺、江昉等承浙派尚雅的词学主张，以姜、张旧词用韵为词体韵法之准的，充分吸收前人对诸多混押"韵杂"现象的解释，其《学宋斋词韵》合真轸（［—n］）、庚梗（［—ŋ］）、侵寝（［—m］）诸韵为一部，合元阮（［—n］）、覃感（［—m］）诸韵为一部，形成了清代词韵编订史上分部最宽的十五部系统。该系统所分韵部既于理论层面有其合理性，又因"韵缓"而于填词层面极具可操作性，一时间从之者甚众。

《词韵考略》《学宋斋词韵》从宽的词韵观既不能彻底解释"韵杂"的音律理据，又不合旧词中的多数用韵情况，在尚严者看来，有损词之尊体。不过，诸家从音韵层面寻求旧词用韵理据的尝试，为时人提供了由韵学审音到词体韵法的研究路径。稍晚的吴宁着眼于构建词韵分部的系统性，编成《榕园词韵》。编韵中，吴宁以音韵学"四声相承"的系统观整合词韵的分部，将平声与上去声分列，又以平例入，且不列任何半通之韵，最终得出一个四声相承的词韵系统，含平声十四部、上去声十四部及入声七部，这使得其词韵极具韵书的系统性特征，呈现出独特的编韵理念和韵部风貌。吴宁之编韵，试图完全从音韵层面强制构建韵部系统，不去探求"不适用"的音律分析。其视角和结论面目一新，但已脱离了词体根基。稍后的应沨在编纂《词韵选隽》时，将此审音视角发挥到了极致，其舒声韵部参照《菉斐轩词韵》，严分真文、清明、金音、寒间、鸾端、先元、南三、占炎等［—n］［—ŋ］［—m］尾韵，细辨其等第洪细。系统分舒声十七部、入声四部。吴、应二家在词韵系统的整合方面用功甚多，单从工具性能角度来说，其词韵确实极具指南性质，但过度羼入音韵层面的审音元素，使其无法保证合古尊体，故二家空有范世功能，并不受词坛认可。

用音韵韵理来代替音律考求，一方面，宣告许昂霄等援音韵韵理解释旧词用韵尝试的失败；另一方面，其分部丢失了旧词依据，将词体韵法考察带入了歧途。其后的编韵者亟须对前人所编之韵加以纠偏，具体编韵原则体现为"两个平衡"：旧词格律依据和词体音律考察之间的平衡，词韵的合古尊体诉求和范世指南功能之间的平衡。同时，乾嘉以降，词乐文献的整理与研究，使词坛认识到词韵的音律属性是可向具体文献中考求的。因此，词体韵法考察中，对于分部韵法，编韵者开始考虑回归格律视角，采用《词韵略》十九韵部而稍加更订，以确保一个有旧词依据的韵部系统。同时，对于词韵的音律属性，不再一味求诸韵理，而是从文献中如实考据出可信可行的信息，不强行将相关音律元素融入韵部系统，而是或单独行文论说用韵与宫调、音律的关系，或融入声类清浊。前者如戈载《词林正韵》提出"随律押韵""随调择韵"的观点，详论常见宫调的用韵特点，以发扬其"韵律相协""词之合律与否全在乎韵"的主张，又参考毛先舒《唐人韵四声表》"六条""四声"之例申说韵叶之音理。后者如谢元淮借昆曲的演唱方法，提出以曲歌词，强调细究歌词的音节，试图重现词的可歌性，于《碎金词韵》中详分声调类别，并安排了一个近于昆曲的声类系统。

相较于宋人对词体用韵的音律观照，清人对词体韵法的音律探讨缺乏合乐歌词的语境，二者不可等量齐观。宋人之论更多是立足于词乐，旨在引导时人填词合乐。清人之论虽有揭示词体韵、乐关系的诉求，但其立足点主要是词体学的建构，其目的在于指导时人填词合"体"，故其兴起和发展始终不离归纳旧词用韵的格律视角，虽及韵、乐关系探讨，但并不能于填词层面付诸实践。

第二章

清初格律类词韵专书

词体分部韵法并非明代词体学的重要内容。虽然胡文焕、程元初等已开始有意识地探讨诗、词、曲之间的用韵关系,并试图明确词体用韵的分部特点,制定填词选韵的新指南,但囿于编者的词体观念,常常将词与他体纠缠不清,又由于编韵方法不得门径,未能对当时所见词集、词选等所录旧词的用韵情况做较为详尽的考察,致使所得分部都很不精确,甚至错漏百出。不过,明人对词体分部韵法的关注无疑有开创之功。随着词学研究的深入(尤其是格律本位下词谱编纂的精细化),鼎革之际,清初人沿着明人的道路,在更浓厚的辨体、尊体氛围中,进一步深入考察诗韵、词韵和曲韵之间的关系。以沈谦、毛先舒、吴绮、仲恒为代表的词韵研究者,从格律视角出发,通过系联唐宋旧词的韵脚,探讨其韵叶关系,归纳整理成韵部系统,明确词韵分部的文体特性,确立并优化了分部韵法研究的范式。异于同时代的《笠翁词韵》等韵书,这类编韵完全立足于格律视角,系联韵脚,特别强调词韵与曲韵的区别,我们称此类韵书为格律类词韵专书,代表成果有:沈谦《词韵》,沈谦、毛先舒《词韵略》,吴绮《词韵简》,仲恒《词韵》。①

---

① 此外,这一时期还有傅燮詷(去异)《词韵印证》、赵钥(南金)《词韵便遵》、范国禄(汝受)《词韵严》,三书不传,但作者论韵与沈谦大致相同。康熙中后期,另有郑元庆《词韵》、曹自鎏《听绿窗词韵》,两书影响不大,韵部安排和词韵观念皆因袭《词韵略》,"总体上无甚创格"(论见江合友《明清词谱史》,上海古籍出版社2008年版,第248页),故我们不做重点考察。此外,康熙间西泠陈枚(陈简侯)《凭山阁增辑留青新集》卷八收《词韵》,吴宁将陈氏与卓回、徐釚、仲恒并称为"刊去矜韵者",似以该《词韵》为《词韵略》一脉,但考其分部、部目及辖字,实与《笠翁词韵》无异(详见本书第三章第一节)。

第一节 沈谦《词韵》

　　《律古词曲赋叶韵统》编成30余年后，顺治五年（1648），沈谦完成其《词韵》的编订工作。这是清代第一部词韵专书，惜沈氏原稿未曾梓行。沈氏《词韵》及柴绍炳《古韵通》幸得友人毛先舒括略并注，收录于毛氏《韵学通指》，才得以流布于世。经括略之本即《词韵略》，该书在编韵方法、韵部安排等形制方面开词韵编订之先河，① 清代逾半数词韵成果皆其派裔，② 有着重要的词学价值和词韵史地位。

　　因沈谦《词韵》未刊行，原稿体例已不得而知。从现有文献所载来看，毛先舒是唯一可以确定的见过沈氏韵原稿之人。《韵学通指》毛先舒《自序》中称"去矜与予书皆百十余纸"，可见沈氏韵原稿体量不小。稍晚的吴绮所编《词韵简》一卷罗列韵字，不注音义，含目录仅三十页；李渔编《笠翁词韵》四卷兼收常见字和隐僻字，常见字多注音义，含《词韵例言》和目录在内共八十页；仲恒编《词韵》上下卷，多注音义，含目录及《词韵论略》在内共八十六页。李渔、仲恒的词韵专书体例完备，仍较沈氏韵原稿少出数十页，李、仲两家收字颇丰，常见、隐僻兼收，沈氏原稿多出内容不大可能是韵字。毛先舒在其所撰《词韵说》中评论沈氏韵时，提及原稿部分内容，如下：

　　　　去矜《词韵》，例取范希文〔苏幕遮〕词，"地""外"二字相叶。又取蒋胜欲〔探春令〕词，"处""翅""住""指"四字相叶。疑于支纸、鱼语、佳蟹三部韵，可以互通。

　　　　沈氏《词韵》按云："古诗韵五歌可以通六麻，十一尤可以通

---

① 江合友：《沈谦〈词韵略〉的韵部形制及其词韵史意义》，《河北师范大学学报》（哲学社会科学版）2009年第2期。

② 今可见清代词韵专书近20部，其中吴绮《词韵简》、仲恒《词韵》、郑元庆《词韵》、曹亮鉴《听绿窗词韵》、李文林《词韵》、无名氏《晚翠轩词韵》、戈载《词林正韵》和谢元淮《碎金词韵》韵部结构与《沈氏词韵略》大体无别，另有朴隐子《诗词通用》、薛雪《诗词韵该》于词韵部分对《沈氏词韵略》亦多有借鉴。

六鱼、七虞。于填词则未尝见，岂敢泥古而误今耶？若夫十二侵之通真、文、庚、青、蒸，则诗、词并见合并，故从之。"又引古乐府《娇女诗》："北游临河海，遥望中菰菱。芙蓉发盛华，渌水清且澄。弦歌奏音节，仿佛有余音。"及毛泽民〔于飞乐〕词，"云""惊""瓶""心""膺"相叶作据。

列举旧词及其他文体（古乐府），分析其用韵特点，正是沈氏韵原稿体量较大的原因。这反映出沈谦编韵的两个重要特点：一是以旧词作为编订词韵的依据，并试图充分兼顾旧词中的"特殊"用韵现象；二是参考古体诗韵，试图构建其与词韵之间的联系，并以之解释旧词中的"特殊"用韵现象。

一　详据旧词以合古

就韵部结构而言，沈氏词韵以诗韵为基础，注明独用、通用之法，但不同于前人韵书，沈谦对相关辖韵（如灰、泰、贿、队、佳、蟹、元、阮、愿等诗韵）加以割半分用，分属于不同韵部，并列出相应的例字，这正是沈谦考据旧词的实际用韵情况之后所做的切分。对于部分异部韵叶的现象，程元初《律古词曲赋叶韵统》中已经注意到，但并未详尽考察，仅粗率地视作"通转"处理，如第二部上平四支、上平五微、上平八齐通用，与上平九佳、上平十灰转用。相比之下，沈氏词韵割半分用的处理更具体、更合理。

毛先舒在《词韵序》中称沈谦编韵"博考旧词""详据古词，不无缘起"，看来并非溢美之词。详据古词用韵，这是沈氏编韵方法上优于胡文焕和程元初之处。毛先舒对沈谦编韵方法大加赞赏，称其"足以振发骈蠓者哉"。沈氏词韵风行以后，不仅在一定程度上"振发"了以曲韵、胡文焕《文会堂词韵》和程元初《律古词曲赋叶韵统》等为填词选韵指南的"骈蠓者"，还影响着此后的词韵编订，清代词韵专书大多以旧词用韵为根本依据。

二 裁成独断以范世

实际上，编订词韵不可能完全反映旧词的实际用韵而无例外。因为唐宋词人填词，或遵诗韵，或用官话通音，或用方音，其用韵全赖乎合乐，并无一个绝对统一的选韵标准，归纳这些旧词的用韵自然不能得出一个通用独用井然有别、毫无例外的韵部系统。因此，若想参考旧词用韵制定统一的填词用韵规范，就需要对归纳所得韵叶关系进行人为的分合。如唐宋旧词有以真、文韵（举平以赅上去）相押者，亦有与侵韵相叶者，还有与庚、青、蒸韵相叶者，编韵时以真、文韵为一部，还是以真、文、侵、庚、青、蒸韵为一部，需要有一定裁断。前者严，后者宽，从严则所得韵部与多韵相押之旧词不合，从宽则词与他体界限不明。正如邹祗谟在其《远志斋词衷》中所论："宋人词韵，有通用至数韵者，有忽然出一韵者，有数人如一辙者，有一首而仅见者。后人不察，利为轻便。一韵偶侵，遂延他部。数字相引，竟及全文。此毛氏'一人通谱，全族通谱'之喻，为不易也。"① 沈谦必须对纷繁复杂、枝蔓不清的旧词用韵进行人为的裁断，以求得一定之标准。毛先舒评论沈氏韵"博考旧词，裁成独断。……众着为令，且同画一焉"。独断非臆断，而是在有所依据的前提下，舍其少者、取其多者合为一部，这是在制定填词用韵规范及确立词体特性的双重目标下的最优方案。后世词韵编订，偶有不"博考旧词"以尊词体之特性者，但无不"裁成独断"以求统一规范者。

三 分韵谨严以辨体

在合古、范世双原则的作用下，沈谦编订出了这部"不徒开绝学于将来，且上订数百年之谬矣"的词韵专书。今据《词韵略》所示韵部及其辖韵，大体还能窥见沈氏词韵的大致分合情况：凡十九部，舒声十四部，入声五部，其中，舒声韵部包括平、上、去三声，内部又再分平、

---

① （清）邹祗谟：《远志斋词衷》，唐圭璋编：《词话丛编》，中华书局1986年版，第663—664页。

仄，暗含对词体"平声独押，上、去通押，间有三声通押"这一用韵特征的考量。各部又以诗韵韵目为基础，加以分合而成，暗含对诗、词二体用韵关系的考量。具体如下（《词韵略》有多个版本，兹选康熙二十五年毛氏思古堂刻毛先舒《毛稚黄十四种书》附刻本）。

东董韵

平上去三声_{先舒按}：填词之韵，大略平声独押，上、去通押。然间有三声通押者，如〔西江月〕〔少年心〕之类。故沈氏于每部韵俱总统三声，而中又明分平、仄。凡十四部。至于入声，无与平、上、去通押之法。故后又别为五部云。又按：唐人作词，多从诗韵。宋词亦有谨守诗韵不旁通者。盖用韵自恶流滥，不嫌谨严也。

  平：一东、二冬通用_{东冬即今诗韵，后俱仿此。}

  仄：上一董、二肿

    去一送、二宋通用

江讲韵

平上去三声

  平：三江、七阳通用

  仄：上三讲、二十二养

    去三绛、二十二漾通用

支纸韵

平上去三声

  平：四支、五微、八齐、十灰半通用_{十灰半如"回""梅""催""杯"之类。}

  仄：上四纸、五尾、八荠、十贿半

    去四寘、五味、八霁、九泰半、十队半通用_{十贿半如"梅""蕾""腿""馁"之类，九泰半如"沛""会""最""沫"之类，十队半如"妹""碎""吠""废"之类。}

鱼语韵

平上去三声

  平：六鱼、七虞通用

  仄：上六语、七麌

    去六御、七遇通用

街蟹韵

平上去三声_{"街"属九佳，因"佳"字入麻，故用"街"字作领韵。而括略仍称"九佳半"者，本其旧也。}

  平：九佳半、十灰半通用_{九佳半如"鞋""牌""乖""杯"之类，}

十灰半如"开""才""来""猜"之类。

仄：上九蟹半、十贿半

　　去九泰半、十队半通用_{九蟹半如"买""骇"之类，}

　　　　　　　　　　　　十贿半如"海""宰""改""采"之类，

　　　　　　　　　　　　九泰半如"奈""蔡""卖""怪"之类，

　　　　　　　　　　　　十队半如"代""再""赛""在"之类。

真轸韵

平上去三声

平：十一真、十二文、十三元半通用_{十三元半如"魂""昆""门""尊"之类。}

仄：上十一轸、十二吻、十三阮半

　　去十一震、十二问、十三愿半通用_{十三阮半如"忖""本""损""狠"}之类，十三愿半如"顿""逊""嫩""恨"之类。

元阮韵

平上去三声

平：十三元半、十四寒、十五删、一先通用_{十三元半如"袁""烦""暄"}"鸳"之类。

仄：上十三阮半、十四旱、十五潸、十六铣

　　去十三愿半、十四翰、十五谏、十六霰通用_{十三阮半如"远""搴"}"晚""反"之类，十四愿半如"怨""贩""饭""建"之类。

萧筱韵

平上去三声

平：二萧、三肴、四豪通用

仄：上十七筱、十八巧、十九皓

　　去十七啸、十八效、十九号通用

歌哿韵

平上去三声

平：五歌独用

仄：上九蟹半、二十哿

　　去二十箇通用_{九蟹半如"伙"之类。}

佳马韵

平上去三声

平：九佳半、六麻通用_{九佳半如"娲""蛙""查""叉"之类。}

仄：上九蟹半、二十一马
　　去九泰半、二十一祃通用_{九蟹半如"罢"之类，}
　　　　　　　　　　　　　　_{九泰半如"卦""话"之类。}

庚梗韵

平上去三声

平：八庚、九青、十蒸通用

仄：上二十三梗、二十四迥、二十五拯
　　去二十三映、二十四径、二十五证通用

尤有韵

平上去三声

平：十一尤独用

仄：上二十六有
　　去二十六宥通用

侵寝韵

平上去三声

平：十二侵独用

仄：上二十七寝
　　去二十七沁通用

覃感韵

平上去三声

平：十三覃、十四盐、十五咸通用

仄：上二十八感、二十九琰、三十豏
　　去二十八勘、二十九艳、三十陷通用

屋沃韵

入声

仄：一屋、二沃通用

觉药韵

入声

仄：三觉、十药通用

质陌韵

入声

仄：四质、十一陌、十二锡、十三职、十四缉通用

物月韵

入声

仄：五物、六月、七曷、八黠、九屑、十六叶通用

合洽韵

入声

仄：十五合、十七洽通用_{先舒按：此本是括略，未暇条悉。然作者先具诗韵，而用此谱按之，亦可以无谬矣。但沈氏著此谱，取证古词，考据甚博，然详而反约，唯以名手雅篇，灼然无弊者为准。至于滥通取便者，古来自多不为训也。}

《词韵略》为毛先舒括略沈谦《词韵》所得韵部框架，能在一定程度上代表沈谦《词韵》的词韵主张。较诸明末《文会堂词韵》《律古词曲赋叶韵统》和沈际飞"研韵"条所示词韵观，沈谦编订的十九部词韵系统对前代成果既有继承又有优化。

与明代诸家词韵研究成果一样，沈谦《词韵》带有明显的辨体意识，尤其是对诗、词、曲三体的用韵关系有着深入的思考。首先，由于"唐人作词，多从诗韵，宋词亦有谨守诗韵不旁通者"，所以编韵应当考虑词韵与诗韵之间的关系，而且"用韵自恶流滥"，故韵部划分当"不嫌谨严"。因此，对于真轸、庚梗、侵寝这类偶通之韵，主张严加分别。为了便于体现诗、词用韵关系，在韵目的使用上，沈谦承袭了程元初的方法，以诗韵韵目为基础加以分合，标注独用、通用之法。毕竟诗、词二体不能等同，除了韵类的分合，词体在调类的通叶上也有着区别于诗韵的重要特征。程元初编订词韵时，已经注意到了这一问题，以平声独押、上去通押的原则编排舒声韵部。沈谦认同程氏将上去通押作为词体用韵特征的做法，同时认为旧词中〔西江月〕〔少年心〕诸调存在"间有三声通押"的现象，故"于每部韵俱总统三声，而中又明分平、仄"。相应的，在部目的使用上，各舒声韵部以"平声韵字+仄声韵字"组合之法标立部目，表示三声通押的用韵特征，其中，"仄声韵字"以"上声韵字"为代表，实赅括上、去二声，表示上去通押的用韵特征。

入声韵部方面，沈谦认为词体用韵入声不与平、上、去三声通押，

并将此视为与北曲韵相别的重要特征，故沿袭了胡文焕、程元初、沈际飞等将入声独立的做法，但对程氏入声分部加以优化，将合洽韵独立为一部，又将物、陌二韵的叶韵关系互换，分入声为五部，更符合词体的用韵特点。程氏韵和沈氏韵入声分部不同，与二家对词体与乐府等古体用韵关系的不同理解有关，程元初几乎将词体用韵等同于古体用韵，沈谦编韵虽对古体用韵有所参照，但完全立足于词体，以旧词实际用韵为根本依据（详后）。

明末清初编韵者严别词、（北）曲韵，还体现在对部分韵类关系的考察上。如程元初的韵部系统中，词、曲二体就绝不相杂厕，词中分出元词，亦不与元曲用韵混同。因此，其平声韵部和上去声韵部的第二部中，分别以"上平四支、上平五微、上平八齐""上四纸、去四寘、上四尾、去五未、上八荠、去八霁"通用，并不与元曲韵一样，分作支思、齐微二韵。沈际飞"研韵"条对此亦有相关论述。沈谦接受了两家的观点，支纸韵不分作支思、齐微，麻马韵不分作家麻、车遮，保留了词体用韵的特点。

又如，对"通叶"的处理也表现出沈谦严谨的一面。旧词用韵中，确实存在一些异部韵字通叶的现象。但若以诗韵作为词韵韵部分合的基础，则会产生某一诗韵辖字分属不同韵部的问题，编韵者若不细察，就会在一定程度上形成"异部通叶"的错觉。程元初编订词韵时，对这两种"异部通叶"的现象并不细考韵字，而是直接以某韵为单位统一注明"与某韵转用"。沈谦则予以细分，对于旧词中本就存在的异部通叶的用韵现象，于十九韵部之外另作"互通"说明（详后）；另外，对于某诗韵中部分辖字分与不同韵部相叶的问题，则以旧词为据，将该诗韵割半[①]，并列出韵字分属所叶韵部中。

四 兼顾宽缓之韵，设立互通之例

从毛先舒所引内容来看，沈谦认为，十九韵部中各部间并非决然不

[①] 准确地说，割裂某韵，将韵字分入不同词韵韵部，为沈谦之功，但将某诗韵割半分用，并标注以"半"字，当是括略者毛先舒所创（详后）。

可相通。他以范仲淹、蒋捷等的词作用韵为例，认为因诸词中存在"地""外"相叶，"处""翅""住""指"相叶的现象，故各字所属的"支纸、鱼语、佳蟹三部韵可以互通"。沈谦于韵部之外另设"互通"之例，这与程元初所订词韵平声第二部、第十一部，上去声第二部、第十一部，入声第二部于通用之外另设"转用"的处理方法，异曲同工，既有"谨严"之韵，又灵活地照顾到了宽缓之韵。兼顾宽缓之韵，旨在合古，若将其体现于韵部中，势必因破坏韵部框架的系统性而有损指南的范世功能，为保证系统的范世功能，沈谦于十九部系统之外设置互通之例，有其兼顾合古、范世原则的考量。

五 参照古诗韵法，"合并"通叶韵部

沈谦在考察词体用韵的通叶关系时，参照古乐府等古体诗的用韵特征。如，因毛滂〔于飞乐〕词中"云""惊""瓶""心""鹰"相叶，古乐府《娇女诗》中"菱""音"亦相叶，沈谦认为"十二侵之通真、文、庚、青、蒸，则（古）诗、词并见合并"，故"从之"。因缺乏上下文语境，沈谦所"从"之来源不明。单从他对侵、真、文、庚、青、蒸通叶的论述来看，似有以六韵合为一部的用意。但对照其十九部，六韵分立为三部，并未合并。疑其"合并"之法，与前述对"支纸、鱼语、佳蟹三部韵可以互通"的安排相通，只是作为一种灵活的通叶处理方式。沈谦这种参合古体诗的编韵方法，亦与程元初将词与古、赋并列的处理方式很相近，在清初颇受欢迎。[①] 不同的是，沈谦在参合古诗的同时，仍以词体用韵为根本依据，若词与古诗用韵不同，则并不考虑古诗韵的特点。如，虽然"古诗韵五歌可以通六麻，十一尤可以通六鱼、七虞"，但沈谦认为这种通叶用韵"于填词则未尝见"，因而未敢"泥古而误今"，并不作为填词的用韵特点。

在严韵辨体、指南范世的原则下，沈谦却将旧词用韵中的"通叶"

---

① 如董以宁在《答黄翁期问韵学书》中便有专论，认为"古韵分类甚繁，每韵中所统之字甚少，以其有通用、转用之法，故其用不穷。沈（约）特举其通用者并之，并之犹未尽也。至于词韵，则又举沈韵之相近者，而再并之耳"（《正谊堂文集》，清康熙刻本）。

韵例比附于古体诗韵,有辨体不明之弊。沈谦此举虽有局限,在当时的音韵学和词体学语境下,却是有其特定的背景和目的的。

音韵学方面,虽然明中叶以后的古音学普遍已纠正了宋元时期的通转叶音说,认识到了语音是递变的,表现出更为通达的音韵发展观,但直到明末清初,仍有不少音韵学者在考察古今音变线索时,不能正确认识语音发展的历史层次问题,如毛奇龄在其《古今通韵》中提出的"五部、三声、两界、两合、叶韵"学说,以古诗用韵为据,于古韵五部之外,设平、上、去三声合通,舒(去)入两合和叶韵之例,就带有浓厚的通转叶音思想。韵部相叶关系上,古诗韵与旧词用韵的特点有偶合之处,如平、上、去三声相押,舒入偶押,[—m][—n][—ŋ]尾韵混押,等等,对这些现象,叶音理论并不能给出合理的解释,论及词韵者,反倒因其神秘而对叶音通转之说奉若圭臬。所以,明末至清前中期的词韵编订者提及这类现象,或回避,或在安排韵部时,仿古韵研究之法,于系统之外设互通或通转体例(如程元初《律古词曲赋叶韵统》、沈谦《词韵》、朴隐子《诗词通韵》、许昂霄《词韵考略》等)。很显然,清初的古音学对词体韵法考察是有影响的。①

词学方面,关于词体起源问题,宋明以来素有"词曲为古乐府之变"②"诗余者,古乐府之流别"③"词者,乐府之变也"④之论。到了清初,"词为诗余说"渐为主流观点,但"古乐府说"仍影响不绝,学者从不同角度关注词与古乐府关联,如毛奇龄就认为:"(古乐府)其语有近词者,则亦可以词名之……由是推之,则梁武〔江南弄〕诸乐,以及鲍照〔梅花落〕……皆谓之古词,何不可哉?"⑤刘体仁亦有"词有与

---

① 随着格律视角的细化,一味追求格律的分部韵法考察走向了死胡同——一方面,兼顾旧词中的诸多特殊用韵,就难以制定统一的词韵规范系统;另一方面,只能呈现旧词的复杂用韵,不能解读旧词何以如此用韵,难及词体韵法内里。词韵学转向音律视角,试图借古音韵理探求韵法理据,毛奇龄的通转学说进一步对康熙中后期的词体韵法研究产生了重要的影响(详后)。
② (明)吴讷著,于北山校点:《文章辨体序说》,人民文学出版社1962年版,第10页。
③ (明)徐师曾著,罗根泽校点:《文体明辨序说》,人民文学出版社1962年版,第164页。
④ (明)王世贞:《艺苑卮言》,唐圭璋编:《词话丛编》,中华书局1986年版,第385页。
⑤ (清)毛奇龄:《西河词话》,唐圭璋编:《词话丛编》,中华书局1986年版,第570—571页。

古诗同义者""词有与古诗同妙者"① 之论。在编韵者看来，古诗韵与旧词用韵之偶合，与"古乐府说"相契合，似可为其说之一证。

毛先舒在《词韵序》中评价沈氏韵："博考旧词，裁成独断。使古近胪列，作者知趋。众著为令，且同画一焉。"沈氏韵十九部偏严，严有严的理据，正如毛先舒按语所云："唐人作词，多从诗韵。宋词亦有谨守诗韵不旁通者。盖用韵自恶流滥，不嫌谨严也。"古体诗韵是沈谦考察词体用韵通叶特点的参照，所示词体韵部偏宽，宽有宽的道理，毕竟旧词中确实存在一些异部通叶的用韵现象。沈谦试图宽、严兼顾，至于实际填词选韵是从严还是尚宽，完全取决于作词者的"知趋"。正如沈谦在其《填词杂说》中所言："承诗启曲者，词也，上不可似诗，下不可似曲。然诗曲又俱可入词，贵人自运"，"自运""知趋"，都表现出其较为通融的词体观。

总体而言，沈谦编订十九部词韵，是在继承前代词体分部韵法研究成果的基础上进一步优化而成的。同时，无论是异部韵互通还是异体混杂，都可以看出，沈谦编韵明显地沿袭了明末时的辨体而不精的编韵风气。四库馆臣评价沈氏词韵，称"词韵旧无成书，明沈谦始创其轮廓"②。此说略显片面。一方面，沈氏韵之前，词韵已有成书；另一方面，对异部韵互通的认识和处理并非沈氏韵首创。不过，沈谦详据古词，所用归纳韵部的方法途径和所得系统轮廓，确有始创之功。

第二节 《词韵略》

清人归纳旧词用韵，多以两宋词为宗为据，力求合乎古，以期探明词之为体的用韵特质；同时肩负着制定统一的填词用韵规范指南的使命，旨在范于世，以期拨正元明以来的用韵乱象。在词乐失传、词不可歌的时代语境下，范世的诉求亟须词韵编订者制定出一套部别井然的韵部系统指

---

① （清）刘体仁：《七颂堂词绎》，唐圭璋编：《词话丛编》，中华书局1986年版，第617页。
② （清）永瑢等：《四库全书总目》卷二〇〇，中华书局1965年版，第1100页。

南，而合古的宗旨要求编订者充分兼顾旧词中的种种复杂用韵现象，但兼顾各种矛盾的用韵现象，就势必无法制定出一个整齐划一的系统。如何解决词韵编订的合古性和范世性之间的矛盾，是摆在清代词韵编订者眼前的一道难题。沈谦试图于系统概貌（十九部）之外，辅以互通之法，做到了兼顾合古与范世。但括略者毛先舒有着不同的考虑和处理方式。

一　括略途径和原则

沈谦编成《词韵》后，惜"苦于食贫，未能流布"，幸得好友毛先舒"隐括其略"[①]并收录于毛氏韵学著作《韵学通指》方得以面世。括略本即《词韵略》，自刊行以来，各家词选、词话和韵学著作广为收录，版本众多。各家所收《词韵略》（又称《沈氏词韵略》）面世以来，言《词韵略》必称沈谦之作，均将《沈氏词韵略》理解为"沈氏之词韵略"，而非"沈氏词韵之括略"。这两者有不一样的内涵。虽然就韵部框架（十九部）而言，《词韵》和《词韵略》无别，但韵部框架并非词韵学的全部，韵部之外，还有编韵目的、编韵途径、编韵宗旨等，都是词韵学的重要组成部分。换言之，如果毛先舒对沈谦《词韵》有"隐括其略"之外的改动，那么，《词韵略》便不宜简单地冠以沈谦之名。从诸版本所示韵部来看，《词韵略》分词韵十九部，含舒声十四部、入声五部，各部以诗韵目为基础分合而成，部别井然，不相杂厕，词人可据其韵部选择韵字。该书颇具指南性质，带有典型的工具书特征。

今天看来，沈氏韵原稿于十九韵部之外，另论"相通""合并"之法，是兼顾合古和范世的一种有效尝试。这类尝试屡见于清代其他诸家词韵编订中：李渔《笠翁词韵》于其二十七韵部外，以"分合由人"和"可通"[②]之法安排一套相对较宽的二十三韵部系统；许昂霄《词韵考略》于舒声十七部之外，另立元、蒸等部，"以志宋元诗韵之崖略"而兼顾旧词用诗韵的现象；戈载《词林正韵》和谢元淮《碎金词韵》于十

---

① （清）毛先舒：《韵学通指》，《毛稚黄十四种》，国家图书馆藏康熙二十五年毛氏思古堂刻本。

② （清）李渔：《词韵例言》，（清）李渔：《李渔全集》第十八卷，浙江古籍出版社1991年版，第364页。

九韵部之外，安排"入作三声之例"，兼顾旧词中的舒入相押现象。在各家看来，韵部的宽严取舍"分合由人"，全在于"作者知趋"。但在毛先舒看来，似无兼顾宽严两类韵法的必要，基于合古和范世原则的综合考量，他对沈氏韵原稿加以括略，其括略途径表现为以下四点。

第一，舍弃互通之法。毛先舒并不认同"互通"观点，认为宋词中"此类仅见数首"，不足为意，并以今律古地对旧词用韵持以是非的判断，认为旧词中的这类"例外"用韵"当是古人误处，未宜遽用为例"，"盖宋词多有越韵者，至南渡尤甚"，"未足遽以为式也"。① 所以，在括略本中舍弃了支纸、鱼语、佳蟹等韵"可以互通"的通融之法，并删除了相关例词分析。只呈现一个各部分立、互不可通的韵部系统。

第二，舍弃古韵参照。基于辨体、尊体的考量，沈谦持"上不可似诗，下不可似曲"②的词体观，然而，过度强调词与古乐府用韵关联，无助于辨体。清初词坛已有学者注意到这一点，提出"填词当以近韵为法"的观点，认为："古人用韵参错，必有援据。今人孟浪引用，借以自文，惑已。如辛稼轩歌、麻通用，鲜不疑之。毛驰黄云：古六麻一部，入鱼、虞、歌三部，盖'车'读如'居'，'邪'读如'徐'，'花'读如'敷'，'家'、'瓜'读如'姑'，'麻'读如'磨'，'他'读如'拖'之类是也。填词与骚赋异体，自当断以近韵为法。"③ 强调从用韵角度区分词与古诗乐府之别。毛先舒从音韵角度出发，认识到二体之韵代表的是不同历史层次的语音，（详后）明确二体用韵的界限，在括略本中舍弃了对古乐府诗韵的参照，并删除了相关韵例的比较分析，保证了词体考察中不过度牵连他体。

第三，参合诗韵。平水韵的权威性和流行性，以及作诗守韵的传统，使得明清时人对诗韵及所辖具体韵字了然于胸。④ 与诗韵不同，词

---

① （清）毛先舒：《词韵说》，（清）邹祗谟、王士禛编：《倚声初集》前编卷四，《续修四库全书·集部·词类》第1729册，上海古籍出版社2002年版，第196页。
② （清）沈谦：《填词杂说》，唐圭璋：《词话丛编》，中华书局1986年版，第629页。
③ （清）邹祗谟：《远志斋词衷》，唐圭璋：《词话丛编》，中华书局1986年版，第666页。
④ 虽然明初至康熙己未年（1679）三百余年间，科举不以诗赋取士，格律诗失去了一个重要的运用场，但并不影响时人作诗的兴趣和对诗韵的掌握。明清时期诗韵专书蜂出，就是其印证。

韵历来缺乏权威的指南，因此，制定词韵宜以韵当字详为佳，唯此才能体现词韵书的工具性和指南性。但《词韵略》只有韵部框架，并未罗列具体韵字，其工具书性能形同虚设。对此，毛先舒提出以诗韵作为十九部的基础，既能以诗韵整合词韵系统，又能借助诗韵辖字的确定性来明确十九部的具体韵字，即"作者先具诗韵，而用此谱案之，亦可以无谬矣"[①]。

第四，用韵谨严。从《词韵略》的分部框架来看，十九韵部在清代诸家词韵中已属严韵，毛先舒继承了严韵观念，主张"法恶流滥，无嫌谨严"[②]。基于此原则，毛先舒针对旧词中存在的某韵分属两部的现象（常表现为某韵的部分字与甲部押，另一部分韵字与乙部押），开创了将某诗韵割半分用并注以"半"字之法。如毛先舒认为元韵在旧词中或与真韵押，或与寒韵押，便将元韵分为两半，并注明代表例字，分属真轸部和元阮部。

原稿和括略本最大的差异在于有无"互通"之例和古韵参照，前述对比似乎表明沈谦有着比毛先舒更为通融的词体观，毛先舒之辨体较沈谦更严。实际上未必如此。

沈谦（1620—1670）与毛先舒（1620—1688）皆为明末清初仁和人，同为"西泠十子"成员。沈、毛工于诗词曲，皆善音律。沈谦治词，有词论《填词杂说》三十二则、词集《东江词》三卷和《词韵》一编，另有词谱《词苑手镜》，惜未刊行，原稿不存。沈氏与毛先舒相交于崇祯十二年（1639），而后常有书信往来，多集中于词学探讨（如《答毛稚黄论填词书》《与沈去矜论填词书》《与去矜书》等）。二人治词，有相同的词学背景（即辨体、尊体），从辨体格、体性、体制等层面改变明词托体不尊的窘境。此背景下，二人有着相通的词体观，表现为：不以词体为卑、严辨诗词曲体、强调词之移情功能、追求作词之离合技法。沈谦在辨词之体制方面用力颇深，试图通过拟韵制谱，纠正时人以诗、曲之韵填词的不良风气，辨明词之为体别于诗、曲的特质。不

[①]（清）毛先舒：《韵学通指》，《毛稚黄十四种》，国家图书馆藏康熙二十五年毛氏思古堂刻本。

[②]（清）毛先舒：《韵学通指》，《毛稚黄十四种》，国家图书馆藏康熙二十五年毛氏思古堂刻本。

过，两人的词学思想也非完全一致，如相较于毛氏对不同词体风格的包容，沈谦更强调词以"婉至"为宗；相较于毛氏对文白技法的多元追求，沈谦更笃尚"白描称隽"的单一技法。从这些角度来看，毛氏有着较沈谦更为通达的词体主张。词韵格律方面亦然，毛氏曾于《答孙无言书》（1665）中明言："（词）文字以精神所至为主，而格律故不可尽拘也。"（《潠书》卷七）相较于词体形制，毛先舒更看重词之移情功能，这与后世浙派末期郭麐等人、常州诸家批判格律獭祭的主张是相通的（当然，内涵并不同）。

因此，我们不能简单地认为毛先舒的词韵观不及沈谦通融。二人词韵层面的反差当与各自学术志趣有关。相较于沈谦，毛先舒于韵学有着更深的造诣。基于韵学志趣，毛先舒对作为词体形制的词韵有了更多的韵学观照，表现为以下几点。第一，毛先舒通过括略、整合沈谦《词韵》，剔除韵部间的互通关系，突出十九部系统的规整性，更有助于与《古韵通略》《唐人韵》《中原音韵》《南曲韵正》对应地呈现历代音韵的脉络体系。第二，毛先舒从平、上、去三声相承的角度出发，分部上以平赅上去，无视词体上去声韵的特殊性，又以其"谐声寻理，连类可通"之法审视词体的韵叶关系，基于其"六条"论，支纸、鱼语分属展辅、敛唇，真轸、庚梗和侵寝分属抵腭、穿鼻和闭口，诸部韵理不通，自然不能合并。① 第三，毛先舒统一采用《唐人韵》107 韵为其余四书的辖韵系统（详后），以便构建历代音韵的关联性。

回到词体学上来，清人于形制层面的辨体策略，主要是以唐五代两宋旧词用韵为据，制定出分部指南以规范时人填词选韵。因此，对待词韵编订，都有兼顾依据旧词确立词体特性和制定填词用韵统一规范的综合考量。但旧词用韵的复杂性，使得清人不可能单凭归纳系联之法制定出统一无例外的分部系统。对此，沈谦试图于系统概貌（十九部）之外，辅以互通之法，兼顾合古与范世。而毛先舒的韵学观照使得《词韵略》只保留部别井然、不相杂厕的十九部系统，对于互通现象，不惜强

---

① 毛先舒从音理的角度整合词韵系统，在清初得到了邹祗谟等人的赞许，称其"钩贯探索，为说甚辨"〔（清）邹祗谟《远志斋词衷》，唐圭璋编：《词话丛编》，中华书局 1986 年版，第 665 页〕，嘉道间，戈载发扬其说，借审韵之法探求词体韵法的音理。

释为"古人误处"。此举虽客观上强化了范世功能，但在合古尊体方面备受后世非议。

综上，沈谦及其所编《词韵》固然为清代词韵学之开先河者，但其韵部概貌的刊行和传播离不开毛先舒之括略。毛先舒所做"括略"工作的实际内涵，不仅仅只是概括沈谦《词韵》的韵部框架，还包括毛氏对沈氏《词韵》原稿所做的其他改动。梳理清代词韵专书史会发现，毛氏的这些改动工作对清代后出词韵专书的编纂有较大的影响。清人言及《词韵略》，只冠以"沈谦"之名，但从其形成来看，或当以"沈谦、毛先舒《词韵略》"为确。

当然，囿于时代词体学和韵学观念的局限，括略本也存在诸多不足：一方面，基于"词为诗余"的观念，时人认为词韵"自应以诗韵为准"，[①] 毛先舒于词韵中参合诗韵，以诗韵韵目作为词韵部目的基础。形制上附词于诗，导致辨体不明。另一方面，毛先舒完全以格律为本位，对旧词用韵的音律属性缺乏考量，使得其在括略时，对一些特殊用韵现象只是片面地依据范世原则予以回避。单纯从格律论韵，于词体音律特性如隔靴搔痒。

二 《词韵略》在清初的版本及流变

《词韵略》对清代词韵学影响深远，有着重要的词学价值和词韵史地位。自其问世以来，各类词选、词话和韵学著作广为收录，版本众多。考察各版本，发现在辖韵系统、韵目使用和例字选择等方面，不尽相同，这些差异非刊刻致误。孰正孰变？孰源孰流？何以有别，值得探讨。

（一）清初版本

现存《词韵略》清代版本如下。

（1）邹祗谟《倚声初集》本（简称"邹本"）。清初大冶堂刻邹祗谟、王士禛《倚声初集》前编卷四"韵辨"收录《沈氏词韵略》，这是今见最早版本。《倚声初集》陆陆续续刻于顺治十七年（1660）到康熙

[①]（清）查培继辑编：《词学全书》，北京市中国书店1984年据木石居校本影印本。

四年（1665）间，① 邹、王二人未言及《沈氏词韵略》收录于何时，故只能说毛氏之括略不晚于康熙四年。

（2）徐釚《词苑丛谈》本（简称"徐本"）。《词苑丛谈》辑于康熙十二年（1673）至康熙十七年（1678）间，卷二"音韵"收录《沈氏词韵略》。有康熙二十七年（1688）丁氏刊本、道光二十七年（1847）《海山仙馆丛书》本等。

（3）吴绮《选声集》本（简称"吴本"）。《选声集》有清初大来堂刻本，后附《词韵括略》按语、《词韵略》及吴绮《词韵简》。刊刻时间不详，康熙十四年（1675）查继超参考《九宫谱》《啸余谱》《选声集》及通行词集考订词谱，知吴本的收录不晚于1675年。

（4）卓回《古今词汇二编》本（简称"卓本"）。康熙十八年（1679）刻卓回《古今词汇二编》四卷附"音韵"收录《沈氏词韵略》。

（5）毛先舒《韵学通指》本（简称"毛本"）。康熙二十五年（1686）毛氏思古堂刻毛先舒《毛稚黄十四种书》所录《韵学通指》一卷收录《沈氏词韵略》。《韵学通指》有早期刻本（如《四库全书总目提要》所据之汪汝瑮家藏本），可称之为"毛本原本"，惜已不传，所收《沈氏词韵略》与毛本同（详后）。

（6）蒋景祁《瑶华集》本（简称"蒋本"）。《瑶华集》编于康熙二十二年（1683）至康熙二十六年（1687），卷附二收录《沈氏词韵略》，有康熙二十六年天藜阁刻本。

（7）冯金伯《词苑萃编》本（简称"冯本"）。《词苑萃编》刻于嘉庆间，以徐釚《词苑丛谈》为底本删并增补而成，卷一九"音韵"收录《沈氏词韵略》。

对比各本版式及内容，七个版本可分为二系：一为邹本、吴本和蒋本，一为徐本、卓本、毛本和冯本。前者排列版式、内容基本相同；后者另成一系，排版、内容亦大体无异。② 后一系中，毛本虽刊刻略晚，但毛氏括略为诸版所录之源。既成一系，探讨系内源流，不

---

① 严迪昌：《清词史》，江苏古籍出版社1999年版，第67页。此论又见于蒋寅《清代词人邹祗谟行年考》，《山西大学学报》（哲学社会科学版）2007年第3期。

② 两个系统内部偶有小异，详后。

当以徐、卓二本为毛本之所承。又冯本与徐本并无二致，且冯本刻于嘉庆间，不能代表《词韵略》在清初的流变，故我们对冯本不做探讨。因此，可以邹本和毛本为二系的代表，详考其排列版式和辖韵内容的异同。

排列上，第一，毛本各部部目名降格单排一列，部内所辖细目于次列顶格排列，"平""仄"二字用"□"框出。邹本各部部目名顶格排出，部内所辖细目紧随其后同列排出，"平""仄"二字用"□"框出，二字前标以"○"。第二，毛本首部"东董韵"和末部"合洽韵"下，分别有"先舒按填词之韵……并识于此"和"按此本是括略……庶几韵学其无坠尔"两段按语，双行小字竖排。邹本将其析出，置于末部之后，单行竖排。

内容上，二本差异涉及部目名、部内辖韵、辖韵目次、半通韵例字及字序。异同如表2－1：

表2－1　　　　毛本、邹本辖韵异同对照表

对照项 部次	部目名		部内辖韵		辖韵目次		半通韵例字及字序	
	毛本	邹本	毛本	邹本	毛本	邹本	毛本	邹本
一	同（东董）		同		同		同	（无）
二	同（江讲）		同		同		同	（无）
三	同（支纸）		去：寘味霁泰半队半	去：寘味霁队半	十队	十一队	泰半：沛会最沫 队半：妹碎废吠	（无） 队半：妹碎吠废
四	同（鱼语）		同		同		同	（无）
五	街蟹	佳蟹	平：佳半灰半 上：蟹半贿半 去：泰半队半	平：佳灰半 上：蟹贿半 去：泰卦半队半	（无） 十队	十卦 十一队	佳半：鞋牌乖怀 灰半：开才来猜 蟹半：买骇 泰半：奈蔡卖怪 队半：代再赛在	（无） 灰半：才来开猜 （无） 卦半：卖败戒拜 队半：代再在赛

续表

对照项 异同 部次	部目名		部内辖韵		辖韵目次		半通韵例字及字序	
	毛本	邹本	毛本	邹本	毛本	邹本	毛本	邹本
六	同（真轸）		同		十一震 十二问 十三愿	十二震 十三问 十四愿	元半：魂昆门尊 阮半：忖本损狠 愿半：顿逊嫩恨	元半：魂 痕村恩 阮半：损 忖稳狠 愿半：问 嫩困裉
七	同（元阮）		同		十三愿 十四翰 十五谏 十六霰	十四愿 十五翰 十六谏 十七霰	元半：袁烦喧鸳 愿半：怨贩饭建	元半：言 轩烦翻 愿半：万 绻怨券
八	同（萧筱）		同		十七啸 十八效 十九号	十八啸 十九效 二十号	同（无）	
九	同（歌哿）		上：蟹半 哿	上：哿	二十箇	二十一箇	蟹半：伙	（无）
十	佳马	麻马	平：佳半 麻 上：蟹半 马 去：泰半 祃	平：麻 上：马 去：祃	二十一祃	二十二祃	佳半：娲蛙查叉 蟹半：罢 泰半：卦话	（无） （无） 卦半：挂 话
十一	同（庚梗）		上：梗迥 拯 去：映径 证	上：梗迥 去：敬径	二十五拯 二十三映 二十四径 二十五证	（无） 二十四敬 二十五径	同（无）	

续表

对照项\异同\部次	部目名		部内辖韵		辖韵目次		半通韵例字及字序	
	毛本	邹本	毛本	邹本	毛本	邹本	毛本	邹本
十二	同（尤有）		同		二十六有	二十五有	同（无）	
十三	同（侵寝）		同		二十七寝	二十六寝	同（无）	
十四	同（覃感）		同		二十八感 二十九琰 三十豏	二十七感 二十八琰 二十九豏	同（无）	
十五	同（屋沃）		同		同		同（无）	
十六	同（觉药）		同		同		同（无）	
十七	同（质陌）		同		同		同（无）	
十八	同（物月）		同		同		同（无）	
十九	同（合洽）		同		同		同（无）	

二本差异颇多，核心差异为辖韵系统不同。毛本所辖含上平声15韵、下平声15韵、上声30韵、去声30韵、入声17韵，凡107韵。邹本所辖含上平声15韵、下平声15韵、上声29韵、去声30韵、入声17韵，凡106韵。较诸传统平水106韵，邹本无异，毛本有别。表现如下。

第一，毛本于去声"九泰"之后续以"十队"，韵目上缺"卦"。结合半通韵字来看，毛本将平水韵之泰、卦合并，系上代"十卦"与平声"九佳"、上声"九蟹"相承。

第二，毛本于上声"二十四迥"之后增以"二十五拯"，较平水上声多出此韵。

第三，毛本于去声"二十四径"之后增以"二十五证"，较平水去声多出此韵。以上声"二十五拯"、去声"二十五证"与下平声"十蒸"

相承。

明确了以上三点，再来看二本中的其他差异，就有了层次上的因果关系。

第一，因以"九泰"取代"十卦"，一方面，使得其后的平水"十一队"当序以"十队"，依次后推至"径"韵，二本的整个去声序列的辖韵目次都不一致。另一方面，使得泰韵的归属形式上有别：毛本分属第三、五、十部，邹本只属第五部，也就有了关于部分泰韵半通例字的不同。①

第二，"二十五拯"的增入使得"二十四迥"之后，二本的上声序列的辖韵目次不一致。

第三，"二十五证"的增入使得二本不一致的去声序列辖韵目次，自"二十六宥"至末韵"三十陷"相合。

除以上核心差异及衍生差异，还有三点不同。

第一，佳韵的归属：毛本分属第五、十部；邹本不分，属第五部。从半通例字来看，第五部之"鞋牌乖怀"来自平水九佳（《广韵》十三佳和十四皆），第十部之"娲蛙查叉"，来自平水韵九佳或六麻（《广韵》十三佳或九麻）。这一差异导致二本第五部和第十部部目的使用不同（该部部目下解释称："'街'属九佳，因'佳'字入麻，故用'街'字作领韵。而括略仍称'九佳半'者，本其旧也。"），同时也导致二本存在关于佳韵半通例字的差异。

第二，蟹韵的归属：毛本分属第五、九、十部；邹本不分，属第五部。从半通例字来看，第五部之"买骇"来自平水九蟹（《广韵》十二蟹和十三骇），第九部之"伙"来自平水九蟹（《广韵》十二蟹），第十部之"罢"来自平水九蟹（《广韵》十二蟹）。这一差异导致二本存在关于蟹韵半通例字的不同。

第三，其余诸部所辖半通之韵（如队、元、阮、愿）的例字及字序多有不同。

---

① 显然，毛本所用"诗韵"并非平水韵。若折合为平水韵，毛本第三部去声当为"寘味霁泰半队半"，较邹本多出"泰半"；第五部去声当为"泰半卦半队半"，较邹本多出"泰半"；第十部去声为"卦半祃"，与邹本相同。即毛、邹二本之异实际上是第三、五部泰韵是否割半分用。

（二）《词韵略》在清初的流变

毛先舒括略沈氏《词韵》既成，便得到了词坛邹祗谟等人的肯定："今有去矜词韵，考据该洽，部分秩如，可为填词家之指南。"[①] 并被邹氏附刻于所编《倚声初集》中，是为邹本。理论上讲，毛、邹二本有别，可能是邹本据毛本原本改，因为毛氏括略在先，邹氏收录在后；也可能是毛本据毛本原本或邹本改，因为邹本刊于前，而毛本晚刻。

前述及二本差异时提到，因毛本去声将平水韵之"九泰""十卦"合而为一，致使其后之队韵以迄径韵之目次均减少一位，如去声漾韵，平水目次为二十三，毛本目次为二十二。邹本使用平水韵，各韵目次一如平水之旧，独去声漾韵目次为二十二，而非平水之二十三。这导致邹本之漾韵与祃韵目次重叠。

据此推断：第一，今见邹本不同于毛本之处，当是邹本以毛本原本为底本，据平水韵而改。或因沈氏词韵系统中，去声漾韵在第二部与"三绛"通用，距平水韵中映、径等邻韵较远（映、径二韵在词韵第十七部），改动毛本辖韵目次时，邹氏或刻者失检而成此漏。20多年后，蒋景祁刻《瑶华集》，以邹本为底本附刻《词韵略》，承袭了这一纰漏。第二，毛本与毛本原本的辖韵系统及其目次当无差异。

除了改107韵为平水106韵，邹本还对佳、蟹韵归属做了改动。毛本以佳韵分属第五、十部，蟹韵分属第五、九、十部[②]；邹本不分，属第五部。需要说明的有以下几点。第一，诗韵本为已合之韵，以诗韵作为归并词韵的基础，再做拆分，不利于明确佳、蟹等半通之韵的辖字范围。毕竟"宋人填词时未尝将任何韵书中之任何韵部割半未用也。今依后世已并之韵部、重又割分，而称半通，徒使学者疑惑，实不如仍用

---

① （清）邹祗谟：《远志斋词韵衷》，（清）邹祗谟、王士禛编：《倚声初集》前编卷四，《续修四库全书·集部·词类》第1729册，上海古籍出版社2002年版，第197—198页。邹氏所谓"去矜词韵"非沈谦《词韵》原稿，当是毛氏括略本。沈、邹二人交游颇少，今可考者仅为康熙三年（1664）前后，邹氏客江西，沈谦以词送行（汪超宏：《沈谦年谱》，《明清浙籍曲家考》，浙江大学出版社2008年版）。顺治十八年（1661）邹氏赴杭州一月，访遍毛先舒、朱彝尊、周亮工、曹溶等，未访沈谦，二人此时或尚不相识。

② 就所辖206韵而言，毛氏107韵和平水韵一致。

《广韵》之部目为宜也"①。清中期，吴烺等即对此提出质疑："以刘平水、阴时夫之韵，谓即沈、陆之旧，而又即遵之以为词韵，岂不一误再误乎？"②遂改以《广韵》为基础而成《学宋斋词韵》。第二，唐宋旧词中，无论是平水韵之佳、蟹韵还是 206 韵之佳韵，其韵字都存在分属两类的情况。因此，后出词韵善本往往对其做割半分用的处理。③从这个角度来讲，邹本之改动不及毛本之旧。

康熙十四年（1675）以前，吴绮于其所编《选声集》卷末收录《词韵略》，是为吴本。吴本与邹本基本一致，仅有三处不同：吴本将所析出毛先舒按语，置于《词韵略》前；与毛本相同，将去声九泰割半分置于支纸韵和佳蟹韵，不同的是，佳蟹韵九泰半例字改为"盖奈蔡籁"；佳蟹韵去声十一队例字次序为"代在再赛"。这表明吴本以邹本为底本，并参考了毛本原本对泰韵的安排。

康熙二十二年（1683）至康熙二十六年（1687）间，蒋景祁编《瑶华集》，参考邹本于其集之卷附二收录《词韵略》，是为蒋本。对比二本，韵部及按语排列版式、辖韵系统及其目次、韵字及字序一致，仅有三处小异：蒋本"沈氏词韵略"下缺"毛先舒括略并注"字样（但韵末仍附毛先舒括略按语）；邹本真轸韵去声十四愿半下例字"问"，蒋本作"闷"；邹本更梗韵去声二十四敬之"敬"字前衍"十"字，刊者圈出，蒋本无此衍字。此类差异，表明蒋本并非未对邹本加以校阅，但仍有前述漾韵目次之误，足见其对邹本的承袭。

康熙十二年（1673）至康熙十七年（1678）间，徐釚于其所辑《词苑丛谈》卷二收录《词韵略》，是为徐本。对比毛、徐二本，有四处小异："沈氏词韵略"下徐本注"毛稚黄括略并注"，别于毛本"先舒括略并注"；与毛本同，徐本各部部目皆单独一列排列，独街蟹韵部目被续于鱼语韵辖韵之后，当是刊刻之误；覃感韵平声所辖覃韵之目次，毛本

---

① 张世彬：《论清代诸家词韵之得失》，邝健行、吴淑钿编选：《香港中国古典文学研究论文选粹（1950—2000）·诗词曲篇》，江苏古籍出版社 2002 年版，第 211 页。
② （清）吴烺等辑：《学宋斋词韵》，《续修四库全书·集部·词类》第 1737 册，上海古籍出版社 2002 年版，第 621 页。
③ 采用《广韵》韵目的吴烺等辑《学宋斋词韵》和采用《集韵》韵目之戈载《词林正韵》均将佳韵割半，分属第五部和第十部。

为十三，徐本为十二，与同本邻韵侵韵混同，当为刊刻之误；十九部之末所附按语，毛本为"案此……"，徐本作"先舒按此……"，按语之末毛本有"所谓法恶流滥，无嫌谨严。览者得此意而通之，庶几韵学其无坠尔"诸字，徐本缺。四处之外，二本于韵部按语排列版式、辖韵系统及其目次、韵字及字序完全一致，徐本当承自毛本原本。今人如王百里校笺《词苑丛谈》，见徐本所辖诗韵"与吾人今日通行之诗韵又有出入"[①]，对凡与平水韵目次龃龉之处均做校改。唐圭璋校《词苑丛谈》，鉴于"是书各条，乃徐氏随时随地钞撮，未注明出处，亦一憾事"[②]，而民国期间各单行本亦未考虑详注原书出处，不便于读者了解各条之来龙去脉，故"于览观唐、宋以来古籍之时，见有与是书各条大体相同之处，辄旁注于下方，以蕲更有益于读者，并欲借以弥补徐氏之遗憾"[③]，并于《词韵略》末注明出处为《倚声集》。[④] 王、唐二家对徐本来源皆未详考。

康熙十八年（1679）卓回于其所编《古今词汇二编》中亦收录《词韵略》，是为卓本。较诸前本，卓本在排列版式上有所创新，辖韵内容（包括辖韵系统及其目次、韵字及字序）上完全承袭毛本原本。排列版式方面，同邹本一样，卓本将毛氏两段按语析出，统一置于末部"合洽韵"后，单行竖排；韵部标目单列的同时，舒声诸部辖韵各声调（平、上、去）单排一列，入声各部所辖韵单排一列。此外，篇名为"词韵略"而非"沈氏词韵略"，下属"沈谦"，不注括略者信息。

括略以来，《词韵略》在清初 20 年间经历了至少如上 6 个版本的传承，可见其风行之甚。其间有承袭、墨守，亦有突破、创新，但都未突破其十九部词韵系统及"自应以诗韵为准"的词韵观念。不过，有一个值得深思的问题是：毛、徐、卓三家为何舍弃为人所熟知的平水 106 韵，而选择 107"诗韵"为辖韵系统？

[①] （清）徐釚编著，王百里校笺：《词苑丛谈校笺》，人民文学出版社 1988 年版，第 108 页。
[②] （清）徐釚编著，唐圭璋校注：《词苑丛谈》，中华书局 2008 年版，第 325 页。
[③] （清）徐釚编著，唐圭璋校注：《词苑丛谈》，中华书局 2008 年版，第 326 页。
[④] （清）徐釚编著，唐圭璋校注：《词苑丛谈》，中华书局 2008 年版，第 35 页。

三 毛本"诗韵"的来源与《词韵略》的形成

吴丈蜀称:"沈谦编的《词韵略》中所用的《集韵》韵目,经稍晚一点的毛先舒用《佩文诗韵》韵目加以归并标目,但也保留了少数《集韵》中的韵目。"① 历代词韵专书采用《集韵》韵目者,唯《词林正韵》而已。所谓沈谦编韵用"《集韵》韵目",未知何据?郭娟玉早已对此提出质疑。② 且不论各本韵目与《集韵》韵目差异甚大,毛先舒卒于康熙二十七年,《佩文诗韵》编成于康熙五十年(1711),《佩文诗韵》成册时毛氏已身殁20余年,不可能参考《佩文诗韵》。吴氏之说失检。各本《词韵略》所用韵目,一为107韵,一为106韵。何以会出现如此差异?先看毛本107韵的性质和来源。

各本《词韵略》皆附毛氏按语,云:"唐人作词,多从诗韵。宋词亦有谨守诗韵不旁通者","此本是括略,未暇条悉。然作者先具诗韵,而用此谱按之,亦可以无谬矣",又于东董韵"平一东二冬通用"下明言"东冬即今诗韵,后俱仿此"。"今诗韵"即平水韵,但考平水韵流变史,未见如毛本之韵者。毛本辖韵非平水106韵,亦非平水前身刘渊107韵(刘渊107韵只比平水106韵多出上声拯韵)。

《韵学通指》中,与《沈氏词韵略》并举者,有柴绍炳《柴氏古韵通》和毛先舒《唐人韵》(含《唐人韵目》《唐人韵四声表》等篇)诸书。《四库全书总目提要》评价《韵学通指》云:"是编(《韵学通指》)与柴绍炳《古韵通》、沈谦《词韵》同时而出,三人本相友善,故兼举二家之说。其得失离合亦略相等。"③ 对比毛本辖韵、毛氏《唐人韵目》和《柴氏古韵通》三家辖韵系统,可发现如下相同、相通之处。

第一,三家皆为107韵系统。含上平声15韵、下平声15韵、上声30韵、去声30韵、入声17韵。韵目及其次序亦完全相同。韵目用字上,除上

---

① 吴丈蜀:《词学概说》,中华书局1983年版,第58页。
② 郭娟玉:《沈谦词学与其〈沈氏词韵〉研究》,台北:秀威资讯科技股份有限公司2008年版,第272页。
③ (清)永瑢等主编:《四库全书总目提要》卷四四《经部四四·小学类存目二》,海南出版社1999年版,第109页。

声第二十八韵毛氏《唐人韵目》用"敢",另二家用"感",余皆无异。

第二,三家皆与"诗韵"有关,作为唐诗用韵的毛氏107韵是二家括略的基础。毛先舒称其《唐人韵目》乃"据孙愐《唐韵》目而更详唐人所并用者"而成,"称《唐人韵》者,别于孙愐之《唐韵》也……此愐韵而唐实未尝遵用者也。故余与同郡柴氏绍炳广稽而详核之,断然并为一百七部……细案唐人用韵,无弗相符。斯真不刊之定案已。故列其目,使人确知唐一代用韵之法。而以古本孙本之原分,而今并者注之"。① 可见,107韵乃毛氏据唐代诗作用韵,对206韵加以同用合并而成,性质与平水韵相同。《柴氏古韵通》《沈氏词韵略》分别是"晋宋以前古体诗辞之韵"和"填词之韵",② 从各部辖韵的分合及毛先舒的按语来看,两家括略系统分别以古体诗和唐宋旧词用韵为依据,以毛氏107部唐人诗韵为分合基础,以独用、通用之法离析归并而成。

作为二家括略的归并基础,毛氏107韵是二家辖韵系统的直接来源。毛先舒对两种括略本的形成有最直接的影响,该影响甚至表现为《沈氏词韵略》与《柴氏古韵通》凡有同为半通之韵者,其例字及排列次序都相差无几。详见表2-2。

表2-2　《柴氏古韵通》、毛本、邹本半通之韵例字对照表

《柴氏古韵通》		毛本		邹本	
半通之韵	例字	半通之韵	例字	半通之韵	例字
与真文韵通之元半	魂昆门尊	真轸韵之元半	魂昆门尊	真轸韵之元半	魂痕村恩
与轸吻韵通之阮半	忖本损狠	真轸韵之阮半	忖本损狠	真轸韵之阮半	损忖稳狠
与震问韵通之愿半	顿巽嫩恨	真轸韵之愿半	顿逊嫩恨	真轸韵之愿半	问嫩困褪
与寒删先韵通之元半	袁烦喧鸳	元阮韵之元半	袁烦喧鸳	元阮韵之元半	言轩烦翻
与旱潸铣韵通之阮半	远蹇晚反	元阮韵之阮半	远蹇晚反	元阮韵之阮半	远蹇晚反
与翰谏霰韵通之愿半	怨贩饭建	元阮韵之愿半	怨贩饭建	元阮韵之愿半	万绻怨券

---

① (清)毛先舒:《唐人韵目》,《韵学通指》,《毛稚黄十四种》,国家图书馆藏康熙二十五年毛氏思古堂刻本。

② (清)毛先舒:《五韵书目》,《韵学通指》,《毛稚黄十四种》,国家图书馆藏康熙二十五年毛氏思古堂刻本。

毛先舒既以唐人诗韵为二本括略的基础，何不采用平水 106 韵？毛氏长于韵学，不可能不知平水细目。从其《唐人韵目》按语"细案唐人用韵无弗相符"来看，似乎是在强调其所订 107 韵乃考古所得。《四库全书总目提要》从唐诗实际用韵出发，对此提出质疑："唐人程试则用官韵，自为咏歌则多用私韵。如东与冬、钟为二部，官韵也。其他如孟浩然《田家元日》诗、杜甫《雨晴》诗、魏兼恕《送张兵曹赴营田》诗之类，皆近体律诗。以东、冬、钟通押，则私韵也。萧、宵、肴、豪为三部，官韵也。李商隐《送从翁赴东川尚书幕》诗之类，亦五言长律，以萧、宵、肴、豪通押，则私韵也。'画'字在卦部，官韵也，李商隐《无题》诗与'衩'同押；'妇'字在《有部》，官韵也，白居易《琵琶行》与'故'同押：亦皆私韵也。是其时自程试以外，韵原不一，安有所谓遍考唐人无不合于一百七部者哉？"①

论考古，毛先舒之韵学确如《四库全书总目提要》所言，"考之不详"②。但这未必是毛氏所在意的。

综观毛氏《韵学通指》《声韵丛说》《韵问》《韵白》诸作，于韵学有两大特点。其一，坚持音韵发展观，批判传统通转叶音说。认为"古音之差等有三，今韵之差等有四"③，细究语音发展历史层次，力图发掘古今音变中的线索、联系和规律。归纳并对比诗骚、赋文、乐府古诗、唐宋诗词、南北曲韵是其研究其间演变对应关系的主要手段；编辑《韵学通指》则是毛氏对相关成果进行体系性的呈现——所收录《五韵书目》中，《柴氏古韵通》《唐人韵》《沈氏词韵》《中原音韵》《南曲韵正》代表着其上古（晋宋前古体）、中古（唐宋诗词）和近代（元明南北曲）的韵学系统脉络。毛氏《唐人韵》则是系联之关键，《柴氏古韵通》《沈氏词韵》以之为离析基础前后溯源探流。正如《唐人韵四声表》

---

① （清）永瑢等主编：《四库全书总目提要》卷四四《经部四四·小学类存目二》，海南出版社 1999 年版，第 109 页。

② （清）永瑢等主编：《四库全书总目提要》卷四四《经部四四·小学类存目二》，海南出版社 1999 年版，第 110 页。

③ （清）毛先舒：《韵问三》，《韵学通指》，《毛稚黄十四种》，国家图书馆藏康熙二十五年毛氏思古堂刻本。

所云:"何以托诸唐韵?古近之适中也。"①

其二,长于音理分析,但疏于考证。毛氏重视从音理出发分析音节结构和系统规律,有"七声""六条"之论。七声者,根据声母清浊特点,将声调分为阴阳七音,认为除上声,平、去、入三声皆有阴阳二调,亦"谐声寻理,连类可通"。②六条者,展辅、穿鼻、敛唇、抵腭、直喉、闭口。其中,展辅、敛唇、直喉是以元音收尾的阴声韵,抵腭、穿鼻、闭口为以鼻辅音收尾的阳声韵。毛氏从今音今韵出发,以入声与平、上、去三声"不相为伦",认为阴入当是"或数母而一子,或数子而一母"③的相承关系。其《唐人韵四声表》即以此法合以"证古""案文""寻声"所得。"证古""案文"重考古,惜所考在一隅,不够充分;"寻声"重审音,通过离析今音系统分析古音,此法功莫大焉,惜所据今音非《广韵》,而是诗曲之韵。

今天看来,毛氏韵学长于音理分析、强调语音层次,乃其所得,亦为其失。就其以《唐人韵》为《沈氏词韵略》离析基础而言,毕竟"唐人用韵"本是同用归并的结果,非如《广韵》之相对自然,以之为基础自是不恰。就其《唐人韵》107韵的形成而言,虽填补平水韵部中的诸多"空格"韵,修补了系统中的"不对称"现象(见表2-3及注),但终非唐诗韵原貌。

表2-3　　　　　　　　平水韵部目表(部分韵)

平	上	去
八齐	八荠	八霁
		九泰
九佳	九蟹	十卦
八庚	二十三梗	二十四映

---

① (清)毛先舒:《唐人韵四声表》,《韵学通指》,《毛稚黄十四种》,国家图书馆藏康熙二十五年毛氏思古堂刻本。
② (清)毛先舒:《七声略例》,《韵学通指》,《毛稚黄十四种》,国家图书馆藏康熙二十五年毛氏思古堂刻本。
③ (清)毛先舒:《唐人韵四声表释》,《韵学通指》,《毛稚黄十四种》,国家图书馆藏康熙二十五年毛氏思古堂刻本。

续表

平	上	去
九青	二十四迥	二十五径
十蒸		
十一尤	二十五有	二十六宥

注：此表旨在说明音系中的"不对称"问题，无关者不录。关于入声，毛先舒在其《唐人韵四声表》和《唐人韵四声表释》中另有安排及说明，此表不纳。平水韵中，平、上、去三声因韵母相同往往相承而列（如齐、荠、霁），呈现出对称的特点。独去声"九泰"、下平声"十蒸"在相对的平上声和上去声位置上出现了空格，形成了不对称的现象。毛氏《唐人韵》合并"九泰""十卦"，立"九泰"韵目，即与平声"九佳"、上声"九蟹"相承，又在"十蒸"之后承以"二十五拯"和"二十五证"，可使整个系统无例外地三声相承对称。

　　毛氏不是不知道片面追求音理之弊，故在《唐人韵四声表释》中强为之解："泰承蟹，不承贿，何也？'侩'之平非'乖'邪？'卖'之平非'埋'邪？'戒''败'之平非'皆''排'邪？佳之上为蟹，而谱韵者以泰承蟹，而以队承贿，贿之于队，犹蟹之于泰也，皆亲嫡也。"①只是所列韵字或不相承（如侩、乖），或非泰韵（如卖），皆不足为据。又于《韵白》中首列"三韵本同异说"，称107韵乃"唐人本"，其间分部皆为"唐人所遵用"，②尽数平水韵之误。毛氏《韵学通指》《韵白》诸书，多处极力申说其107韵之精妙无差，但从未明言所据"唐人本"得自何处，同期韵学家著述中亦未见言及此本。今天看来，所谓"唐人本"殆为毛氏以平水韵为基础，参合寻声学说的托古证己之伪作。《四库全书总目提要》评其《唐人韵入声表》，有"不但考之不详，并依托古人，如郭正域之沈约《韵经》矣"③之语，用来评价其"唐人本"，一样适合。

　　《四库全书总目提要》总结毛先舒韵学特点"审定今韵之功多，而

---

① （清）毛先舒：《唐人韵四声表释》，《毛稚黄十四种》，国家图书馆藏康熙二十五年毛氏思古堂刻本。
② （清）毛先舒：《三韵本同异说》，《韵白》，国家图书馆藏康熙二十五年毛氏思古堂刻本。
③ （清）永瑢等主编：《四库全书总目提要》卷四四《经部四四·小学类存目二》，海南出版社1999年版，第110页。

考证古韵之力少"①，颇为公允。毛氏这一治学特点决定了其107韵的性质和面貌，同时也是他括略《古韵通》和《词韵》的原动力之一。

除了毛先舒韵学层面的特殊考量，清初对旧词用韵的体认也促成了毛本在词界的传播。清初学者多认为，唐五代乃至北宋多有以诗韵填词者。如，毛先舒认为"唐人作词，多从诗韵。宋词亦有谨守诗韵不旁通者。盖用韵自恶流滥，不嫌谨严也"②，仲恒亦称"古无词韵。既曰'诗余'，自应以诗韵为准。唐人以诗取士，且颁行成式，不敢游移，故唐词多守沈韵"，又"唐人诗韵分部颇严，词家取而通之，则从宽矣。是刻于唐人韵部，但注明其词之可通者而已，部皆仍旧，不敢妄移。俾作者通用之，可以为词；专用之，则仍可以为诗。是一书而仍具两书之用耳"。③ 平水韵是金代后出，据《广韵》合并同用之韵而成的指南韵书，自然不能作为唐人作词所"谨守"之"诗韵"。在清人看来，既然毛先舒107部唐人韵为"细案唐人用韵无弗相符"所得，也就较平水106韵更具说服力。

第三节 《词韵简》与仲恒《词韵》

除了被收录，《词韵略》在清初的影响力还表现为，时人以其十九韵部框架为基础，增补韵字，分部上稍作修改，编成既更合乎旧词，又更具范世功能的词韵专书。这类专书有：赵钥《词韵便遵》、吴绮《词韵简》、仲恒《词韵》、郑元庆《词韵》、曹自鉴《听绿窗词韵》等，其中，吴绮《词韵简》和仲恒《词韵》的影响最大，以之为代表，沈氏词韵的影响力在清人更大的创新、突破中延续。

---

① （清）永瑢等主编：《四库全书总目提要》卷四四《经部四四·小学类存目二》，海南出版社1999年版，第110页。
② （清）毛先舒：《韵学通指》，《毛稚黄十四种》，国家图书馆藏康熙二十五年毛氏思古堂刻本。
③ （清）仲恒：《词韵》，（清）查培继辑编：《词学全书》，北京市中国书店1984年据木石居校本影印本。

一 《词韵简》

康熙初年,① 吴绮"祖沈谦、毛先舒之说",② 以《词韵略》为底本,编订《词韵简》一卷,附刻于吴绮、程洪所辑《选声集》,有康熙间大来堂刻本。后程洪订正《选声集》而成《记红集》,仍附《词韵简》一卷,有康熙二十五年(1686)刻本。吴绮认为:"词为诗余,则押韵当如诗律之严,而韵之滥觞,即宋名家亦多出入,往往真、庚相混,甚有杂入东韵者,唐人多遵沈约,亦有可议,以词韵无定本也。"③ 可见,同沈谦、毛先舒一样,一方面,吴绮持严韵的词韵观,且对旧词中的诸多"韵杂"现象有所关注。另一方面,吴氏认为编韵当以诗韵为基础加以分合,"其编辑之法,仍不离休文诗韵"④。是书体例较各本《词韵略》有较大改动,最大特点为改变部目名,只将所辖诗韵据声调排次,各韵之下详列韵字,但无音切释义。同时,韵部安排上并不兼顾"韵杂"现象,呈现出不相杂厕的词韵系统。其韵部框架如下:

平声东字韵	上去声董字韵、去声送字韵
平声江字韵	上去声讲字韵、去声绛字韵
平声支字韵	上去声纸字韵、去声寘字韵
平声鱼字韵	上去声语字韵、去声御字韵
平声皆字韵	上去声蟹字韵、去声泰字韵
平声真字韵	上去声轸字韵、去声震字韵
平声寒字韵	上去声旱字韵、去声翰字韵

---

① 具体时间待考。汪超宏以《选声集》卷首序题"广陵吴绮园次题于燕邸之吴船",结合吴氏生平游历时地,以《选声集》"姑系"成于康熙三年(1664)(汪超宏:《吴绮年谱》,浙江大学出版社2011年版,第68页)。若此论成立,且此时《沈氏词韵略》《词韵简》已被收入集中,则前述毛先舒括略沈谦《词韵》的下限时间可前推至此。

② (清)永瑢等主编:《四库全书总目提要》卷二〇〇《集部五三·词曲类存目》,海南出版社1999年版,第104页。

③ (清)吴绮、程洪:《记红集》卷首,康熙二十五年自刻本。

④ (清)李渔:《词韵例言》,(清)李渔:《李渔全集》第十八卷,浙江古籍出版社1991年版,第363页。

平声萧字韵	上去声筱字韵、去声啸字韵
平声歌字韵	上去声哿字韵、去声箇字韵
平声麻字韵	上去声马字韵、去声祃字韵
平声庚字韵	上去声梗字韵、去声敬字韵
平声尤字韵	上去声有字韵、去声宥字韵
平声侵字韵	上去声寝字韵、去声沁字韵
平声覃字韵	上去声感字韵、去声勘字韵
入声屋字韵	
入声觉字韵	
入声质字韵	
入声物字韵	
入声合字韵	

具体部内安排方面，以第一部为例，《词韵简》于"平声东字韵"下辖诗韵东、冬二韵，韵间以□隔开，各韵下详列韵字；仄声部分为"上去声董字韵、去声送字韵"，辖韵及列字方面，先列上声董、肿韵及辖字，次列去声送、宋韵及辖字。其余诸部仿此。吴绮虽未明言其韵部安排理据，但从与《词韵略》的对比中可看出二者词韵观不同之处：沈谦、毛先舒主张以上去通押为词体用韵特征，同时关注旧词中"间有三声通押"的现象，故"于每部韵俱总统三声，而中又明分平、仄"，在部目的使用上，各舒声韵部以"平声韵字＋仄声韵字"之法标立部目，表示三声通押的用韵特征。吴绮将上、去二声之韵组合，代表上去通押的词体用韵特征；将其附于相应平声韵之后，似有兼顾"三声通押"韵例的考虑，但并不像沈、毛那样将其与平声组合而使"三声通押"成为词体通用的韵法特征。

与《词韵略》将某韵割半分用的处理一样，吴绮虽以诗韵为韵部分合基础，但充分重视旧词中存在的同（诗）韵字韵叶关系有别的现象，体现出吴绮编韵对合古原则的坚守。不同的是，因《词韵简》详列韵字，便不用在某诗韵目后标注"半"字，而是在相叶之韵后直接附上某韵的韵字。比如，在旧词中，诗韵十灰部分韵字与支、微、齐韵押，部分字与皆、槐（佳）韵押，《词韵简》便于"平声支字韵"下列"灰陇虺"诸字，于"平声皆字韵"下列"才材财"诸字。同时，相较于《词韵略》,《词韵简》在大小韵目字的使用上特别注意。若诗韵中某韵目字在旧词中与他韵相叶,则词韵系统所用诗韵韵目字就当回避。比如,"佳"字在旧词中不与诗韵九佳所辖韵字相押,而与六麻叶,《词韵简》便收"佳"字入第十部"平声麻字韵"所辖"麻"小韵,改第五部"平声佳字韵"为"平声皆字韵",下辖"佳"小韵亦改为"槐"小韵。

考察其辖韵及韵字归属,还可发现:去声九泰的"沛会最沫"等字入第三部去声"寘"字韵,九泰"奈蔡"、十卦"卖怪"等字同属一韵,入第五部去声"泰"字韵,且去声"泰"字韵与平声"皆"、上声"蟹"相承,与毛本同。平声九佳的"佳娲蛙叉"等字入第十部平声"麻"字韵,上声九蟹的"伙"字入第九部上声"哿"字韵,与毛本同,但上声九蟹的"罢"字入第十部去声"祃"字韵,不同于毛本。可见,吴绮编订《词韵简》所参考《词韵略》当为毛本原本,略有改易,但从其所辖诗韵的韵目使用上来看,并无拯、证等韵目,当是吴绮参考了邹本,将辖韵系统改为平水韵。

综上,《词韵简》为吴绮依据旧词,以毛、邹二本《词韵略》为基础,稍加改变,详列韵字而成,故郑元庆称其"总不出去矜之意",《四库全书总目提要》评价其"盖取便携阅而已,无大创作也"。①

二 仲恒《词韵》

康熙十八年(1679)所刻查继超辑编《词学全书》,汇刻毛先舒《填词名解》四卷、王又华《古今词论》一卷、赖以邠《填词图谱》六卷、《续集》一卷、仲恒《词韵》上下二卷(附柴绍炳《古韵通略》)。《词韵》前收《论韵》二十一则,其中含仲恒论词韵五则,从中可窥探仲恒词韵观、编韵目的及编韵依据之大概。

首先,词韵观层面,主张词韵当以诗韵为准,而依韵间通用关系加以分合。仲恒认为"古无词韵,既曰'诗余',自应以诗韵为准","唐人以诗取士,且颁行成式,不敢游移,故唐词多守沈韵",又"然既本诗韵,则源流自不可泯。通用之中,一东、二冬,一董、二肿,仍不敢竟

---

① (清)永瑢等主编:《四库全书总目提要》卷二〇〇《集部五三·词曲类存目》,海南出版社1999年版,第104页。

削，依次编入唐人韵界。各自标题，庶宽严之间，不碍用者之审择云"。①

其次，编韵目的层面，仲恒称其编韵旨在"奚囊之用"，无论是韵部的安排还是韵字的排列，都体现出"书以适用为贵"的考量。如其论前人韵书"向以音声为序次，如一东必自'东''冻''蝀'联贯而下，采用者苦于翻阅"，为便览计，"余臆为次第，以作词常用者列于前，偶用者次之，难用者又次之"。

最后，编韵依据层面，一方面，以《词韵略》《词韵简》《词韵便遵》为参考。其中，韵部和韵目主要参照《词韵略》。仲恒对沈谦、毛先舒将其词韵分部观融入韵部和韵目的做法颇为赞赏，并为之详解："韵目总统平、上、去三声之义，毛子详言之矣。但以平声贯上、去而并之曰'东董韵'，似乎曲韵，然不贯以三声、二字，则间或通押之义不彰；不别以平、仄二音，则上、去常通之旨不着"，又"去矜韵目，曰'东董韵''江讲韵'，名曰'三声'，而止列平、上二韵；入声又连两字曰'屋沃'、曰'觉药'。其法又似纷杂，不知前人自有深意。盖平声通用，只以前一平韵该之；上、去通用，则一仄字可以该上、去，何妨以上声一韵该之？至于入声连称二字者，亦以见通用之义，并以少该多之意也。其分半韵者，如序次宜贯韵目，而以非全韵，故标其目而仍序其字于各韵之后"。在《词韵略》体例基础上，详列韵字并简要释义，韵字及其排列当借鉴自《词韵简》和《词韵便遵》。仲恒之子仲嗣瑠明确指出"家严取去矜韵，参以菌次、千门两先生旧刻，斟酌损益，汇写成帙，以供吟啸之需"，"斟酌损益"部分主要为韵字，韵字的选取原则为从今从用，"凡奇僻字面，诗韵不妨备载，词韵似无所用。且诗近古，押字不妨奇奥；词近今，倘字面太生，则观者触目然，一概削去"。而韵字的编排方法为"以作词常用者列于前，偶用者次之，难用者又次之"。陆进激赏仲恒《词韵》，称："去矜韵不可易，雪亭起而订定之，词韵其完书矣。"② 四库馆臣称仲恒《词韵》"因谦书而订之"，③ 都只提

---

① （清）查培继辑编：《词学全书》，北京市中国书店1984年据木石居校本影印本。

② （清）仲恒：《词韵》，（清）查培继辑：《词学全书》，北京市中国书店1984年据木石居校本影印本。

③ （清）永瑢等主编：《四库全书总目提要》卷二〇〇《集部五三·词曲类存目》，海南出版社1999年版，第108页。

到了仲恒对《词韵略》的借鉴，显然是不够的。另一方面，以唐宋旧词用韵为根本依据。尤其是针对一些特殊用韵现象，仲恒并不完全以规则地分合诗韵为据。比如，虽然"唐词多守沈韵"，但"太白、乐天辈，每有旁通，夫业已流滥而不分界限"，宋词中亦时有佳、麻异部相叶的现象，仲恒认为"'佳'字原'居牙切'，音'加'，此本音也。诗韵作'皆'字音"，因旧词之特殊韵叶，"今依《洪武正韵》，将'佳'字改入'麻'字韵。其'蛙''娃''娲'等字，沈韵中两韵并列者，存否悉遵宋词"。

从该书韵部系统和韵字安排来看，仲恒《词韵》确较《词韵略》和《词韵简》更优。其韵部框架及所辖诗韵如下：

东董韵平上去三声

平韵：一东、二冬通用

仄韵：上声一董、二肿

　　　去声一送、二宋通用

江讲韵平上去三声

平韵：三江、七阳通用

仄韵：上声三讲、二十二养

　　　去声三绛、二十三漾通用

支纸韵平上去三声

平韵：四支、五微、八齐、十灰半通用

仄韵：上声四纸、五尾、八荠、十贿半

去声四寘、五未、八霁、九泰半、十一队半通用

鱼语韵平上去三声

平韵：六鱼、七虞通用

仄韵：上声六语、七麌

　　　去声六御、七遇通用

街蟹韵平上去三声

平韵：九佳半、十灰半通用 "佳""娲""騧""蜗"等韵入六麻字韵内

仄韵：上九蟹半、十贿半

　　　去九泰半、十卦半、十一队半通用

真轸韵平上去三声

平韵：十一真、十二文、十三元<u>半</u>通用

仄韵：上十一轸、十二吻、十三阮<u>半</u>

　　　去十二震、十三问、十四愿<u>半</u>通用

寒阮韵平上去三声 即元阮韵，元止一半，故编入先字韵末

平韵：十四寒、十五删、一先通用、十三元<u>半</u>

仄韵：上声十三阮<u>半</u>、十四旱、十五潸、十六铣

　　　去声十四愿<u>半</u>、十五翰、十六谏、十七霰通用

萧筱韵平上去三声

平韵：二萧、三肴、四豪通用

仄韵：上声十七筱、十八巧、十九皓

　　　去声十七啸、十八效、十九号通用

歌哿韵平上去三声

平韵：五歌独用

仄韵：上声二十哿

　　　去声二十一箇通用

麻马韵平上去三声

平韵：九六麻通用

仄韵：上声二十一马

　　　去声十卦<u>半</u>、二十二祃通用

庚梗韵平上去三声

平韵：八庚、九青、十蒸通用

仄韵：上声二十三梗、二十四迥

　　　去声二十四敬、二十五径通用

尤有韵平上去三声

平韵：十一尤独用

仄韵：上声二十五有

　　　去声二十六宥通用

侵寝韵平上去三声

平韵：十二侵独用

仄韵：上声二十六寝

去声二十七沁通用
覃感韵平上去三声
平韵：十三覃、十四盐、十五咸通用

仄韵：上声二十七感、二十八琰、二十九豏

去声二十八勘、二十九艳、三十陷通用
入声不与平韵通押，亦不与上、去声通用，另列五部
仄韵入声：一屋、二沃通用

仄韵入声：三觉、十药通用

仄韵入声：四质、十一陌、十二锡、十三职、十四缉通用

仄韵入声：五物、六月、七曷、八黠、九屑、十六叶通用

仄韵入声：十五合、十七洽通用

舒声各部部目从邹本，入声不列部目，只列辖韵，辖韵用平水韵。但平水去声九泰割半分用，"沛会最沫"等字入第三部，"奈蔡怪"等字入第五部，与毛本同。对平水九佳、九蟹的处理则有所改易：是书某韵凡需割半分用者，韵目后均有"半"字，如"泰半""卦半""队半"等。佳、蟹韵目下皆无"半"字，但九佳之"鞋牌乖怀"等字入第五部，"佳娃娲騧蛙叉"等字入第十部，并于第五部注云："'佳娲騧蜗'等韵字入六麻字韵内"；① 九蟹之"买骇"等字入第五部，"伙"字入第九部。是则，其九佳、九蟹实际上已割半分用，与毛本同。但九蟹之"罢"在第五部，又异于毛本。

《词韵》成型后，仲恒向沈丰垣出示"沈氏《词韵》"，称："是编为词家津筏，奈缮本既多讹误，刊书又复鲁鱼亥豕，参错遗漏。余细心考较三阅月而成书。"可见，仲恒认为其《词韵》是以《词韵略》为基础的。今天看来，仲恒《词韵》确是其综合参考毛本原本和邹本《词韵略》取长舍短，优化而成的。但并不意味着仲恒缺乏创新。除了韵字排列，仲恒还吸收了《词韵简》"某字韵"的做法。不同的是，吴绮以"某字韵"为词韵韵部；而仲恒《词韵》舒声部目名承袭《词韵略》，以示"三声通押"等词体用韵特征，又以"某字韵"为韵部的小韵，这样

---

① （清）仲恒：《词韵》，（清）查培继辑编：《词学全书》，北京市中国书店1984年据木石居校本影印本。

就可以在小韵层面区别诗韵和词韵，不至二体韵混，在一定程度上解决了"自沈氏《词韵》出……然犹仍休文书本，初无隔别"①的问题。比如，《词韵略》将诗韵九佳割半分用，填词者只据诗韵是不清楚哪些字归第五部、哪些字归第十部的，仲恒直接将"佳""娲""骒""蜗"等诗韵佳韵字收入"六麻字韵"内，韵目上入麻韵的佳韵不再标注"半"，这种情况下的佳韵和麻韵的内涵就不再是诗韵中的九佳和六麻，而是词韵中的"佳字韵"和"麻字韵"。入声韵部分，因不存在"三声通押"的考量，直接用排列相叶"某字韵"的方式取代《词韵略》的两字部目。基于此，仲恒的词韵系统从部目到韵目都体现出了词体的独特性，不再与诗韵过分纠缠。不过，仲恒并未普遍地使用这种方面做韵字分割和韵目标注，除了佳、蟹韵，其他割半分用的灰、贿、泰、队、卦、元、阮、愿八韵一仍《词韵略》之旧，未知何故。

四库馆臣对格律类词韵专书及沈氏词韵十九部持否定态度，故评价仲恒《词韵》"无所发明考正"。②以历史的眼光审视仲恒《词韵》，可称清初词韵之最善本，刊行后颇受好评，"是编足为世楷模"，③大有取代《词韵略》之势。直到乾嘉时期《学宋斋词韵》和《榕园词韵》行世，《词韵略》和仲恒《词韵》的影响力才稍有削弱。

除了上述诸家，清初尚有一定影响的词韵书还有赵钥（1622—？，字南金，山东莱阳人）《词韵便遵》，惜未刊行。不过我们可以从赵氏论韵管窥其编韵原则和编韵方法。总体而言，与清初格律类词韵编订者一样，赵钥主张编韵应有合古和范世的双重考量。合古方面，如其论及入声分部时，详考旧词，称"今细检昔贤诸词，如去矜者十之七。彼此牵混者，亦有十之三。即如物部等字，押于旧词绝少。仅见者，东坡〔念奴娇〕'物'与'雪''灭''发''杰'等同押，介甫〔雨霖铃〕'物'与'矻''窟''渤''没'等同押。似物部当通月、曷等部矣。而〔念奴娇〕不免杂用'壁'字，〔雨霖铃〕不免杂用'出'字，何为又入于

---

① （清）仲恒：《词韵》，（清）查培继辑编：《词学全书》，北京市中国书店 1984 年据木石居校本影印本。

② （清）永瑢等主编：《四库全书总目提要》卷四四《经部四四·小学类存目二》，海南出版社 1999 年版，第 109 页。

③ （清）查培继辑编：《词学全书》，北京市中国书店 1984 年据木石居校本影印本。

质、陌韵乎？至于辛稼轩〔满江红〕词，物部全与质、陌部同押，是又与质、陌通矣"①，以旧词实际用韵与《词韵略》所分五部一一比照。范世方面，主张从众从用，如其论及某诗韵的割半分用，称唐宋旧词中谨遵诗韵者，不过"稼轩〔沁园春〕用灰韵，秦少游〔千秋岁〕用队韵"这类少部分而已，韵间半通用者"乃十之八九"，故主张从其多者，将各韵分半。并提出"诗与词，时分古今，韵亦各有攸宜"②这样的辨体主张。又如，论及入声韵叶之牵连，称"去矜分为五韵，亦就宋词中，较其大略，以为区别耳。今细检昔贤诸词，如去矜者十之七。彼此牵混者，亦有十之三"，又"前辈既已游移，今日仍无畛域，此道将流于患漫，故亦依去矜所分者分之"。③可见，赵钥之编韵，在力求合乎旧词的同时，还重裁定选韵"畛域"，避免用韵"游移""患漫"的规范价值。合古、范世原则下，赵氏编韵方法主要为系联归纳旧词韵脚、分部参考《词韵略》、部分韵间关系参考《洪武正韵》。基于上述编韵原

---

① 所论源于毛先舒。赵钥曾就词韵中物韵入月、曷还是入质、陌的问题求教于毛先舒，毛氏回信中即以苏轼〔念奴娇〕、王安石〔雨霖铃〕和辛弃疾〔满江红〕用韵为据，所论与赵氏几乎一致，并明确主张："今既欲厘清词韵，将质陌与月曷判开，物部不归月曷，谁归哉？"〔见于（清）毛先舒《巺书》卷六，清康熙思古堂十四种刻本〕

② （清）仲恒：《词韵》，（清）查培继辑编：《词学全书》，北京市中国书店1984年据木石居校本影印本。清代沈雄《古今词话》引录此段作："诗韵中平声十灰、十三元，上声十贿、十三阮，去声十卦、十一队、十四愿，皆今人之割半分用者也。今考宋词，凡此等类，一概不分，悉依诗韵原本，如稼轩〔沁园春〕用灰韵，少游〔千秋岁〕用队韵，俱全用不分。将以宋人为全遵沈韵耶？其不遵者乃十之八九。考白乐天〔长相思〕词用支、微韵，已与灰半通用。唐人守沈韵如山，而作词已透宋人之韵。况各韵分半，《洪武正韵》亦然。作者当遵有宋辛、秦诸公多仍唐宋，然亦不必相沿也。"〔（清）沈雄：《古今词话》，唐圭璋编：《词话丛编》，中华书局1986年版，第833—834页〕缺诗词韵"时分古今，各有攸宜"之语。

③ （清）仲恒：《词韵》，（清）查培继辑编：《词学全书》，北京市中国书店1984年据木石居校本影印本。此论实源自毛先舒。清代沈雄《古今词话》引录此段作："入声最难牵合，颁韵分为四韵，今人亦别立五韵，亦就宋词中较其大略以为区别耳。今检昔词如去矜者十之七，彼此牵混者亦什之三，即如物部等字押于昔词绝少，其仅见者，东坡〔念奴娇〕，'物'与'雪'、'灭'、'发'、'杰'等同押。介甫〔雨霖铃〕，'物'与'砭'、'窟'、'没'、'渤'同押，似物部当通用月、曷等部矣。而〔念奴娇〕不免杂用'壁'字，〔雨霖铃〕不免杂用'出'字，何为俱入于质、陌韵乎？至于稼轩〔满江红〕，物部全与质、陌部同押，是又与质、陌通矣。再考《洪武正韵》，物部亦并入质、陌部者；及历考唐宋物部，有时单通用月、曷，有时与质、陌、月、曷等共通者。前辈既以游移，今日仍无畛域，此道将流于漫漶无极矣。故守韵宜严也，今当以去矜所分者分之。"〔（清）沈雄：《古今词话》，唐圭璋编：《词话丛编》，中华书局1986年版，第834页〕多出"颁韵""韵严"之论。

则和方法，其《词韵便遵》"与去矜大同小异"。①

另有郑元庆（1660—?，字芷畦，一字只怡，号子余，浙江归安人）《词韵》、曹自鋆（生卒不详，字忍庵，新安人）《听绿窗词韵》二书亦属此类，不过影响甚微。郑氏"以通用之法，遵去矜之《韵略》；以分辑之法，仍笠翁之《词韵》；其一切冷僻怪诞、庸俗粗鄙之字，《韵简》所未删除，李韵之编入副格者，再三校阅，厘剔殆尽"，韵部方面承袭《词韵略》十九部，列字方法上仿照《笠翁词韵》，收字原则上借鉴《词韵简》。稍晚的《听绿窗词韵》与《词韵简》相近，韵部承袭《词韵略》十九韵部，收字上从今从用，旨在便览适用。

---

① （清）戈载：《词林正韵》，上海古籍出版社2010年版，第38页。

第三章

清初曲化类词韵指南

自胡文焕编订《文会堂词韵》以来，迄于沈谦、毛先舒、吴绮、仲恒等，对词韵分部韵法的考察，都是沿着辨体的道路深入下去的。鉴于时人以北曲韵为词韵的不良风气，明末清初的学者尤其注重区分词体与北曲的用韵关系。长久以来的辨体意识，以及清初词坛的尊体需求，使得学者在词体探讨层面普遍赞同严别词韵与北曲韵。[①] 在词韵学发展史上，明末清初是确立词体用韵特质和规范的关键转捩期。不过，在戏曲发展史上，明末清初也是戏曲（尤其是南曲）理论发展的重要阶段。这一时期的传奇、戏曲创作和理论建构方兴未艾，一些词、曲兼擅者游走于二体间，试图分辨二体不同，发现其相通之处，形成了一小股词、（南）曲互动的气象。虽然面对清初词学复兴背景下词坛尊体思潮的强势崛起，这一小股互动气象并未对清代词体学的发展进程有转折性的影响，但词曲互动的风气确实对时人思考词之音律体性有所启发。

在词体用韵层面，出现了一些不同于以《词韵略》为代表的词韵观和分部主张。这些不同声音主要来自兼擅词与南曲者，他们因不满于时人以北曲韵为词韵和南曲韵的粗陋行为，反对以北曲韵填词和南曲，并且认为南曲韵与词韵有相似甚至相通之处，常以词、（南）曲并称，或以"词"代南曲。其中，最典型的代表就是李渔及其《笠翁词韵》。

---

① 这一阶段词坛的辨体、尊体思潮主要集中于词的体性、风格层面，体制因素只是次要考虑的因素。因此，虽然在词体探讨层面，人人皆坚称应辨别词曲，但实际填词创作中，作词者选韵仍多以曲韵为之，如邹祇谟在其《远志斋词衷》中就曾批评王士祯"旧作如〔南乡子〕〔卜算子〕〔念奴娇〕〔贺新郎〕诸阕，所用鱼模庆叶，有将入声转叶者，俱用《中州韵》故耳"。

第一节 《笠翁词韵》

李渔（1611—1680，字笠鸿，号笠翁）是明末清初的戏曲家，他编订的《笠翁词韵》有康熙十七年（1678）刻本，中国国家图书馆善本室藏。该书"或多或少地注意了当时的语音实际，甚或以某地方音为根据"[1]，大别于以《沈氏词韵略》为代表的词韵专书。因此，自刊行以来，词学界多将《笠翁词韵》视作"以乡音妄自分析，尤为不经"[2]之作。有学者将其作为《词韵略》裔派之外的专书，又据《笠翁词韵》卷前的《词韵例言》，称李氏韵虽参考了《沈氏词韵略》，却"呈现出向曲韵靠拢的倾向"，"有兼顾词韵和南曲押韵的意图"[3]。此说堪为的论，亦为学界所认同。但就韵部的具体分合而言，《笠翁词韵》是如何参考《沈氏词韵略》，为何向曲韵靠拢，又如何兼顾词韵和南曲押韵的？学界尚无明确交代。

在词韵编订层面，清初渐渐形成了"词韵源于诗韵但又别于诗韵"的观念，以《词韵略》、《词韵简》和仲恒《词韵》等为代表，清代词韵学的发展即以此种格律类词韵专书为主流。格律类词韵专书主张以唐宋旧词为词体标准，而旧词用韵与诗韵多有相合相关之处，进而主张清人填词应据旧韵并参合诗韵，不能以今音和他体用韵为据。

对于词体和词韵分部，李渔有不同的主张。《笠翁词韵》卷前有《词韵例言》七则，专述编韵原则和宗旨，主张"诗韵严，曲韵宽，词韵介乎宽严之间"[4]，强调词之为体当"专以齿颊为利"[5]。前者旨在辨词之体，后者意在强调词宜付诸歌喉的音乐属性。由于词和曲皆具音乐

---

[1] 赵诚：《中国古代韵书》，中华书局 2003 年版，第 119 页。
[2] （清）戈载：《词林正韵》，上海古籍出版社 2010 年版，第 39 页。
[3] 江合友：《明清词谱史》，上海古籍出版社 2008 年版，第 265—266 页。
[4] （清）李渔：《词韵例言》，（清）李渔：《李渔全集》第十八卷，浙江古籍出版社 1991 年版，第 361 页。
[5] （清）李渔：《词韵例言》，（清）李渔：《李渔全集》第十八卷，浙江古籍出版社 1991 年版，第 364 页。

属性，且来源上多相关，故李渔常以曲比附于词，以明确其词曲相通的词体主张，如"夫一词既有一词之名，如〔小桃红〕〔千秋岁〕〔好事近〕〔风入松〕之类，明明是一曲体，作之原使人歌，非使人读也"①。

在李渔看来，辨词体和尊词体，就是要充分尊重词是合乐文体这一根本属性，唐宋旧词之兴，有赖于彼时用唐宋旧韵利于时人齿颊，清人欲兴词体，就应据时音以利今人齿颊。基于该主张，一方面，李渔强调以时音合诸词韵的必要性，称词为"后世之文，其韵务谐后世之音"，"作词之法，务求声韵铿锵，宫商迭奏，始见其妙"，②并在《笠翁词韵》中融入了"浊上变去""浊音清化""—m 韵尾消失""入声塞音韵尾变动"等时音特点。③一方面，李渔极力反对以诗韵填词，甚至以今律古，认为旧词中"梅回"等韵脚字存在误押诗韵的问题："曾见从来歌者，有以'梅'字唱作'埋'音，'回'字唱作'槐'音者乎？"又举"士氏仕巨炬拒宁苎伫待怠殆象像丈"等字在诗韵中为上声，在《中原音韵》及时音中为去声，以阐说其"诗韵之必不可通于词韵"的观点。另一方面，不同于明人以北曲韵填词，李渔更强调南曲与词的关联（详后），称以北曲韵填词乃"因无绳墨，无可奈何而为之，非得已"④之举。大体上，《笠翁词韵》的分部具有"反对用诗韵""强调词韵和南曲韵相通""融入时音成分"的特点。

一 《笠翁词韵》韵部框架的来源

鉴于李渔的词体主张和词韵观，《笠翁词韵》的分部框架似当以时音和时（南）曲韵为基础。但考察其韵部，发现李氏韵的分部框架另有来源。

《笠翁词韵》中，李渔在"支纸寘""围委未""奇起气"三部下注

---

① （清）李渔：《词韵例言》，（清）李渔：《李渔全集》第十八卷，浙江古籍出版社 1991 年版，第 361 页。
② （清）李渔：《词韵例言》，（清）李渔：《李渔全集》第十八卷，浙江古籍出版社 1991 年版，第 361—362 页。
③ 详见麦耘《〈笠翁词韵〉音系研究》，《中山大学学报》（哲学社会科学版）1987 年第 1 期。
④ （清）李渔：《词韵例言》，（清）李渔：《李渔全集》第十八卷，浙江古籍出版社 1991 年版，第 361 页。

"原属一韵,分合由人","鱼雨御""夫甫父"二部下亦然。五部之下的按语颇值得玩味。"原属一韵"表明李氏编韵当有所本,"原"是指什么?既已划定韵部,又何需"分合由人"?

理论上而言,李氏韵之"原"有二:一为唐宋旧词用韵,一为既有词韵专书。归纳旧词用韵是清代诸家词韵编订的主要依据,但李氏韵不然。如前述,李渔编韵以"务谐时音"为绳墨,反对泥古之词,甚至以今律古评价旧词"得失"。则其所谓"原"当指既有词韵专书。① 李氏韵之前,已刊行的词韵专书有《词韵略》、赵钥《词韵便遵》和吴绮《词韵简》。据《词韵例言》,李渔只见过《词韵略》和赵钥《词韵便遵》二书,对沈氏韵颇为称道,对赵氏韵却略有微词。"沈子去矜殚心斯道,与予友毛子稚黄朝夕辨论,穷幽极渺。沈子撰有《韵略》一篇,毛子著有《词韵括略》及《韵学通指》诸书,词学始得昌明于世……迨赵子千门,始刻《词韵便遵》一书,合两家论议而成之,但其编辑之法,仍不离休文诗韵,未能变通作者之意,是可惜耳。"② 赵氏韵书已佚,只知其以《词韵略》为基础,分部与之一致。有无可能《词韵略》即李氏所论之"原"?对比《笠翁词韵》和《词韵略》,发现二书的分部框架确实存在联系,详见表3-1。

表3-1　　　　　　　《词韵略》《笠翁词韵》韵部对比

《词韵略》(毛本)③	《笠翁词韵》	备注
东董韵	东董栋	

---

① 从清初的词韵论说来看,当时有人以《中原音韵》为填词依据。李渔以《中原音韵》为北曲之韵,不适用于词和南曲,认为北曲韵"入声字与平、上、去同押,是又失于太宽"〔(清)李渔:《词韵例言》,(清)李渔:《李渔全集》第十八卷,浙江古籍出版社1991年版,第361页〕。且对比可知,不同于《笠翁词韵》,《中原音韵》中"支思"与"齐微"不可通,非属一韵。故其所本之"原"当非曲韵书。

② (清)李渔:《词韵例言》,(清)李渔:《李渔全集》第十八卷,浙江古籍出版社1991年版,第363页。清初见过沈谦《词韵》手稿者,殆毛氏一人。李渔与沈谦并无交游,与毛先舒相交亦在其晚年。李氏不清楚沈氏韵之成书本末,误称沈氏作《韵略》,毛氏作《词韵括略》。且赵氏韵据《词韵略》而成,分部相同,皆有兼赅诗词,"欲令诗词二韵,虽合仍分,以作词韵可,以作诗韵亦可,一书备二事之用,可称极便"的特点。李渔扬沈而抑赵,未知何故。

③ 《沈氏词韵略》在清初有多种附录版本,以毛先舒《韵学通指》所收版本最为流行,且李渔所见版本亦为《韵学通指》本(详后),故我们以毛本为参照。

续表

《词韵略》（毛本）	《笠翁词韵》	备注
江讲韵	江讲绛	
支纸韵	支纸寘（此与规轨贵、奇起气原属一韵，分合由人）	规轨贵即围委未
	围委未（此与支纸寘、奇起气原属一韵，分合由人）	
	奇起气（此与支纸寘、围委未原属一韵，分合由人）	
鱼语韵	鱼雨御（与下原属一韵，分合由人）	
	夫甫父（与上原属一韵，分合由人）	
佳蟹韵	皆解戒	
真轸韵	真轸震	
元阮韵	寒罕旱	
萧筱韵	萧小笑	
歌哿韵	哥果箇	
麻马韵	家假驾	
	嗟姐借	
庚梗韵	经景敬	
尤有韵	尤有又	
侵寝韵	深审甚	
覃感韵	甘感绀	
	兼捡剑	
屋沃韵	屋沃	
觉药韵	觉药	
质陌韵	质陌锡职缉	（职析出北）
物月韵	屑叶（与下厥月褐缺可通）	
	厥月褐缺（与上屑叶可通）	厥析自月，褐析自曷，缺析自屑
	物北	北析自职
	挞伐	挞析自曷，伐析自月。诗韵八黠归入挞伐部
合洽韵	合洽	

两家有十三部韵完全相同，另有六点差异：(1)《词韵略》"支纸韵"，李氏分为"支纸寘""围委未""奇起气"三部；(2)《词韵略》"鱼语韵"，李氏分为"鱼雨御""夫甫父"两部；(3)《词韵略》"麻马韵"，李氏分为"家假驾""嗟姐借"两部；(4)《词韵略》"覃感韵"，李氏分为"甘感绀""兼捡剑"两部；(5)《词韵略》"质陌韵"所辖平水职韵，李氏割半分入"物北"部；(6)《词韵略》"物月韵"，李氏分为"屑叶""厥月褐缺""物北""挞伐"四部。

其中，"支纸寘""围委未""奇起气"对应《词韵略》支纸韵，"鱼雨御""夫甫父"对应《词韵略》鱼语韵。李渔称："'支思'一韵，《中原》病其太严，平声不满百字；去矜（即沈谦，引者注）病其太宽，平声几至千余字，盖合'微''齐''灰'通用故也。予谓即'四支'一韵之中，具有三音，似同而异，'支''垂''奇'是也。向编辑诗韵，已建分而不分之末议，虽分经界，区别为三，仍还其名为'四支上''四支中''四支下'。今亦仍用斯法，分'支'字韵为'支纸寘''围委未''奇起气'三韵，仍注其下曰：'此与某某原属一韵，分合由人。''鱼'字韵亦然。"① 这说明"支纸寘""围委未""奇起气"三类韵（及"鱼雨御""夫甫父"两类韵）在时音中已经有了听感上的细微差异，② 李渔将其呈现在了韵部上。

相类似的对应关系还有"家假驾""嗟姐借"之于《词韵略》麻马韵、"甘感绀""兼捡剑"之于《词韵略》覃感韵，但诸韵下并无"此与某某原属一韵，分合由人"之注。据麦耘先生拟音，"家假驾""嗟姐借""甘感绀""兼捡剑"四部分别为 [a/ia/ua]、[iɛ]、[am/iam]、

---

① （清）李渔：《词韵例言》，（清）李渔：《李渔全集》第十八卷，浙江古籍出版社1991年版，第363—364页。

② 麦耘先生从分析小韵和韵字入手，考察《笠翁词韵》声、韵、调系统，认为其音系反映的是明末清初的官话语音系统，并构拟出各韵部的音值［参见麦耘《〈笠翁词韵〉音系研究》，《中山大学学报》（哲学社会科学版）1987年第1期］，可供参考。在"支纸寘"和"奇起气"的去声韵中，李渔对部分韵字作两收的处理，说明二部的差异确实很小。李渔词集《耐歌词》中三部韵字常混押，独"支纸寘"与"围委未"相混，说明此二部差异略大。因此，我们有理由推测这种微小的差异，源于相关音正处于分化演变中，且具体字的音变速度有快慢之别。

[iɛm]，① 二组对应地呈现出韵腹元音 [a] 与 [ɛ] 开口度大小的差异。从现代语音学角度分析，单就韵腹元音而言，区别不大；若置于音节中，听感差异不小（试比较现代汉语普通话中"家"[ia]、"街"[iɛ] 二音）。在李渔听来，这种差异已非支、鱼类韵"似同而异"的区别，不可相通。故诸韵虽在《词韵略》中"原属一韵"，但不可作"分合由人"的处理。相反，支、鱼组韵的内部差异只限于"似同而异"，若不细加辨别，大体仍可利于齿颊，故而"分合由人"；若要细辨，便需严分，以求"纯而又纯"② 之音。

在入声韵的处理上，李渔亦以《词韵略》为基础，参合时音。一方面，鉴于诗韵月、曷等韵中，有"伐袜没骨""榪辣"等字在时音中已别于"月曷"之韵，便从《词韵略》"物月韵"中"浮出其三"③，分为"屑叶""厥月褐缺""物北""挞伐"四部。另一方面，将《词韵略》"质陌韵"所辖平水职韵割半分入"物北"部。李渔以此举合乎"词之专以齿颊为利"，故"似难更易也"。④ 又于"屑叶"与"厥月褐缺"下注可以互通，未知何故，大概亦不出乎李氏"利于齿颊"的时音考量，或因二部音近，"似同而异"，或因时音中二部正处于分化阶段，诸韵字新旧二读并存，李渔编韵列字，只取其中一读作为规范。

综上，我们基本可以推定：李渔所言"原"即《词韵略》，《笠翁词韵》是李渔以《词韵略》为分部框架基础，参合时音改订而成的。其二十七韵部框架之下，存在"分合由人"和"可通"这两种两可之韵，若将可合、可通者加以合并，便可得出一个二十三韵部的系统。

---

① 麦耘：《〈笠翁词韵〉音系研究》，《中山大学学报》（哲学社会科学版）1987 年第 1 期。
② （清）李渔：《词韵例言》，（清）李渔：《李渔全集》第十八卷，浙江古籍出版社 1991 年版，第 364 页。
③ （清）李渔：《词韵例言》，（清）李渔：《李渔全集》第十八卷，浙江古籍出版社 1991 年版，第 364 页。
④ （清）李渔：《词韵例言》，（清）李渔：《李渔全集》第十八卷，浙江古籍出版社 1991 年版，第 364 页。原句为："声韵之杂，未有过于入声者……矧词之专以齿颊为利者乎？去矜只分五韵，予则浮出其三，他韵可以变通，此则似难更易也。"

二 《笠翁词韵》两种韵部系统的性质

二十三部宽，二十七部严。李渔为何设计宽、严两套系统？两系统分别是何性质？有何关系？外在地看，李氏韵"分合由人""可通"的安排，与沈氏韵"作者知趋""贵人自运"的融通之法颇为相似。但沈氏融通的依据是旧词中确实存在异部"互通"的现象，李渔编韵不泥于旧词，"分合由人"当另有考量。只是单据《笠翁词韵》已难详考，不过，爬梳李渔其他著作，可发现一些线索。

李渔生平所长在于戏曲，有剧作十六种（刊行可考者十种）。康熙十年（1671），花甲之年的李渔总结平生戏曲创作和导演经验而成《闲情偶寄》"词曲""演习""声容"三部（余部兼及居室古玩、饮食烹饪、养生医疗等艺术门类）。其中，"词曲部"论"结构""词采""音律""宾白""科诨""格局"等，似兼涉词、曲二体。但其所谓"词"并不等同于"诗余"。

《闲情偶寄》中"词"共出现 258 次，集中于"词曲""演习""声容"三部中（共 238 次）。"词曲部" 192 次（含各级标题中 6 次，不论）中，有 86 处指戏曲，如音律篇评《南西厢》"此剧只因改北成南，遂变尽词场格局"，"更可异者，近日词人因其熟于梨园之口，习于观者之目，谓此曲第一当行，可以取法，用作曲谱"，"《西厢》非不可改，《水浒》非不可续，然无奈二书已传，万口交赞，其高踞词坛之座位，业如泰山之隐，磐石之固"。① "词场""词人""词坛"即为"剧场""剧人""剧坛"。又如，"即将《中原音韵》一书……亦可暂备南词之用"，"予每以入韵作南词，随口念来，皆似北调，是以知之"，其"南词"即"南曲"。又有"词曲"连用者，所指仍为戏曲一种，而非词（诗余）与曲两种。如"密针线"条"此等词曲，幸而出自元人，若出我辈，则群口讪之，不识置身何地矣"，其"词曲"意为填词之戏曲，即篇中所论元人〔剪发〕之曲。另有 100 处指戏曲中的宾白，或与宾白

---

① （清）李渔：《闲情偶寄》，（清）李渔：《李渔全集》第三卷，浙江古籍出版社 1991 年版，第 28—29 页。

相对的填词或文辞，如结构第一"如填生旦之词，贵于庄雅，制净丑之曲，务带诙谐，此理之常也"①，"常有因得一句好白，而引起无限曲情，又有因填一首好词，而生出无穷话柄者"，"冲场"条"若因好句不来，遂以俚词塞责"。又常与制曲相对而言，如结构第一"使家家制曲，户户填词，则无论白雪盈车，阳春遍世，淘金选玉者未必不使后来居上，而觉糠秕在前"，"戒荒唐"条"此言前人未见之事，后人见之，可备填词制曲之用者也"，等等。

"演习部"出现 29 次，除论"变旧成新"条中 1 处为宾白篇名（《玉簪·偷词》）、1 处为所附改本宾白内容，有 24 处指戏曲，3 处指填词或文辞。"声容部"出现 17 次，8 处指戏曲，7 处指填词或文辞，1 处两可，另有 1 处应理解为诗余。②

作为一种文体，李渔之"词"多指戏曲，这与明末清初曲坛风貌有关。传统词学（诗余）及其相关论说并非李氏所在意者。在李渔的词学理论中，词、曲的联系远远超过诗、词的联系。传统词学强调词为诗之余绪；李氏词学本着演唱的需要，突出词倚声而填的特性及合曲而歌的功能。综观李渔杂著，并不强调作为诗余之词与戏曲的本质差异，反而浑言无别。其《闲情偶寄》中只有 9 次出现"诗余"（"词采"条 5 次，"文艺"条 4 次），称"曲与诗余，同是一种文字。古今刻本中，诗余能佳而曲不能尽佳者，诗余可选而曲不可选也。诗余最短，每篇不过数十字，作者虽多，入选者不多，弃短取长，是以但见其美。曲文最长，每折必须数曲，每部必须数十折，非八斗长才，不能始终如一"，认为诗余只是较曲更短而已，因其短，更能出精品而少瑕疵，"使全部传奇之曲，得似诗余选本如《花间》《草堂》诸集，首首有可珍之句，句句有可宝之字，则不愧填词之名，无论必传，即传之千万年，亦非侥幸而得者矣"。③ 又

---

① （清）李渔：《闲情偶寄》，（清）李渔：《李渔全集》第三卷，浙江古籍出版社 1991 年版，第 3 页。

② "妇人鞋袜辨"条"李后主词云：'刬袜下香阶，手提金缕鞋。'古今鞋袜之制，其不同如此"［（清）李渔：《闲情偶寄》，（清）李渔：《李渔全集》第三卷，浙江古籍出版社 1991 年版，第 141 页］。此处显然不宜理解为戏曲，但从李渔对词、曲二体关系的认识来看，《闲情偶寄》中二体浑言皆可称"词"，析言之可称词为"诗余"。

③ （清）李渔：《闲情偶寄》，（清）李渔：《李渔全集》第三卷，浙江古籍出版社 1991 年版，第 16—17 页。

称"女子之善歌者,若通文义,皆可教作诗余。盖长短句法,日日见于词曲之中,入者既多,出者自易,较作诗之功为尤捷也。曲体最长,每一套必须数曲,非力赡者不能;诗余短而易竟,如〔长相思〕〔浣溪纱〕〔如梦令〕〔蝶恋花〕之类,每首不过一二十字,作之可逗灵机。但观诗余选本,多闺秀女郎之作,为其词理易明,口吻易肖故也。然诗余既熟,即可由短而长,扩为词曲,其势亦易"。将长短句之诗余加以扩展即为传奇的曲体部分,诗余与曲体实无内在区别。李渔常以"词曲"并称,其"词曲"即长化之诗余、合曲之填词,亦即李氏之戏曲。

李渔又认为"未说家门,先有一上场小曲,如〔西江月〕〔蝶恋花〕之类,总无成格,听人拈取","引子唱完,继以诗词及四六排语,谓之'定场白'"。在他的戏曲中,冲场及家门前之小曲皆可由词(诗余)充当,词与曲的联系非常紧密。前述统计《闲情偶寄》,虽将"词"意分作二类,但在李氏看来,所指一也:"填词之设,专为登场。"填词即填戏曲之词。

显然,以词称曲是李渔词曲相通的主张使然。在此语境下,《闲情偶寄》论及"词"的韵律,亦与曲相关,"填词首重音律,而予独先结构者,以音律有书可考,其理彰明较著。自《中原音韵》一出,则阴阳平仄画有膰区,如舟行水中,车推岸上,稍知率由者,四欲故犯而不能矣"。[①] 李渔长于南戏,故所论词曲韵律多针对南曲,"词曲韵书,止靠《中原音韵》一种,此系北韵,非南韵也。十年之前,武林陈次升先生欲补此缺陷,作《南词音韵》一书,工垂成而复缀,殊为可惜。予谓南韵深渺,卒难成书。填词之家即将《中原音韵》一书,就平上去三音之中,抽出入声字,另为一声,私置案头,亦可暂备南词之用"[②]。《词韵例言》中比附于词之曲,亦当为南曲。

几年后,李渔作《窥词管见》。较诸《闲情偶寄》,《窥词管见》对诗、词、曲的关系有了进一步的认识,认为"作词之难,难于上不似

---

① (清)李渔:《闲情偶寄》,(清)李渔:《李渔全集》第三卷,浙江古籍出版社1991年版,第4页。
② (清)李渔:《闲情偶寄》,(清)李渔:《李渔全集》第三卷,浙江古籍出版社1991年版,第34页。

诗，下不类曲，不缁不磷，立于二者之中"①，并以"高下""深浅""雅俗"作为三者区别的标准。又特别对《闲情偶寄》中词曲浑言的表述详作区分，指出"一字一句之微，即是词曲分歧之界"②，又"词与曲接壤，不得不严其畛域"③。但仍有以"词曲"为戏曲的表述，"如词曲内有用'也啰'二字歇脚者，制曲之人，即奉为金科玉律。有敢于此曲之外再用'也啰'二字者乎?"④说明《窥词管见》虽专论词，但并未摆脱其戏曲理论的影响。顾敦鍒立足于《窥词管见》，称李渔的词学充满了"创新力"，⑤我们认为李氏词学的"创新力"来源于其戏曲创作和理论，最终亦回归、服务于戏曲中。

同样作于李渔晚年的《词韵例言》，亦不乏戏曲痕迹，前已谈及。需要说明的是，清初词已不能合乐，李渔也无唱词（诗余）的主张和实践，《词韵例言》中称"作词之法，务求声韵铿锵，宫商迭奏，始见其妙"，该"词"显然指戏曲。综上可见，贯穿于《闲情偶寄》《窥词管见》《笠翁词韵》，在凸显声韵和谐的时候，李渔对词、曲的表述都是浑言无别的。那么，这种"浑言无别"是否会影响《笠翁词韵》韵部的划分？

《词韵例言》中，李渔称支、鱼二组韵细分乃"欲其纯而又纯"，而屑叶与厥月褐缺之分是"专以齿颊为利"。何为"纯"？何为"齿颊为利"？《笠翁词韵》未明言。

考诸《闲情偶寄》，发现"词曲部"也论及戏曲中鱼、模韵的使用，主张二者当分：

---

① （清）李渔：《窥词管见》，（清）李渔：《李渔全集》第二卷，浙江古籍出版社1991年版，第506页。
② （清）李渔：《窥词管见》，（清）李渔：《李渔全集》第二卷，浙江古籍出版社1991年版，第507页。
③ （清）李渔：《窥词管见》，（清）李渔：《李渔全集》第二卷，浙江古籍出版社1991年版，第515页。
④ （清）李渔：《窥词管见》，（清）李渔：《李渔全集》第二卷，浙江古籍出版社1991年版，第515页。
⑤ （清）顾敦鍒：《李笠翁词学》，（清）李渔：《李渔全集》第二十卷，浙江古籍出版社1991年版，第81—113页。

词曲韵书，止靠《中原音韵》一种，此系北韵，非南韵也。……填词之家即将《中原音韵》一书，就平上去三音之中，抽出入声字，另为一声，私置案头，亦可暂备南词之用。然此犹可缓。更有急于此者，则鱼模一韵，断宜分别为二。鱼之与模，相去甚远，不知周德清当日何故比而同之，岂仿沈休文诗韵之例，以元、繁、孙三韵，合为十三元之一韵，必欲于纯中示杂，以存"大音希声"之一线耶？无论一曲数音，听到歌脚处，觉其散漫无归，即我非置之案头，自作文字读，亦觉字句謷牙，声韵逆耳。倘有词学专家，欲其文字与声音媲美者，当令鱼自鱼而模自模，两不相混，斯为极妥。即不能全出皆分，或每曲各为一韵，如前曲用鱼，则用鱼韵到底，后曲用模，则用模韵到底。①

此段论南曲韵，李渔认为《中原音韵》以鱼、模为一韵，杂而不纯，不可用于南曲，故主张分而求其"纯"。《中原音韵》中的鱼、模韵，即《笠翁词韵》中的"鱼雨御"和"夫甫父"韵。《笠翁词韵》二十七部将两者分立，符合李渔"鱼模一韵，断宜分别为二"以求其"纯"的南曲韵主张。据此，似乎可以确定二十七部为南曲韵。

《窥词管见》中，李渔又提出词、曲分别"耐读""耐唱"的观点：

曲宜耐唱，词宜耐读，耐唱与耐读有相同处，有绝不相同处。盖同一字也，读是此音，而唱入曲中，全与此音不合者，故不得不为歌儿体贴，宁使读时碍口，以图歌时利吻。词则全为吟诵而设，止求便读而已。②

他认为，虽然词、曲皆需合以时音，但曲之唱腔对字音要求颇高，在韵的选用上务必得考虑歌儿（演唱者）"利吻"，而词只堪吟诵，词韵宜求便读。进而重点针对词韵，提出便读之法：

---

① （清）李渔：《闲情偶寄》，（清）李渔：《李渔全集》第三卷，浙江古籍出版社1991年版，第34页。
② （清）李渔：《窥词管见》，（清）李渔：《李渔全集》第二卷，浙江古籍出版社1991年版，第517页。

便读之法，首忌韵杂，次忌音连，三忌字涩。用韵贵纯，如东、江、真、庚、天、萧、歌、麻、尤、侵等韵，本来原纯，不虑其杂。惟支、鱼二韵之字，庞杂不伦，词家定宜选择。支、微、齐、灰之四韵合而为一，是已。以予观之，齐、微、灰可合，而支与齐、微、灰究竟难合。鱼虞二韵，合之诚是。但一韵中先有二韵，鱼中有诸，虞中有夫是也。盍以二韵中各分一半，使互相配合，与鱼虞二字同者为一韵，与诸夫二字同音者为一韵？如是则纯之又纯，无众音喇杂之患矣。予业有《笠翁诗韵》一书，刊以问世，当再续词韵一种，了此一段公案。①

明清之际的词已无法入乐，不同于方兴未艾之曲，尚能演唱，李渔"词宜耐读"之论合乎现实。其论词之便读，首重"用韵贵纯"，并对相关韵的分合做了两可的处理。一方面，李渔称"支微齐灰"四韵可合而为一，含"诸夫"的"鱼虞"二韵亦"合之诚是"；另一方面，又主张"支微齐灰"四韵可分为"支"和"齐微灰"两组，"鱼虞""诸夫"二组韵亦当分立。而其分的目的在于求得"纯之又纯"，这与《闲情偶寄》中所论南曲韵的分法、目的完全一致。那么，耐唱之曲与耐读之词的区别，又当如何系统地体现在用韵上呢？李渔未深论，只是计划"再续《词韵》一种"，以期"了此一段公案"。

《窥词管见》所论"支微齐灰"即《笠翁词韵》中的"支纸寘围委未奇起气"，分作"支"和"齐微灰"两组，即相当于二十七韵部中的"支纸寘"和"围委未奇起气"分立；含"诸夫"的"鱼虞"即《笠翁词韵》中的"鱼雨御夫甫父"，分作"鱼虞""诸夫"两组，即相当于二十七韵部中的"鱼雨御"和"夫甫父"分立。其合法，完全同于《笠翁词韵》二十三韵部之合；其分法，近似于《笠翁词韵》二十七韵部之分。不同的是，李渔编订《笠翁词韵》时，又将"支""齐微灰"两组分作"支纸寘""围委未""奇起气"三组，进一步细化了诸韵的区别。

---

① （清）李渔：《窥词管见》，（清）李渔：《李渔全集》第二卷，浙江古籍出版社1991年版，第517页。

可见，《笠翁词韵》分部情况与《窥词管见》中的论断大体一致。这种一致不仅体现在韵部分合上，而且体现于对宽、严词韵的灵活处理上。《窥词管见》以诸韵之分合均可，认为词韵固然可合而求宽，亦可严分以求"纯"，且其"纯"近乎南曲用韵，毕竟"未有以用韵太严而反来指谪者也"①。《笠翁词韵》中，李渔亦相应地采用"分合由人"的原则，合之为宽韵二十三部，分之为严韵二十七部南曲韵。

综上，对于《笠翁词韵》中两套韵部系统的性质，我们可作如下解读：二十三韵部为宽式词韵系统；二十七韵部为一个通于南曲韵的严式词韵系统。以南曲韵通于词韵，源于贯穿李渔生平著述的词曲相通的主张和尚曲旨趣。需要说明的是，李渔著述中词和南曲常浑言无别，故多以"词韵""词曲韵"指词韵或南曲韵；从他常举《中原音韵》为曲体用韵代表来看，其所称"曲韵"当专指十九部北曲韵。因此，其词韵之二十三部和二十七部，较诸北曲韵为严，符合李渔"诗韵严，曲韵宽，词韵介乎宽严之间"的论断。

《笠翁词韵》编成之后，康熙十七年李渔为其词集《耐歌词》作自序，称其词"不求悦目，止期便口，以'耐歌'二字目之可乎？所耐惟歌，余皆不耐可知矣"，并引苏轼评郭功父诗"七分来是读，三分来是诗"之语，自嘲其词之耐歌"犹功父之诗之便读，然恐质诸东坡，权其分两，犹谓七分则有余，三分尚不足"。②以"耐歌"名其词集，显然与李氏"曲宜耐唱，词宜耐读"的主张矛盾。就"自序"语境来看，以"耐歌"自名，当出于自谦。

考察《耐歌词》用韵，较诸其《笠翁词韵》韵部系统，可发现确有一些"分合由人"之韵合而不分。以支纸寘、围委未与奇起气三类韵为例，《耐歌词》中有58首词涉及此三韵，其中有25首存在混押，包括：支纸寘与奇起气相押者4首，围委未与奇起气相押者17首，支纸寘、

---

① （清）李渔：《闲情偶寄》，（清）李渔：《李渔全集》第三卷，浙江古籍出版社1991年版，第34页。

② （清）李渔：《耐歌词自序》，（清）李渔：《李渔全集》第二卷，浙江古籍出版社1991年版，第378页。

围委未与奇起气相押者4首，支纸寘与围委未不相混。① 可见，李渔词作的用韵是符合其"耐读"要求的，只是未达到其"纯之又纯"的严韵标准。

三 关于《笠翁词韵》的成书时间

《笠翁词韵》及其《词韵例言》未署年月，今所见李渔诗文、杂著中亦未详述编订词韵之事。《词韵例言》云"故辑《诗韵》，仿朱夫子集注之法……今辑《词韵》，其法又进于此"②，《窥词管见》中亦有"予业有《笠翁诗韵》一书，刊以问世，当再续《词韵》一种，了此一段公案"之语，是知《笠翁词韵》编订于《笠翁诗韵》后，又《诗韵序》云"题曰《笠翁诗韵》，所谓我行我法，不必求肖于人，而亦不求他人之肖我。既如诗文诸稿之不以集名，而标其目曰'一家言'，此物此志也"，知《笠翁诗韵》在《一家言》后。麦耘先生据《一家言文集》自序作于康熙十一年（1672），推断《笠翁词韵》"编于此后，是李渔晚年的作品"③。麦先生"晚年编韵"的结论不差，但论据有待商榷。作于1672年的《一家言》自序（原名《一家言释义》）与《一家言》并非同年问世。康熙九年（1670）李渔即已携《一家言》稿件入闽谋刻资，是年仲秋，包璿已为之作序。其《诗韵序》只是提及一家言"诗文诸稿"之名，并未明确是"一家言"刊本。故此条不当为据。

《窥词管见》"予业有《笠翁诗韵》一书，刊以问世"之语，表明《笠翁词韵》与《窥词管见》皆编订于《笠翁诗韵》刊行问世之后。康熙十二年（1673）夏初李渔北上经山东赴京，王绥亭索观《笠翁诗韵》，

---

① 如〔南乡子〕第一体收《灯市词八首》之三"灯时好，骨董贱于泥。王谢家藏千古物，变成燕子向人飞。有眼即相随"为围委未与奇起气混押；〔长相思〕四首之一"长相思，短相思，短在眉来眼去时。长牵别后丝。欲郎知，怕郎知，未必他能谅我痴。翻生别种疑"为支纸寘与奇起气混押；〔浪淘沙〕八首之五"盼得远人归，玉箸增垂。欢娱到手反成悲。莫道相逢宜忍耐，恨不留啼。泣罢展双眉，喜渐难持。不由身不入鸳帏。梦醒不知人在侧，尚叹凄其"为三韵混押。

② （清）李渔：《词韵例言》，（清）李渔：《李渔全集》第十八卷，浙江古籍出版社1991年版，第365页。

③ 麦耘：《〈笠翁词韵〉音系研究》，《中山大学学报》（哲学社会科学版）1987年第1期。

无奈早先已被他人借走，后李渔特致信王氏："拙辑《诗韵》一书……因在他友处，索之连朝，始归敝篋……无副本，一览即归为幸。"①"无副本"说明是年夏初尚未刊行。李渔《诗韵序》交代将其诗韵附梓缘由，云："坊人固请行世者匪朝伊夕，予莫之许……讵意癸丑夏，予入都门，儿辈不肖，为坊人所饵，可否勿询，取而畀之。及予倦游而返，版已垂成，莫能追毁。然既经问世，不得不剖析其由，序之不已，而复有例言。"②"癸丑"即康熙十二年，"入都门"即夏初北上赴京。《笠翁诗韵》确当刊行于是年夏天。是则《笠翁词韵》成书必不早于此时。诗韵甫刻，《窥词管见》未作，"当再续"之词韵的编订当是更晚之事。

李渔在《词韵例言》中称沈氏词韵"皆附于诗文诸刻之中，并无专刻，是以见者寥寥"③，故未能早日见到沈氏韵。康熙十三年（1674）秋，李渔赴杭，其间为毛先舒作《朱静子传》，毛氏赠以《韵学通指》及《东苑诗钞》种种，李氏返棹途中读之甚喜，并赋诗寄之，这是李渔第一次见到《韵学通指》及所收《沈氏词韵略》。④ 我们有理由推测，李渔编订词韵与此次访谒毛氏不无关系，或许正是在康熙十三年见到沈氏韵后，受到触动，一方面称赞其"穷幽极渺"，另一方面惜其尚有不利于齿颊之处，遂参合时音，编订一部"务谐时人之音"的词韵书。

---

① （清）李渔：《与王绥亭大司马》，（清）李渔：《李渔全集》第一卷，浙江古籍出版社1991年版，第200页。
② （清）李渔：《诗韵序》，（清）李渔：《李渔全集》第十八卷，浙江古籍出版社1991年版，第208页。
③ （清）李渔：《词韵例言》，（清）李渔：《李渔全集》第十八卷，浙江古籍出版社1991年版，第363页。
④ 《韵学通指》于清顺治九年（1652）至顺治十二年（1655）之间已见刻，但时作时辍，不断补充。刻于顺治十七年（1660）到康熙四年（1665）间的《倚声初集》前编卷四收毛先舒《韵学通指》所录《沈氏词韵略》。则康熙十三年李渔所见《韵学通指》必然有《沈氏词韵略》一篇（《沈氏词韵略》是毛氏《韵学通指》韵学体系中的重要一环，不会先取后舍）。李渔此次赴杭期间，在访毛先舒之前，已访钱塘知县梁治湄，并始结识梁氏幕客徐釚。此时徐釚正编辑《词苑丛谈》（该书断断续续编于康熙十二年至康熙十七年间），该书卷二"音韵"收录《沈氏词韵略》。或许正是在与徐釚的晤谈中得知毛先舒有括略词韵之事，继而萌生访毛计划，而后毛氏赠以《韵学通指》偿其所愿。

今见最早收录《笠翁词韵》的《笠翁一家言全集》版本为雍正八年（1730）芥子园刻本，为芥子园主人合刊李渔生前所刻《一家言》初集和二集而成。康熙九年，《一家言》初集已成稿。据黄强先生考证，李氏诗文以康熙十二年为界，分刻于初集和二集。① 结合前论，初集中当无《笠翁词韵》，则李氏词韵只能见于二集中。惜自芥子园刻本问世后，初集、二集刻本不行，二集刊行的具体年份尚难遽断。

康熙十六年（1677），李渔归杭后首游湖州，其间李渔在《与孙宇台、毛稚黄二好友》信中提到："日来所作诗文杂著，竟盈数大帙。坊人苦索，谓弟《一家言》之初集大噪海内，真是瓦缶雷鸣！四方人士询二集曾否出者，日有数辈，盍急梓之以已众渴？故弟欲以病中病后之言，合前已刻而未竟者，共成一书。"② 可知，是年李渔正着手编纂《一家言》二集。李渔殁于康熙十九年（1680）正月十三日，但"雍正本文集中的笠翁文字截止于康熙十七年戊午"③，则《一家言》二集当刊定于康熙十六年到康熙十七年间。据此，可推断李渔《笠翁词韵》编订于1674年秋到1678年间。

作为一个曲人，李渔生平旨趣在于戏剧创作和戏曲研究，这在很大程度上影响了其词曲相通观念的形成，并促成了其词曲韵通的词韵观。康熙十三年秋李渔赴杭访谒毛先舒，受毛氏所赠《沈氏词韵略》触动，进而编订《笠翁词韵》。从其韵部划分来看，李渔大体是认同沈氏韵的，但以其诗韵痕迹过重，故参合大量时音以利"齿颊"，得出二十三韵部系统。受其词曲韵通观的影响，又向南曲韵靠拢，分其可细分之韵以求其"纯"，得出二十七韵部系统。李氏韵虽不被词学界认同，词体学价值不高，但其绕过词体格律视角，借道曲体直探音律属性的做法，在一定程度上也反映了清初词坛对词体音律的反思。这种反思并不限于治曲者，如王士祯即有"词与乐府同源"的观点，称："王渼陂初作北曲，自谓极工，徐召一老乐工问之，殊不见许。于是爽然自失北面执弟子礼，以伶为师，久遂以曲擅名天下。词曲虽不同，要不可尽作文字观。

---

① 黄强：《李渔〈古今史略〉、〈尺牍初徵〉与〈一家言〉述考》，《文献》1988年第2期。
② （清）李渔：《笠翁一家言文集》卷三，（清）李渔：《李渔全集》第一卷，浙江古籍出版社1991年版，第222—223页。
③ 黄强：《李渔〈古今史略〉、〈尺牍初徵〉与〈一家言〉述考》，《文献》1988年第2期。

此词与乐府所以同源也。"①

康熙中期,《笠翁词韵》被李渔同乡陈枚（1638—1707,字简侯,号东阜,杭州人）收录于《凭山阁增辑留青新集》卷八,吴宁误以该《词韵》为《词韵略》一脉,将陈氏与卓回、徐釚、仲恒并称为"刊去矜韵者"。对比二书分部及部目使用,并无二致,辖字上,只是删除了《笠翁词韵》副格所收"冷僻怪诞及庸俗粗鄙之字",正格收字及释义完全相同。② 因此,与其称此韵书为"陈枚《词韵》",不如以之为《笠翁词韵》流传中的一个版本。只是,李氏韵的编韵理据实在有违清代主流词坛的尊体观念,并未得到更大范围的传播。

第二节 《诗词通韵》和《韵选类通》

李渔《笠翁词韵》刊行不到十年,又出现了一部颇具曲韵风格的词韵系统韵书。康熙二十四年（1685）,《诗词通韵》刊行。该书作者难考、体例繁杂,颇显神秘。今见版本有二,一藏于中国社会科学院,署名"璞隐子",《自叙》落款"康熙二十四年岁在乙丑三月穀日,璞隐王山民书于石公山厂";一藏于浙江省图书馆（后收入《续修四库全书》第253册经部小学类）,皆署名"朴隐子",《自叙》落款"康熙二十四年岁在乙丑三月既望,朴隐子书于石公山厂"。关于朴隐子（或璞隐子）,学界皆不以之为作者本名,据《诗词通韵自叙》落款,日本学者花登正宏认为作者本名王山民,但何九盈先生认为"山民"亦非其本名,只能推测姓王。陈宁认同何先生观点,并结合浙图本"朴隐道人"和"游方之外"两枚印章,认为此人当是隐逸之人。陈氏考证清代有两处石公山,一处在镇江,一处在苏州,又结合为朴隐子佚著《诗词韵统》作序之人黄中坚为吴县人,推测"朴隐子所居更可能是苏州太湖之中的石公山,而不是远在镇江的那一座"。③ 今可资参考的文献材料,

---

① （清）王士禛:《花草蒙拾》,唐圭璋编:《词话丛编》,中华书局1986年版,第684页。
② 释义方面只有一处不同,《笠翁词韵》末字"掐"释义"指——",陈枚收"掐"字,但遗其释义。
③ 陈宁:《明清曲韵书研究》,华中师范大学出版社2013年版,第141页。

只有这两个版本的《诗词通韵》（及其后附韵学著作《反切定谱》），但囿于材料的匮乏，学界对朴隐子的具体身份尚无更进一步的研究。

一 《诗词通韵》的编纂体例和性质

就内容和体例而言，《诗词通韵》二版本是一致的。该书编纂体例颇为繁杂，卷首《诗词通韵例说》云："以世传诗韵，稍删僻赘，改用通音。同音者汇列，不叶于词者别为一韵，仍系原名。诗之近体分用，古体通用，词曲则循音合用。"从目录和卷内分韵情况来看，该书以诗韵为基础，下注古诗、古词、（近体）诗和词曲（时曲）的通用、独用之法，如卷一平声上"一东"下注"古诗词二冬通用"，卷二平声下"八庚二"下注"诗并前用，词曲一东、二冬通用"，编韵方法与明代程元初《律古词曲赋叶韵统》相似，有兼赅多体韵部之意。不同的是，《诗词通韵》以诗韵（平水）为基础辖韵系统的同时，还提出以"通音"为标准，"稍删"诗韵，另针对具体韵及韵字详注北音、南音和中州音。

朴隐子在《诗词通韵自叙》中称："词严声律，韵必中州。盖河洛当九域之中，其音可通于四方耳。宋尚诗余，增修《集韵》，广至四万三千余字。卒未别为词韵，殊不可解。元辑《中原雅音》，分十九韵，亦为试曲金科。然皆北音，未晰阴阳、等次。至明《洪武正韵》出，而遂失传。余究心声韵，远历诸方，考较三十余载，斯知天下固有通音，其能播达九区，象译外国者，实惟中州。"[①] 似有以"通音"作为词体用韵标准之意，而此"通音"又与河洛、中州之音密切相关，"可通于四方"。具体操作中，朴隐子以诗韵为基础，分别标注"通音"字母，如平声上"一东"为翁音、"三江"为映音，必要处将诗韵加以切分，详标对应的"通音"字母。如平声上"四支"分为"四支一"和"四支二"，"四支一"为而音，"四支二"为伊音。这样下来，全书共得二十个通音字母，分别为：翁音、映音、而音、伊音、纡音、乌音、鸦音、欹音、恩音、安音、嫣音、剜音、麋音、阿音、耶音、英音、讴音、阴音、谙音、淹音。这些"通音"字母皆为影母平声字，从正文卷内的标

[①] （清）朴隐子：《诗词通韵自叙》，《诗词通韵》卷首，康熙二十四年刻本。

注来看，各字母以平赅上去入，不分声调。这些字母与诗韵的关系，在目录中也有对应的呈现。不同的是，目录中的入声部分，各诗韵韵目下标注的"通音"字母与正文有所不同：一些字母有了"一""二"的区别，如入声"屋"韵为"乌音一"，"物一"韵为"乌音二"，"质一"韵为"伊音一"，"锡一"韵为"伊音二"；一些字母并无"一""二"的区别，如入声"质二"韵为"纡音"，"月三"韵为"鸦音"；等等。显然，就通音而言，不分"一""二"的入声韵与相应的舒声韵有相同的韵母，分"一""二"的入声韵韵母则不同于相应的舒声韵。据此，又可整理出六个"通音"入声韵：乌音一、阿音二、伊音一、乌音二、阿音一、伊音二。

  对"通音"性质的探讨集中于音韵学界，诸家多从音系的角度对其展开探讨，但尚无定论。如，花登正宏根据《诗词通韵自叙》中有"词严声律，韵必中州。盖河洛当九域之中，其音可通于四方耳""天下固有通音，其能播达九区，象译外国者，实惟中州"之论，认为"天下通用的通音就是中州音"，该音反映的可能是清初洛阳一带的方言音系，并称该书"是为词的押韵编纂的词韵书"。何九盈先生则主张"通音"（中州音）与开封、洛阳等地的方音无关，应与吴音有关，且认为中州音即南曲之音，与作为中原音的北曲之音相对，并进一步指出该书并非单一音系，非词韵专书，而是取舍于《中原音韵》和《洪武正韵》之间的一部曲韵书。耿振生先生认为"通音"指的是近代汉语的读音。叶宝奎先生通过将该书音系与《五方元音》《音韵阐微》音系比较，认为大致相同，反映的是清初官话音。陈宁则主张"通音≠中州音≠洛阳音"，通过整理反切，认为："'通音'和'中州音'，二者有同有异。总的来说，通音要比中州音保守得多。通音有入声，中州音无入声。"①

  "通音有入声"的观点与前述"通音"入声韵有六部的结论相合。因此，我们认同陈宁的观点，"通音"不完全等同于"中州音"，且二者皆非某一方言音系。那么，"通音"和"中州音"具体是什么性质的音系？朴隐子在《诗词通韵自叙》中已经明言"天下固有通音，其能播达九区，象译外国者，实惟中州"，为何又要对两类音加以区别？要解释

---

① 陈宁：《明清曲韵书研究》，华中师范大学出版社2013年版，第156页。

这些问题，恐怕不能单纯地从音韵的角度考察其语音性质，还应结合《诗词通韵》的编纂体例和目的展开探讨。

《诗词通韵自叙》中，朴隐子在提出"通音"的概念后，进一步谈及该书编订的方法和目的："乃以韵书更定反切，略为分次，而成是编。于诗，任所从违；于词，谅当信用；即骚辞赋颂，或亦宜然。"① 可以看出，朴隐子编订此书的用意在于明确各类韵文的用韵特征和规范，而"通音"则是连贯诗词骚赋各类文体用韵的桥梁。明确了这一点，我们再来看"通音"的内涵，所通者并不在于共时层面的"四方之音"，而是历时层面的不同韵文用韵。当然，该"通音"并非无中生有，而是以现实中某一具体音系——中州音为基础，加以改良而成的。

至于"中州音"的性质，学界多主张是某地方音。花登正宏认为是洛阳地区之音；何九盈先生持"吴音""南曲音"的观点，大概因为就音系特点来看，清初的洛阳音无入声，当不具备兼通诗词曲赋用韵特征的功能。但我们倾向于花登正宏的观点，认为《诗词通韵自叙》中"盖河洛当九域之中，其音可通于四方耳"一句，并非空谈，亦非隐喻性的表达，因为《诗词通韵例说》中明确指出"上声浊音'动''重''技''被'等字，次浊音'似''是''序''受'等字，中州并入去声，与北音同。诗余上、去声通用，作曲必从中州，因于去声各韵附见"，中州音的特点与北音相近：浊上变去，且可用诸北曲（此处"作曲"专指北曲。朴氏书中提及"词曲"多指南曲，这与清初李渔等人的词曲术语使用相同），入声的功能并非由中州音来承担，而是由"通音"承担。

当然，不论"中州音"是何地方音，都不可能完全具备与各韵文用韵相对应的特点，因此需要人为地对该音系进行调整。至于如何调整，《诗词通韵自叙》提及"余究心声韵，远历诸方，考较三十余载，斯知天下固有通音，其能播达九区，象译外国者，实惟中州"，言下之意，似乎是以"中州"音为主，又以其游历诸方后，综合各地方音所得。除此之外，在《〈诗词韵统〉序》（本章以下简称《序》）中也可见到相似表述。

《序》是黄中坚为朴隐子《诗词韵统》写的序言，《诗词韵统》如今下

---

① （清）朴隐子：《诗词通韵自叙》，《诗词通韵》卷首，康熙二十四年刻本。

落不明，因此，此序言成了考察该书的重要材料。《序》中详述《诗词韵统》编纂目的，兼涉编纂体例。据《序》可知，该书亦有通音二十音，且有"析之有南、北、中州之辨"之论，与《诗词通韵》相通。陈宁考证认为："《诗词通韵》应是《诗词韵统》的框架，只有声韵部类和反切注音，没有字义注解，收字也少。"① 《序》称："吴友璞隐子，天禀独绝，自幼好为诗词，觉音韵之间，颇失自然，乃于游历所至，遍访十五国方音之同异，而思所以折衷之，于是广搜秘书，究其源流，综其得失，而正字母之误，定反切之法，联缀四声，统之为二十音，析之有南、北、中州之辨，而声韵始秩然有准焉。"② 相较于《诗词通韵自叙》，黄序更加明确提到朴隐子游历之方达十五地，并加以"折衷之"，始得通音二十。需要说明的是，此处所谓"联缀四声"之法，亦与《诗词通韵》中亦"通音"连贯四声相合。因此，我们认为"通音"是依托于某以实际音系（中州音），并参合其他各地方音折中整合而成的人为音系。

黄《序》又称："君之意，盖以诗之与词，同源而异流，诗韵遵用已久，而词韵尚未有定准。自宋以来作者大抵一依诗韵，或不可叶于律吕，故其联缀四声者，特为词韵设。而于诗韵之或分或合，则仍标而出之，不敢没其旧也。"这里言及朴隐子的编韵原因和意图，认为旧词用韵多以诗韵为指南，但于律吕不叶，不能体现词体的音律特性，故欲编订一部能"叶于律吕"的词韵书。显然，所谓宋人"一依诗韵"有违事实，而其判定旧词用韵不"叶于律吕"的标准并非词乐，而是时音时曲，犯了以今律古的错误。既然朴隐子认为旧词用韵不能保证"叶于律吕"，则编韵方法上，不可能据旧词用韵加以归纳，而是鉴于诗、词"同源而异流"的关系，将诗韵"或分或合"，以诗韵为分合基础，标目上仍用诗韵韵目。结合前论可知，将诗韵"或分或合"之后所得即为"通音"，在朴隐子看来，"通音"是可叶于词体之律吕的。

综上，我们可以说《诗词通韵》（及《诗词韵统》）是一部旨在确立符合词体"律吕"特质的词韵书，该书编韵不以旧词用韵为据，而以"通音"为词韵分合基础，"通音"又以某具体音系（很可能是方音）为

---

① 陈宁：《明清曲韵书研究》，华中师范大学出版社2013年版，第141页。
② （清）黄中坚：《蓄斋二集》，清乾隆三十年刻本。

基础，融合多地方言语音特点。编韵中，又以此"通音"离析诗韵，以表现诗、词"同源而异流"的关系，同时，兼顾呈现古诗赋和词曲（时曲）的用韵特征。

二 《诗词通韵》的韵部系统和曲化特征

《诗词通韵》中，朴隐子以"通音"为准，将韵及韵字同音者汇列，考察各体的韵部分合。依据书中"通音"标注及所注"古诗词"用韵情况，又结合《诗词通韵例说》中"诗余上、去声通用"的论断，可得出一个含平声二十部、上去声二十部、入声九部的词韵系统，韵部分合如下：

平声韵部

第一部：一东（翁音，古诗词二冬通用）、二冬（翁音，古诗词一东通用）

第二部：三江（映音，古诗词七阳通用）、七阳（映音，古诗词三江通用）

第三部：四支一（而音，独用）

第四部：四支二（伊音，古诗词五微、八齐、十灰之煨通用）、五微（伊音，古诗词四支之伊、八齐、十灰之煨通用）、八齐（伊音，古诗词四支之伊、五微、十灰之煨通用）、十灰二（伊音，古诗词四支之伊、五微、八齐通用）

第五部：六鱼一（纡音，古诗词七虞之纡通用）、七虞二（乌音，六鱼之於通用）

第六部：六鱼二（乌音，古诗词七虞之乌通用）、七虞一（纡音，古诗词六鱼之初通用）

第七部：九佳一（鸦音，古诗词六麻之鸦通用）、六麻一（鸦音，古诗词九佳之佳通用）

第八部：九佳二（欸音，十灰之哀通用）、十灰一（欸音，古诗词九佳之荄通用）

第九部：十一真（恩音，古诗词十二文、十三元之恩通用）、十二文（恩音，古诗词十一真、十三元之恩通用）、十三元一（恩

音,古诗词十一真、十二文通用)

第十部:十三元二(安音,寒①、删通用)、十四寒二(安音,古诗词十三元之翻、十五删通用)、十五删(安音,古诗词十三元之翻、十四寒之安通用)

第十一部:十三元三(嫣音,一先通用)、一先(嫣音,古诗词十三元之轩通用)

第十二部:十四寒一(剜音,独用,或与先、轩通用)

第十三部:二萧(鏖音,古诗词三肴、四豪通用)、三肴鏖音(鏖音,古诗词二萧、四豪通用)、四豪(鏖音,古诗词二萧、三肴通用)

第十四部:五歌(阿音,独用)

第十五部:六麻二(耶音,独用)

第十六部:八庚一(英音,古诗词九青、十蒸通用)、八庚二(英翁二音,诗并前用,词曲一东、二冬通用)、九青一(英音,古诗词八庚、十蒸通用)、九青二(英翁二音,诗并前用,词曲一东、二冬通用)、十蒸一(英音,古诗词八庚、九青通用)、十蒸二(英翁二音,诗并前用,词曲一东、二冬通用)

第十七部:十一尤(讴音,独用)

第十八部:十二侵(阴音,独用)

第十九部:十三覃(谙音,古诗词十五咸通用)、十五咸(谙音,古诗词十三覃通用)

第二十部:十四盐(淹音,独用)

上、去声韵部

第一部:一董(翁音,古诗词二肿通用)、二肿翁音(翁音,古诗词一董通用)、一送(翁音,古诗词二宋通用)、二宋(翁音,古诗词一送通用)

第二部:三讲(咉音,古诗词二十二养通用)、二十二养(咉音,古诗词三讲通用)、三绛(咉音,古诗词二十三漾通用)、二十三漾(咉音,古诗词三绛通用)

---

① 当为"十四寒之安"。

第三部：四纸一（而音，独用）、四寘一（而音，独用）

第四部：四纸二（伊音，古诗词五尾、八荠、十贿之猥通用）、五尾（伊音，古诗词四纸之倚、八荠、十贿之猥通用）、八荠（伊音，古诗词四纸之倚、五尾、十贿之猥通用）、十贿二（伊音，古诗词四纸之倚、五尾、八荠通用）、四寘二（伊音，古诗词五未、八霁、九泰之荟、十一队之乂通用）、五未（伊音，古诗词四寘之意、八霁、九泰之荟、十一队之乂通用）、八霁（伊音，古诗词四寘之意、五未、九泰之荟、十一队之乂通用）、九泰二（伊音，古诗词四寘之意、五未、八霁、十一队之乂通用）、十一队二（伊音，古诗词四寘之意、五未、八霁、九泰之荟通用）

第五部：六语一（纡音，古诗词七麌之伛通用）、七麌二（纡音，古诗词六语之许通用）、六御一（纡音，古诗词七遇之妪通用）、七遇二（纡音，古诗词六御之饫通用）

第六部：六语二（乌音，古诗词七麌之坞通用）、七麌一（乌音，古诗词六语之阻通用）、六御二（乌音，古诗词七遇之污通用）、七遇一（乌音，古诗词六御之诅通用）

第七部：九蟹（欬音，古诗词十贿之嗳通用）、十贿一（欬音，古诗词九蟹通用）、九泰一（欬音，古诗词十卦之债、十一队之爱通用）、十卦二（欬音，古诗词九泰之蔼、十一队之爱通用）、十一队一（欬音，古诗词九泰之蔼、十卦之债通用）

第八部：十一轸（恩音，古诗词十二吻、十三阮之狠通用）、十二吻（恩音，古诗词十一轸、十三阮之狠通用）、十三阮一（恩音，古诗词十一轸、十二吻通用）、十二震（恩音，古诗词十三问、十四愿之恨通用）、十三问（恩音，古诗词十二震、十四愿之恨通用）、十四愿一（恩音，古诗词十二震、十三问通用）

第九部：十三阮二（安音，古诗词十四旱之罕、十五潸通用）、十四旱二（安音，古诗词十三阮之返、十五潸通用）、十五潸（安音，古诗词十三阮之返、十四旱之罕通用）、十四愿二（安音，古诗词十五翰之按、十六谏通用）、十五翰二（安音，古诗词十四愿之贩、十六谏通用）、十六谏（安音，古诗词十四愿之贩、十五翰之按通用）

第三章　清初曲化类词韵指南　117

第十部：十三阮三（嫣音，古诗词十六铣通用）、十六铣（嫣音，古诗词十三阮之偃通用）、十四愿三（嫣音，古诗词十七霰通用）、十七霰（嫣音，古诗词十四愿之堰通用）

第十一部：十四旱一（剜音，独用，或与铣、偃通用）、十五翰一（剜音，独用，或与堰、霰通用）

第十二部：十七筱（鏖音，古诗词十八巧、十九皓通用）、十八巧（鏖音，古诗词十七筱、十九皓通用）、十九皓（鏖音，古诗词十七筱、十八巧通用）、十八啸（鏖音，古诗词十九效、二十号通用）、十九效（鏖音，古诗词十八啸、二十号通用）、二十号（鏖音，古诗词十八啸、十九效通用）

第十三部：二十哿（阿音，独用）、二十一筒（阿音，独用）

第十四部：二十一马一（鸦音，独用）、十卦一（鸦音，古诗词二十二祃之亚通用）、二十二祃一（鸦音，古诗词十卦之话通用）

第十五部：二十一马二（耶音，独用）、二十二祃二（耶音，独用）

第十六部：二十三梗一（英音，古诗词二十四迥通用）、二十三梗二（英翁二音，词曲一董、二肿通用）、二十四迥一（英音，古诗词二十三梗通用）、二十四迥二（英翁二音，词曲一董、二肿通用）、二十四敬一（英音，古诗词二十五径通用）、二十四敬二（英翁二音，词曲一送、二宋通用）、二十五径一（英音，古诗词二十四敬通用）、二十五径二（英翁二音，词曲一送、二宋通用）

第十七部：二十五有（讴音，独用）、二十六宥（讴音，独用）

第十八部：二十六寝（阴音，独用）、二十七沁（阴音，独用）

第十九部：二十七感（谙音，古诗词二十九豏通用）、二十九豏（谙音，古诗词二十七感通用）、二十八勘（谙音，古诗词三十陷通用）、三十陷（谙音，古诗词二十八勘通用）

第二十部：二十八琰（淹音，独用）、二十九艳（淹音，独用）

入声韵部

第一部：一屋（乌音，古诗词二沃通用）、二沃（乌音，古诗词一屋通用）

第二部：三觉（阿音，古诗词十药通用）、十药（阿音，古诗词三觉通用）

第三部：四质一（伊音，古诗词五物之迄、十四缉通用）、五物三（伊音，古诗词四质之一、十四缉通用）、十四缉（伊音，古诗词四质之一、五物之迄通用）

第四部：四质二（纤音，古诗词五物之郁、十二锡之殈通用）、五物二（纤音，古诗词四质之聿、十二锡之殈通用）、十二锡二（纤音，古诗词四质之聿、五物之郁通用）

第五部：五物一（乌音，古诗词六月之忽通用）、六月一（乌音，古诗词五物之欻通用）

第六部：六月二（鸦音，古诗词七曷之笪、八黠、十五合之答、十七洽通用）、七曷二（鸦音，古诗词六月之发、八黠、十五合之答、十七洽通用）、八黠（鸦音，古诗词六月之发、七曷之笪、十五合之答、十七洽通用）、十五合二（鸦音，古诗词六月之发、七曷之笪、八黠、十七洽通用）、十七洽（鸦音，古诗词六月之发、七曷之笪、八黠、十五合之答通用）

第七部：六月三（耶音，古诗词九屑、十六叶通用）、九屑（耶音，古诗词六月之谒、十六叶通用）、十六叶（耶音，古诗词六月之谒、九屑通用）

第八部：七曷一（阿音，古诗词十五合之姶通用）、十五合一（阿音，古诗词七曷之遏通用）

第九部：十一陌（伊音，古诗词十二锡之阋、十三职之亿通用）、十二锡一（伊音，古诗词十一陌、十三职之亿通用）、十三职（伊音，古诗词十一陌、十二锡之阋通用）

从韵部系统的构成来看，《诗词通韵》确实做到了以"通音"作为词韵的分合依据，凡标注"通用"者，皆为"通音"相同之韵。其所谓"古诗词通用"，就是以古诗韵与古词（即诗余）韵相同为前提，这显然沿袭了明末清初将古诗韵与词韵混同的风气。

此分部过于琐碎，其中第三、四部将支韵一分为二显然不符合词体用韵特征，这类分韵还有：第五、六部将鱼、虞韵一分为二，第十、十一、十二部将元、寒、删、先等韵一分为三，第七、十五部将麻韵一分为二，第十九、二十部将覃、咸、盐等韵一分为二，入声诸韵的分合亦多是大别于旧词用韵。这类琐碎的切分都明显地体现出近代汉语语音的特点，使得一些韵部的分合规律更似曲韵。但不能据此说该系统就是曲韵系统，毕竟朴隐子的编韵目的在于阐发"宋以来"的词体用韵特征，以"通音"为基础的词韵分部与曲韵的相似只是偶合。这种偶合还体现在对佳韵的分合处理上：第七、八部将佳韵一分为二，分与麻、灰相叶，这样的安排符合旧词的用韵特点。但我们不能据此说，朴隐子对佳韵的切分是考虑到宋词的实际用韵情况。

在韵部分合关系及相关注释中，有两点需要特别说明：第一，平声第十二部下注"或与先、轩通用"，先、轩韵即平声第十一部，两部通用合并，则平声实为十九部。相类似的情况还出现于上去声韵部中，第十一部下注"或与铣、偃通用""或与垾、霰通用"，铣、偃、垾、霰韵即上去声第十部，两部通用合并，则上去声实为十九部。这种"或通用"的处理方式，与程元初"通转用"，沈谦"互通"，李渔"分合由人""可通"之法异曲同工，表现出一定的灵活性。第二，全书各部均以古诗词为主，基本不涉及他体，独平声第十六部和上去声第十六部个别韵兼及"词曲"的韵叶特征。平声第十六部八庚二、九青二、十蒸二下注"英翁二音，诗并前用，词曲一东、二冬通用"，上去声韵部第十六部二十三梗二、二十四迥二下注"英翁二音，诗并前用，词曲一董、二肿通用"，二十四敬二、二十五径二下注"英翁二音，诗并前用，词曲一送、二宋通用"。诸韵之所以能与东、冬等韵通用，完全是由于相应的"通音"兼具英、翁二音。从音韵的角度来看，这是近代汉语的语音特点；从文体用韵的角度来看，这种通用关系在古诗词中亦无体现。朴隐子称这是"词曲"的用韵特征，"词曲"所指显然不是"古词"（诗余）。结合语音层次特征与明末清初的术语使用来看，"词曲"当指曲。北曲中东、冬韵无与庚、青等韵相通之理，由此可推定"词曲"指南曲，这与李渔《闲情偶寄》中的术语使用相同。

朴隐子既然提及"词曲"之体，为何不详注其韵部特征？《诗词通韵例说》中论及"通音"与各体用韵关系时称："以世传诗韵，稍删僻赘，改用通音，同音者汇列。不叶于词者，别为一韵，仍系原名，诗之近体分用，古体通用，词曲则循音合用"，所谓"循音合用"，就是凡通音相同之诗韵，均可合并，所得即为"词曲"之韵，换言之，"通音"

即词曲之韵。① 因此，对于词曲之韵，朴隐子无须像词韵一样详列，只是"通音"中的庚、青、蒸等韵兼具英、翁二音（大概是由于"通音"的基础方音中庚、青、蒸等韵正处于分化阶段，二音并存），故于平声第十六部和上去声第十六部单独注明与东、冬等韵通用。

通过"循音合用"，可得南曲韵舒声二十部，不分平、上、去，分别为：翁音、映音、而音、伊音、纡音、乌音、鸦音、欹音、恩音、安音、嫣音、剜音、鏖音、阿音、耶音、英音、讴音、阴音、谙音、淹音，所辖诗韵通于词韵平、上、去二十部，入声六部：乌音一、阿音二、伊音一、乌音二、阿音一、伊音二，所辖诗韵分别为：

第一部：屋（乌音一）、沃（乌音一）
第二部：觉（阿音二）、药（阿音二）
第三部：质一（伊音一）、物三（伊音一）、缉（伊音一）
第四部：物一（乌音二）、月一（乌音二）
第五部：曷一（阿音一）、合一（阿音一）
第六部：陌（伊音二）、锡一（伊音二）、职（伊音二）

相较于词韵系统，南曲韵系统的入声韵部只少了三部，这三部分别为词韵系统中的入声第四、六、七部。从《诗词通韵》目录中入声部分的通音标注来看，这三部在南曲韵中已经舒化，分别归入平声第五、七、十五部（上去声的第五、十四、十五部）。

可见，与《笠翁词韵》一样，《诗词通韵》中的词韵系统与南曲韵系统大体是相通的。不同的是，两者方法不一样：《笠翁词韵》以《词韵略》韵部框架为基础，参合时音并向南曲韵靠近；朴隐子则以代表南曲韵的"通音"作为词韵编订基础。

顺便对《诗词通韵》《诗词韵统》作一解题。虽然二书之旨皆在于编订一部"叶与律吕"的词韵专书，但鉴于"诗词同源而异流"的词体观念，朴隐子吸收明末清初的编韵惯例，以诗韵韵目为标目基础，参照

---

① 近代汉语语音史上，"中州音"多作为曲韵音的基础音，甚至作为南曲韵的代称。"通音"即词曲之韵的结论，与何九盈先生的观点相符。

"通音"予以分割,又借鉴时人(如程元初、沈谦)将古诗韵与词韵混同的做法,兼顾古诗韵。这样,二书所涉韵文文体实际涵盖古诗、古词(诗余)、近体诗、词曲(南曲),将各类韵部关联起来的,其可"通"、可"统"的基础,即为"通音"。

三 关于《韵选类通》

康熙三十一年(1692),苕溪(在今桐乡)潘之藻(字文水,生平不详)编成《韵选类通》十五卷。日本内阁文库有康熙间刻本。该版卷首有章溶和胡琏所撰序文,另有潘氏自作《例言》。据《例言》,潘氏编此书,旨在分辨诗、词、古(歌赋叶)三体之韵,兼及采编事类辞藻,以"稍助作者枯肠"。主体部分的事类陈列按韵编排,又嫌此法"不便查用",另编"总目"按事类排列,下注韵属。全书兼涉诗、词、古韵,目录和各卷先以诗韵,次列词韵,末附歌赋叶韵,其中,词韵和古韵的分合以诗韵韵目[①]为基础,这与《律古词曲赋叶韵统》《诗词通韵》相似。不同的是,在韵的安排上,潘氏以词韵为主,《例言》所论重在突出词韵特点,故其卷次的安排亦"依词韵分开",或以某部词韵独为一卷,如卷一"(诗韵)一东、二冬两韵通用者,固自为一卷";或以某几部相关联的词韵合为一卷,如卷三"四支、五微、八齐、十灰半几韵通用,且如四支一韵,分入支思、齐微、灰回三韵者,不得琐碎,则总为一卷"。按此体例,《韵选类通》十五卷分词韵为二十八部,含舒声韵二十一部,入声韵七部。

表 3—2　　　　　　　　　　《韵选类通》词韵分部

卷目	词韵	诗韵
卷一	东钟	平声:一东、二冬 上声:一董、二肿 去声:一送、二宋

---

① 观其诗韵韵目,为平水 106 韵,但去声漾韵目次为二十二,而非平水之二十三,导致漾韵与祃韵目次重叠。此误与邹本和蒋本《词韵略》相同。疑潘氏编韵于邹本或蒋本《词韵略》有所参考。

续表

卷目	词韵	诗韵
卷二	江阳	平声：三江、七阳 上声：三讲、二十二养 去声：三绛、二十二漾
卷三	支思 齐微 灰回	平声：四支、五微、八齐、十灰（半） 上声：四纸、五尾、八荠、十贿（半） 去声：四寘、五未、八霁、九泰（半）、十一队（半）
卷四	鱼居 模姑	平声：六鱼、七虞 上声：六语、七麌 去声：六御、七遇
卷五	皆来	平声：九佳、十灰（半） 上声：九蟹、十贿（半） 去声：九泰、十卦（半）、十一队（半）
卷六	真文	平声：十一真、十二文、十三元（半） 上声：十一轸、十二吻、十三阮（半） 去声：十二震、十三问、十四愿（半）
卷七	寒山 桓欢 先天	平声：十三元（半）、十四寒、十五删、一先 上声：十三阮（半）、十四旱、十五潸、十六铣 去声：十四愿（半）、十五翰、十六谏、十七霰
卷八	萧豪	平声：二萧、三肴、四豪 上声：十七筱、十八巧、十九皓 去声：十八啸、十九效、二十号
卷九	歌戈	平声：五歌 上声：二十哿 去声：二十一箇
卷一〇	家麻 车遮	平声：六麻 上声：二十一马 去声：十卦（半）、二十二祃
卷一一	庚青	平声：八庚、九青、十蒸 上声：二十二梗、二十四迥 去声：二十四敬、二十五径

续表

卷目	词韵	诗韵
卷一二	尤侯	平声：十一尤 上声：二十五有 去声：二十六宥
卷一三	侵寻	平声：十二侵 上声：二十六寝 去声：二十七沁
卷一四	监咸 廉纤	平声：十三覃、十四盐、十五咸 上声：二十七感、二十八琰、二十九豏 去声：二十八勘、二十九艳、三十陷
卷一五	屋独	入声：一屋、二沃
	药若	入声：三觉、四药
	质缉	入声：四质、十一陌（半）、十二锡、十三职（半）、十四缉
	陌忽	入声：五物、六月（半）、十一陌（半）、十三职（半）
	屑叶	入声：六月（半）、九屑、十六药
	曷合	入声：七曷（半）、十五合（半）
	辖洽	入声：六月（半）、七曷（半）、八黠、十五合（半）、十七洽

结合此分部及潘氏《例言》所论，可归纳其词韵观如下。

第一，严辨诗、词之韵。潘氏主张："词韵与诗韵迥别。谐声协律，各有不同。"并借鉴黄中坚《序》"自宋以来作者大抵一依诗韵，或不可叶于律吕"之论，从音律的角度指出："今词家往往有用诗韵者，然按之音律，究亦未稳。"不同的是，黄中坚所论为以今律古，而潘之藻之论为以今律今。潘氏在《例言》中论词，并不以唐宋词为据，而以"今词家"为对象，其所按之"音律"，亦为"今"之音律。进而据其"音律"，举例细辨曰："如四支内之支、垂、奇，六鱼内之鱼、初，七虞内之虞、无，十三元内之元、昆、烦等类。"

第二，悉遵南曲之韵。潘之藻认为"《中原韵》（即《中原音韵》）为曲而设也。词与曲原大同小异，但曲有南北，词则无分"，故主张"词韵宜悉遵南韵，兼参之《洪武正韵》，庶几近之"。又"周韵分合皆当，但齐微之于灰回，腹音甚异，鱼居之于模姑，尾音不同"，故"遵伯良王氏说"，①分四支为支、垂、奇（即支思、齐微、灰回），分六鱼为鱼、初，分七虞为虞、无（即鱼居、模姑）。分辨词和北曲、关联词和南曲，这和李渔词韵观相通。可见，潘氏评价"今词家"所据"音律"，当为南曲之律。

第三，辨韵宜严。潘之藻坚持"宁严无滥……便于奚囊中挈带"的编订原则，主张辨韵别体。表现为：一方面，他借鉴《词韵略》割半分用之法，以诗韵为基础，"明分某韵某韵半"，以"不至混赋诗者之目"，不同的是，潘氏之割韵不依唐宋旧词，全以今音今律为标准；另一方面，他认为"古歌古赋俱有叶音"，但词不应有借叶体例，故编韵时于歌赋叶韵部分"杂采各韵字音借叶，不便混诗词韵内"。严辨词体与古歌赋体之韵，与清初至清中期的词韵观不合。潘氏以前，惟邹祗谟曾有此论："填词与骚赋异体，自当断以近韵为法。"② 不同的是，邹氏之辨体是立足于"词为诗余"的词体观，故主张以诗韵之分合为编订词韵之法。而潘氏之辨体，旨在突出填词合乎今音今律的诉求。

第四，强调词韵系统性。虽然潘之藻提出词韵当"宜悉遵南韵"，并以《南词正韵》为参照，但并非一味因袭南曲韵（如未将江阳细分出邦王，真亲细分出文门）。潘氏完全打破以往词家兼顾旧词例外用韵的做法，坚持以时音为准，呈现一个颇具系统性的词韵。表现在三个方面。首先，各舒声部所辖诗韵目三声相承。潘氏认同清初诸家对词体用韵的总体判断："上去入三声，诗韵各分，若词则惟入声独用，而上去二声俱属兼用，又有平仄间韵者，则平上去三声亦兼用矣。"故其书

---

① 王骥德曾撰《南词正韵》以为南曲之韵，惜未梓行，潘之藻在《例言》中论及四支、六鱼、七虞之分韵后，称"语水吕氏《南词正韵》辨之甚悉"，误以《南词正韵》为吕天成所作。冯梦龙所编《太霞新奏》卷五于王骥德《榴花泣·得书》后记："伯良尝论《中原音韵》，谓周德清江右人，多土音，所订未确，如江阳之于邦王，齐微之于归回，鱼居之于模吴，真亲之于文门，先天之于鹃元，试细呼之，殊自径庭，皆宜析为二韵，故自定《南词正韵》一书。内有居遽韵，与鱼模全别。"［（明）冯梦龙评选：《太霞新奏》，上海古籍出版社1993年版，第190—191页］说明《南词正韵》确将四支三分、六鱼二分，潘氏分韵源于此。但我们也应看到，潘之藻并未全承王氏江阳、真文等细韵。

② （清）邹祗谟：《远志斋词衷》，唐圭璋编：《词话丛编》，中华书局1986年版，第666页。

"将上去二声并列平声后",出于韵部系统性的考量,"其诗韵属某韵者,悉照平韵分法,各不相碍"。其次,各割半分用之韵三声相承。出于相同的考量,潘氏于"是编仄韵俱依平韵分配,如董肿、送宋从东、冬,下凡合三四韵为一韵,及收某韵之半者,俱仿平韵"。最后,入声七部与阴声七部相承。潘氏认为"入声韵《中原韵》分收入三声内,盖以北音无入声也",词韵则当"依南词宜另分屋独等韵,仍于韵下注明某韵转韵"。但在分部上,完全以今音为据,以今律古地认为:"屋、独为东、钟入声,古今通失。盖东钟收于鼻音,而屋收于鸣音,尾音既不相同,则非其入声矣。上、去、入乃平一气贯注,东、董、宋、屋相去悬殊,不若呜、坞、恶、屋之为稳叶也,故屋独究宜为模姑转韵。"中古诗韵里,东、董、宋、屋四声之相承,主要赖乎韵腹相同,由于历史音变,清初入声屋韵韵尾丢失,听感上屋韵与东、董、宋三阳声韵的尾音迥别,却与阴声模姑韵相叶,潘氏故为是言。据是理,潘氏将入声七部与模姑等舒声七部相承。

综上可见,潘之藻词韵观的核心是"悉遵南曲之韵",故其编韵时,处处体现出对时音的观照。这与李渔、朴隐子有着相同的出发点和相同的编韵方法,不同的是,潘氏对旧词用韵已毫无观照,其所谓辨韵无关旧词之韵,其辨体亦无关旧词之体。在编韵方法的使用上,我们也可以看到,潘氏对沈谦、毛先舒、邹祗谟、黄中坚等诸家皆有借鉴。此外,其借鉴还表现在:部目使用上,借鉴"周德清《中原音韵》分东董等韵"的二目标韵法;收字上,借鉴李渔以"便施之韵脚"为准的方法,不然"虽平易典雅……如逡巡之逡、徘徊之徘等类,今概删汰",所论及其字例均与李氏如出一辙。

第三节 词韵曲化的背景和土壤

从明清词体学、词韵学发展主线来看,《笠翁词韵》《诗词通韵》《韵选类通》这种曲化类词韵俨然一个"怪胎",但从明清以来的曲学发展来看,诸韵的产生有词曲互动的时代背景和土壤。

一方面,自宋元以来,戏曲(主要是南戏)开场中就开始出现使用词体的规范体式。到了明代，这种体式更加稳定。据学者不完全统计，明代传奇中羼入词 1805 首，杂剧中 145 首。① 有学者认为词之所以能稳定占据南戏、传奇中的开场和冲场地位，得益于南宋以来檃栝词合约可歌的传统，是对两宋词学传统的继承和发扬，② 可作为明清出现词羼入曲现象的一个合理解释。③ 明代戏曲中词的大量羼入，使得"戏曲发展为雅俗共赏的文学样式"，同时摊破句法与改换衬字等词之变体技法的广泛使用也促成了词、曲界限的"模糊化"，④ 这是明末清初曲坛普遍以"词曲"浑言不分的重要原因。

一方面，明代戏曲学家在理论层面虽有诗、词、曲辨异者，但也不乏词曲一体观的倾向。如沈德符评价陈铎散曲："今人但知陈大声南调之工耳，其北《一枝花》'天空碧水澄'全套，与马致远'百岁光阴'皆咏秋景，真堪伯仲……本朝词手，似无胜之者。"⑤ "词手"之称表明沈氏词、曲不别。又如徐渭论词、曲异同："晚唐五代，填词最高，宋人不及。何也？词须浅近。晚唐诗文最浅，全邻于词调，故臻上品。宋人开口便学杜诗，格高气粗，出语便自生硬，终是不合格。其间若淮海、耆卿、叔原辈，一二语入唐者有之，通篇则无有。元人学唐诗，亦浅近婉媚，去词不甚远，故曲子绝妙。"⑥ 认为二者因"浅近"相通。

另一方面，明代词坛缺乏比较明确的词、曲辨体观念，致使词曲相混，此风一直延续到清初。据学者考察，明代《词林万选》《花草粹编》《类编笺释国朝诗余》等词选中不同程度地都存在误收曲的现象。⑦ 同

---

① 叶晔：《论古典小说、戏曲中的词"别是一家"》，《中国社会科学》2015 年第 11 期。
② 叶晔：《论古典小说、戏曲中的词"别是一家"》，《中国社会科学》2015 年第 11 期。
③ 也有学者从羼入词与戏曲文本关系角度，以此类词为叙述体词作［参见汪超《明代戏曲中的词作初探——以毛晋〈六十种曲〉所收传奇为中心》，《中国石油大学学报》（社会科学版）2011 年第 5 期］；或从羼入词功能演变的角度，称为叙事词或曲论词（参见龚宗杰《明代戏曲中的词作研究》，硕士学位论文，浙江大学，2013 年，第 134—135 页），可资参考。
④ 李碧：《明代戏曲中词的变体与词曲的互动》，《文学遗产》2019 年第 6 期。
⑤ （明）沈德符撰，杨万里校点：《万历野获编》卷二五，上海古籍出版社 2012 年版，第 539 页。
⑥ （明）徐渭：《南词叙录》，《中国古典戏曲论著集成》（三），中国戏剧出版社 1959 年版，第 244 页。
⑦ 参见彭洁明《明清时期的词曲之辨研究》，博士学位论文，南京大学，2012 年，第 5—10 页。

时,自明初瞿佑《乐府遗音》发"明词曲化之先声"[①] 以来,不限于词曲兼擅者,明人词作亦多呈曲化趋势。或认为这种词曲相混源于明人对南宋《草堂诗余》的追捧和模仿创作,并渐渐形成纵贯有明的词曲统观意识。[②]

对于这段历史中的词、曲纠葛,立足于词学,后世称之为词体不尊;立足于曲学,后人谓之有尊曲体的考量。中性起见,我们采用学界表述,称之为"词曲互动"。在此互动的背景下,明代中后期的戏曲学家王骥德以"词"称曲,编订第一部南曲用韵指南《南词正韵》。稍后,胡文焕径以曲韵为词韵(舒声部分),编订《文会堂词韵》。大体而言,明嘉靖、隆庆以后,形成了古体诗赋用古韵、近体诗赋用今韵(平水韵)、词曲用《中原音韵》的押韵规范意识。这种意识在清初依旧存在。[③]《天童弘觉忞禅师北游集》中有如下记载:

> 上一日持一韵书,示师曰:"此词曲家所用之韵,与沈约诗韵大不相同。"师为展阅一过。上曰:"北京说话独遗入声韵,盖凡遇入声字眼,皆翻作平上去声耳。"于是上亲以喉唇齿舌鼻之音调,为平上去入之韵,与师听之。又言:"《西厢》亦有南北调之不同,老和尚可曾看过么?"师曰:"少年曾翻阅,至于南北《西厢》,忞实未辨也。"上曰:"老和尚看此词何如?"师曰:"风情韵致,皆从男女居室上体贴出来,故非诸词所逮也。"师乃问:"上《红拂记》曾经御览否?"上曰:"《红拂》词妙而道白不佳。"师曰:"何如?"上曰:"不合用四六词,反觉头巾气,使人听之生趣索然矣。"师曰:"敬服。"[④]

---

① 张仲谋:《明词史》(修订本),人民文学出版社2015年版,第79页。
② 胡元翎:《词曲统观视角下明代词曲互动研究》,《中国社会科学报》2019年7月2日第6版。
③ 清初以降,对于词曲互动,仍不乏追随者。如宋翔凤《乐府余论》从源头上指出"宋元之间,词与曲一也。以文写之则为词,以声度之则为曲"。许宝善、谢元淮则从实践上或以词代曲,或以曲歌词,试图进一步打通二者关系。
④ (清)道忞:《天童弘觉忞禅师北游集》卷三,蓝吉富主编:《禅宗全书》第64册"语录部二九",北京图书馆出版社2004年版,第540页。

这段对话发生在顺治十六七年（1659—1660）。顺治帝向道忞分辨《中原音韵》和《礼部韵略》，称前者为"词曲家所用之韵"，后者是"沈约诗韵"。说明清初仍有承袭前代文体用韵意识者。

从词体韵法考察史可以看出，对径以《中原音韵》为词韵的做法，晚明以来的学者不同程度地提出了修订方案，如前述胡文焕、程元初、沈际飞等注意到入声是否独押是词与北曲的重要辨体特征，进而主张严辨词与北曲二体。沈雄的"拟韵说"正是在此背景下产生的，其辨体策略与胡文焕近乎相同，皆以北曲韵为舒声部，外以入声独立。随着词之辨体进一步深入，不同于胡、沈的拼合之法，清初词韵考察分化出了两个不同的发展途径：一是立足于词体格律视角，以唐宋旧词为据，归纳旧词用韵，确立词体用韵特点，以《词韵略》为代表；二是立足于词体音律特性，参照时兴之南曲，关联二体韵法。生逢其时的李渔立足于戏曲，选择了词、南曲相通的观念。他在《与丁飞涛仪部》中评友人词作时提出："诗余为填词宾白之先声，将来必有院本。"[①]"院本"即戏剧。此信书于康熙十三年（1674），可做笠翁晚年志趣佐证。

本质上讲，不管将词与北曲关联，还是与南曲关联，都是立足于"今"的词曲互动，都有违清初的辨体风尚。关联词与南曲，可视为词曲互动在清初的新变。

这一时期的传奇和南戏方兴未艾，南曲的地位明显超越了北曲。相应的，词曲互动在理论探讨层面主要表现为词与南曲的互动关系。用韵研究层面，治词者，反复申说不可以北曲之韵填词。如毛先舒《词韵序》云："近古无词韵，周德清所编，曲韵也。故以入声作平、上、去者，约什二三。而支、思单用，唐宋诸词家，概无是例。"治南曲者，也很注意分辨南曲与北曲的用韵特征。如李渔《闲情偶寄》论填入声韵云："入声韵脚，宜于北而不宜于南。以韵脚一字之音，较他字更须明亮，北曲止有三声，有平上去而无入，用入声字作韵脚，与用他声无异也。南曲四声俱备，遇入声之字，定宜唱作入声，稍类三音，即同北调矣，以北音唱南曲可乎？"又如，毛奇龄在其《西河词话》中批评袁于

---

① （清）李渔：《笠翁文集》卷三，（清）李渔：《李渔全集》第一卷，浙江古籍出版社1991年版，第213页。

令"好自用而不好按古",以北曲韵填《西楼记》,从头到尾只用一韵,没有换韵。另有一些兼擅词与南曲者,着眼于二者的相似之处,试图构建它们之间的理论联系。李渔、朴隐子和潘之藻就是这一类的代表。

正是在此背景下,基于词曲相通的观念,李、朴、潘等在《笠翁词韵》《诗词通韵》《韵选类通》中,融曲韵元素于词韵系统。

第四章

康雍乾间词韵的音律探求

　　万树《词律》将格律视角下的词调韵法考察推向了极致，沈谦、吴绮、仲恒等的分部韵法探讨，将格律意识下的编韵策略发挥得足够成熟。格律的推演归纳确能在一定程度上反映词体的韵法特性，但终究与词体最根本的特性——音律——隔了一层。在词乐失传的语境下，任何格律视角的词体学考察都只能使词停留于案头文学。李渔、朴隐子、潘之藻等打通词曲、援曲入词的编韵策略，虽以音律探求为出发点和落脚点，但有违旧词实际用韵，有致词体不尊之嫌。欲真正地、更进一步地探求词之为体的本质特征，词体研究还是需要在"尊体"的基础上向音律考察深入。在康熙的乐教诉求和词坛的音律反思作用下，康熙中后期的词体研究注意到了前期研究的局限性，试图突破格律视角的拘囿，将考察视角直指词体音律。然而，在没有足够的词乐文献、缺乏系统的词乐理论储备的情况下，对词体音律的探索只能是散点的、不成系统的，甚至流于缺乏实据的猜想。这一时期的词体韵法探究就呈现出这样的特点：一方面，继承并优化前期格律视角下的研究思路、方法及成果；另一方面，在部分韵法话题上试图打破格律意识的樊篱，受浙西词派"醇雅"主张影响，以姜、张雅词用韵为依据，管窥词体韵法的音律内涵。不论是词调韵法考察还是分部韵法探讨，都表现出积极的音律意识。前者以《钦定词谱》及其编纂核心人员为典型，后者以许昂霄为代表。宗姜张、尚音律的风气，还间接地造就了十五部宽韵的产生。虽然其音律视角下的相关成果并不成系统，甚至对当时词坛的创作并未起到实实在在的影响，但从词体学史和词韵学史来看，这样的尝试无疑为当时的词韵研究注入了新的血液，也为后继研究者提供了新的思路。

第一节 《钦定词谱》与楼俨词韵观

　　康熙五十四年（1715）《钦定词谱》编成，该书的编纂有赖于强大的文献基础，[①] 制谱原则仍以格律为主，诸调次第以字数多寡为序，但不强分小令、中调、长调。同时，积极融入对音律的反思。主要表现在以下两个方面。

　　第一，词调考释中，注意宫调标注。词为音律文体，历来制谱者皆知，但碍于音乐谱的普遍亡佚及谱法之不可知，对于诸多音律问题，前代词学或空谈，或标榜，或回避。《钦定词谱》编制的时代，词体音律仍杳不可寻，其编制者转而做文献考校的工作，充分利用丰裕藏书资源，凡唐宋以来典籍中可考的词体音律记录，悉遵采录。这些材料多集中于《教坊记》《乐府杂录》《北梦琐言》《碧鸡漫志》《太平乐府》《唐音癸签》，兼及秦观、柳永、姜夔等宋人词集，以及宋元史志文献。采录标记音律内容主要是诸调的宫调类别属性，兼及字声等问题。如卷一收〔阳关曲〕，下注："本名'渭城曲'。宋秦观云：'渭城曲绝句，近世又歌入"小秦王"，更名"阳关曲"。属双调，又属大石调。'按唐《教坊记》有'小秦王'曲，即秦王小坡阵乐也，属坐部伎。"若未找到某调宫调类属的文献记载，则阙如不注。

　　第二，关注衬字问题。《填词图谱》承认衬字之说，本着以格律为根本途径的制谱原则，《词律》予以摒弃。对于"衬字""添字"等说，《钦定词谱》持肯定态度，并积极运用于具体词调的腔词关系考察中。如卷一收〔梧叶儿〕，下注云："此在元人为小令，其实则曲也。但其词

　　[①] 因《御选历代诗余》和《钦定词谱》为前后编纂，且有十位重合的馆阁参纂人员，传统多认为《御选历代诗余》和《钦定词谱》有相通的词体观念，《御选历代诗余》为《钦定词谱》重要的文献基础。但据当代学者考证，发现二书"在使用的文献底本、所持的学术观点上存在很大差异，《历代诗余》不是《钦定词谱》的底本，《钦定词谱》扩充词调之功与《历代诗余》的编纂关系不大"，"《钦定词谱》的文献底本、词乐研究、词韵研究、词体本事研究以及历来被学者称道的注释宫调、互校出谱、批驳《词律》等特点都与楼俨有非常密切的关系"，"可以说《钦定词谱》编纂的背后有很深厚的浙派渊源"（详见王琳夫《〈钦定词谱〉编纂始末》，《文献》2022年第2期）。

未至俚鄙，故并采入以备体。"又二体皆以张可久词为式，一词下注云："此与吴词同，惟结句多一衬字。"另一词注："此与吴词同，惟第四五六句各多二衬字。"不过，制谱者对衬字现象并不滥注，而是"至少保持了南曲传统中'衬不过三'的习惯"。①

大体而言，《钦定词谱》的编纂者对诸多词体音律现象还是持谨慎态度的。多以文献记载为据，并不滥用。对于一些纯音律层面的乐理问题，"若夫四声二十八调，或为禺指之声，或为三犯、四犯之曲，以至按律谐声，所以被诸管弦者，在宋张炎已云'旧谱零落，姑置勿论'云"，一概不染指。

一 《钦定词谱》中的词调韵法考察

词体韵法层面，《钦定词谱》也呈现出相类的特点：格律为本，兼及音律。与前谱一样，《钦定词谱》互校同调之词，以定某调某体韵法特征。并且，充分吸收《词律》等前谱的韵法标注的类型和成果。这种情况下，《词律》等前谱关注到的诸多韵法问题，在《钦定词谱》中都有反映。此外，《钦定词谱》在词调韵法层面还表现出一些新的思考。比如，对于叠韵现象，前谱只是单纯地考察其韵位。在乐谱和乐理不明的语境下，这是唯一可行的视角。《钦定词谱》承袭了这一标注方法，如〔醉妆词〕（者边走，那边走）、〔潇湘神〕（斑竹枝，斑竹枝）等含叠韵的词调，都只是在叠韵处注"叠"。但偶尔也表现出格律层面的深度思考。如〔荷叶杯〕"又一体"以顾夐词为式，列词及谱式为：

又一体 单调二十六字，六句，两仄韵，三平韵，一叠韵　　顾夐

○●●○○● ●○● ○●●○○● ●○○ ●●○

○●

春尽小庭花落仄韵寂寞韵凭槛敛双眉平韵忍教成病忆佳期韵知么知韵知么

---

① 吴晨骅：《论〈钦定词谱〉的和声、衬字观念——兼与〈词律〉相比较》，《文学遗产》2021年第4期。

○

知叠

按顾夐词九首,内一首起二句"我忆君诗最苦,知否",故此词"春"字可仄,"小"字可平,"花"字可仄,"寂"字可平。第三、四句"字字最关心,红笺写寄表情深",故此词"凭"字可仄,"忍"字可平,"成"字可仄。若第六句,即叠第五句平韵,其第五句第一字,即煞尾平韵也。明程明善《啸余谱》,于第五句第一字注"可仄",则是仄韵煞尾矣,不可从。

对于"ABA,ABA"这类叠韵现象,《钦定词谱》注意到韵脚字与首字相同,认为其平仄亦应一致。据此断定此词第五、六句首字只能是平声,并指出《啸余谱》注为"可仄"有误。

《钦定词谱》对词调韵法的新思考,更多体现在对韵的音律特性的反思上。沈义父在《乐府指迷》中指出:"词腔谓之'均','均'即韵也。"[①] 将"韵"视作词腔的重要因素。受此启发,《钦定词谱》提出以韵释声和以韵为拍的观点。

以韵释声主要体现在释调名、释"添声"、释"偷声"等方面。如卷二五收〔八声甘州〕,以柳永词为正体,该体前后段各四平韵,共八韵。注云:"按此调前后段八韵,故名'八声',乃慢词也。"认为"八声"即"八韵"。

又如卷三收〔添声杨柳枝〕,下注:"按《碧鸡漫志》云:'黄钟商有〔杨柳枝〕曲,仍是七言四句诗,与刘、白及五代诸子所制并同,但每句下各添三字一句,乃唐时和声,如〔竹枝〕〔渔父〕,今皆有和声也。旧词多侧字起头,第三句亦复侧字起,声度差稳耳。'今名〔添声杨柳枝〕,欧阳修词名〔贺圣朝影〕,贺铸词名〔太平时〕。"下赘三体,正体以顾夐词为式,二又体分别以贺铸词和朱敦儒词为式。贺词作:"蜀锦尘香生袜罗。小婆娑。个侬无赖动人多。是横波。　楼角云开风卷幕,月侵河。纤纤持酒艳声歌。奈情何。"下注:"此词后段第二句仍押平韵,每句添声俱用'仄平平',宋词皆照此填,与唐词小异。按此体见《梅苑》及《乐府雅词》,皆作〔杨柳枝〕。又按贺词八首名〔太平时〕,多用前人绝句,添入和声,盖即〔添声杨柳枝〕也。《词律》以

[①] (宋)沈义父:《乐府指迷》,唐圭璋编:《词话丛编》,中华书局1986年版,第283页。

〔太平时〕另列一体者,误。"认为"添声"就是在原绝句"蜀锦尘香生袜罗,个侬无赖动人多。楼角云开风卷幕,纤纤持酒艳声歌"的基础上增添了四个三字韵句,"添声"即"添韵"。朱词作:"江南岸,柳枝。江北岸,柳枝。折送行人无尽时。恨分离。柳枝。　　酒一杯。柳枝。泪双垂。柳枝。君到长安百事违。几时归?柳枝。"《词律》注云:"按此'柳枝'二字当如'竹枝''女儿''举棹''年少',作和歌之语。今他无可考,仍以大字书之,且因'时''离'等字即叶'枝'字韵故耳。"《钦定词谱》接受了万树的"和声"观点,称:"此见朱敦儒《樵歌词》,一名〔柳枝〕。按〔竹枝词〕以'竹枝'二字为和声,此以'柳枝'二字为和声,亦其例也。"不过,他认为:"'枝'字即本词韵,亦添声之意,故为类列。"此词中的"添声"是增添了六个"柳枝"韵句。此观点又见于《钦定词谱》编纂者之一楼俨的《洗砚斋集》。他在集中列"书朱敦儒〔添声柳枝词〕后"条,云:"朱敦儒〔柳枝词〕两遍,有六'柳枝'句,曩在书局注为'和声',如〔竹枝〕之例。及观古诗有《董逃歌》三字一句,十三句,每句缀'董逃'二字,乃知朱词源出于此,不但摊破、添声〔杨柳枝〕,句读自成新声也。"① "曩在书局"当指编纂《钦定词谱》事,可知谱中释"添声"为"添韵",当出于楼俨的主张。

又如卷二五收〔凤凰台上忆吹箫〕,以晁补之词为正体,该体为双调九十七字,前段十句四平韵,后段九句四平韵。下注:"此调以晁词为正体,若曹词以下,或添声、或减字,皆变体也。"另有又一体以曹勋词为式者,该体为双调九十七字,前段十句四平韵,后段十句五平韵。较诸正体,曹勋词后段过片处多添一个二字韵句(芬芳)。所以,制谱者以曹勋词为添声之体。

又如卷一二收〔瑞鹧鸪〕,以冯延巳词为正体,该体为双调五十六字,前段四句三平韵,后段四句两平韵,本为首句入韵的律诗体,七言八句。其又一体以柳永词为式,为双调六十四字,前后段各五句、三平韵,相较于冯词,后段多一韵。柳词下注云:"此词前段起二句、结句,

---

① (清)楼俨:《洗砚斋集》,屈兴国编:《词话丛编二编》,浙江古籍出版社2013年版,第729页。

后段起句、结句仍作七言,与〔瑞鹧鸪〕同,余则摊破句读,自度新声。如前段第三句作四字一句、五字一句,即词家添字法。后段第二句作六字句,即减字法。第三句作六字一句、八字一句,即添字法。多押一韵,即偷声法。"即柳词是在冯词的基础上,于后段长短化的句式中多设一声(韵),而成新声。这与额外添加韵句的"添声"不同。

再如〔木兰花令〕正体,为双调五十五字,前段五句三仄韵,后段四句三仄韵。卷八收〔偷声木兰花〕,下注:"此调亦本于〔木兰花令〕,前后段第三句减去三字,另偷平声,故云'偷声'。若〔减字木兰花〕前、后段起句四字,则又从此调减去三字耳。"〔偷声木兰花〕为双调五十字,前后段各四句,两仄韵、两平韵。相较于〔木兰花令〕,〔偷声木兰花〕减字而多设一韵。这是偷声的另一种方式。相类的情况,还有卷二三收〔水调歌头〕,以毛滂词为正体,该体为双调九十五字,前段九句四平韵,后段十句四平韵。制谱者下注:"此调以此词及周词、苏词为正体,若贺词之偷声,王词、刘词之添字,傅词之减字,皆变体也。"观其又一体以贺铸词为式,为双调九十五字,前段九句四平韵、五叶韵,后段十句四平韵、五叶韵。二体句数及各句字数完全相同,不变句式而多设十韵,则是偷声的另一种方式。

这几种形式的偷声,有一个共同特点,就是在不额外添加韵句的情况下增添声(韵位),这与额外添加韵句的"添声"是不同的。但无论是添声还是偷声,都是对韵位数增加的音律阐释。[①] 而这种阐释的乐理基础,就是以韵为拍。

《词律》卷六收〔茶瓶儿〕,又一体以李元膺词为式,该词以"宇""缕""数""处"等为韵。前后段各二十八字、五句,两段句式皆为七七五四五。万树从格律出发,认为"前后段同,'絮'字偶合,非叶韵",故于前后段第四句"上""絮"下皆注"句",如此,该体前后段各四韵。《钦定词谱》卷一二收〔茶瓶儿〕以李元膺词为正体,认为:"《词律》以后结'絮'字非韵,不知前句不押韵后句押韵者词中尽多,

---

[①] 有学者根据卷八收〔偷声木兰花〕下"另偷平声"之注,分"偷声"为三类:有的与"添声"同义,也指多押一次韵;改仄声韵为平声韵;改平声韵为仄声韵。详见吴晨骅博士学位论文《〈钦定词谱〉与明末清初的词体观念研究》第五章"《钦定词谱》的词韵观与清初的韵学讨论"。

若在换头、后结更多。盖词以韵为拍，过变曲终，不妨多加拍也。"基于"以韵为拍"的音律视角，注意到词在换头或后结处"不妨多加拍"，以满足"过变""曲终"的乐律需求。前述〔凤凰台上忆吹箫〕曹勋词后段过片处多添一个二字短韵（芬芳），即属于过变处加韵加拍之例。从音律的层面审视韵的词体功能，显然有别于万树的格律本位观念。

既然韵多者拍多，韵少者拍少，那么，在句数、字数大体无差的情况下，韵的多少就不仅代表着韵位的密疏，而且涉及拍的急缓，即曲子之急和慢。①《钦定词谱》也注意到了这样的乐理逻辑。如卷二六收〔留客住〕，以柳永词为正体，该体为双调九十八字，前段九句四仄韵，后段十句五仄韵。又一体以周邦彦词为式，该体为双调九十四字，前段九句三仄韵，后段九句五仄韵，较正体"第三句添二字，第四句减二字，第七句添一字少一韵，结句减三字，后段第七句多一韵，第八句添二字少一韵，第九句减四字。柳词前段四韵，此词前段三韵"。《词律》卷一四收周邦彦词，韵位标注与《钦定词谱》无异，但万树后注云："愚谓'没'字音暮、'绿'字音虑，皆用北音为叶。不然前段用韵太稀，恐无此词体也。"针对万树对前段韵位稀疏的质疑，《钦定词谱》给出了"宋人长调，以韵多者为急曲子，韵少者为慢词，原不必强注韵脚也"的解释。

又如卷三一收〔双头莲〕以周邦彦词为正体，该体为双调一百零三字，前段十三句三仄韵，后段十二句五仄韵。其中前段至第六句方用韵，"似有讹脱"，《钦定词谱》制谱者解释为："宋人以韵少者为慢曲子，韵多者为急曲子。细玩此词，文法甚顺，决无讹脱，但无他词援证耳。"

《钦定词谱》对词韵音律特性的关注，有可能影响了其对句中韵的认识，但从其标注情况来看，制谱者仍以格律为考察视角。关于句中韵，沈义父在其《乐府指迷》中已提及，称："词中多有句中韵，人多不晓。不惟读之可听，而歌时最要叶韵应拍，不可以为闲字而不押。如〔木兰花〕云：'倾城。尽寻胜去。''城'字是韵。又如〔满庭芳〕过处

---

① 卷八〔促拍采桑子〕注云："促拍者，即促节繁声之意，《中原音韵》所谓'急曲子'也。"《钦定词谱》以韵释声，"促节繁声"即"促节繁韵"。

'年年，如社燕'，'年'字是韵。不可不察也。其他皆可类晓。又如〔西江月〕起头押平声韵，第二、第四就平声切去，押侧声韵。如平声押东字，侧声须押董字、冻字韵方可。有人随意押入他韵，尤可笑。"①沈义父所论是从音律的角度展开，以"应拍"为出发点的。在乐理渺不可寻的语境下，明代及清初诸词谱只能从站在格律的角度，通过互校同调词考察句中韵位。自张綖开创句中韵标注体例以来，新出词谱多承袭之，且在含句中韵词调方面每有新发现，但进步缓慢，遗漏仍然比较多，难有新突破。

与前谱一样，《钦定词谱》也特别注意句中韵的标注。《钦定词谱凡例》即指出词中"有短韵藏于句中者，逐一注明"。就标注情况来看，《钦定词谱》对句中韵的考察也确实非常细致。如前谱（主要与《词律》对比）中已标记的〔荷叶杯〕（温庭筠词"肠断"，顾敻词"寂寞"）、〔南乡子〕（欧阳炯词"回顾"，冯延巳词"情绪"，欧阳修词"轻翻""无端"，冯延巳词"茫茫""斜阳"，黄机词"岑岑""堪鏖"，赵长卿词"凄凉""思量"）、〔醉翁操〕（苏轼词"琅然""清圆""谁弹""响空山""无言"）等句中韵，《钦定词谱》悉数标出。《钦定词谱》标注，而前谱未标注者——如〔越江吟〕前后段结句第四字（苏易简词"卷""乱"，苏轼词"揾""晕"）、〔玉蝴蝶〕后段换头次字（柳永词"难忘""当时"，李之仪词"何难"，辛弃疾词"侬家"）多存在句中短韵，乃因前谱未收诸调。这主要得益于《钦定词谱》编纂中的文献占有优势。

有学者认为，《钦定词谱》基于其"换头多加拍"的认识，"非常重视词中常出现在换头位置的句中短韵"，并且认为这一观念完全呼应了沈义父关于句中韵的论述。②我们赞同这样的观点。以韵为拍的音律观，必然深刻地影响着《钦定词谱》编纂者的韵法考察，"换头、后结多加拍"的词律认识，也一定会对编纂者考察短韵有所启发。但我们还不能据此认为，《钦定词谱》对句中韵的考察，与沈义父的论述已经有了相同的语境或相同的出发点。从《钦定词谱》中所呈现出的句中短韵

---

① （宋）沈义父：《乐府指迷》，唐圭璋编：《词话丛编》，中华书局1986年版，第283页。
② 详见吴晨骅博士学位论文《〈钦定词谱〉与明末清初的词体观念研究》第五章"《钦定词谱》的词韵观与清初的韵学讨论"。

标注和说明来看，其出发点和方法仍是格律为本。

以〔惜分飞〕调为例。前谱已收词调，但只列一体，如《词律》卷六以陈允平词为式，词中不涉及句中短韵。《钦定词谱》卷八收录此调，共列五体，以毛滂词为正体。现代词学家（如夏承焘、吴熊和）认为，该词前后段结句第四字（"语""付"）皆为句中韵，前后段各五韵。但《钦定词谱》注云："双调五十字，前后段各四句、四仄韵。"谱式为：

惜分飞 双调五十字，前后段各四句、四仄韵　　　毛滂

●●◐○●●◐韵●●○○●●韵　●●○○●韵●○○●●韵

泪湿阑干花著露韵愁到眉峰碧聚韵此恨平分取韵更无言语空相觑韵

●●◐○○●●韵◐●○○●●韵　●●○○●韵●○○●●韵

断雨残云无意绪韵寂寞朝朝暮暮韵今夜山深处韵断魂分付潮回去韵

《钦定词谱》并未指出前后段结句中的短韵。制谱者于该体下注："此调以此词为正体，宋元人俱照此填，其余添字皆变体也。"可见，在标注平仄韵法时，制谱者是参校了同体的其他宋元人词的。通过比照互校，可发现宋元同体之词中，只有毛滂一首词的前后段结句第四字皆可与其他韵脚相押，他词无此现象。

我们共搜罗到了26首同体之词，另外25首结句第四字与韵脚关系如下。

陈著"筑垒愁城书一纸"前段结句第四字（"付"）不押；

毛滂词二首，"山转沙回江声小"前后段结句第四字（"处""尽"）不押，"花影低徊帘幕卷"前后段结句第四字（"重""过"）不押；

张纲"年少春心花里转"前后段结句第四字（"用""足"）不押；

张翥"相见依然人似旧"前后段结句第四字（"掩""月"）不押；

袁去华词二首，"平日悲秋今已老"前后段结句第四字（"发""事"）不押，"雨过残阳明远树"前后段结句第四字（"入""是"）不押；

曹冠"寓意登临诗与酒"前后段结句第四字（"在""道"）不押；

晁补之词二首，"山水光中清无暑"前段结句第四字（"意"）不押，"消暑楼前双溪市"前后段结句第四字（"点""把"）不押；

贺铸"皎镜平湖三十里"前后段结句第四字("觉""处")不押；

吕渭老"白玉花骢金络脑"前后段结句第四字("腻""猎")不押；

刘学箕"池上楼台堤上路"前后段结句第四字("蝶""网")不押；

辛弃疾"翡翠楼前芳草路"后段结句第四字("管")不押；

赵彦端"相与十年亲且旧"前后段结句第四字("味""月")不押；

赵子发"数点雨声惊残暑"前段结句第四字("幕")不押（后段结句第四字不可考）；

王之望"要眇新声生宝柱"前后段结句第四字("唱""水")不押；

沈端节"喜入眉心黄点莹"前后段结句第四字("窟""处")不押；

陈三聘"莫唱骊驹容首聚"前后段结句第四字("鹤""草")不押；

柴元彪"候馆天寒灯半灭"前后段结句第四字("度""碎")不押；

范成大词二首，"易散浮云难再聚"前后段结句第四字("浪""短")不押，"画舸锦车皆雅故"前后段结句第四字("袜""夜")不押；

陈允平"钏阁桃腮香玉溜"前后段结句第四字("底""对")不押；

吴淑姬"岸柳依依拖金缕"前后段结句第四字("上""指")不押；

元好问"人见何郎新来瘦"前后段结句第四字("似""作")不押。

在同调同体有他词可作参校的情况下，《钦定词谱》不会就单首词定句中短韵，而是以格律对校作为依据。可见，《钦定词谱》与《词律》一样，更多地还是从格律的角度来考察句中短韵现象。

总的来说，对于词调韵法，《钦定词谱》在《词律》格律视角的基础上，给予了更多音律层面的观照。

二 《钦定词谱》中的分部韵法主张

总体来看，词调韵法考察中的音律视角影响到了时人对分部韵法的思索，促使论韵者试图借用韵理来阐释词韵音律特性。具体而言，《钦定词谱》并未像《词律》那样针对词韵分部提出明确的观点和态度。但从其对一些词调的韵法标注和说明来看，制谱者对词体分部是有考虑的。表现如下。

《钦定词谱》认可平仄三声相叶。对于部分词调平仄三声相叶的现象,前谱和《词韵略》均不同程度地予以认可。前人词谱而在分部韵法的考量上,多以某词韵分部系统为据,衡量哪些平仄相叶属于同部三声相叶,哪些平仄相叶存在"借叶"的情况;在词调韵法的标注上,遗漏颇多,且或有以之为换韵类型的观点。《钦定词谱》充分吸收前谱的成果,补其遗漏,正其讹谬,并有其新的思考,较前谱更为合理。

首先,《钦定词谱》不以三声相叶为换韵的一种类型,而视作部内三声相叶。并在标记符号上,严格区分"韵""叶",以"叶"专指平仄三声相叶。

其次,韵法标注上较前谱更为细致周到,前谱讹漏处,予以补正。如《词律》卷一一〔撼庭竹〕黄庭坚词后段第三句以上声"你"叶"伊""随"等平韵,万树注:"'你'字乃以上叶平,作者或仍用平声。"《钦定词谱》指出:"按此词后段'如今却被天嗔你'句,即前段'梦中相见不多时'句,例应押平韵,此词用'你'字,亦是三声叶韵。按词既押平声韵,其句中平仄即与仄声韵词不同,《词律》强为参校,终属无据。"指出"你"就是三声相叶,无须作平。

最后,旧词用韵宽严不一,为区分严宽,又提出"本部三声相叶"和"古韵三声相叶"之说。

所谓本部,当指制谱者认同的某一词韵分部系统,"本部三声相叶",即指该系统中同部的平、上、去三声可通叶。如卷一一收〔河传〕,又一体以张先词为式,该词为双调五十三字,前段七句两仄韵(庆圣)、三平韵(熏春云),后段六句三仄韵(梦共动)、两叶韵(封同)。后注云:"此词后段平韵,即叶本部三声,与另换别韵者不同。"后段五韵分别为诗韵之去声一送、去声二宋、上声一董、平声二冬和平声一东,《钦定词谱》以之为同部,这与《词韵略》分部相合。又如卷一三〔寻梅〕,以沈会宗词为正体,该词为双调六十字,前后段各五句、四仄韵(蹉我过破/那个可朵)。其中,"蹉"本为平声五歌,但制谱者以其"又去声,故图作仄声","我""可""朵"为诗韵之上声二十哿,余字为去声二十一箇。并注云:"若作平声,歌、哿二韵,亦是本部三声叶。"《钦定词谱》以之为同部,与《词韵略》分部相合。考察其余注"本部三声"者,所示分部特点皆与《词韵略》相符。

同时,制谱者注意到一些旧词的三声相叶超出了"本部"的范围,便以之为"古韵三声相叶"。所谓古韵,当指古诗赋的用韵。由于古诗赋和词等韵文中皆存在三声相叶的现象,故将旧词用韵比诸古诗赋用韵,是明末清初词体分部韵法探讨中的一个惯用视角,《钦定词谱》编纂者始将此视角纳入词调韵法考察。因《钦定词谱凡例》中有"宋人填词,间遵古韵,不外《礼部韵略》所注通转之法;或从《中原雅音》者,俱照原本采录"之语,学界或认为"古韵"即近体诗韵。我们不赞同此观点,除将旧词用韵比诸古诗赋用韵的惯用视角,还有如下原因。

第一,明末清初并无称近体诗韵为"古韵"的表述,在当时古音学蓬勃发展的语境下,"古韵"多指上古音之韵和古诗赋用韵。

第二,从《钦定词谱》针对各词调的注解说明来看,"古韵"与近体诗韵无关,所指基本为古诗赋用韵,而这些"古韵"的分合情况则借自于毛奇龄《古今通韵》。如卷八收〔西江月〕,又一体以苏轼词为式,该词为双调五十字,前后段各四句,两平韵(湖徐/扶荑)、两叶韵(雨浦/吐古)。后注云:"此词两起句俱叶仄韵,欧阳炯'水上鸳鸯'词、辛弃疾'贪数明朝'词即此体也,其可平可仄与柳词同,故不复注。按欧词韵,以'力''色'叶'衣''眉''期''枝',盖遵古韵陌、锡、职通寘、未,以四支无入声也,不若苏词韵之虞、麌、遇本部三声者为合法,故采苏词为谱。"这里的"虞、麌、遇本部三声者",与《词韵略》相符。而"陌、锡、职通寘、未"之法,并非近体诗韵的特点,而是古诗赋用韵的特点,并且,所示诸阴入韵关系,与毛先舒《唐人韵四声表》(质、陌、职俱承寘,陌又承泰,职又承泰,又承队)、毛奇龄《古今通韵》(卷一一寘、未、霁、泰、卦、队、屋、沃、觉、药、陌、锡、职十三韵之回互通转)结论相通。但从其称"通"来看,更像承自毛奇龄的"通转"之说,而非毛先舒的寻声相承。并且,《钦定词谱》所示诸韵的通转关系与毛奇龄所论相合,与毛先舒阴入相承之法尚有出入(《唐人韵四声表》中"锡""未"皆不与其余三韵相承)。

又如卷一三收〔少年心〕以黄庭坚词为式,该词为双调六十字,前后段各五句,前四句三仄韵(闷寸悻/问分恨),末句叶一平韵(嗔/人)。后注云:"此词两结'嗔'字、'人'字,是以十一真叶十三问,盖以真、文通用,故震、问亦可通用也。惟'悻'字为庚韵之上声,在二十三梗部,又因古韵真部间通庚、青故也,但用韵毕竟太杂。填此调者，不若只用本部三声叶为妥。"真、庚通用显然不是近体诗韵的特点，但符合古诗赋的用韵特征。"古韵真部间通庚、青"这样的表述，也出现在《古今通韵》中。毛奇龄分古韵作五部，虽庚、青在第一部，真、文在第四部，但他又主张五部间有相通处。其卷一即明确指出"东、冬、江、阳、庚、青、蒸、真、文、元、寒、删、先十三韵通"，并援引古诗赋文献用韵，针对顾炎武、柴绍炳等的异见予以驳斥："《韵补》谓真通庚、青、蒸，而文、元不通；今人且谓真、文、元与庚、青、蒸绝不相通（吴门顾氏，钱唐柴氏论韵皆然）……如谓真、文、元与庚、青、蒸绝不相通，则于《诗》《易》《离骚》、百家诸子、诗歌铭颂，俱读不得矣。"

循着这条线索，再考察《钦定词谱》中其余论及"古韵"之处，其三声相叶关系均与《古今通韵》相合。考据古诗赋韵文的合韵情况，是《古今通韵》考证古韵的主要方法，并且，毛奇龄常以唐宋诗文①、词及南曲之韵证其五部三声两界相通之论，称："若诗余、南曲，即无一不与五部三声两界回互四门相符，故宋元人亦并无有造词曲、韵者，以此也。"《钦定词谱》援引毛氏古韵以论旧词用韵，并非毫无考虑之举。

此外，由于其五部论并不能解释北曲用韵，故毛奇龄又称："古今无二韵，自三古至今，经史载籍，以至矢口所诵，俱无有二。所岿然特出，别成一例者，只元人北曲韵耳。"将北曲用韵单立于诸韵文之外。这与《钦定词谱凡例》将"从《中原雅音》"与"间遵古韵"的旧词用韵现象对立表述，大体出于相同的考虑。这种对立表述，也出现在对一些词调用韵的注释中。如卷四收〔平湖乐〕，以王恽词为正体，该词为双调四十二字，前段四句两平韵（秋舟）、两叶韵（皱口），后段四句一叶韵（酒）、一平韵（州），后注云："此金人小令，犹遵古韵，以本部平、上、去三声叶者。若元词此调，则依《中原音韵》平、上、去、入四声，别部北音，无不叶矣。词与曲之分，正于此辨之。"该词用韵，既合于"本部"，又与"古韵"相符，但不与元词曲同。又如卷一三

---

① 明末清初时人注重将以平水韵为代表的诗韵规范，与唐人诗作乃至宋代诗文的实际用韵区分开来，他们特别注意到唐宋诗文用韵多可与古诗赋用韵"互证"的关系。毛先舒以唐人107韵为《沈氏词韵略》的辖韵参照，就是这一时代论韵风气的产物。

〔蝶恋花〕石孝友词后注云："按此词'期'字、'伊'字在平声四支部，余皆上声四寘部、去声四纸部中字也，即古韵所谓本部三声叶者。宋词间用古韵，与《中原音韵》纯乎北音者不同。"亦为此类。

其实，《钦定词谱》中还有不少直接引用古诗赋韵文材料和《古今通韵》《韵补》等古韵文献，以证旧词用韵的现象。如卷一三〔拨棹子〕尹鹗词后注云："此词之韵本用六月、九屑，而中有'力'字、'掷'字，乃十一陌、十三职，按《古今通韵》，月、屑可通陌、职，引古诗'石上生菖蒲，一寸八九节。仙人劝我餐，令我好颜色'为证。又按吴棫《韵补》，十一陌古通月，故知此词'力''掷'字亦韵。"同调收《花草粹编》无名氏词后注云："按《古今通韵》，入声十药间通去声十一队，故此词'佩'字可押'薄'字。"据此，我们可以断定《钦定词谱》中所谓"古韵"当为古诗赋用韵，古韵的分合以毛奇龄《古今通韵》为据。所谓"古韵三声相叶"，就是旧词以古韵入韵，并以平、上、去三声相叶的韵法特点。其中，古韵三声相叶与词韵本部三声相叶或者相同，或者有别。

当然，《钦定词谱》论"古韵"入词时，对《古今通韵》并非全盘吸收，尤其是"古韵"与词之别体出现矛盾时，制谱者有自己的思考。如卷一四收〔淡黄柳〕，以姜夔词为正体，该词为双调六十五字，前段五句五仄韵（角陌恻绿识），后段七句五仄韵（寂食宅色碧），韵字分属于诗韵三觉、十一陌、十三职、二沃、十三职、十二锡、十三职、十一陌、十三职、十一陌，诸韵在词韵中不属于本部韵（在《沈氏词韵略》中分属屋沃韵、觉药韵和质陌韵），则其叶当为古韵相叶，与《古今通韵》"屋、沃、觉、药、陌、锡、职通转"（卷一一）之论相合。该调又一体以王沂孙词为式，该词为双调六十五字，前段五句四仄韵（笛约漠落），后段七句四仄韵（薄萼索酹），其中，"笛"属诗韵十二锡，余字属诗韵十药。锡、药在词韵中不属于本部韵（在《词韵略》中分属觉药韵和质陌韵），则其叶当为古韵相叶，亦符合《古今通韵》之通转。相较于姜词，《钦定词谱》主张王词"惟前后段第四句不用韵异"。王词前段第四句末为"别"字，时人"或引《古今通韵》药可通屑，疑'别'字为韵"，"别"属诗韵九屑，虽然《古今通韵》卷一一另有"屋、沃、觉、药、陌、锡、职、质、物、月、曷、黠、屑十三韵通"之论，但若将毛氏入声"通转"之论尽用以分析旧词古韵，难免字字通转，词体用韵缺乏"定纪"。并且，不同于姜词后段第四句之"色"入韵，王词后段第四句末"几"字并不入韵。因此，《钦定词谱》不认为王词"别"字入韵。音理上，他解释道："盖以'屋、沃、觉、药、陌、锡、职'，即'东、冬、江、阳、庚、青、蒸'之入声，平声七韵宫音可通，则入声七韵亦可通也。"制谱者以毛氏"五部"之论，并结合四声相承之说，指出第一部东、冬、江、阳、庚、青、蒸七韵通转，七韵相承之入声屋、沃、觉、药、陌、锡、职亦可通转，但"别"字所属之屑韵为先韵之入声，先韵属于第四部（真、文、元、寒、删、先），称"若以药通屑，则罕有此例"。

《钦定词谱》中，相类似阐说还出现在卷一三〔七娘子〕、卷一五〔垂丝钓〕、卷二〇〔洞仙歌〕、卷二二〔远朝归〕诸调的又一体下。其旨皆为参考《古今通韵》（或托名郑庠《古音辨》）之古韵分部，论某调又一体的入韵问题。需要注意的是，毛奇龄将其《古今通韵》之"五部"分别与"五声"（宫、徵、角、商、羽）和"五音"（喉、齿、舌、腭、唇）相配，这是宋元以来的韵学研究中的惯例。其中，"五音"之配诸家大体无别，且其音理可得而说，如毛氏"五部"配以"五音"，即以各部韵尾所关涉的发音部位为据（分别为［—ŋ］［—i］［—u］［—n］［—m］韵尾）。但"五声"之配诸家不尽相同，且其乐理也无从解释。或认为《钦定词谱》于诸调下引《古今通韵》"五部"与"五声""五音"相配之论，制谱者有音律层面的考量。但结合前论来看，《钦定词谱》援引毛氏"五部"之说，只是从音理角度考察"古韵"填词，无关音律反思。

第三，《礼部韵略》是宋仁宗时期由礼部颁行的作为科举应试用韵规范的韵书，与古诗赋用韵无关。《钦定词谱凡例》称"宋人填词，间遵古韵，不外《礼部韵略》所注通转之法"，确实很容易让人误以为"古韵"就是丁度等刊定"窄韵十三处"而成的礼部诗韵。但结合前面分析来看，其意当为：宋人填词所遵"古韵"，可用《礼部韵略》刊韵的"通转"之法，将诗韵或《广韵》加以分合而得出。所谈的是韵部分合的方法，而非韵部系统。不过，《礼部韵略》的分合方法主要是对相关邻韵标注"独用""通用"，并不注"转"，《钦定词谱凡例》称"通转",显然是受到了《古今通韵》"通转"说的影响。

元明清时期,对古韵、词韵、曲韵的考察,基本上以近体诗韵(主要是平水韵)为韵部系统基础,再根据韵文的具体用韵,加以分合。《古今通韵》亦属此类,"其曰'古今',则谓律韵与古韵也,亦犹元之称《古今韵会》也",是书编订体例,即以今韵(律韵)为经,以古韵为纬,申说其间通转规律。《钦定词谱》论及词韵分部,借用此法,是完全可以理解的。

需要说明的是,明末清初词韵分部考察中,程元初、沈谦、仲恒、李渔等采用诗韵(106韵或107韵)韵目,并以之作为分合的基础系统,历来为人所诟病。因为,宋人可见韵书,有《广韵》《集韵》《礼部韵略》等,但彼时绝无可能见到后出的平水诗韵(106韵),因此,宋人不论是直接参考某韵部系统还是用某系统的分合方法,都不应以平水诗韵为基础。《钦定词谱》编纂者回归宋人立场,认为"古韵"入韵现象的产生,源于宋人借用《礼部韵略》所注"通转之法",而非用平水韵所注《礼部韵略》所注通转之法,这体现出编纂者优于沈谦、仲恒等的历史观。

三 《钦定词谱》韵法观念来源

有两个值得探讨的问题:《钦定词谱》中以古韵观词韵的韵法观念从何而来?为何要援引毛奇龄五部三声两界相通之说,附会词体用韵的相叶关系?

《钦定词谱》虽然编纂人员众多(含纂修官3人,分纂人员13人),但学界多认为该谱的实际编校工作是由杜诏、楼俨、吴襄等分纂人员负责,"纂修官王奕清等人则主持日常编务,负责组织体例的讨论和进度的监管"。[①] 更有学者认为,楼俨(1669—1745,字敬思,号西浦)是诸分纂人员中对《钦定词谱》编订影响最大的一位,"在其研究理论的构建中处于核心地位"。[②] 词体韵法观念层面,我们确能发现《钦定词

---

① 江合友:《明清词谱史》,上海古籍出版社2008年版,第144页。
② 王琳夫:《〈钦定词谱〉编纂始末》,《文献》2022年第2期,第82—100页。

谱》与楼俨词学论集《洗砚斋集》多有相合之处。

除前引"书朱敦儒〔添声柳枝词〕后"条涉及韵法探讨，《洗砚斋集》中还有两篇专论词韵的文章，一为《白云词韵考略》，一为《词韵入声考略》。前者专门探讨张炎词作的用韵问题，云：

> 曩在都下，邂逅吴门友人，论白云词用韵最杂，亦尝疑之，固未暇置辨也。暨而入词馆校勘唐宋元词，见有用韵极宽，如《梦窗甲乙丙丁稿》，《日湖渔唱词》，辄出诸见行韵本之外者，因而考索群书，始知词韵悉遵古韵，与诗、骚、汉、魏、六朝、唐人无不吻合，其似宽而实严也。乐笑翁知音律，必不苟作。拟著一书以发明之，迨捧檄蛮乡，而鹿鹿薄书堆中，又六年于兹矣，白云词但尘封行箧，亦奈之何！庚子三冬，以交代事，留滞桂林，饥驱无赖，暂诣两江舟中闷坐，乃取《白云词》读之。凡平声韵之真文元与庚青蒸通用者，真文元、庚青蒸之与十四侵通用者，寒删先与覃盐通用者，其转上声去声各韵，悉为探讨。入声韵之陌锡职缉通用者，陌锡职缉之与质物通用者，月曷屑之与十六叶通用者，物月屑之与十一陌通用者，月曷之与合洽通用者，以及江之通阳、觉之通乐，条分缕析，无不详注。其纷纷纭纭者，略为部署，而援引风骚及汉、魏、六朝、唐人诗文，并两宋词以证之，由是韵学稍有窥见，而乐笑翁韵杂之谤，亦可以少雪。惜乎，向之友人，迢递江东，竟不及与之樽酒细论也。①

对于张炎词"韵杂"和吴文英、陈允平词"用韵极宽"的现象，楼俨认为这类词的用韵"悉遵古韵，与诗、骚、汉、魏、六朝、唐人无不吻合"，这与《钦定词谱》以古韵释词韵之法相合，亦与《古今通韵》以唐人诗作、诗余及南曲之韵证其五部三声两界可通之法相通。并且，楼俨认为张炎等知晓音律，以古韵填词，必有其理据在，故这类韵法"似宽而实严"，"必不苟作"，并非"韵杂"不可说解。基于这样的观念，

---

① （清）楼俨：《洗砚斋集》，屈兴国编：《词话丛编二编》，浙江古籍出版社2013年版，第729页。

针对《山中白云词》中不合乎"见行韵本"的诸多韵法现象，楼俨"援引风骚及汉、魏、六朝、唐人诗文"及两宋词逐一考注，惜其注本今未见。

《词韵入声考略》一文则专门探讨词体用韵中入声的通押问题。首先，针对词韵平上去三声通押、入声独押的特点，楼俨指出："或曰词韵三声，曲韵四声。则以词有平、上、去三声通押之例，而曲则平、上、去、入四声通押也。或曰词韵四声，曲韵三声。"① 并认为"入声韵"是词体韵法别于曲体的关键特征所在。又针对词体入声押韵"彼此回环"、辗转相通这一非常通转而"亦称协律"的特点，引毛奇龄《古今通韵》"十七韵俱通之论"，认为"俱通"的用韵特点合乎《参同契》、《傅遐皇初颂》、韩愈《樊宗师墓铭》等古诗文，亦与旧词相符，并称赞毛氏论韵"甚为创辟"。引古韵证词韵及对《古今通韵》的推崇，亦与《钦定词谱》所示观念相合。

不同的是，楼俨在《洗砚斋集》中对词体韵法表现出了更多的音律层面的疑问和思考。如其《词韵入声考略》云：

> 癸卯销夏，考索白云词韵，独于入声一部，讨论最多，要以古人为归。信以传信，疑以传疑，不敢轻以古人为是，亦不敢轻以古人为非也。至若西河以屋、沃、觉、药、陌、锡、职为东、冬、江、阳、庚、青、蒸之入声，质、物、月、曷、黠、屑为真、文、元、寒、删、先之入声，缉、合、叶、洽为侵、覃、盐、咸之入声，仍以喉、腭、唇审音，则与元周德清《中原音韵》以屋、沃为鱼、虞之入，陌、锡、职为支、微、齐、佳、灰之入，觉、药为萧、肴、豪之入，物、月、曷、黠为歌、戈之入，屑、合、叶、洽为麻之入，顾亭林先生《古音表》以屋、沃、觉、药为鱼、虞、萧、肴、豪之入，质、物、月、曷、黠、陌、锡、职为支、微、齐、佳、灰之入，以药为麻、尤之入，及钱塘毛氏又以屋为尤之入，药为鱼、虞之入，曷、黠为歌、麻之入，《韵学通指·四声

---

① （清）楼俨：《洗砚斋集》，屈兴国编：《词话丛编二编》，浙江古籍出版社2013年版，第730页。

表》又以质、物、月、屑为支、微、齐、佳、灰之入,曷、黠为歌、麻之入,各执一端,不无异同。然而,词非曲例,韵押三声,原无入声与平声同押之处,则其所重不在乎此,抑亦两存其说而已,又何必强为附会,徒滋穿凿哉?虽然,予亦尝疑之,宋词押元、先、盐者多,而押月、屑、叶者亦多;押真、庚、青者多,而押质、陌、锡、职者亦多;押庚、青、蒸、侵者多,而押陌、锡、职、缉者亦多。西河入声之转,亦非无见,第是西河"两合"之论,又以入声之屋、沃、觉、药、陌、锡、职间与去声之御、遇、啸、效、号、宥通,此乃平声之鱼、虞、萧、肴、豪、尤也;又以入声之质、物、月、曷、黠、屑间与去声之寘、未、霁、泰、卦、队通,此又平声之支、微、齐、佳、灰也;又以入声之缉、合、叶、洽间与御、寘、未诸韵通,此又平声之歌、麻、灰、佳诸韵也。援引风骚、汉、魏亦多证据。迨勘《中原音韵》,则其屋、沃之附鱼、模后者,讵非屋、沃之通御、遇?其觉、药附萧、豪后者,讵非觉、药之通啸、效、号?其陌、锡、职之附支、思、齐、微、佳、灰后者,讵非陌、锡、职之通寘、未、霁?其缉、合、叶、洽之附家、麻后者,讵非缉、合之通泰、卦意者?曲韵亦古韵乎?抑或暗合乎?丝也、竹也、肉也,三者比而同之,其亦天地之元音乎?且尝读《中原音韵》之凡例矣,入声派入三声,以广词韵,其呼吸言语,还有入声之别,有才者本韵自足。又言作平声者最为紧要,施之句中,不可不谨。则是《中原音韵》亦未尝置入声于弗讲也。据《古今词话》,陶南村曾论宋朱希真拟《应制词韵十六条》,与《中原音韵》大同小异,而外列入声韵四部,讥其侵寻、监咸、廉纤闭口三韵混入。焉知非真、文、庚、青、蒸之通侵乎?元、寒、删、先之通覃、盐、咸乎?以此推知,又焉知无轸、震、吻、问、梗、敬、近、径、拯、证之通寝、沁乎?阮、愿、旱、翰、潸、谏、铣、霰之通咸①、勘、琰、艳、豏、陷乎?屋、沃十七韵之通缉、合、叶、洽乎?朱三十五东郡名士,《樵歌》一卷,审音最精,即后张辑衍之,冯取洽增之。张辑为姜夔高第弟子,冯

---

① "咸"当作"感"。

取洽为黄玉林友、冯伟寿父,出自良工哲匠之手,必有可观。惜也,《辍耕录》不载,其书亦不可得而见矣。闻之老曲师云:"北曲入声多唱作去声,不然则唱不出。"似乎以入作去,关陇之习,犹不失三声遗法。而沈伯时《乐府指迷》又云:"平声字可以入声替。"似乎入声之附平声,亦本前辈绪言。惟以入作上,则从古未闻耳。而今宋词之押入声韵者,不啻一二千阕也,且有十数腔单押入声者,或者歌喉一串,别有通融乎?而歌谱不传,则韵学亦漫漫长夜也矣。①

"癸卯"年是雍正元年(1723),此文更在该年之后,《洗砚斋集》晚出,针对先前的词韵观念(比如《钦定词谱》中所呈现的),有了进一步的反思:词不同于曲,不能用曲体之韵法类比或类推词体入声用韵的特点和内在机制,更不能简单从韵学出发,牵强归纳韵部规律。由曲学和韵学到词学,终隔一层。楼俨认为,张炎、姜夔、张辑、冯取洽等先贤词者,皆为通乐之良工哲匠,其对入声韵的使用和探讨,皆于词乐有所"通融",惜此通融之法,随着歌谱失传,已渺不可寻。鉴于此,楼俨对词体用韵和时人论韵产生了更深一度的音律体性的反思:所得诸韵法如何通于乐?他不认为不成系统规律的韵叶关系是"宋人误处",其背后恰恰有"别有通融"的乐理依据。当然,囿于词乐文献材料和时代学术风气,楼俨并不能对其疑问给出合理的解释。但立足词体学史,楼氏之问在当时无疑是具有进步意义的。

从楼俨对旧词论据的选用来看,所选多为姜夔、张炎、吴文英、陈允平等通乐词人的作品,所论韵叶关系则主要是诸作中的"韵杂""韵宽"现象。关注诸人、诸作、诸韵,固然有反思音律的考量,同时,我们也应当注意到,楼俨对诸词的关注,与其浙西学脉的师承有关。浙派词学以醇雅为尚,宗法姜、张。据学者考证,楼俨治词,师法于朱彝尊、孙致弥、沈皥日等浙派名家。比如,楼氏"二十岁起就跟随孙致弥学词,协助孙致弥编纂《词鹄》,又因老师的大力举荐才能参加《词谱》

---

① 摘自(清)楼俨《洗砚斋集》,屈兴国编:《词话丛编二编》,浙江古籍出版社2013年版,第730—732页。屈本标点有不当之处,今正之。

编纂",其"楼俨的宫调研究以及从史志中辑词都曾受到朱彝尊的指导,张炎词集、《乐府雅词》等文献的源头也可以追溯到朱彝尊",①《洗砚斋集》中提及其向孙致弥学词之事:"二十年前问作词之法于柘西先生……回首恩门,恍如昨日,师言在耳,固未能去诸怀也。"②

楼氏浙派渊源使其以姜、张之词为宗,早期浙派之宗姜、张,本限于风格层面,随着编谱论韵的深入,楼氏的关注点逐渐展延到姜、张词的体制层面,试图绕过粗放的格律归纳视角,透过姜、张等善乐词人的用韵,管窥词体音律特质。这是楼俨论韵的出发点。然而,词乐文献及理论层面的局限,使得楼俨还是只能转求音律于韵学。张炎等的旧词中普遍存在的舒入偶押与［—m］［—n］［—ŋ］尾韵混押现象,与古韵中的"通转"相类,毛奇龄提出的五部三声两界相通之论,于韵学层面虽存在很大的漏洞,但对于疏于韵学（尤其是时地观念和审音功力）,而又急于探求词体用韵音律特性的楼俨来说,却具有很大的吸引力。

援毛奇龄古韵通转之说入词韵之举,还促成了楼氏对"朱敦儒制韵十六条"之说的迷信和承变。沈雄原文本意为,"十六条"中侵寻、监咸、廉纤三闭口韵（［—m］尾韵）分立,与《中原音韵》大同,但"未遑校雠"而致存在互混,有违曲韵。楼俨在《词韵入声考略》中改侵寻、监咸、廉纤等闭口韵互混,为闭口韵与［—n］尾韵（如真、文、元、寒、删、先等）或［—ŋ］尾韵（如庚、青、蒸等）互混。

客观地说,楼氏之曲解比沈雄本意更符合宋词的用韵特征。宋词中确实存在［—m］［—n］［—ŋ］尾韵混押的韵例,程元初、沈谦、毛先舒等人已注意到该现象,或以之为方音,或以之为古韵,或以之为宋人"仅见"之误处,并未予以充分重视,故沈谦、毛先舒等将三类韵分立,这基本上已成清初格律视角下词韵论者的共识。楼俨注意到古韵和姜、张等的词作中普遍存在［—m］［—n］［—ŋ］尾韵混押、入声韵杂（主要是［—p］［—t］［—k］尾韵混押）和舒入相叶的现象,便称"词韵悉遵古韵,与诗、骚、汉、魏、六朝、唐人无不吻合"。对于舒入相叶

---

① 王琳夫:《〈钦定词谱〉编纂始末》,《文献》2022年第2期。
② （清）楼俨:《洗砚斋集》,屈兴国编:《词话丛编二编》,浙江古籍出版社2013年版,第745页。

问题，楼俨试图借毛奇龄"两合"之论和毛先舒"寻声法"进行韵理分析，称之为"古韵三声相叶"。对于入声韵杂和［—m］［—n］［—ŋ］尾韵混押问题，楼俨认为必有其理据，而见行韵书（如《广韵》、平水韵等）中［—m］［—n］［—ŋ］尾舒声韵与［—p］［—t］［—k］尾入声韵在韵理上是相承的，入声［—p］［—t］［—k］混押是因为舒声［—m］［—n］［—ŋ］混押，而其所见张炎词确实如此："押元、先、盐者多，而押月、屑、叶者亦多；押真、庚、青者多，而押质、陌、锡、职者亦多；押庚、青、蒸、侵者多，而押陌、锡、职、缉者亦多。"①

基于这样的词韵观念，楼俨进一步认为，"拟韵说"中提及的朱敦儒、张辑、冯取洽等，与姜、张一样，皆通晓音律，"审音最精"，其用韵、论韵"必有可观"。因而，楼俨对"十六条"分入声为四部的安排是认同的，与入声韵的宽押相对应，闭口［—m］尾韵亦应与［—n］［—ŋ］混押，而不应只是侵寻、监咸、廉纤等［—m］尾韵内部相"混入"。这是楼俨篡改"闭口三韵混入"内涵的根本原因。

楼俨援韵学入词韵，使韵理"稍有窥见"，但他也清楚地认识到词韵根本上系乎音律，宋人用韵"歌喉一串，别有通融"，并非单凭韵理就能解释的，要探明词韵的乐理，还得依赖乐谱，"歌谱不传，则韵学亦漫漫长夜也矣"。② 因而，楼俨并未像前人一样编订词韵。但楼俨的词韵观及其对"拟韵说"的曲解，影响了其后的词体韵法探讨。

第二节 《词韵考略》

《钦定词谱》及《洗砚斋集》古韵相叶的观点对其后的词韵分部韵法产生了一定影响。乾隆初年，海宁人许昂霄所编《词韵考略》即属这类词韵专书之代表。

许昂霄，号藁庐，浙江海宁人，生卒年不可考，只知其于康熙、雍

---

① （清）楼俨：《洗砚斋集》，屈兴国编：《词话丛编二编》，浙江古籍出版社 2013 年版，第 729 页。
② （清）楼俨：《洗砚斋集》，屈兴国编：《词话丛编二编》，浙江古籍出版社 2013 年版，第 729 页。

正、乾隆年间在世，词学方面有《词韵考略》《词综偶评》传世。今可见《词韵考略》由许昂霄弟子张宗橚收录于其所辑《词林纪事》中。所收除词韵分部目录，另有许氏所题二跋。前跋题"屠维协洽如月望后七日，花溪许昂霄识"，"屠维协洽"即己未年。前跋中又称其"偶阅"楼俨《洗砚斋集》，楼俨生卒年为 1669 年到 1745 年。据此可知，许氏《词韵考略》当成于清乾隆四年（1739）二月二十二日之前。

　　许昂霄在前跋中称："宋朱希真尝拟《应制词韵十六条》，而外列入声韵四部。其后张东泽释之，冯双溪增之。元陶南村讥其'侵寻''盐咸''廉纤'闭口三韵混入，拟为改定。今其书既不传，目亦无考，可惜也。"此论当来自楼俨《词韵入声考略》，许氏认同朱敦儒制韵之说。又称："钱塘沈谦、莱阳赵钥、宜兴曹亮武，均撰《词韵》，而择焉不精，语焉不详，分合之间，殊多可议。于是，尚严者谓：'诗变为词。诗用《唐韵》，词亦宜遵《唐韵》。'其弊也使人临文牵率，而性情不畅。好宽者谓：'词本无韵，方言俚响，皆可任意取押。'其弊也使人溷漾泛滥，而靡有畔岸。"一方面，许昂霄认为清初诸家于词韵分部"殊多可议"；另一方面，他又在积极反思词韵之尚严（主要是沈、赵诸家十九部）或好宽（如毛奇龄），不过各取一端，虽于旧词皆有所据，但若用于指导时人填词，或因韵损意，使词作"性情不畅"，或选韵"靡有畔岸"而使词体不尊。

　　许氏之虑，不无道理。纵观清代对词体分部韵法的探讨，尚严和好宽是争辩的一大焦点。而明末清初一些学者（毛先舒、吴绮、仲恒除外）处理此类焦点的方法，多于分别部居之外，或注"通转"（如程元初、朴隐子），或注"互通"（如沈谦），或注"分合由人""可通"（如李渔），由此呈现出宽严并济的韵部分合特点。同时，在辨体的推动下，这些学者发现旧词用韵与古诗赋用韵、诗韵、南曲韵多有牵合，便将诸"通转""互通"之韵解释为唐宋词人或以古韵、诗韵填词，由此形成了以他韵（尤其是古）释词韵的风气。随着毛先舒括略沈谦《词韵》及其广泛传播，继之吴绮、仲恒的推广，此风在词韵编订中稍减。但楼俨等在《钦定词谱》及其他词学著述中以古韵释词韵，使得此风气尚有颇多追随者。许昂霄就是其中之一。

　　许氏在前跋中明确提出："窃谓词韵通转，当仿古韵之例。"只是

"恨无从是正",故久未着手编订一部借"古韵通转之例"以正前人词韵分部或严或宽之弊的专书指南。直到清乾隆三年(1738)冬天,许氏"偶阅楼敬思《洗砚斋集》,言与余合,不禁跃然"。楼俨发现张炎等宋人的词作"真文元之通庚青蒸,真庚六韵之通十二侵,元寒删先之通覃盐咸,虽遵古韵,而似宽实严,不通者必不可通也。至于入声十七韵,回环通转,无不可押,尤为变化"①。楼氏以古韵通转之说解释张炎"用韵最杂"的现象,认为宋人如此用韵,当有通融音律的深层考虑,"度宋人必有绪言,惜乎其不传耳"②。宋人用韵是否真有"绪言",其"绪言"具体为何,后人已不可知,但这样的猜想确实有很大的诱惑力。楼俨提到的古韵通转之说,为该猜想提供了可能的探索途径。许昂霄正是受此启发,提出了词体用韵"大约平声宜从古,上、去可参用古今,入声不妨从今。平声宜严,上、去较宽,入声则更宽矣"这一论断,并制定出相应的词韵分部系统。摘其目如下:

第一部
平声
　　一东二冬
上声、去声
　　一董二肿、一送二宋
第二部
平声
　　三江(今通阳)
上声、去声
　　三讲、三绛(今通养、漾)
第三部
平声
　　四支五微八齐(古转佳灰,借叶微③雨)

---

① 楼俨:《洗砚斋集》,屈兴国编:《词话丛编二编》,浙江古籍出版社2013年版,第759页。
② 楼俨:《洗砚斋集》,屈兴国编:《词话丛编二编》,浙江古籍出版社2013年版,第759页。
③ "微"当为衍字。

上声、去声

　　四纸五尾八荠、四寘五未八霁（古转蟹贿泰卦队，借叶语麌、御遇）

第四部
平声

　　六鱼七虞

上声、去声

　　六语七麌、六御七遇（借叶纸尾寘未，又借叶有）

第五部
平声

　　九佳十灰（古转支微齐）

上声、去声

　　九蟹十贿、九泰十卦十一队（古转纸尾荠寘未霁）

第六部
平声

　　十一真十二文魂痕（古转元；今通庚青蒸，又通侵）

上声、去声

　　十一轸十二吻混狠、十二震十三问恩恨（古转阮愿；今通梗迥敬径，又通侵沁）

［平声：十三元魂痕同用］

［上声、去声：十三阮混狠同用、十四愿恩恨同用］

第七部
平声

　　十四寒十五删（古通元先，转魂痕；今通覃咸，转盐）

上声、去声

　　十四旱十五潸、十五翰十六谏（古通阮铣愿散，转混狠恩恨；今通感豏勘陷，转琰艳）

第八部
平声

　　一先（元）（古通寒删，转魂痕；今通盐，转覃咸）

上声、去声

十六铣阮、十七霰愿（古通旱潸翰谏，转混狠恩恨；今通琰[①]艳，转感豏勘陷）

第九部

平声

　　二萧三肴四豪

上声、去声

　　十七筱十八巧十九皓、十八啸十九效二十号（借叶有宥）

第十部

平声

　　五歌

上声、去声

　　二十哿、二十一箇

第十一部

平声

　　六麻（借叶歌）

上声、去声

　　二十一马、二十二祃（借叶卦，又借叶哿）

第十二部

平声

　　七阳（今通江）

上声、去声

　　二十二养、二十三漾（今通讲绛）

第十三部

平声

　　八庚九青蒸（今通真文魂痕，又通侵）

上声、去声

　　二十三梗二十四迥、二十四敬二十五径（今通轸吻混狠震问恩恨，又通寝沁）

　　［十蒸］

---

① 一作"玄"。

第十四部
平声
　十一尤
上声、去声
　二十五有、二十六宥

第十五部
平声
　十二侵（今通真文魂痕，又通庚青蒸）
上声、去声
　二十六寝、二十七沁（今通轸吻混狠震问恩恨，又通梗迥敬径）

第十六部
平声
　十三覃十五咸（古通盐；今通寒删，转元先）
上声、去声
　二十七感二十九豏、二十八勘三十陷（古通琰艳；今通旱潸翰谏，转阮铣愿霰）

第十七部
平声
　十四盐（古通覃咸；今通元先，转寒删）
上声、去声
　二十八琰、二十九艳（古通感豏勘陷；今通阮铣愿霰，转旱潸翰谏）

入声第一部
一屋二沃（借叶陌职，又借叶觉）

入声第二部
三觉十药（借叶合洽，又借陌，又借叶月曷）

入声第三部
四质五物（古通月屑，又通曷黠；今通陌锡职，又通缉）

入声第四部
六月九屑（古通质物，又通曷黠；今通叶，转陌锡职，又转合洽）

入声第五部

七曷八黠（古通月屑，又通质物；今通合洽，转叶）

入声第六部

十一陌十二锡十三职（今通质物，又通缉，转月屑；借叶曷黠，又借叶叶）

入声第七部

十四缉（古转叶，又转合洽；今通陌锡职，又通质物）

入声第八部

十五合十七洽（古通叶，转缉；今通曷黠，转月屑）

入声第九部

十六叶（古通合洽，转缉；今通月屑，转曷黠）

该系统凡二十六韵部，含舒声韵十七部，入声韵九部。显然，许昂霄虽然主张"平声宜从古，上、去可参用古今，入声不妨从今"及"平声宜严，上、去较宽，入声则更宽"的三分之法，但还是吸收了沈谦等确立的平上去三声通押、入声独押的韵部系统观，仍将平上去作为部内通叶之韵。不过，较诸以往词韵系统，许氏系统在体例上有着很大的不同。主要表现在以下两个方面：第一，许氏于各部后，皆详注各部之间的通转、今古、借叶之法。第二，许氏于舒声十七部之外，又单列"平声十三元魂痕同用，上声、去声十三阮混狠同用、十四愿恩恨同用"及"十蒸"二部，但并不注通转、今古、借叶之法。

对于第一点，许昂霄在其《后跋》中给出了详细的解释，并将此理论引以为其最得意者。其"通"为"凡音响相协，出入不拘者"；其"转"为"音响稍别，或因所通而兼及者"；其"今"为"词家沿用者"；其"古"为"合于唐诗者"。"通""转""古""今"之外，再设"借""叶"二例。但不同于"通""转""古""今"，"叶音、借韵用之古乐府，则为得体；用之长短句，未免失伦"。也就是说，"借""叶"二例并非词体本身该有的普遍用韵法则，而是古乐府诗的常见韵例。许氏之所以仍标注于各部之下，是"欲人知有此法，庶披览旧词，不至相顾愕眙，舌桥然而不下也。要亦审择再三，或与昔人骚赋相合，或与后人口吻最谐，用之又匪止一人，乃敢收入。否则宁阙疑以俟考耳"。非词体用韵而例之，一方面，明末清初文体用韵考察中，基于用韵偶合的现象，普遍存在将旧词用韵比诸古诗赋用韵的惯用视角，许氏或亦受到了此视角的影响，观其借叶之法便与楼俨古韵通转之说相类；另一方面，用古韵通转之例而不径直采用古韵通转之韵，说明许昂霄对词与古乐府二体并非简单地混通，而是具有一定的辨体意识。

对于第二点，许昂霄解释道："今平、上、去三声，既总分为一十七部；而于平声中，复另出元、蒸二部；上声、去声中，仍附列阮、愿一部，以志宋元诗韵之崖略。"许氏所编为词韵系统，而其用意仍兼顾存律诗之韵。关于词韵和诗韵的关系，许氏并未明言，但从其给出的"合于唐诗者谓之'古'"这一韵例定义来看，当是注意到了旧词（尤其是唐五代部分词作）用诗韵的现象。其做法显然受到了清初以来的格律类词韵专书的影响，有意无意地在其词韵系统中尽量保留诗韵的痕迹。

对于前人词谱中所揭示的旧词或舒入相押的现象，与清初以来的格律类词韵专书一样，许昂霄持审慎的态度，称："宋人用韵，间有以入作去，以入作上，及平、上互通者，已开曲韵先声。概不敢注，以滋眩惑。"许氏并不将其作为词体用韵之例，而是视为曲韵之例。

以上几点可见，许氏编韵以归纳旧词用韵为据，充分尊重旧词的用韵特征，似乎清初以来格律视角下的词韵分部观念在许氏词韵系统之中得到了延续。但我们还不能说这是许氏词韵的全部内涵，除了格律视角，许昂霄编韵还流露出对词体音律的观照。

楼俨以古韵通转之说，揣测宋人用韵"最严"通乎音律，但其旨不详。许昂霄受此启发，"浏览旧词，考索同异"，但对旧词的择选并非以词意为标准，而是以擅长倚声填词者为主，不通音律者，纵然名家亦仅作参考。如，"北宋则以六一、珠玉、小山、淮海、东堂、清真数公为主，而旁参东坡、山谷。南宋则以放翁、白石、梅溪、竹屋、竹山、玉田数公为主，而旁参稼轩、改之诸家。至于唐之温、韦，五代十国之和、毛、孙、冯，为倚声家鼻祖，押韵固不可议"。许氏想通过考察诸家的韵法格律，参会词体倚声于用韵层面的秘诀。许氏思路与民国词学界的"声调之学"有相似之处，但囿于词乐文献和乐理的缺失，其参会之法仍局限于韵学的音理层面：

> 宋元诗韵，有一韵之中，而迥不相侔者，不独"魂"、"痕"之与"元"也。平韵中，如"咍"之与"灰"；仄韵中，如"海"之与"贿"，"代"、"废"之与"队"皆然。一披《广韵》，而缕析条分，犁然不爽。此平水之并，所以为有识者所讥也。余初意欲取《广韵》部分，稍为编辑，以供填词之用。缘一百六韵行世已久，难于变易；且恐妄为更张，徒滋乖乱，故第就今本标其分合。倚声家如遇"灰"、"咍"等韵，仍宜分用，庶令读者顺口。或字少韵窄，则于通用者挑选音响相近者足之。楼敬思谓"词韵似宽实严"，殆以此尔。

许昂霄结合时音，分析前人拆分元、灰、咍等韵的原因，认为此乃倚声所需，是通乎词乐音律的途径，并以此法作为后人填词的法门。不过，今天看来，许氏对旧词用韵的音理分析，并无确凿的证据，而其"令读者顺口""于通用者挑选音响相近者足之"的填词选韵法门，只是基于当时口语的审音而已。

总体而言，许昂霄的二十六部词韵系统，一方面带有很明显的将词韵比附于古韵的视角，另一方面，又极具审音意识——该意识以通融音律为旨归，以韵学层面的音理阐释为具体实践途径，表现出一定的音律观照和审音意识。

许昂霄对其所编韵部系统颇为得意，称："或云：'审于琴调、箫谱之故，乃可言词；通于字母、等子之微，乃可辨韵。'或又云：'红牙拍按，歌喉别有通融；白雪吟成，韵脚无关轻重。'"虽自评"是二者皆非余之谫陋所能知也"，但其以审音为编韵之法，完全是出于其对词体音律的观照。基于这样的观照，许昂霄在其《词综偶评》中屡屡用到其通转、今古、借叶的理论评价古人词作，凡13例。如下所示。

张升〔离亭燕〕："一带江山如画。风物向秋潇洒。水浸碧天何处断，翠色冷光相射。蓼岸荻花中，隐映竹篱茅舍。天际客帆高挂。门外酒旗低迓。多少六朝兴废事，尽入渔樵闲话。怅望倚危栏，红日无言西下。"韵脚"画""挂""话"属于平水去声"十卦"，"洒"属于平水上声"九蟹"或去声"二十二祃"，"射""舍""迓"属于平水去声"二十二祃"，"下"属于平水上声"二十一马"。两宋词中，佳（赅蟹、卦）

韵字作为韵脚,部分与佳(赅蟹、卦)韵字叶,部分与麻(赅马、祃)韵字叶。清代词韵多据旧词,对平水佳(赅蟹、卦)韵割半分用,一入佳蟹韵,一入麻马韵。许氏评曰:"'画'字、'挂'字、'话'字,诗韵收入卦部,词家往往叶入马、祃韵中。"

程垓〔愁倚栏令〕:"春犹浅,柳初芽。杏初花。杨柳杏花交影处,有人家。玉窗明暖烘霞。小屏上、水远山斜。昨夜酒多春睡重,莫惊他。"韵脚"芽""花""家""霞""斜"属于平水下平声"六麻","他"属于平水下平声"五歌"。前人诸家词韵归部中,二韵不容相混。许氏评曰:"昵昵儿女语,妙以渲染出之。莫惊他。'他'字借叶。"

姜夔〔长亭怨慢〕:"渐吹尽、枝头香絮。是处人家,绿深门户。远浦萦回,暮帆零乱向何许?阅人多矣,谁得似、长亭树。树若有情时,不会得、青青如此!日暮。望高城不见,只见乱山无数。韦郎去也,怎忘得、玉环分付。第一是、早早归来,怕红萼、无人为主。算空有并刀,难剪离愁千缕。""向何许"一本作"向何处","青青如此"一本作"青青如许"。韵脚"絮"属于平水去声"六御","户""主""缕"属于平水上声"七麌","许"属于平水上声"六语","树""暮""数""付"属于平水去声"七遇","此"属于平水上声"四纸"。清代诸家词韵归部中,平水支(纸、寘)韵与鱼(语、御)、虞(麌、遇)韵不容相混。许氏评曰:"'此'字借叶。"

蒋捷〔绛都春〕:"春愁怎画。正莺背带雪,酴醾花谢。细雨院深,淡月廊斜重帘挂。归时记约烧灯夜。早拆尽、秋千红架。纵然归近,风光又是,翠阴初夏。姹娅。嚲青泫白,恨玉佩罢舞,芳尘凝榭。几拟倩人,付与兰香秋罗帕。知他堕策斜拢马。在底处、垂杨楼下。无言暗拥娇鬟,凤钗溜也。""姹娅"一本作"娅姹"。韵脚"画""挂"属于平水去声"十卦","谢""夜""架""夏""娅""榭"属于平水去声"二十二祃","帕"属于平水入声"八黠","马""下""也"属于平水上声"二十一马"。许氏评曰:"'姻娅'之'娅',从无活用者,字书亦无别解。唯《字汇补》注云:'娅姹,态也。娅音鸦,幺加切,此又叶作去声,俟考。'娅姹,按《广韵》作窫姹,注云作姿态儿。"审音之余,兼作音义考察。

陈允平〔绛都春〕:"秋千倦倚,正海棠半坼,不耐春寒。潲雨弄晴,飞梭庭院绣帘闲。梅妆欲试芳情懒。翠鬟愁入眉弯。雾蝉香冷,霞绡泪揾,恨袭湘兰。悄悄池台步晚,任红醺杏靥,碧沁苔痕。燕子未来,东风无语又黄昏。琴心不度香云远。断肠难托啼鹃。夜深犹倚,垂杨二十四栏。"韵脚"寒""兰""栏"属于平水上平声"十四寒","闲""弯"属于平水上平声"十五删","懒"属于平水上声"十四旱","痕""昏"属于平水上平声"十三元","远"属于平水上声"十三阮","鹃"属于平水下平声"一先"。清代诸家词韵归部中,多将平水寒(旱、翰)、删(潸、谏)、先(铣、霰)归为一部,另将平水元(阮、愿)韵割半分用,一入寒阮韵(或元阮韵),一入真轸韵。许氏评曰:"'痕'字、'昏'字,不宜与'寒'、'鹃'等字同叶。"

陈允平〔探春〕:"上苑乌啼,中洲鹭起,疏钟才度云窈。篆冷香篝,灯微尘幌,残梦犹吟芳草。搔首卷帘看,认何处、六桥烟柳。翠桡才舣西泠,趁取过湖人少。掠水风花缭绕。还暗忆年时,旗亭歌酒。隐约春声,钿车宝勒,次第凤城开了。惟有踏青心,纵早起、不嫌寒峭。画阑闲立东风,旧红谁埽。"韵脚"窈""少""绕""了"属于平水上声"十七筱","草""埽"属于平水上声"十九皓","柳""酒"属于平水上声"二十五有","峭"属于平水去声"十八啸"。清代诸家词韵归部中,多将平水萧(筱、啸)、肴(巧、效)、豪(皓、号)归为一部,以平水尤(有、宥)为一部,二部不容相混。许氏评曰:"'柳'字、'酒'字,俱借叶。"

张炎〔渡江云〕:"山空天入海,倚楼望极,风急暮潮初。一帘鸠外雨,几处闲田,隔水动春锄。新烟禁柳,想如今、绿到西湖。犹记得、当年深隐,门掩两三株。愁余。荒洲古溆,断梗疏萍,更漂流何处。空自觉、围羞带减,影怯灯孤。常疑即见桃花面,甚近来、翻笑无书。书纵远、如何梦也都无。"韵脚"初""锄""余""书"属于平水平声"六鱼","湖""株""孤""无"属于平水平声"七虞","处"属于平水去声"六御"。此调下阕第四句(本词中的"更漂流何处")例用仄韵,平仄相叶,乃一定之格。宋元词俱如此,唯陈允平有全押平韵、全押仄韵二体。许氏评曰:"'处'字亦是叶韵。"

无名氏〔鱼游春水〕:"秦楼东风里。燕子还来寻旧垒。余寒犹峭,红日薄侵罗绮。嫩草方抽碧玉茵,媚柳轻窣黄金缕。莺转上林,鱼游春水。几曲阑干遍倚。又是一番新桃李。佳人应怪归迟，梅妆泪洗。凤箫声绝沉孤雁，望断清波无双鲤。云山万重，寸心千里。"上阕"黄金缕"一本作"黄金蕊"。韵脚"里""垒""绮""水""倚""李""鲤""里"属于平水上声"四纸"，"缕"属于平水上声"七麌"，"洗"属于平水上声"八荠"。清代诸家词韵归部中，多将平水支（纸、寘）、微（尾、未）、齐（荠、霁、泰）及部分灰（贿、队）归为一部，以平水鱼（语、御）、虞（麌、遇）为一部，二部不容相混。许氏评曰："'缕'字借叶。"

无名氏〔踏青游〕："识个人人，恰止二年欢会，似赌赛、六只浑四。向巫山、重重去，如鱼水。两情美，同倚画楼十二，倚了又还重倚。两日不来，时时在人心里。拟问卜、常占归计。弃三八清斋，望永同鸳被。到梦里，蓦然被人惊觉，梦也有头无尾。"一般认为该词为双调八十三字，前段八句六仄韵，后段八句五仄韵。据此，主张下阕"到梦里"之"里"非韵脚字。许氏评曰："'里'字重叶。"

朱淑真〔蝶恋花〕："楼外垂杨千万缕。欲系青春，少住春还去。犹自风前飘柳絮。随春且看归何处。绿满山川闻杜宇。便做无情，莫也愁人意。把酒送春春不语。黄昏却下潇潇雨。""莫也愁人意"一本作"莫也愁人苦"。韵脚"缕""宇""雨"属于平水上声"七麌"，"去""絮""处"属于平水去声"六御"，"意"属于平水去声"四寘"，"语"属于平水上声"六语"。清代诸家词韵归部中，多将平水鱼（语、御）、虞（麌、遇）归为一部，以平水支（纸、寘）、微（尾、未）、齐（荠、霁、泰）及部分灰（贿、队）归为一部，二部不容相混。许氏评曰："'意'字借叶。"

辛弃疾〔金缕曲〕[①]："柳暗清波路。送春归、猛风暴雨，一番新绿。千里潇湘葡萄涨，人解扁舟欲去。又樯燕、留人相语。艇子飞来生尘步。唾花寒、唱我新番句。波似箭，催鸣橹。黄陵祠下山无数。听湘娥、泠泠曲罢，为谁情苦。行到东吴春已暮。正江阔、潮平稳渡。望金雀、觚棱翔舞。前度刘郎今重到，问玄都、千树花存否。愁为倩，幺弦

---

① 朱彝尊《词综》未收录该词。此条当置于许昂霄《词综偶评·补录》的"宋词"部分，且词牌当为《贺新郎》。

诉。"清波路"一本作"凌波路","送春归、猛风暴雨，一番新绿"语序一本作"送春归、一番新绿，猛风暴雨","幺弦"一本作"么弦"。韵脚"路""步""句""数""暮""渡""诉"属于平水去声"七遇"，"绿"属于平水入声"二沃"，"去"属于平水去声"六御"，"语"属于平水上声"六语"，"橹""苦""舞"属于平水上声"七麌"，"否"属于平水上声"二十五有"。清代诸家词韵归部中，多将平水鱼（语、御）、虞（麌、遇）归为一部，以平水屋、沃为一部，以平水尤（有、宥）为一部，三部不容相混。许氏评曰："'绿'字叶'去'，见《中原音韵》及《唐音正》。"

汤恢〔祝英台近〕："宿醒苏，春梦醒，沈水冷金鸭。落尽桃花，无人扫红雪。渐催煮酒园林，单衣庭院，春又到、断肠时节。恨离别。长忆人立荼蘼，珠帘卷香月。几度黄昏，琼枝为谁折。都将千里芳心，十年幽梦，分付与、一声啼鴂。"韵脚"鸭"属于平水入声"十七洽"，"雪""节""别""折""鴂"属于平水入声"九屑"，"月"属于平水入声"六月"。前人诸家词韵归部中，平水入声"六月"和"九屑"同属一部，别于"十七洽"。许氏评曰："'鸭'字属洽韵，不与屑、月通，此与'雪'、'节'同叶，当读作乙结切。东坡《画雁诗》亦然。"

周密〔水龙吟〕："燕翎谁寄愁笺，天涯望极王孙草。新烟换柳，光风浮蕙，余寒尚峭。倚杖看云，蓺灯听雨，几番诗酒。叹长安倦客，江南旧恨，飞花乱、清明后。堤上垂杨风骤。散香绵、轻沾吟袖。曲尘两岸，纹波十里，暖蒸香透。海阔云深，水流春远，梦魂难勾。问莺边按谱，花前觅句，解相思否。"韵脚"草"属于平水上声"十九皓"，"峭"属于平水去声"十八啸"，"酒""后""否"属于平水上声"二十五有"，"骤""袖""透"属于平水去声"二十六宥"，"勾"属于平水下平声"十一尤"。清代诸家词韵归部中，多将平水萧（筱、啸）、肴（巧、效）、豪（皓、号）归为一部，以平水尤（有、宥）为一部，二部不容相混。许氏评曰："'草'字、'峭'字，与'酒'、'后'等韵同叶，唯南宋诸公有之。"

以上诸例尤以"借叶"理论使用最为频繁，从审音的角度对宋人词作的"杂韵""例外用韵"给出合理的解释，表面上是对旧词用韵现象的充分证实，实质上却是许昂霄试图以音理证明音律合法的诉求。只不过，其通转、借叶之说过于滥通，不能确定到具体韵字，实在有损词韵的系统性和范世性，未能给填词者提供一个井然有序的便捷指南，并不便于填词者选韵。吴衡照对其韵部颇不认同，称："许蒿庐《词韵考略》言古今通转及借叶法，说本楼敬思《洗砚斋集》，可取以补《榕园》所未备。但其所云古今通转，仍当标《广韵》韵目，借叶则当注借叶某部某字，庶不至因一部而累及数部，因一字而滥及数字，为识者笑也。"①

---

① （清）吴衡照：《莲子居词话》，唐圭璋编：《词话丛编》，中华书局1986年版，第2473页。

第五章

师法姜张与宽韵指南

楼俨、许昂霄以通转理论解读词体韵法特征，方法和视角新则新矣，但于分部韵法并不可行。一方面，通转理论不但不能帮助编韵者达成探求词体韵法音律特性的目标，反倒徒增疑惑。一方面，在未明确古诗和词体韵法相似关系的原因和性质的前提下，将古韵关联于词韵，有辨体不明、致词体不尊之嫌。另一方面，为兼顾旧词特殊韵例，在韵部框架之外，又设立通、转、借叶之法，看似力求合乎旧词，然于实际填词而言，其操作性不强，规范指南性减弱。一言以蔽之，楼、许通转之说，动机无可厚非，但方法不当，最终使编韵工作走向了死胡同。不过，二人的韵法探讨对清代词韵编订也不是毫无贡献。一方面，以姜、张韵法为宗的编韵主张，既给清代词韵编订带来了"宽韵"的理论土壤，又适应了广阔填词市场对"可操作性"韵法规范的具体需求。乾隆年间的《学宋斋词韵》就是该主张的继承者和编韵践行者。另一方面，从音韵审音角度入手，探讨词韵音理特征的思路，是乐理缺失语境下的新颖尝试。后出的《榕园词韵》即沿着这样的思路将清代词韵学带入了审音的阶段。

第一节　乾嘉间的宽韵主张

清初以来的浙西词派尚醇雅、宗南宋、师姜张，但以朱彝尊为代表的初期浙派并未太多关注词的律、韵等形制问题。继之者，楼俨以姜、张词论韵，许昂霄针对朱氏《词综》评及韵法，据姜、张词编《词韵考略》，浙派"雅正"的词体观念才延及韵、律层面。稍晚的厉鹗（1692—1752，字太鸿，又字雄飞，号樊榭）、吴焯（1676—1733，字尺凫）等承袭此风，大谈音律。如厉鹗论吴焯词，称："予素有是好，与尺凫倡和，见其掐谱寻声，不失刌度，且兢兢于上、去二字之分，若宋人鬲指、正平诸调，遗论犹未坠者，亦可见其使才之工矣。"①又其《论词绝句》十二："去上双声仔细论，荆溪万树得专门。欲呼南渡诸公起，韵本重雕菉斐轩。"后自注："近时宜兴万红友《词律》严去、上二声之辨，本宋沈伯时《乐府指迷》。予曾见绍兴二年刊菉斐轩《词林要韵》一册，分东江、邦阳等十九韵，亦有上去入三声作平声者。"此诗谈及律、韵专书，《词律》广传，然而厉氏并未将其所论菉斐轩《词林要韵》示诸外人，学界疑秦恩复所刊《词林韵释》即其异名传本，或以之为陈铎佚作《词林要韵》。因"分东江、邦阳等十九韵，亦有上去入三声作平声者"的分韵特点与《中原音韵》相同，自秦恩复、戈载以降，皆以该书"专为北曲而设"，"断为曲韵无疑"，并责备厉鹗"偶未深究耳"。②后人对菉斐轩《词林要韵》性质的判定没问题，对厉鹗的批评也合理，但并不宜因此认为厉鹗不懂词韵，从其自注来看，似有融韵于律的考量。《词律》和《钦定词谱》将韵法纳入平仄格律的视野下考察，从字声格律的角度探讨韵位的平仄，而不是单纯地看韵脚间的韵叶关系。厉鹗激赏于前谱时词之严辨仄声、以上作平、以入作平，但并不清楚其中音理，见菉斐轩《词林要韵》"亦有上去入三声作平声者"，觉二者有相通之处，便以二者并举，以寓韵、律融通之意。这一思路对其后戈载论韵，及《词林正韵》《碎金词韵》附"入作三声"之例皆有所启发。

且不论厉鹗于韵、律层面的修养水平，他对词体韵、律及韵律关系的关注和系统思考，已较浙派前人更进一步。厉鹗对韵律的系统观照影响了其同乡后学吴颖芳（1702—1781）。二人交往甚密，吴颖芳在厉氏基础上进一步探求词体音律特性，专论词体文字与音律的关系，称：

---

① （清）厉鹗：《吴尺凫玲珑帘词序》，《樊榭山房集》卷四，上海古籍出版社1992年排印本。

② （清）戈载：《词林正韵》，上海古籍出版社2010年版，第37—38页。

"词之兴也,先有文字,从而宛转其声,以腔就辞者也。洎乎传播通久,音律确然,继起诸词人,不得不以辞就腔。于是必遵前词字脚之多寡,字面之平仄,号曰填词。或变易前词仄字而平,或变易前词平字而仄,要于音律无碍。或前词字少而今多之,则融洽其多字于腔中。或前词字多而今少之,则引伸其少字于腔外,亦仍与音律无碍。盖当时作者述者皆善歌,故制辞度腔,而字之多寡平仄参焉。今则歌法已失其传,音律之故不明,变易融洽,引伸之技,何由而施。操觚家按腔运辞,兢兢尺寸,不易之道也。"①

乾隆时期,浙派关注律、韵的风气,逐渐扩散及派外的词体探讨者,但因无派裔和师承的束缚,其论韵主张和视角为之一变。

这一时期,论词论韵最极端者当属焦循(1763—1820,字理堂,一字里堂)。焦氏论词不多,集中见于《雕菰楼词话》一卷,另散见于其《雕菰集》卷一〇"词说"二文(与《雕菰楼词话》所载大同小异)、卷一八"㭊雅词跋""杜胡词跋"。对于词之为体,焦循认为词有"分泄"个人"性情中寓之柔气""移其情而豁其趣"②之功,肯定其文体功能,称"词何不可学之有"。至于学何种风格的词,他主张不专一家,唯以"性情"为宗,认为"诗无性情,既亡于诗也;词无性情,既亡于词也;曲无性情,既亡于曲也。……晋卿董先生之论词,以情为主,适合乎鄙人之见"。③ 并对时人只尚姜、张的浙派词风和词学主张提出批评,称:"周密《绝妙好词》所选,皆同于己者,一味轻柔润腻而已。黄玉林《花庵绝妙词选》,不名一家,其中如刘克庄诸作,磊落抑塞,真气百倍,非白石、玉田辈所能到。可知南宋人词,不尽草窗一派也。近世朱彝尊所选《词综》,规步草窗,学者不复周览全集,而宋词遂为朱氏之词矣。"④

对于词韵,一方面,焦循立足于性情抒发的词体功能,赞同毛奇龄的"词本无韵"说,称:"词韵无善本,以《花间》《尊前》词核之,其韵通叶甚宽",因"盖寄情托兴,不比诗之严也",并详列旧词用韵,以

---

① (清)吴衡照:《莲子居词话》,唐圭璋编:《词话丛编》,中华书局1986年版,第2399页。
② (清)焦循:《雕菰楼词话》,唐圭璋编:《词话丛编》,中华书局1986年版,第1491页。
③ (清)焦循:《㭊雅词跋》,《雕菰集》卷十,江氏聚珍板丛书本。
④ (清)焦循:《雕菰楼词话》,唐圭璋编:《词话丛编》,中华书局1986年版,第1494页。

证其说：

偶检唐、宋人词，如杜安世〔贺圣朝〕用"计"霁、"媚"真、"待"贿、"爱"队。姜夔〔鬲溪令〕用"人""邻"真、"阴""寻"侵、"云"文、"盈"庚。陆游〔双头莲〕用"寄""骥"真、"气"未、"水""里"纸、"逝"霁。颜博文〔品令〕用"落""薄"药、"角"觉。秦观〔品令〕用"得""织"职、"吃"锡、"日"质、"不"物、"惜"陌。韦庄〔应天长〕用"语""午"语、"否"有。晁补之〔梁州令〕用"浅"铣、"遍"霰、"脸"俭、"缓"旱、"愿"愿、"盏"潸、"远"阮。刘过〔行香子〕用"快"卦、"在"贿、"赛"队、"盖"泰。蒋捷〔探春令〕用"处""去"御、"泪"寘、"指"纸、"住"遇。苏轼〔瑶池燕〕用"阵"震、"困"愿、"问"问、"粉"吻。柳永〔引驾行〕用"暮"遇、"举"语、"睹"虞、"处""去"御、"负"有。辛弃疾〔东坡引〕用"怨"愿、"面"霰、"雁"谏、"断"翰、"满"旱。王安中〔步蟾宫〕用"阙"月、"叶"叶、"节"屑、"业"业。方千里〔侧犯〕用"靓"敬、"定"径、"静"梗、"迥"迥。晁补之〔阳关引〕用"噎"屑、"叶"叶、"月"月、"阔"曷。柳永〔镇西〕用"入"缉、"绝"屑、"月"月。苏轼〔皂罗特髻〕用"得"职、"客"陌、"结"屑、"合"合、"滑"黠、"觅"锡。石孝友〔蓦山溪〕用"燕"霰、"散"旱、"软"铣、"染"俭、"半"翰、"盼"谏、"晚"阮。柳永〔秋夜月〕用"散"旱、"面"霰、"叹"翰、"限"潸、"怨"愿、"远"阮。周紫芝〔感皇恩〕用"会"泰、"系"霁、"子"纸、"地"寘。吕渭老〔握金钗〕用"趁"震、"尽"轸、"粉"吻、"损"阮、"永"梗。赵德仁〔醉春风〕用"近"吻、"问"问、"信"震、"稳"阮、"恨"愿。苏轼〔劝金船〕用"客"陌、"识"职、"月"月、"却"药、"节"屑、"插"洽。吴文英〔凄凉犯〕用"阔"曷、"叶"叶、"湿"缉、"合"合、"骨"月、"怯"洽。王沂孙〔露华〕用"格"陌、"色"职、"拂"物、"骨"月、"出"质。杜安世〔玉阑干〕用"景"梗、"尽"轸、"浸"沁、"信"震、"定"径。晁补之〔尾犯〕用"隐"吻、"兴"径、"韵"问、"映"敬、"信"震、"景"梗、"艇"迥。吴文英〔垂丝钓〕用"掩"俭、"艳"艳、"澹"勘、"鉴"陷、"减"豏。晁补之

〔下水船〕用"系"霁、"起"纸、"坠"寘、"佩"队。毛滂〔于飞乐〕用"林"侵、"樽"元、"清"庚、"春"真。柳永〔引驾行〕用"征"庚、"村"元、"亭"青、"凝"蒸。按唐人应试用官韵，其非应试，如韩昌黎《赠张籍》诗，以"城"、"堂"、"江"、"庭"、"童"、"穷"一韵，则庚、青、江、阳、东通协，不拘拘如律诗也。至于词，更宽可知矣。秦观〔品令〕云："掉又瞧。天然个品格，于中压一。帘儿下、时把鞋儿踢。语低低、笑咭咭。"柳永〔迎春乐〕云："近来憔悴人惊怪，为别相思瞧。"刘过〔行香子〕亦用"瞧"字，云："匆匆去得忒瞧，这镜儿也不曾盖。千朝百日不曾来，没这些儿个采。"蒋捷〔秋夜雨〕云："黄云水驿笳喧。吹人双鬓如雪。愁多无赖处，漫碎把、寒花经撅。"凡此皆用当时乡谈里语，又何韵之有？"撅"字见元曲，〔蝴蝶梦〕云："挠腮撅耳。"《音释》云："撅，疽且切。"①

另一方面，焦循对词体律、韵的考察，并不专注于姜、张，尤其可贵的是，焦循表现出他人皆不具备的时地观念。他认为，唐人之词尚有一定之韵，而宋人之韵杂不可考，故论韵应视具体时代而定，不可以宋律唐："余尝取唐词，尽择其韵考之，为唐词韵考，以未暇成就。然如杜牧之〔八六子〕，上下皆有韵，上以深、沉、衾、信、扃为韵，下以侵、禁、整、临、阴为韵。论者谓其韵不可考，盖以宋之〔八六子〕准之也。夫据宋以定唐可乎？吴梦窗自度〔金盏子〕调云：'新雁又无端送人江上，短亭初泊'，上九字句，余所谓缓调，字字可停顿也。乃或据蒋竹山词，读'又'字为顿。竹山固本诸梦窗，乃据竹山以衡梦窗，可乎？"② 同时，他关注到词人以方音入韵的现象，提到："《老学庵笔记》云：'山谷在戎州，作乐府云："老子平生，江南江北，爱听临风笛。孙郎微笑，坐来声喷霜竹。"今俗本改笛为曲以协韵，非也。然亦疑笛字太不入韵，及居蜀久，习其语，乃知泸戎间谓笛为独。'"并以之为"词

---

① （清）焦循：《雕菰楼词话》，唐圭璋编：《词话丛编》，中华书局1986年版，第1492—1493页。

② （清）焦循：《雕菰楼词话》，唐圭璋编：《词话丛编》，中华书局1986年版，第1492页。

无韵"之证。

值得说明的是,焦循以旧词用韵证旧词无统一韵部系统,其"词无韵"的内涵是指词之为体,不必如诗韵一样有统一的押韵规范或用韵指南,并不是说词不押韵,更不是说焦循否定词的音律特性。恰恰相反,焦循不仅关注音律,而且试图发掘词调与句式、词之用字与音律之间的内在关系。前者如:

> 词调愈平熟,则其音急,愈生拗,则其音缓。急则繁,其声易淫,缓则庶乎雅耳。如苏长公之〔大江东去〕,及吴梦窗、史梅溪等调,往往用长句。同一调而句或可断若此,亦可断若彼者,皆不可断。而其音以缓为顿挫,字字可顿挫而实不必断。倚声者易于为平熟调,而艰于为生拗调。明乎缓急之理,而何生拗之有?①

词句之长短顺拗不在于句式,而在于词调之缓急,因而词之断句不可完全由句式观之:

> 词不难于长调,而难于长句。词不难于短令,而难于短句。短至一二字,长至九字十字,长须不可界断,短须不致牵连。短不牵连尚易,长不界断,虽名家有难之者矣。万氏《词律》任意断句,吾甚不以为然。②

焦循的主张不仅与王士禛"不可尽作文字观"的观点有相通之处,甚至有否定格律词谱的倾向。如:

> 柳屯田〔醉蓬莱〕词,以篇首"渐"字与"太液波翻""翻"字见斥。有善词者问,余曰:"词所以被管弦,首用'渐'字起调,与下'亭皋落叶,陇首云飞',字字响亮。尝欲以他字易之,不可

---

① (清)焦循:《雕菰楼词话》,唐圭璋编:《词话丛编》,中华书局1986年版,第1491—1492页。
② (清)焦循:《雕菰楼词话》,唐圭璋编:《词话丛编》,中华书局1986年版,第1491页。

得也。至'太液波翻',仁宗谓不云'波澄',无论'澄'字,前已用过。而'太'为徵音,'液'为宫音,'波'为羽音,若用'澄'字商音,则不能协,故仍用羽音之'翻'字。两羽相属,盖宫下于徵,羽承于商,而徵下于羽。'太''液'二字,由出而入,'波'字由入而出,再用'澄'字而入,则一出一入,又一出一入,无复节奏矣。且由'波'字接'澄'字,不能相生。此定用'翻'字。'波''翻'二字,同是羽音,而一轩一轻,以为俯仰,此柳氏深于音调也。"余为此论,客不甚以为然。已而秦太史敦夫以新刻张玉田《词源》见遗,内一条记其先人赋〔瑞鹤仙〕,有"粉蝶儿、扑定落花不去","扑"字不协,遂改为"守"字,始协。又作〔惜花春〕"早起"云:"琐窗深。""深"字音不协,改为"幽"字,又不协,改为"明"字,歌之始协。此三字皆平声,胡为或协或不协?盖五音有喉、齿、唇、舌、鼻,所以轻清重浊之分,故平声字可为上、入者,此也。"扑""深"二字何以不协?"守""明"二字何以协?盖"粉"为羽音,"蝶"为徵音,"儿"为变徵,由外而入。若用"扑"字羽音,突然而出,则不协矣。故用"守"字,仍从内转接。直至"不"字乃出为羽音。"琐""窗"二字皆商音,又用"深"字商音,则专壹矣。故用"明"字羽音,自商而出乃协。以此例之柳词,乃自信前说可存。因录于此,以质诸世之为词者。此不可以谱定,惟从口舌上调之耳。①

焦循从词的"口舌"属性出发,解释旧词在选择用字时的声律考量。认为用字的声母方音部位在歌词时有一定之法,即相邻字的发音部位当同当近时,不可用异部之字,当有所差别而又需次第而出时,不宜差别过大而至拗口。其论角度新颖,且能自圆其说,颇具唱词的实践意义和理据,或受到时曲(昆曲)演唱技巧启发。道光间谢元淮"以曲歌词",注重文字声母的发音部位及发音方法(主要是清浊)并将此观点融入《碎金词韵》的编订,正与焦氏之法相通。不过,焦循并未探及诸词诸

---

① (清)焦循:《雕菰楼词话》,唐圭璋编:《词话丛编》,中华书局1986年版,第1495—1496页。

调中，当何时使用同部（发音部位）之字，何时用异部之声，更未探及其背后的宫调特点和词乐理据。

从清初以降的合古尊体观念来看，焦循之论律、韵，皆为对格律视角的反动，但客观地说，其主张不失为探求词体音律特性的一个可行途径，且优于李渔"词曲相通"之法的是，焦循之论于古词有据，于尊体无害。

基于焦循的音律诉求和探律途径，我们再来检视其词韵主张。焦循"词无韵"之说有其理据，且"词韵时地观"颇有见地：韵为词乐的一个节奏标记，词人于词作中用韵合乎"口舌"即可，至于用何种韵，是通语还是方音皆不妨碍音律的呈现，韵部之不定，反倒更有助于词之寄情托兴。正因如此，唐人以唐音入韵，宋人以宋音入韵，闽人以闽音入韵，蜀人以蜀音入韵。后人若不分时地地以唐宋诸家词为据，归纳韵脚，自然不可能得到一个统一的韵部系统。若专以一家一派之词（如姜、张）为据，所得韵部系统亦不能适用于他家、他派、他时、他地之词。因而，古人填词不制韵，今人制韵不仅不能探及词体音律特性，还会束缚性情的抒发。

焦循之论，并非孤例，而是代表了乾嘉词坛质疑甚至反对浙派末学墨守姜张、一味追求獭祭饾饤之风的呼声。这种觉醒还出现在乾隆朝官方和浙派内部。

如四库馆臣为仲恒《词韵》撰写提要，亦持"词无韵"、用韵"惟求谐耳"之说：

> 国朝仲恒撰。恒字道久，号雪亭，钱塘人。词韵旧无成书，明沈谦始创其轮廓。恒作是书，又因谦书，而订之。考填词莫盛于宋，而二百余载作者云兴，但有制调之文，绝无撰韵之事。核其所作，或竟用诗韵，或各杂方言，亦绝无一定之律。不应一代名流，都忘此事，留待数百年后，始补阙拾遗。盖当日所讲在于声律，抑扬抗坠，剖析微芒。至其词则雅俗通歌，惟求谐耳。所谓"有井水吃处都唱柳词"是也。又安能以礼部韵略颁行诸酒垆、茶肆哉？作者不拘，盖由于此，非其智有所遗也。自是以还，周德清作《中原音韵》，摊派入声，立为定法。而词韵则终无续定者。良以北曲必

用北韵，犹之梵呗必用梵音。既已自为一家，遂可自成一格。至于词体，在诗与曲之间，韵不限于方隅，词亦不分今古。将全用俗音，则去诗为远。将全从诗韵，则与俗多乖。既虞针真、因阴之无分，又虞元魂、灰哈之不叶，所以虽有沈约陆词，终不能勒为一书也。沈谦既不明此理，强作解事。恒又沿讹踵谬，**缪辣**弥增。即以所分者言之，平、上、去分十四韵，割魂入真轸，割哈入佳蟹，此谐俗矣。而麻、遮仍为一部，则又从古。三声既真轸一部，侵寝一部，庚梗一部，元阮一部，覃咸一部矣。入声则质、陌、锡、职、缉为一部，是真、庚、青、蒸、侵又合为一也。物、月、曷、黠、屑、叶合一部，是文、元、寒、删、先、覃、盐又合为一也。不俗不雅，不古不今，欲以范围天下之作者，不亦难耶？大抵作词之韵，愈考愈歧。万不得已，则于古韵相通之中，择其读之顺吻者用之。如东冬、江阳之类。（江阳古亦不通，此据六朝以下言之。）其割属也亦择古韵相通者割之。如割魂入文，魂本通文。哈入佳，哈本通佳之类。即入声亦以此为消息。庶斟酌于今古之间，或不大谬。必欲强立章程，不至于非马非驴不止。故今于诸韵书外，惟录曲韵。而词韵则概存目焉。①

馆臣认为考订旧词韵部系统，为"强作解事"之举，于词体只会"愈考愈歧"。焦循论韵与之相似。至于浙派内部的反思，或以探求韵律为空谈，如郭麐（1767—1831，字祥伯，号频伽）作为浙派后期重要的词人和词学批评家，推崇朱彝尊和厉鹗词作之雅，专嘱意于词之立意、性灵和用字之雅，但非常反感时人"嘐然自异，必求分刌节度，无不合乎姜张，非是，虽工不足与于此事"之风，称"吾不知其果能悉合与否，即悉合其律度而言之不工，吾又不知古人宜引为同调赏音否也"。② 或以为既有词韵过严，如同为浙派后期词人的孙麟趾（1791—1860，字清瑞，号月坡）倡导立意、技法、雅言，关于词韵，他认为："词韵向无定本，惟沈去矜韵最

---

① （清）永瑢等主编：《四库全书总目提要》，海南出版社1999年版，第1100页。
② （清）郭麐：《灵芬馆杂著》三编卷五，《灵芬馆全集》，清嘉庆原刻本。

妥，然失之太拘。且于通用兼收之处，未经宣说明白。"① 可见，孙氏虽赞同编韵，但对词韵持宽韵主张，更看重韵部间的通用。基于此主张，孙麟趾编有《词韵指南》，"传宋人不传之秘，将梓行以公同好"。今未见孙氏韵，韵部和编韵方法已不可考，据其所论，当为一宽韵系统，此系统的产生有其时代词学的土壤。

正是在此土壤下，孕育了一个主张以"比兴寄托"为词体基本立意功能的词派——常州词派。当然，这是下一个阶段的转变。不过，需要指出的是，清代词学不论如何转向，都未曾出现否定作词需用韵的词人或流派。比如，标举寄托的张惠言也关注词韵问题，他在《续词选批注》中论及苏轼《水调歌头》之用韵，称："'宇'与'去'，'缺'与'合'，均是一韵。坡公此调凡五首，他作亦不拘。然学者终以用韵为好，较整练也。"清人其反对"词韵"者，真正反对的只是"因律害意"的问题，表现为：作词当以立意为基础，韵律形制是在此基础之上的审美需求，换言之，韵律形制是第二性的追求，若反以形式为基础，以立意寄托为第二性，则词之为体只能流于空疏，即便能真正做到"分刌节度"，也失去了其应有的文体功能。有鉴于此，我们概括这一时期诸家的词韵观，与其说是"无韵"，不如说是"宽韵"。

在浙派余威尚存、性灵寄托说日盛而吴中"严律"派又未成型的时期，便需要一部既能体现姜张韵法，又能延续清代编韵传统，还能兼顾词坛实际填词需要的词韵专书。在此背景下，《学宋斋词韵》应运而生。

第二节　《学宋斋词韵》

乾隆三十年（1765），《学宋斋词韵》成书并刊行。该书为吴烺、江昉、吴镗和程名世合辑而成。四人中，吴烺（1718—？，字荀叔，号杉亭）长于韵学，著有《五音反切正韵》，该书重审音，分"辨五声""论字母""审纵音""定正韵""详反切""立切脚"六部分，结合时音"正韵"，细分咺喑、详辨阴阳，试图以等韵之法制定一个"明于切响自然

---

① （清）孙麟趾：《词迳》，唐圭璋编：《词话丛编》，中华书局1986年版，第2553—2554页。

之理""一本天籁"① 的音韵系统。此外,吴氏亦作词,有词集《靓妆词钞》。其余三人皆工于词,尤以江昉(1727—1793,字旭东,号橙里,又号砚农)为最。江昉为浙派中期领袖厉鹗高足,是扬州词坛主将,有词集《练溪渔唱》《晴绮轩集》等,其词瓣香南宋,师法姜、张。时人评价其人其词,称:"江橙里(江昉)少嗜倚声,饶有清致,刿𬬮肝肾,磨濯心志,盖几几乎追南渡之作者而与之并。虽自汰甚严,所存不啻半铢一粟,而其苦心孤诣,善学古人,审音者固望而可知也",又"橙里意境清远,慕姜白石、张叔夏之风,其词清空蕴藉,无繁丽昵亵之情,除激昂嚣号之习,可谓卓然名家"。②

一 《学宋斋词韵》的分部

《学宋斋词韵》共十五韵部,包括舒声十一部,入声四部。因"词有平、上、去三声通押者",故舒声各部赅括平、上、去三声,但不与入声杂厕。韵部标目方面,不用平水韵目,而用"第×部"的方法序其次第,各部之下,详列所统《广韵》韵目。其细目如下:

第一部
上平东第一、冬第二、锺第三
上声董第一、肿第二
去声送第一、宋第二、用第三
第二部
上平江第四、下平阳第十、唐第十一
上声讲第三、养第三十六、荡第三十七
去声绛第四、漾第四十一、宕第四十二
第三部
上平支第五、脂第六、之第七、微第八、齐第十二、灰第十五

---

① (清)吴烺:《五声反切正韵》,《续修四库全书·经部·小学类》第 0258 册,上海古籍出版社 2002 年版,第 534 页。
② (清)冯金伯:《词苑萃编》,唐圭璋编:《词话丛编》,中华书局 1986 年版,第 1953 页。

上声纸第四、旨第五、止第六、尾第七、荠第十一、贿第十四、海第十五（半）

去声寘第五、至第六、志第七、未第八、霁第十二、祭第十三、泰第十四（半）、队第十八（半）、废第二十①

第四部

上平鱼第九、虞第十、模第十一

上声语第八、麌第九、姥第十

去声御第九、遇第十、暮第十一

第五部

上平佳第十三（半）、皆第十四、咍第十六

上声蟹第十二、骇第十三、海第十五（半）

去声泰第十四（半）、卦第十五（半）、怪第十六、夬第十七（半）②、队第十八（半）、代第十九

第六部

上平真第十七、谆第十八、臻第十九、文第二十、欣第二十一、魂第二十三、痕第二十四、下平庚第十二、耕第十三、清第十四、青第十五、蒸第十六、登第十七、侵第二十一

上声轸第十六、准第十七、吻第十八、稳第十九、混第二十一、很第二十二、梗第三十八、耿第三十九、静第四十、迥第四十一、拯第四十二、等第四十三、寝第四十七

去声震第二十一、稕第二十二、问第二十三、焮第二十四、慁第二十六、恨第二十七、映第四十三、诤第四十四、劲第四十五、径第四十六、证第四十七、嶝第四十八、沁第五十二

第七部

上平元第二十二、寒第二十五、桓第二十六、删第二十七、山第二十八、下平先第一、仙第二、覃第二十二、谈第二十三、盐第二十四、添第二十五、咸第二十六、衔第二十七、严第二十八、凡

---

① 《续修四库全书》本"目录"和第三部去声"废"韵中皆衍"半"字，然其余韵部中皆未见收录另一部分的"废（半）"小韵及韵字，且参之宋词用韵，亦未见"废"韵割半分用者，故今删除第三部中的"废"下"半"字。

② 《续修四库全书》本"目录"中脱"半"字，据第五部去声实际收录小韵及韵字补。

第二十九

上声阮第二十、旱第二十三、缓第二十四、潸第二十五、产第二十六、铣第二十七、狝第二十八、感第四十八、敢第四十九、琰第五十、忝第五十一、俨第五十二、豏第五十三、槛第五十四、范第五十五

去声愿第二十五、翰第二十八、换第二十九、谏第三十、裥第三十一、霰第三十二、线第三十三、勘第五十三、阚第五十四、艳第五十五、㮇第五十六、酽第五十七、陷第五十八、鉴第五十九、梵第六十

第八部

下平萧第三、宵第四、肴第五、豪第六

上声筱第二十九、小第三十、巧第三十一、皓第三十二

去声啸第三十四、笑第三十五、效第三十六、号第三十七

第九部

下平歌第七、戈第八

上声哿第三十三、果第三十四

去声箇第三十八、过第三十九

第十部

上平佳第十三（半）、下平麻第九

上声马第三十五

去声卦第十五（半）、夬第十七（半）、祃第四十

第十一部

下平尤第十八、侯第十九、幽第二十

上声有第四十四、厚第四十五、黝第四十六

去声宥第四十九、候第五十、幼第五十一

第十二部

入声屋第一、沃第二、烛第三

第十三部

入声觉第四、药第十八、铎第十九

第十四部

入声质第五、术第六、栉第七、物第八、迄第九、陌第二十、

麦第二十一、昔第二十二、锡第二十三、职第二十四、德第二十五、缉第二十六

第十五部

入声月第十、没第十一、曷第十二、末第十三、黠第十四、鎋第十五、屑第十六、薛第十七、合第二十七、盍第二十八、叶第二十九、怗第三十、洽第三十一、狎第三十二、业第三十三、乏第三十四

就韵部分合而言，《学宋斋词韵》第六部、第七部分别将"侵""覃谈盐添咸衔严凡"等韵合诸"真谆臻文欣魂痕庚耕清青蒸登"和"元寒桓删山"，第十四部、第十五部将入声"月没曷末黠鎋屑薛怗"等韵合诸"合盍叶洽狎乏"，大别于清代其他诸家词韵。就韵目使用而言，《学宋斋词韵》使用《广韵》206韵韵目，不同于《词韵略》、《词韵简》和仲恒《词韵》等以平水诗韵为韵目的做法。这两点都是对既有词韵系统的颠覆。

二　词韵主张及编韵理据

吴、江四人编韵注重兼顾合古和范世原则，故理据方法上以旧词用韵为据，参考《词韵略》分部情况，对其中一些复杂韵叶关系的处理，侧重于以姜、张用韵为定式，但又不完全囿于姜、张之韵。

（一）以旧词用韵为据，参照《词韵略》

吴、江等人立足于词体，以归纳旧词用韵为根本编韵理据，这与清初的格律类词韵是一个思路。吴烺在《学宋斋词韵·例言》中对其编韵原则、体例做了总的说明。对于前人所编词韵，吴氏参照旧词以评判其是非优劣，称"沈去矜所辑，按以宋元人所押，未能尽合"。对于自己所编词韵，力求合乎两宋旧词，故名之"学宋"。《例言》中，吴氏多处据旧词用韵情况定其编韵原则。比如，因"词有平、上、去三声通押者"[①]，故吴

---

① （清）吴烺等辑：《学宋斋词韵》，《续修四库全书·集部·词类》第1737册，上海古籍出版社2002年版，第621页。

氏在体例安排上"仍照去矜本",舒声各韵部下统平、上、去三声。又因"词韵有半通者,如'佳''泰'等韵",吴烺将"海"韵、"泰"韵、"队"韵割半分属第三部和第五部,将"佳"韵、"卦"韵、"夬"韵割半分属第五部和第十部。

在特殊音变韵字的收录上,吴烺亦严格以旧词实际用韵为据,不以《广韵》和平水韵为准。如"打"字,中古音为上声梗韵或迥韵,旧词用韵中梗、迥二韵多与"轸准吻稳混很耿静拯等寝"诸韵相押,据此例之,该字当属于第六部。但"词家俱押入马韵"。因此,吴烺将"打"字"系于马韵之后"。又"富"字中古音为去声宥韵,"妇""否"二字中古音为上声有韵,旧词用韵中宥韵与"候幼"二韵相押,有韵与"厚黝"二韵相押,据此例之,该字当只属于第十一部。但"词家间押入语韵"。鉴于此,吴烺主张"两收之",兼收于第四部和第十一部中。

宋人常有据各自方音入韵者,使得两宋旧词用韵纷繁复杂。所以,所谓旧词用韵实际情况,不能一概而论,无法以一系统音系言之而无例外。清代各家编韵虽言宗宋,但并未也不必对宋词进行穷尽式归纳,皆各选"名词",而其选词的标准不一,这是清代诸家词韵分部龃龉的重要原因。若单纯从归纳词韵角度出发,不考虑编韵背后的词学主张问题,《学宋斋词韵》韵部框架与宋词用韵之概貌多有相合。

香港学者张世彬穷尽两宋旧词,归纳出《北宋词韵表》和《南宋词韵表》(合称《两宋词韵表》)。张氏"以宋词事实考之",发现"南宋词中,闭口韵(即'侵覃谈盐添咸衔严凡'等鼻音[—m]尾韵,引者注)独用者绝少",故《学宋斋词韵》"不将闭口韵独立为部,此举不为无见"。① 至于吴氏韵入声四部的分法,亦"与《两宋词韵表》之四组大致相同"。在张氏看来,《学宋斋词韵》第六部、第七部不将"侵""覃谈盐添咸衔严凡"等闭口韵独立成部,以及第十四部、第十五部对"月没曷末黠鎋屑薛帖"等入声韵的分合安排,是合乎两宋旧词用韵整体面貌的。

通过"穷尽式"归纳两万首宋词的用韵情况,当代音韵学家鲁国尧先生将词韵分作十八部。虽然在监廉韵与寒先韵的分合,以及侵寻、真

---

① 张世彬:《论清代诸家词韵之得失》,邝健行、吴淑钿编选:《香港中国古典文学研究论文选粹(1950—2000)·诗词曲篇》,江苏古籍出版社2002年版,第215—216页。

文和庚青三部的关系上，鲁先生分部与《学宋斋词韵》有别，① 但在入声韵的分部上，鲁先生还是认为"吴烺书的入声分部基本正确"。② 立足于归纳旧词用韵，张、鲁两位先生反倒对集大成的十九部《词林正韵》提出颇多批评。如"以平声领上去声，其意盖在齐一，而非根据事实，因宋词中用上去声韵实较平声韵为宽也"③，"戈书错误不少，不足为典要，入声分五部即属不当，舒声部分亦有纰缪"④。

今人通过对旧词用韵做穷尽性研究，发现《学宋斋词韵》分部合理之处，并对其予以不同程度的肯定。这并不意味着，吴、江等人对旧词做了穷尽式归纳，但至少表明其分部并非臆断而为，而是以旧词用韵为据。这是其编韵合古原则的重要体现。

（二）严分诗、词之韵，采用《广韵》韵目

既有的词韵编订，虽多致力于论韵辨体、合古尊体，但在韵目的使用上往往以诗韵为基础，对分部加以整合。此法虽有助于词韵范世系统的构建，但容易给人以词韵源于诗韵的错觉（当然，也有部分编韵者确持此观点），有诗词辨体不清、词体不尊之弊，而且导致部分割半之韵的分合不甚明了。

旧词常以方音入叶，各家方音有别，单纯归纳旧词用韵，无法制定

---

① 虽然张、鲁两家皆用穷尽之法归纳系联两宋旧词，但在监廉、寒先及侵寻、真文和庚青诸部的分合上迥异，张氏与《学宋斋词韵》主合，而鲁氏主分。盖与归纳之法的潜在漏洞及两家学术身份差异有关。以［—m］［—n］尾韵之分合为例，一方面，旧词创作并非单纯的顺口溜表达，其韵字的选用除了受语音层面的"韵"（或韵基）的影响，还要受到词（字）义和韵字的音乐性（这种音乐性可能还体现在韵字与前字的声类关系和调类关系上）需求的制约，这是其文体特征决定的。因此，一阕词（尤其是韵位较少之词）全用［—m］尾韵，未用［—n］尾韵，并不意味着这是填词者有意从音韵的角度回避。当然，穷尽性归纳旧词用韵，功不在此而在于基于大数据所得比例倾向，但碍于词体用韵的特殊性，穷尽性搜罗旧词所得［—m］［—n］尾韵之分合比例，于用韵分析未必然可靠。另一方面，鲁氏是音韵学家，其论两宋词韵，主要以分合比例数据为据；而张氏工词，尤长于词曲格律，所论多为"从音乐论文学"，故对诸韵分合的取舍自然不限于数据。

② 鲁国尧：《鲁国尧自选集》，河南教育出版社1994年版，第141页。

③ 张世彬：《论清代诸家词韵之得失》，邝健行、吴淑钿编选：《香港中国古典文学研究论文选粹（1950—2000）·诗词曲篇》，江苏古籍出版社2002年版，第223页。

④ 鲁国尧：《鲁国尧自选集》，河南教育出版社1994年版，第137页。

统一规范。清人编订词韵,为构建韵部的系统性,必须对旧词中存在的"例外"方音现象加以归类整合,最常用的手段就是参照既有音韵系统,对既有音系中的韵类加以分合割半,由此必然产生"半通"之词韵。《学宋斋词韵》刊行之前,影响最大的是《词韵略》和仲恒《词韵》,两家在编撰体例上,皆以诗韵系统为参照,采用诗韵韵目,根据旧词用韵对部分诗韵割半分用,这一办法有助于体现其"古无词韵。既曰'诗余',自应以诗韵为准"①的诗词韵关系主张,但不利于明确"灰""佳""元"等半通之韵的辖字范围。②况且传统诗韵(如平水韵)系统晚出,宋人填词若要参考某既有音韵系统,也应当是《广韵》《集韵》等当时韵书,而不可能参照平水韵填词。金兆燕为《学宋斋词韵》作序时即对此提出批评:"词之体,上不可以侵诗,下不可以侵曲,惟韵亦然……尝怪词韵躗驳,苦无善本,其韵有半通者,辄注'如某某字之类',学者将何所适从?"③今人张世彬对此法亦提出质疑,称"宋人填词时未尝将任何韵书中之任何韵部割半未用也。今依后世已并之韵部、重又割分,而称半通,徒使学者疑惑,实不如仍用《广韵》之部目为宜也"④。

鉴于此,吴烺指出"词韵非诗韵也"⑤,主张严分诗韵、词韵,不谈两者联系。一方面,通过梳理沈(约)陆(法言)之韵、平水韵、《广韵》与词韵之间的关系,从理论上切断诗、词二韵的联系,"沈约、陆词所撰之《四声》《切韵》久亡,唐之《广韵》、宋之《集韵》暨《礼部韵略》,皆科举之书。当时作今体诗则遵之,作古体诗亦不尽遵之也。

---

① (清)仲恒:《词韵论略》,(清)查培继辑编:《词学全书》,北京市中国书店 1984 年据木石居校本影印本。

② 沈谦以诗韵为韵目,再对部分韵加以割半分用,其《词韵略》中常用此类表述,如"十贿如'悔''蕾''腿''馁'之类""十一队如'妹''碎''吠''废'之类"。沈氏之法不利于明确这类韵的具体辖域。仲恒编订《词韵》沿用沈氏诗韵韵目的标目方法,为明确韵字所属,在"半通"相关韵字旁注"此字不入某韵",仍烦琐不便。

③ (清)吴烺等辑:《学宋斋词韵》,《续修四库全书·集部·词类》第 1737 册,上海古籍出版社 2002 年版,第 619 页。

④ 张世彬:《论清代诸家词韵之得失》,邝健行、吴淑钿编选:《香港中国古典文学研究论文选粹(1950—2000)·诗词曲篇》,江苏古籍出版社 2002 年版,第 211 页。

⑤ (清)吴烺等辑:《学宋斋词韵》,《续修四库全书·集部·词类》第 1737 册,上海古籍出版社 2002 年版,第 620 页。

今人目不见古书，而以刘平水、阴时夫之韵，谓即沈、陆之旧，而又即遵之以为词韵，岂不一误再误乎？"① 另一方面，采用《广韵》韵目，不用诗韵韵目，韵字安排亦参照《广韵》。这样一来，《学宋斋词韵》中的"半"韵也就比《词韵略》等更加精确合理。此法在当时有首创之功，颇有见地，在当时和后世都有很大影响。吴宁对此举大加赞赏，称："今《广韵》刊本迭出，《学宋斋韵》本之定部，实有超见。既信从《广韵》，观其分部，切音可爽然。"② 戈载编订《词林正韵》，虽遵用十九韵部框架，但一改沈谦、仲恒以平水韵为准的做法，采用《集韵》韵目。

严分诗韵与词韵，不用诗韵韵目，是吴氏韵不同于既有词韵系统的重要特征。

（三）参考姜张用韵，但不囿于姜张

如前所述，清人编韵不可能也不必对旧词用韵做穷尽归纳，而只是以"名篇"为主要依据，《学宋斋词韵》亦如此，其主要依据的"名篇"就是姜、张词。

从韵部分合来看，《学宋斋词韵》最大的特点便是真、庚、侵韵合为一部，这种［—m］［—n］［—ŋ］尾韵相叶是姜、张词中的常见韵例用法，楼俨、许昂霄早有关注并作详论。江昉的浙派身份和师法姜、张的志趣，使《学宋斋词韵》的编订对姜、张之词有着更多的关注。虽然在持严韵主张的人看来，姜、张词用韵有宽杂之嫌，但在宗姜、张者看来，"词之有姜、张，犹诗之有杜、韩。填词用韵而不步趋姜、张，汛滥固失之放，拘守亦失之隘矣"③。因而，吴、江等人主张："词韵最宽如真、庚相通，不必言矣。侵韵亦与真、庚同用，张玉田词历历可证。"④ 据此，

---

① （清）吴烺等辑：《学宋斋词韵》，《续修四库全书·集部·词类》第1737册，上海古籍出版社2002年版，第620页。
② （清）吴宁：《榕园词韵》，《续修四库全书·集部·词类》第1737册，上海古籍出版社2002年版，第660页。
③ （清）吴烺等辑：《学宋斋词韵》，《续修四库全书·集部·词类》第1737册，上海古籍出版社2002年版，第619页。
④ （清）吴烺等辑：《学宋斋词韵》，《续修四库全书·集部·词类》第1737册，上海古籍出版社2002年版，第621页。

他们认为将诸韵并为一部,并称此举"非汛滥也"。相类似的韵部合并还体现在入声四部和寒[—m]、覃[—n]一部上。因此,《学宋斋词韵》编韵的合古性,是带有一定倾向性的。

不过,编韵者也并非完全盲从姜、张,尤其是对一些偶见的方音入叶现象,《学宋斋词韵》并不以之为据,以兼顾词韵的系统性和指南性。如"至吴音不能辨支、鱼,白石词'不会得青青如此',将'此'字押入语韵,① 由夫'但暗忆江南江北'句,误押'北'字入屋韵,② 不可为训也。本书支、鱼仍分为二部"。

关于《学宋斋词韵》的编韵理据和方法问题,特别值得注意的是:一方面,编韵者江昉虽为浙派中人,宗尚姜、张,但并未像楼俨、许昂霄等前辈那样,穷究姜、张用韵的音理,而是重归格律视角,追求合乎古词的同时兼顾词韵系统编订的范世功能。另一方面,编韵者吴烺虽长于韵学,但并未像许昂霄及稍晚的吴宁一样,从韵理入手,或以审音之法整合词韵系统,而是立足于词体本身,结合梳理音韵源流,纠正了之前编韵方法和韵目使用上的偏误。

吴、江等人契合浙派、严辨诗词而又以宽韵范世的编韵原则,使其十五部系统在乾嘉时期颇受欢迎,被"填词家所奉为圭臬,信之不疑"③。之后屡有以其为基础的增订本刊刻。如嘉庆初郑春波取《学宋斋词韵》,"重付梓人",而成《绿漪亭词韵》,两书分部一致。沈在廷为之作序,称:"曩吴杉亭有《学宋斋词韵》之刻,至为简要,其中间有校雠未精之处,适以滋惑",又提到郑春波对《学宋斋词韵》的改动在于:"其中错者正之,缺者补之。"对比二韵书,发现除了删掉《例言》和韵目,郑氏韵和《学宋斋词韵》完全一样,就连收字和字序也无差

---

① 姜夔〔长亭怨慢〕:"渐吹尽、枝头香絮。是处人家,绿深门户。远浦萦回,暮帆零乱向何许?阅人多矣,谁得似、长亭树。树若有情时,不会得、青青如此!日暮。望高城不见,只见乱山无数。韦郎去也,怎忘得、玉环分付。第一是、早早归来,怕红萼、无人为主。算空有并刀,难剪离愁千缕。"

② 姜夔〔疏影〕:"苔枝缀玉,有翠禽小小,枝上同宿。客里相逢,篱角黄昏,无言自倚修竹。昭君不惯胡沙远,但暗忆、江南江北。想佩环、月夜归来,化作此花幽独。犹记深宫旧事,那人正睡里,飞近蛾绿。莫似春风,不管盈盈,早与安排金屋。还教一片随波去,又却怨、玉龙哀曲。等恁时、重觅幽香,已入小窗横幅。"

③ (清)戈载:《词林正韵》,上海古籍出版社2010年版,第40页。

别。相较之下，郑氏韵更为"简要"。沈氏之序，殆有吹捧之嫌。道光辛卯年（1831），叶申芗（1780—1842，字维彧，号小庚，又号其园）"依近行《绿漪亭词韵》"编成《天籁轩词韵》。相较于郑氏韵，叶氏韵各部除了增列韵目，还增加了不少韵字，"就《广韵》择其可用之字，略加增补，复取宋元人词中常用诸字，系《广韵》所未收者，亦为附入。入'他'字附入麻部，'否'字附入麌部之类"。韵字编排上，仿《广韵》之例，"分纽次列，以便检阅"，同音汇列，声纽异者以空格隔开。道光辛丑年（1841），钱裕（字友梅）以"吴杉亭《学宋斋词韵》最为切要，惜其中尚有未尽善之处"，便以之为基础，"逐加考核，将复者删之，缺者增之"，编成《有真意斋词韵》。此书除韵字增删，无大改动。

郑、叶、钱三家对《学宋斋词韵》的因袭，体现了乾嘉乃至道光时期，词坛对十五部韵及其编韵原则的认可。除了编韵原则这一原因，十五部韵被认可，可能还与其部分韵部特征同"朱敦儒拟韵说"相合有关。楼俨所作《词韵入声考略》中改"十六条"内涵为，侵寻、监咸、廉纤三［—m］尾韵与［—n］［—ŋ］混押，入声分四部，这些韵部特征皆与《学宋斋词韵》相合。经楼俨、许昂霄等传播，"拟韵说"渐渐为人所知甚至迷信。从现有材料看来，并未发现吴烺、江昉等对"拟韵说"做过评价，因此，不能说十五部的形成与"拟韵说"有关。但《学宋斋词韵》刊行后，时人注意到了其与"拟韵说"相似的特点，如吴衡照认为："宋朱希真尝拟词韵，元陶南村讥其侵寻、盐咸、廉纤闭口三韵混入，欲重为改定。今其书不传，此亦宋词韵之可考者。学宋斋本分入声作四，与希真合，而平、上、去仅止十一，希真则十六也。似仍非有所据而为之。"[①] 从此论可以看出，吴衡照认为《学宋斋词韵》暗合"朱敦儒拟韵十六条"，只是未仍其旧。

基于以上原因，《学宋斋词韵》的影响延续至晚清，直到戈载《词林正韵》刊行后，晚清词坛渐渐接受了吴中词人"严声律"和"韵律相叶"的观念，采用分韵较严的十九部，十五部方见弃。

---

① （清）吴衡照：《莲子居词话》，唐圭璋编：《词话丛编》，中华书局1986年版，第2402页。

第六章

乾嘉间的审音类严韵

　　李渔、楼俨、许昂霄和焦循等,都有过从韵学审音角度探求词韵、词律内涵及其特点的尝试,诸家的审音之法仍以旧词实际用韵为主要依据,而旧词参差"借叶"的用韵特征,使得诸家的音韵视角只是停留于"以审音释词韵",并未"以审音编词韵"。不过,诸家的有限尝试还是为后来者提供了以审音之法编韵的思路。乾隆间,吴宁立足于音韵等第和四声相承之法,编订《榕园词韵》,使词韵极具系统性,同时,极不合乎以旧词为标准的词体韵法特性。又有应沣拼凑《学宋斋词韵》和《菉斐轩词韵》而成《词韵选隽》,入声用《学宋斋》,舒声参考《菉斐轩》,似有审音之据,却显得不伦不类。吴、应二家词韵背离了词体韵法,其分部看似严于前韵,实则将清代词韵学带入了歧途。因缺乏词体学层面的编韵理据,除了《榕园词韵》系统性强的特点为吴衡照所赞赏,二书并未得到时人的普遍认可,更不足以撼动《词韵略》和《学宋斋词韵》的词坛地位。

第一节　《榕园词韵》和《词韵选隽》

　　就在《学宋斋词韵》刊行十九年后〔乾隆四十九年(1784)〕,吴宁(字子安,浙江海盐人)编成《榕园词韵》。吴氏之编韵,融入了音韵学领域的审音方法和成果,呈现出了独特的编韵理念和韵部风貌。《榕园词韵》将词体韵法分为三十五部,含平声韵十四部、上去声韵十四部和入声韵七部。所辖韵部目录如下:

第一部：平声东冬锺

第二部：平声江阳唐

第三部：平声支脂之微齐灰

第四部：平声鱼虞模

第五部：平声佳皆咍

第六部：平声真谆臻文殷魂痕

第七部：平声元寒桓删山先仙

第八部：平声萧宵肴豪

第九部：平声歌戈

第十部：平声麻

第十一部：平声庚耕清青蒸登

第十二部：平声尤侯幽

第十三部：平声侵

第十四部：平声覃谈盐添咸衔严凡

第十五部：上声董肿、去声送宋用

第十六部：上声讲养荡、去声绛漾宕

第十七部：上声纸旨止尾荠贿、去声寘至志未霁祭队废

第十八部：上声语麌姥、去声御遇暮

第十九部：上声蟹骇海、去声泰卦怪夬代

第二十部：上声轸准吻稳混很、去声震稕问焮恩恨

第二十一部：上声阮旱缓潸产铣狝、去声愿翰换谏裥霰线

第二十二部：上声筱小巧皓、去声啸笑效号

第二十三部：上声哿果、去声箇过

第二十四部：上声马、去声祃

第二十五部：上声有厚黝、去声宥候幼

第二十六部：上声梗耿静迥拯等、去声映诤劲径证嶝

第二十七部：上声寝、去声沁

第二十八部：上声感敢琰忝俨豏槛范、去声勘阚艳桥酽陷鉴梵

第二十九部：入声屋沃烛

第三十部：入声觉药铎

第三十一部：入声质术栉物迄没

第三十二部：入声月曷末黠鎋屑薛
第三十三部：入声陌麦昔锡职德
第三十四部：入声缉
第三十五部：入声合盍叶怗洽狎业乏

部目所示，《榕园词韵》有如下几个特点。第一，该系统是清代诸家词韵中分部最严最密的一家，但其严其密主要是将平声与上去声分列造成的。清代诸家词韵多兼顾两宋旧词平声与上去声通押的用韵现象，故合平上去为一部，独《榕园词韵》是个例外。第二，吴宁吸取了《学宋斋词韵》不以韵目为部目的做法，以"第×部"为部目名。第三，与吴烺、江昉等的编韵相同，各部所辖韵目一律采用《广韵》韵目，而非平水韵韵目。第四，平声十四部、上去声十四部及入声七部所辖韵目，严整地呈现出四声相承的特点，且不列任何半通之韵，这使得其词韵极具传统韵书的系统性特征。单从以上部目特点来看，似乎存在这样一个矛盾：一方面，吴宁对《学宋斋词韵》是有所借鉴的；另一方面，不同于《学宋斋词韵》的宽韵特点，吴宁持严韵主张。其实，二者编韵有着完全不同的立场，没有比较性。

吴宁《榕园词韵》编成后，最早有冬青山馆刻本，后收入《续修四库全书》集部"词类"中。卷首有周春作序及吴宁所作"发凡"，次列目次，正文据目次分列，各部下罗列韵字，《广韵》韵目字顶格居首，同小韵首字注反切，余字汇列，不释字义。其《发凡》三千六百余言，详述吴氏词体观、词韵观，并申说其编韵原则及主要理据。

结合《榕园词韵》分部，解读《发凡》，可归纳其主要编韵观点如下。

第一，词韵当严别于诗韵和曲韵。一方面，吴宁主张诗词韵别，编订词韵"不能遵《壬子韵》《正韵》例"，并对前人以诗韵为词韵编订基础的做法提出批评，认为"今时诗韵因之，去矜假之（诗韵）编词韵，非也"，因"一百六部之并，已定为诗韵，乃复分其所并，并其所分，乱其部，改其音，以为词韵。离则双美，合则两伤"。他认为"二百六部之韵，韵之祖祢"，进而提出"兹于《广韵》不敢阳奉阴违，擅行割裂。全旧部、存原音，而词韵正矣"。吴氏的观点在当时无疑是有进步意义的，因为宋人填词选韵并非以诗韵为基础加以分半割用而成的。在吴宁看来，宋人填词选韵是以 206 韵为基础加以分合，至于所形成的韵法特征是合于诗韵还是宽于诗韵，在不同时代，或者同一时代的不同词人，甚至同一词人的不同词作中，都各具特色，但以诗韵作为词韵基础，是不符合历史事实和逻辑的。另一方面，吴宁主张词曲韵别，"庶几词韵、曲韵之分，洞若观火"。

第二，平入各自为部，上去合部。吴宁认为："北曲韵平、上、去三声互叶，入声分隶三声；南曲三声互叶，入声独叶；词则平、入各叶，上、去互叶。其大较也。"在吴宁看来，四声相叶（即平上去三声互叶、入声分隶平上去三声）是北曲的韵法特征，舒入各叶、平上去三声互叶是南曲的韵法特征，词体的韵法特征当为平入各叶、上去互叶。平声不与上去通叶的观点，大别于前人的词韵主张。前人以平、上、去三声互叶，有其部分词调的实际用韵为证。对此，吴宁解释道："若〔西江月〕〔少年心〕〔戚氏〕〔换巢鸾凤〕诸体亦三声互叶，实曲学滥觞，非词家标准。〔干荷叶〕〔平湖乐〕〔天净沙〕〔凭栏人〕之类，乃元人小曲，误援入词。编韵者据是定部，总合三声，殊无分晓。虽中诠平仄，昧厥大纲，骤观易惑。且词体几千有二百，三声互叶才一十有奇，不得以少概多。"认为前人所据词调韵法实为曲调，且所占比例太小，不足以之定词体韵法特质。相较于前人词韵对两宋旧词用韵的归纳整理，吴氏词韵更注重词体韵法的统一性，并不对旧词用韵做面面俱到的分析和处理。平声与上去声分部，使得吴氏舒声韵数较清代其余诸家（如《词韵略》等十九部韵）多出一倍，这是其分部偏"严"的主要原因。

第三，强调韵部的系统性，采用以平赅上、去、入之法分韵。唐宋旧词中，普遍存在参差错杂的用韵情况，吴宁对此特别在意，称"唐宋旧词复参差不一""词莫盛于宋，而宋词所叶不能一揆"，既有的系统多注重平衡词韵的合古和范世原则，兼顾旧词中的借叶宽韵现象。对于前韵，吴宁颇为推崇《词韵略》，认为："沈氏首出撰定，诚非易事。良楛并见，固亦宜然。……博考名篇，裁成独断，良费苦心。毛稚黄谓'不徒开绝学于将来，且上订数百年之谬'，要不诬也。"但对后来者比附古韵和编订宽韵的做法很不满，称："后人聚讼纷纭，动有变易。歌与麻、鱼虞与尤虽不遽合，而庚、侵互施，先、盐并叶。意取滥通，茫无涯浼。俾词韵不亡于无而亡于有。是沈氏之罪臣也。"吴宁非常看重词韵编订的系统性原则，因此，以《词韵略》为基础编订一部系统规整的词韵专书，"今此并合，较原书虽有参差，平声大概实从旧贯，上、去、入三声以平为准的。迷谬舛错、不相联属者，正之而已。攻其玼，所以护其瑜。初非有意更张新人耳目"。吴宁所谓"上、去、入三声以平为准的"，即以平声韵例上去和入声韵。这使得吴氏词韵对206韵的辖属更具韵学层面平行对称的系统性特征，这种系统性安排显然源于韵学层面"四声相承"的音理考量。试看表6-1。

表6-1　　　　《榕园词韵》各部辖韵四声相承关系

平声韵部		上去声韵部		入声韵部	
部次	辖韵	部次	辖韵	部次	辖韵
第一部	东冬锺	第十五部	上：董肿 去：送宋用	第二十九部	屋沃烛
第二部	江阳唐	第十六部	上：讲养荡 去：绛漾宕	第三十部	觉药铎
第三部	支脂之微齐灰	第十七部	上：纸旨止尾荠贿 去：寘至志未霁祭队废		
第四部	鱼虞模	第十八部	上：语麌姥 去：御遇暮		
第五部	佳皆咍	第十九部	上：蟹骇海 去：泰卦怪夬代		
第六部	真谆臻文 殷魂痕	第二十部	上：轸准吻稳混很 去：震稕问焮恩恨	第三十一部	质术栉物 迄没
第七部	元寒桓删 山先仙	第二十一部	上：阮旱缓潸产铣狝 去：愿翰换谏裥霰线	第三十二部	月曷末黠 鎋屑薛
第八部	萧宵肴豪	第二十二部	上：筱小巧皓 去：啸笑效号		
第九部	歌戈	第二十三部	上：哿果 去：箇过		
第十部	麻	第二十四部	上：马 去：祃		

续表

平声韵部		上去声韵部		入声韵部	
部次	辖韵	部次	辖韵	部次	辖韵
第十一部	庚耕清青蒸登	第二十五部	上：有厚黝 去：宥候幼		
第十二部	尤侯幽	第二十六部	上：梗耿静迥拯等 去：映诤劲径证嶝	第三十三部	陌麦昔 锡职德
第十三部	侵	第二十七部	上：寑 去：沁	第三十四部	缉
第十四部	覃谈盐添 咸衔严凡	第二十八部	上：感敢琰忝俨豏槛范 去：勘阚艳㮇陷鉴梵	第三十五部	合盍叶帖 洽狎业乏

吴宁认为，首先"上、去声以平声为准"是"人所共晓"的。然而，206韵中祭、泰、夬、废四个去声韵本无平声可承。毛奇龄治古音，并泰入卦，吴宁以为不妥。立足于"韵者，等子法"，吴氏认为"卦属第二等字，泰属第一等字，不容合并"。而泰、咍二韵皆属一等，"卦为佳去，代为咍去，泰当与代同为咍去"，故"词韵卦、泰同用"是"通韵之误"。据此，评价沈谦将泰韵"分列支纸、佳蟹两部"的做法"非是"。至于废韵，传统诗韵注"代、废同用"，吴宁认为此合法于韵之等第不符，是"不察废非灰、咍之去"，并主张"废隶齐下，当与霁、祭同用"，不能像陈枚、仲恒那样，归入佳蟹韵。实际上，沈谦、仲恒、吴烺等所编之韵，立足于旧词实际用韵情况，多将诸韵割半分用。吴宁过度迷信等韵图中四声相承之系统性，对前人归韵之法产生了曲解。

解决了平、上、去三声相承的问题，还不能完满地体现词韵分部的系统性特征。入声的分合历来是编韵者的难题，从词体的角度来讲，旧词对入声韵的选用纷繁复杂，缺乏"定纪"；从语音史的角度来讲，宋元时期是入声韵剧变的关键时期，韵尾脱落、调类迁移、主要元音分化演变，都使得中古入声乃至整个音韵框架的系统性被打破。因此，明清人编订词韵，争议最大的就在于入声韵部的安排。吴宁认为这是前人不识音理所致，"世罕通韵之人，平、上、去三声尚多未安，入声宜难措手"，故"胡氏文会堂所编，三声用曲韵，入声则用诗韵。璚村山人改易曲韵，入声分派三声，此固人所共斥，不待申辩"，诸家皆不可法，至于世人遵从的沈谦《词韵》，"分屋沃、觉药、质陌、物月、合洽五部，后人许其精当，特为彼善。《中原韵》《正韵》既不可从，唐宋旧词复参差不一，无所依据，漫凭臆断，其病较甚三声"。吴氏立足于中古韵音理，认为"人第知以平例上、去，不知以平例入"，若采用"以平例入"之法，"平、上、去三声既定，入声了如指掌"。具体方法为："兹用《广韵》，分七部：东冬锺入屋沃烛为一；江入觉、阳唐入药铎为一；真谆臻入质术栉、文殷入物迄、魂痕入没为一；元入月、寒桓入曷末、删山入黠鎋、先仙入屑薛为一；庚耕清入陌麦昔、青入锡、蒸登入职德为一；侵入缉为一；覃谈入合盍、盐添入叶怗、咸衔入洽狎、严凡入业乏为一。"依据《广韵》中的舒入相承之法，词韵中舒声韵之分合关系，径可比附于入声韵之分合。他强调，"平、入相对"是"宋、元以来音韵诸书，昭然易见"之理，"确不可易"，词韵编订亦然。以平例入之法，客观上使得吴氏入声韵部数较清代其余诸家更多，由此显得分部更严。

《榕园词韵》平、上去、入各部辖韵的相承关系，与《广韵》206韵以平该上去入的四声相承关系（入声所承仅阳声韵）并无二致。显然，相较于考据两宋旧词，吴宁编订词韵有着更多的韵学观照。这导致他过度注重词体韵法的统一性、有意回避旧词三声相叶特点，以构建规整的词体韵法系统为诉求。正是基于这一平行对称的系统性诉求，吴宁虽不主张平、上、去三声互叶，仍于各上去声韵部下皆注明"三声体合第×部用"。如其第十八部"上声语麌姥、去声御遇暮"下注："三声体合第四部用"，"第四部"即韵学系统中所承的"鱼虞模"。

前人编韵（如沈谦《词韵》）的词韵分部以旧词用韵为据，并不刻意利用韵学层面音理的系统性对词韵加以改造，使之规整化。① 吴宁认

---

① 清初董以宁曾论词韵，从音韵四声相连的系统性解释词韵"通用"之理，称"今第于相连者，而以前相通之法通之。知东冬通，则知董与肿、送与宋、屋与沃亦相通也；知江阳通，则知讲与养、绛与漾、觉与药亦相通也。至真文与庚青不通，则轸稳与梗迥、震问与敬径、质物与锡陌亦俱不通，则寝沁缉亦不与其上去入声通"〔（清）董以宁：《答黄翁期问韵学书》，《正谊堂文集》，清康熙刻本〕，但同时注意到音韵系统中还存在四声"多寡"差异造成的系统性缺失的问题（如支微齐鱼等十三韵无入声相承，蒸韵无上去声，等等），且词韵中尚有"借用"的现象，并未像吴宁那样强行地只求词韵的系统规律。

为这正是前韵的不足之处。他对其所编词韵颇为得意，尤其在意其"上、去、入三声以平为准的"之法，认为其法对前韵之弊有补证之功："迷谬舛错、不相联属者，正之而已。攻其玼，所以护其瑜。初非有意更张新人耳目。"

第四，部目使用不列具体韵目，而用"第×部"。吴宁认为："旧韵以平统上、去，标东董韵、江讲韵，义实抵牾。自昔韵书并部，如刘平水《壬子韵》并锺于冬，竟曰冬；《洪武正韵》并冬于东，竟曰东；周氏《中原音韵》则标东锺、江阳。今平自为部，上、去为部，上、去不可偏废，不能遵《壬子韵》《正韵》例，《中原》为近。"诸家部目及韵目使用，皆以诗韵为基础，吴宁以为不恰。直到"近见江、吴诸君《学宋斋韵》直书第一部、第二部"，吴氏以为其法"简而当"，故"从之"。吴氏此举显然与其严别诗词韵法有关。一方面，以诗韵为基础编订词韵，过度牵连了二体的关系；另一方面，诗韵是基于诗体的已合之韵，以之为基础，辖字难免存在分合不清的情况，即"一百六部之并，已定为诗韵，乃复分其所并，并其所分，乱其部，改其音，以为词韵。离则双美，合则两伤"。

第五，不做割半分用的处理。吴宁一方面认为前人割半分用的安排，与误用诗韵韵目有关，"去矜考旧词定韵，亦颇取材于《中原》《正韵》。所见良是。然存其是，不能汰其非，亦多背谬。彼用刘、阴诗韵，所分'灰半'、'元半'、'贿半'、'阮半'、'队半'、'愿半'之外，皆不可为训"，又称："《广韵》《礼韵》'灰'同'咍'用，'元'同'魂'、'痕'用，故《壬子韵》并之。《中原》《正韵》仍分叶两部。不始去矜灰、咍既分列。队为灰去，泰、代为咍去，当一如平声。何泰部割贝、沛等字叶队？"另一方面认为"割半"之法有违《广韵》"旧部原音"，因此，就算使用《广韵》韵目，也应该舍弃"割半"之法，"今《广韵》刊本迭出，《学宋斋韵》本之定部，实有超见。惜其但知事贵从朔，不能革除'半通'，一正前人之失。用《广韵》仍与用诗韵等也。用诗韵灰分咍、元分魂痕，必着'灰半'、'元半'，以别之'半通'之说"。其实，就韵字而言，古词中确实已有分化的现象。前出的《学宋斋词韵》不立部目、不用诗韵韵目，已据旧词割半分之；后出的戈载《词林正韵》采用《集韵》韵目，亦优化分之。吴宁对诸韵统一不做割半分用的安排,显然还是与其系统性的诉求有关。在他看来,宋人以《广韵》206韵为据填词,只会合其通者,不会拆割某韵以合于他韵,至于唐宋旧词中的"借叶"现象,吴宁本末倒置地认为,"古人二百六部之分,详审精密,不待后人纷更",借叶现象是填词者"误读"所致,而今人"割半分用"之法是以今音揣度古音:"况谓本音非是而削之,较之'野当读户,误入马部;行当读杭,误入庚部'之说何异?顾亭林曰:'今人所读之声,古人不知也。渐久渐讹,遂失其本音。'然未有若词韵之甚者。不察字音,韵部惟乡音是凭。妄施裁割,实周挺斋、宋景濂诸人导之也。"因此,其词韵编订完全舍弃了这类韵例,以保证《广韵》"旧部原音"的系统性:"由此起,误读之字与本部异音,遂析之他隶。未见古韵,宜无把鼻。既信从《广韵》,观其分部,切音可爽然。自失尚可,何承误袭舛,复有'海半'、'泰半'、'队半'、'卦半'之目耶?兹于《广韵》不敢阳奉阴违,擅行割裂。全旧部、存原音,而词韵正矣。"

综上可见,立足于音韵的系统性特征是吴宁编韵的最大特点和主要理据。最大限度地吸收韵学的相关理论和方法,使得吴氏词韵更像是一部韵学著作,虽于旧词词体不无观照,但所表现出的词体观念实在太过淡薄。对音韵系统的过度强调、对等韵之学的过度观照,使得《榕园词韵》几乎游离于词体学之外,其"唐宋旧词复参差不一,无所依据"之说固然有一定道理,但以旧词用韵为"误读"之论,透露出吴宁缺乏正确的方音观,更缺乏对词体韵法音律体性的基本认识。

就词体学而言,该书价值不大。如果非要找一点价值,也只是体现在为达成词韵指南编订的系统性目标提供了"异质"层面的学术理据。于词坛而言,接受者称奇赞许,因其提供了一种潜在的"范世"准则;不纳者嗤之以鼻,以其缺乏基本的词体观念,应者寥寥。

吴衡照、谢章铤、徐珂诸人对吴氏韵均持肯定态度。吴衡照《莲子居词话》论词韵称:"今日海盐吴应和《榕园韵》,遵《广韵》部目,斟酌分并,平声从沈氏,上、去以平为准,入以平、上、去为准,最确。其中有增益删汰而无割裂,亦属至是。"[①] 谢章铤《赌棋山庄词话》卷

---

① (清)吴衡照:《莲子居词话》,唐圭璋编:《词话丛编》,中华书局1986年版,第2401—2402页。

六之"榕园词韵"中赞云:"修洁有条理,其凡例诸则,持论俱确。"①徐珂《清代词学概论》论词韵,承袭吴衡照之说,称:"吴宁之《榕园词韵》,遵《广韵》韵目,斟酌分并,平声从沈去矜,上、去以平声为准,入以平、上、去为准,则较确。"②但也有不以为意者,如嘉道间戈载编订《词林正韵》,其卷首"发凡"遍数诸家词韵之弊,独不提吴氏词韵。现代学者张世彬认识到《榕园词韵》的音理视角,称:"观此可知其书纯为编者提出其个人之理想,盖谓词韵应该如此分部,而非谓宋人词韵是如此分部也。"③张氏的评价颇为中肯,而吴宁编韵之所以能有如此"个人理想",朴学背景下的韵学理论和方法发挥了重要作用。

《榕园词韵》刊行六年后〔乾隆庚戌年(1790)〕,应沨(字叔雅,钱塘人)编成《词韵选隽》。该书以《广韵》韵目为基础做韵部分合,分词韵为二十一部,含舒声十七部,入声四部。应沨在《例言》中称:"架有菉斐轩、学宋斋、沈韵、徐韵④四种书,因讨究之,别订一编,将以质之宗匠。"从编韵特点来看,应氏确在韵目使用(《广韵》韵目)和收字原则("人所共见")等方面,对诸书有所借鉴。但就其韵部分合而言,《词韵选隽》实为拼合《学宋斋词韵》《菉斐轩词韵》,稍作改动之作。其入声四部与《学宋斋词韵》完全相同,如下:

第十八部
入声屋第一、沃第二、烛第三
第十九部
入声觉第四、药第十八、铎第十九
第二十部
入声质第五、术第六、栉第七、物第八、迄第九、陌第二十、

---

① (清)谢章铤:《赌棋山庄词话》,唐圭璋编:《词话丛编》,中华书局1986年版,第3397页。
② (清)徐珂:《清代词学概论》,山西人民出版社2015年版,第78—79页。
③ 张世彬:《论清代诸家词韵之得失》,邝健行、吴淑钿编选:《香港中国古典文学研究论文选粹(1950—2000)·诗词曲篇》,江苏古籍出版社2002年版,第218页。
④ 其序中有"近海宁徐氏有《榕园词韵》"之论,误将吴宁作为"徐氏"。此处,"徐"当作"吴"。

麦第二十一、昔第二十二、锡第二十三、职第二十四、德第二十五、缉第二十六

第二十一部

入声月第十、没第十一、曷第十二、末第十三、黠第十四、鎋第十五、屑第十六、薛第十七、合第二十七、盍第二十八、叶第二十九、怗第三十、洽第三十一、狎第三十二、业第三十三、乏第三十四

舒声部分，以《学宋斋词韵》为基础，将其第六部分为三部，将第七部分为五部，而其拆分全依《菉斐轩词韵》。应沨认为："学宋斋本并真、文、元、庚、青、蒸、侵为一部，元、寒、删、先、覃、盐、咸为一部，因袭前人，实失泛滥。今分上平真、文为第六部，即菉斐轩之真文部；元、寒、删、山为第七部，即菉斐轩之寒间部；桓为第八部，即菉斐轩之鸾端部；元、仙、先为第九部，即菉斐轩之先元部。"三书舒声韵部对照如表6-2。

表6-2　《学宋斋词韵》《词韵选隽》《菉斐轩词韵》舒声韵部对照

《学宋斋词韵》	《词韵选隽》	《菉斐轩词韵》
第一部	第一部	东红
第二部	第二部	邦阳
第三部	第三部	支时
		齐微
第四部	第四部	车夫
第五部	第五部	皆来
第六部	第六部	真文
	第十三部	清明
	第十五部	金音
第七部	第七部	寒间
	第八部	鸾端
	第九部	先元
	第十六部	南三
	第十七部	占炎

续表

《学宋斋词韵》	《词韵选隽》	《菉斐轩词韵》
第八部	第十部	箫韶
第九部	第十一部	和何
第十部	第十二部	嘉华
		车邪
第十一部	第十四部	幽游

从上表及应沨的论述中可以看出两点。第一，应沨认为《学宋斋词韵》诸部宽韵是"因袭前人"，"前人"所指不明，理论上来看，或指唐宋词人，或指前代词韵书编订者。但《学宋斋词韵》以前，并无［—m］［—n］［—ŋ］尾韵合并者，吴烺、江昉等的依凭只是宋姜、张等人的宽韵。因此，应沨所谓"前人"应为宋人。第二，应沨虽据《菉斐轩词韵》拆分《学宋斋词韵》中的一些"泛滥"宽韵，但并未全用《菉斐轩词韵》，如其第三部和第十二部就沿用《学宋斋词韵》之合韵。疑其舒声分合，有兼顾时音（或方音）的考量。① 《菉斐轩词韵》为北曲用韵，音韵层次与《中原音韵》一样，为近代音系，无入声。但就舒声而言，大概清初浙江一带的方音与之相近，故清初李渔论韵分韵与之多相近相通。如《笠翁词韵》虽将"支纸寘围委未奇起气"诸韵细分作"支纸寘""围委未""奇起气"三部，但《窥词管见》为求其"纯"，又将诸韵分为"支"和"齐微灰"两组，与《菉斐轩词韵》分作"支时""齐微"相同。一百年后的应沨将"覃谈盐添咸衔严凡"分作两部，与《笠翁词韵》相同。不同的是，其第七、八、九部分，而《笠翁词韵》合。

因此，我们有理由推测应沨编韵有审音的考量，只是其所审并非《广韵》等第，而是时音（方音），且其方音只适用于词韵的舒声部分，入声则全用《学宋斋词韵》四部。其韵部系统与明人胡文焕之《文会堂词韵》一样，纯为拼凑之作。立足于词韵学史，胡氏词韵于当时尚有

---

① 其第六、十三、十五部主要为韵尾的差异，第七、八、九部主要是介音和主要元音的差异，第十六、十七部亦然，这种差异在现代汉语（尤其是部分方言）中仍有体现。

"开眼"处，而应沨之《词韵选隽》在词体学、词韵学已有相当成就的乾嘉时期，实在显得不伦不类，既无完备的系统性，又缺乏应有的词体学考量，将词韵学引入了歧途，好在刚入歧途，便成绝路，未对清代词韵学造成实质性的影响。或有学者认为《词韵选隽》"代表着乾隆时代词韵之学的成就高峰，体现了词学发展的新变，尽管《词林正韵》没有直接参考该书，但乾隆以来的词韵学家的学理思考与治学成就却成为《词林正韵》的重要思想渊源，从而两书产生了间接的理论联系"①，对于"成就高峰""间接的理论联系"等观点，我们是不认同的。

第二节　吴衡照的词韵观

吴衡照（1771—?，字夏治，号子律，海宁人）有《莲子居词话》四卷，大约成书于嘉庆二十三年（1818），内容"有校正词律伪缺之处，有考订词韵分并之处，有评定词家优劣之处，有折衷古今论词异同之处"，时人评价其书"博征明辨，搜罗散佚，信足以为词苑有功之书"②，"博稽雄辩"③，评价其人"博雅""深于词"，誉其治词"素谙倚声按谱之学"④。其词学旨趣可见一斑。吴衡照对词体韵律的观照，与其追随浙派，崇尚雅正合律的治词路径不无关系。尤其对浙地前贤的音律视角和韵律成就非常推崇。比如，他引吴颖芳（1702—1781，字西林，号树虚，仁和人）关于词体文字与音律关系之论（"词之兴也，先有文字，从而宛转其声，以腔就辞者也。洎乎传播通久，音律确然，继起诸词人，不得不以辞就腔。于是必遵前词字脚之多寡，字面之平仄，号曰填词。或变易前词仄字而平，或变易前词平字而仄，要于音律无碍。或前词字少而今多之，则融洽其多字于腔中。或前词字多而今少之，则引伸其少字于腔外，亦仍与音律无碍。盖当时作者述者皆善歌，故制辞度腔，而字之多寡平仄参焉。今则歌法已失其传，音律之故不

---

① 倪博洋：《〈词韵选隽〉与乾隆时代词韵编纂思想》，《岭南学报》2021年第1期。
② （清）屠倬：《莲子居词话序》，《莲子居词话》，清嘉庆刻本。
③ （清）吴宁：《辛卯生诗序》，《辛卯生诗》，道光九年刻本。
④ （清）吴宁：《辛卯生诗序》，《辛卯生诗》，道光九年刻本。

明，变易融洽，引伸之技，何由而施。操觚家按腔运辞，兢兢尺寸，不易之道也。"），称赞其"融洽引伸"之说"极韪"，"实发宜兴万氏树所未发"。①

对于词韵，吴衡照亦有较多的观照，且同样呈现出推崇浙地前贤的特点。我们可以归纳吴氏词韵观为：强调系统性，兼顾借叶但不可通转，以 206 韵为分合基础。

首先，基于词韵的系统性观照，吴衡照不主张对某韵割半分用。通过比对既有词韵专书，他认为同乡吴宁所编《榕园词韵》"最确"："毛奇龄言：'词本无韵，今创为韵，转失古意。'西河初不知宋词韵也，故为是言。钱塘沈谦取刘渊、阴时夫，而参以周德清韵，并其所分，分其所并，甚至割裂数字，并失《广韵》二百六部所属，诚多可议。莱阳赵钥、宜兴曹亮武次第刊行，均失之也。全椒吴烺学宋斋本小变其面目，终亦沿沈氏误处。近日海盐吴应和榕园韵，遵《广韵》部目，斟酌分并，平声从沈氏，上、去以平为准，入以平、上、去为准，最确。其中有增益删汰而无割裂，应属至是。"② 立足于旧词实际用韵，前韵将某部割半的做法已为诸家所普遍接受，吴衡照认为这是"误处"。独《榕园词韵》不用割半分用之法，四声相承，系统规整严密，吴衡照以其"无割裂"而"最确""至是"。今天看来，此番褒奖有些过誉，或与吴衡照的同乡情节有关，但更可看出其对词韵系统性的强调。

其次，鉴于旧词中客观存在的"借叶"现象，吴衡照并不认为《榕园词韵》是完善的。他认同词之用韵的借叶特点，并解释称："词有借叶，借叶有二：'否'读'府'，'北'读'卜'，从方言也。唐及两宋多有之。若辛幼安歌、麻合用，筱、有合用，则用古韵。大抵前人韵有不合处，以二者通之，靡不合也。"③ 受到清代古音学的过度影响，吴衡照缺乏正确的语音史观，认为借叶是填词者故意用方音和古韵入词，以求其韵"合"，但对"借叶"现象的认可，表明他是有基本的词体观照和旧词参照意识的，这一点已较吴宁为优。因此，他主张在《榕园词

---

① （清）吴衡照：《莲子居词话》，唐圭璋编：《词话丛编》，中华书局 1986 年版，第 2399 页。
② （清）吴衡照：《莲子居词话》，唐圭璋编：《词话丛编》，中华书局 1986 年版，第 2401—2402 页。
③ （清）吴衡照：《莲子居词话》，唐圭璋编：《词话丛编》，中华书局 1986 年版，第 2403 页。

韵》基础上据旧词增加"借叶"体例，并称同乡许昂霄《词韵考略》"言古今通转及借叶法，说本楼敬思《洗砚斋集》，可取以补充榕园所未备"。不过，他也提出许氏的古今通转"当标《广韵》韵目"，毕竟诗韵韵目涵字过宽；而其借叶"当注借叶某部某字，庶不至因一部而累及数部，因一字而滥及数字，为识者笑也"，① 这样才能不因韵的系统性影响"借叶"韵字的具体性。

在吴氏看来，"借叶"之韵（字）若不具体，很容易犯"滥通"的错误。他认为："借叶之说兴而韵益紊。任取宋人所借之韵，因而旁通递转，纵逸无归，古响方音，错杂并奏，词又何贵乎韵？所以为是言者，盖以著两宋词，亦有此例，不独古经骚赋诗也。家数既殊，体裁斯判，且又止此数字庶几近之。而有才者，本韵自足，何必然也。"② 吴衡照折中《榕园词韵》系统性和《词韵考略》借叶说之举，是平衡词韵编订合古和范世原则的一次深入思考。

最后，通过考证韵学源流，吴衡照认为唐五代尚无平水诗韵，故主张编韵当用《广韵》之 206 韵。他指出："毛稚黄《韵白》云：'唐词守诗韵，然亦有通别韵而用之如宋词韵者。'此语失检。考隋陆法言《切韵》五卷，唐仪凤二年长孙讷言为之注。后天宝十年，孙愐重修，于是乎有《唐韵》，为当时辞章家所用。本无诗韵专书，亦无诗韵专名。顾得谓唐词守诗韵耶？大抵唐词与诗同出于《唐韵》，《唐韵》虽递有增加，而《切韵》二百六部旧目，依然不改。辞章家间苦韵窄，通别韵而用之。其于诗已往往而有，不独词也。词宽于诗，故韵亦较宽，非守诗韵而别有所谓如宋词韵者也。逮天宝末，越二百五十三年，为宋景德四年，崇文院上校定《切韵》五卷，依九经书例颁行。明年大中祥符元年，更名《大宋重修广韵》，而二百六部旧目，实亦依然不改。当景德间，诏殿中丞邱雍重修《切韵》也。龙图待制戚纶复奉诏取《切韵》要字，备礼部试作《韵略》。又三十一年为景祐四年，从贾昌朝请，韵窄者通十三处。四月奉诏重修，六月即以《重修礼部韵略》颁行。二百六部之并，殆自此始。刘渊踵而甚焉，浸益变乱。《韵白》乃谓一百七部，

---

① （清）吴衡照：《莲子居词话》，唐圭璋编：《词话丛编》，中华书局1986年版，第2473页。
② （清）吴衡照：《莲子居词话》，唐圭璋编：《词话丛编》，中华书局1986年版，第2403页。

唐人相传以迄于今。误以刘渊本为孙愐《唐韵》，与顾亭林误以李焘本为徐铉《说文》，同为通人之笑柄已。"① 所论与《学宋斋词韵例言》《榕园词韵发凡》有着相同的视角，只是吴衡照所论更为详尽，其后的《词林正韵发凡》亦作此论，并进一步将《广韵》韵目系统改为《集韵》。于此亦可见清代诸家在梳理韵学源流以明确韵目系统这方面的传承和发展。

《榕园词韵》和《词韵选隽》以审音之法整合词韵系统，似严而无据，缺乏对旧词诸类韵例的观照，空有整齐的韵部系统，故不见纳于词坛。着眼于系统性，吴衡照称《榕园词韵》"最确"，确则确矣，仍有"借叶"之未备。晚清谢章铤称："海盐吴子安著《榕园词韵》，修洁有条例，其凡例诸则，持论俱确。"② 谢氏所论主要是针对《榕园词韵发凡》的"持论"而言，非谓"确"者为分部。徐珂则因袭吴衡照之说，称："吴宁之《榕园词韵》，遵《广韵》韵目，斟酌分并，平声从沈去矜，上、去以平声为准，入以平、上、去为准，则较确。"③ 显然未得吴衡照论韵之旨。

---

① （清）吴衡照：《莲子居词话》，唐圭璋编：《词话丛编》，中华书局1986年版，第2472—2473页。
② （清）谢章铤：《赌棋山庄词话》，唐圭璋编：《词话丛编》，中华书局1986年版，第3397页。
③ （清）徐珂：《清代词学概论》，山西人民出版社2015年版，第78—79页。

第七章

嘉道间的协律类词韵

清代词体学"在顺康时期大放异彩之后,进入相对平稳的调整期,但也在酝酿着再次勃兴的各种元素"[①]。清代前期以《词律》《钦定词谱》为代表的词谱编纂和以《词韵略》、仲恒《词韵》为代表的词韵专书,已将词韵研究的格律意识推向极致,技术方法已臻成熟,词调韵法和分部韵法层面也在条件允许的情况下呈现出对词体音律的反思。虽然清中期的词体韵法研究并不像前期那样大放异彩,但词体相关研究领域的尝试和深入,为其后的勃兴带来了潜在的契机。词谱方面,乾嘉时期尤以词乐谱文献的发掘整理及相关实践研究的成就最为突出,这为晚清词体音律意识的再次觉醒提供了保障条件。不过,清代中晚期的词体韵法考察,并未一味盲目地承袭清中期的调整和诸多尝试,而是充分吸收清代前期的成果,在此基础上做补遗、校订和优化工作。对于词体韵法研究的格律视角和音律视角,持相对审慎的态度,试图在两视角之间需求一种平衡,而不是偏废一端。由此,涌现出了一些集大成的成果,分部韵法方面以戈载《词林正韵》为代表,词调韵法方面以秦巘《词系》为代表。此外,还出现了一些韵法研究的新尝试,试图在保证韵法合乎词体特性的前提下,更多地加入音乐歌谱的元素,谢元淮《碎金词谱》和《碎金词韵》就是这方面的代表。

第一节 《词林正韵》

《词林正韵》的作者戈载(1786—1856),字宝士,又字孟博,号顺

[①] 江合友:《明清词谱史》,上海古籍出版社 2008 年版,第 155 页。

卿，江苏吴县人，是清中晚期吴中声律词人群的核心人物，与朱绶、吴嘉洤、王嘉禄、沈传桂、沈彦曾和陈彬华，世称"后吴中七子"。其父戈宙襄治小学，通音韵，家学渊源使得戈载对词学的认识多了一份声律观照，对词韵的韵学属性也有着较前人更深入的认识。

词选编纂方面，戈载以声律作为严格的选词标准，与王嘉禄合编《宋七家词选》，对于诸家旧词，韵律无碍者始得收入，不然纵是名篇佳作亦"割爱从删""虽美弗收"。戈载常以此韵律标准对宋人词作加以评价，并阐述其选取舍的具体依据，如其《周公谨词选跋》评价周密词作："惟用韵则逊于梦窗，是其疏忽之处。予此选，律乖韵杂者，不敢乱收。如〔木兰花慢〕'西湖十景'洵为佳构，大胜于张成子〔应天长〕十阕，惜有四首混韵者，故仅登六首。其小序有云：'词不难于作而难于工，不难于工而难于协。'旨哉是言，可与知者道，难与俗人言尔。"① 其《史邦卿词选跋》评论史达祖词云："集中如〔东风第一枝〕〔寿楼春〕〔湘江静〕〔绮罗香〕〔秋霁〕皆推杰构，正不独汲古阁所称'醉玉生春''柳发梳月'也。惟〔双双燕〕一词，亦脍炙人口，然美则美矣，而其韵庚、青杂入真、文，究为玉瑕珠类。予此选律韵不合者，虽美弗收，故是词割爱从删。"② 词籍校勘方面，针对两宋旧词，戈载还常常以其韵律标准"依律校词""依韵辨误"，律校法拓展了校词方法，但戈氏过于信赖其韵律主张，时常因此犯下"改古律今""以今律古"的错误。词作方面，其词集《翠薇花馆词》亦是敛才就法的典范。

词体分部韵法方面，戈载对词韵有着深入的思考。嘉庆二十四年（1819），戈载就开始着手准备词韵编订工作，试图编订一部"非敢正古人之讹，实欲正今人之谬，庶几韵正而律亦可正耳"③的词韵专书。两年后即道光元年（1821），韵书编成，取名《词林正韵》，可见戈氏正词林用韵之谬的诉求。此书一出，即得顾千里、董国琛、朱绶、吴嘉洤等当世名家为之作序，并于是年底刊行翠薇花馆刻本。其后再刊再刻本层

---

① （清）戈载：《周公谨词选跋》，施蛰存主编：《词籍序跋萃编》，中国社会科学出版社1994年版，第379页。
② （清）戈载：《史邦卿词选跋》，施蛰存主编：《词籍序跋萃编》，中国社会科学出版社1994年版，第379页。
③ （清）戈载：《词林正韵》，上海古籍出版社2010年版，第35页。

出，除道光元年初刻本，据统计还有以下版本："道光元年景石斋刊本，同治四年（1865）番禺姚氏刊本，同治十二年（1873）刻本，光绪三年（1877）重刻本，《四印斋所刻词》本，光绪十七年（1891）思贤讲舍刻本，光绪十八年（1892）刻本，光绪间稻香馆刻本（上海图书馆藏），清钞本（南京图书馆藏），《啸园丛书》本，上海扫叶山房 1915 年石印本又 1924 年石印本，1963 年闻汝贤自印本，台北文史哲出版社 1966 年版，台湾文泉出版社 1967 年版，世界书局 1968 年版，台湾北一出版社 1971 年版，台湾正中书局 1968 年版，台湾明达出版社 1976 年版，台湾广文书局 1978 年版，上海古籍出版社 1981 年 10 月本［据吴县潘氏藏清·道光元年（1821）翠薇花馆初刻初刊本影印］，台湾正中书局 1991 年版，上海古籍出版社 1989 年 8 月本（据光绪七年王鹏运辑《四印斋所刻词》重梓），上海古籍出版社 2002 年 4 月本（据湖北省图书馆藏清·道光刻朱墨套印本影印，《续修四库全书》本）。"① 可见其流传之广、之久。

一 《词林正韵》分部及其特点

据其翠薇花馆刻本，《词林正韵》卷首收顾千里、董国琛、朱绶、吴嘉洤四人所作序言，次以韵部目录，次以《词林正韵·发凡》，详述戈氏词体观及词韵主张，最后次以正文卷上、卷中、卷下。共分词韵十九部，含舒声韵十四部，入声韵五部，各部以"第×部"为部名。其中，舒声各部含平、上、去三声，三声分列，各声下列所辖 206 韵（用《集韵》韵目）及具体韵字，相同小韵汇列，不释字义，仅于首字注反切，又于各声之后附列"入声作平/上/去声"辖字。摘其分部目录如下：

第一部：
平：一东、二冬、三锺
上：一董、二肿

---

① 高淑清：《〈词林正韵〉研究》，博士学位论文，吉林大学，2008 年，第 8—9 页。

去：一送、二宋、三用

第二部：

平：四江、十阳、十一唐

上：三讲、三十六养、三十七荡

去：四绛、四十一漾、四十二宕

第三部：

平：五支、六脂、七之、八微、十二齐、十五灰

上：四纸、五旨、六止、七尾、十一荠、十四贿

去：五寘、六至、七志、八未、十二霁、十三祭、十四太（半）、十八队、二十废

第四部：

平：九鱼、十虞、十一模

上：八语、九麌、十姥

去：九御、十遇、十一暮

第五部：

平：十三佳（半）、十四皆、十六咍

上：十二蟹、十三骇、十五海

去：十四太（半）、十五卦（半）、十六怪、十七夬、十九代

第六部：

平：十七真、十八谆、十九臻、二十文、二十一欣、二十三魂、二十四痕

上：十六轸、十七准、十八吻、十九隐、二十一混、二十二很

去：二十一震、二十二稕、二十三问、二十四焮、二十六慁、二十七恨

第七部：

平：二十二元、二十五寒、二十六桓、二十七删、二十八山、一先、二仙

上：二十阮、二十三旱、二十四缓、二十五潸、二十六产、二十七铣、二十八狝

去：二十五愿、二十八翰、二十九换、三十谏、三十一裥、三十二霰、三十三线

第八部：

平：三萧、四宵、五爻、六豪

上：二十九筱、三十小、三十一巧、三十二皓

去：三十四啸、三十五笑、三十六效、三十七号

第九部：

平：七歌、八戈

上：三十三哿、三十四果

去：三十八箇、三十九过

第十部：

平：十三佳（半）、九麻

上：三十五马

去：十五卦（半）、四十祃

第十一部：

平：十二庚、十三耕、十四清、十五青、十六蒸、十七登

上：三十八梗、三十九耿、四十静、四十一迥、四十二拯、四十三等

去：四十三映、四十四诤、四十五劲、四十六径、四十七证、四十八隥

第十二部：

平：十八尤、十九候、二十幽

上：四十四有、四十五厚、四十六黝

去：四十九宥、五十候、五十一幼

第十三部：

平：二十一侵

上：四十七寝

去：五十二沁

第十四部：

平：二十二覃、二十三谈、二十四盐、二十五沾、二十六严、二十七咸、二十八衔、二十九凡

上：四十八感、四十九敢、五十跋、五十一忝、五十二俨、五十三豏、五十四槛、五十五范

去：五十三勘、五十四阚、五十五艳、五十六栝、五十七验、五十八陷、五十九鉴、六十梵

第十五部：

一屋、二沃、三烛

第十六部：

四觉、十八药、十九铎

第十七部：

五质、六术、七栉、二十陌、二十一麦、二十二昔、二十三锡、二十四职、二十五德、二十六缉

第十八部：

八勿、九迄、十月、十一没、十二曷、十三末、十四黠、十五鎋、十六屑、十七薛、二十九叶、三十帖

第十九部：

二十七合、二十八盍、三十一业、三十二洽、三十三狎、三十四乏

粗略看来，《词林正韵》的分部数和大体辖韵情况与《词韵略》和仲恒《词韵》相同。实际上，戈氏韵并非是对前人词韵的简单承袭，而是融合诸家之长而成。相较于前韵，戈氏韵有如下特点。

第一，部目但书"第×部"，不以任何韵目组合而成。清代诸家词韵专书，部目名多以各部辖韵的代表韵目组合构成。不专立部目名，而直书"第×部"之法，《词韵考略》《学宋斋词韵》和《榕园词韵》已用之。[①] 戈载评价许氏韵"古今通转借叶"之论为"痴人说梦，更不足道"，评价吴烺韵分部过宽："其书以'学宋'为名，宜其是矣，乃所学者皆宋人误处……滥通取便，踳驳不堪……种种疏缪，其病百出，不知而作，贻误来兹，莫此为甚。"但对于两家的标目法，戈载是认可的。他不赞成沈谦、仲恒等家以辖韵韵目拼合构成部目的方法，认为此法"以'东董'、'江讲'、'支纸'等标目，平领上、去，而止列平、上，

---

① 清初朴隐子《诗词通韵》亦以"第×部"标目，但该书非词韵专书，此标目法非专为词体韵法而设。

似未该括。入声则连两字曰'屋沃'、曰'觉药',又似纷杂"。

第二,辖韵不以诗韵为基础,而是采用《集韵》的206韵韵目。清代诸家词韵专书中,以"第×部"为部名者,往往都是以206韵为辖韵基础,以辖韵韵目拼合构成部目者,多以诗韵为辖韵基础。戈载对采用诗韵韵目不以为然,认为"用阴氏韵目,删并既失其当,则分合之界模糊不清,字复乱次以济,不归一类"。这与戈载强调区别词韵与诗韵的主张有关。严辨诗、词、曲等文体差异,是清代词体学建构的重要内容,词韵与诗韵、曲韵的差异,又是该内容的重要话题。清初以降的词体韵法探讨,大体皆主张诗词二体用韵有别,但具体分部安排层面,该主张执行得并不彻底。如沈谦、仲恒诸家以诗韵为词韵的辖韵基础,一方面,有强调二体用韵联系之意,另一方面,诗韵本为已合之韵,以诗韵作为归并词韵的基础,再做拆分,不利于明确佳、蟹等半通之韵的辖字范围。毕竟"宋人填词时未尝将任何韵书中之任何韵部割半分用也。今依后世已并之韵部、重又割分,而称半通,徒使学者疑惑,实不如仍用《广韵》之部目为宜也"①。后来者改用206韵,既在一定程度上更符合宋人词作选韵逻辑,又便于根据旧词安排半通之韵的分合。但在戈载看来,无论是切语、同用独用之标注还是韵字的音义注释,《集韵》都较《广韵》更优,更接近宋人填词实际情况。故改《广韵》韵目为《集韵》韵目。

第三,舒声部平仄三声相押,其中,仄声再分上、去二声相押。关于舒声平仄相叶(或三声相叶)的问题,除《榕园词韵》,明代以来皆以之为词体用韵法则之一。戈载亦承之,认为:"词韵分部,必以平领上、去者,以词有平、仄互叶之体也。"

第四,入声独立为部的同时,另附入作三声例于各部之后。自明胡文焕《文会堂词韵》以来,历代编韵者均以入声独押为词体韵法的一大主要特征。两宋旧词虽有少数词作以入声与舒声通押,编韵者亦多以其量少而忽略,或以之为方音借叶或曲韵填词而置之弗论。或有词谱编订从格律的视角,以"入作平""入作上"加以解读,但并不作为词体韵

---

① 张世彬:《论清代诸家词韵之得失》,邝健行、吴淑钿编选:《香港中国古典文学研究论文选粹(1950—2000)·诗词曲篇》,江苏古籍出版社2002年版,第211页。

法考虑。戈载充分尊重两宋旧词之"名手佳篇"的用韵事实,于各部之后另附入作三声例之韵字。

第五,体现戈载尊重两宋旧词之"名手佳篇"用韵事实的,还有他对方音相叶韵字的处理。两宋旧词中,常有以时音或当时方音入韵者,这些韵字不能径以《广韵》《集韵》等韵书音归纳入 206 韵或诗韵,沈谦以来编韵者偶有涉及(如关于"打""否"等字的归部问题),但相对较少。戈载根据其所选两宋"名手佳篇",细加考索,据旧词押韵将诸字归入相应韵部,同时在《词林正韵·发凡》中详加论析,指出方音入韵"不可为法",今人不能因诸方音或见于《中原音韵》而滥以"中州音"为据:

> 宋人词有以方音为叶者,如黄鲁直〔惜余欢〕"阁""合"同押,林外〔洞仙歌〕"锁""考"同押,曾觌〔钗头凤〕"照""透"同押,刘过〔辘轳金井〕"溜""倒"同押,吴文英〔法曲献仙音〕"冷""向"同押,陈允平〔水龙吟〕"草""骤"同押。此皆以土音叶韵,究属不可为法。《中原音韵》诸书,则以"庚耕清"之"横""烹""棚""荣""兄""轰""萌""琼"、登韵之"崩""朋""薨""肱"等字俱入"东钟",尤韵之"罘""蜉"入"鱼虞",此在中州音则然,止可施之于曲。词则无有用者,唯有借音之数字,宋人多习用之。如柳永〔鹊桥仙〕"算密意幽欢,尽成辜负","负"字叶方布切;辛弃疾〔永遇乐〕"凭谁问,廉颇老矣,尚能饭否","否"字叶方古切;赵长卿〔南乡子〕"要底圆儿糖上浮","浮"字叶房遘切;周邦彦〔大酺〕"况萧索,青芜国","国"字叶古六切;潘元质〔倦寻芳〕"待归来,碎揉花打","打"字叶当雅切;姜夔〔疏影〕"但暗忆,江南江北","北"字叶逋沃切;韩玉〔曲江秋〕亦用"国""北"叶屋沃韵;吴文英〔端正好〕"夜寒重,长安紫陌","陌"字叶末各切;〔烛影摇红〕"相间金茸翠亩","亩"字叶忙补切;蒋捷〔女冠子〕"羞与闹蛾儿争要","要"字叶霜马切之类。略举数家,已见一斑。相沿至今,既有音切,便可遵用。故一一补于各韵之末,注"增补"二字以别之,此补音也。复有补字者,则太韵之"奈"字,山韵之"偃"字,耕韵之"瞪"字,铎韵

之"艠"字,盍韵之"塔"字,皆从《广韵》补《集韵》之所无。又如麻韵之"靴"字,寝韵之"怎"字,沁韵之"渗"字,严韵之"欠"字,德韵之"冒"字,合韵之"匼"字,则《集韵》《广韵》俱无,兹从《韵会》补入。韵中应有之字故不标出,增补损益之间,或得其当与。

第六,对太、卦、佳等辖韵做割半分用的处理。依据旧词用韵,对相关韵做割半分用的处理,自沈谦、吴绮、仲恒以来,诸家多有涉及(《榕园词韵》除外)。但诸家所分,或以诗韵为基础(如沈谦《词韵》),辖韵不明,"徒使学者疑惑";或以《广韵》206 韵为基础(如《学宋斋词韵》),但因所据旧词非"名手佳篇",而致使半通之韵滥至"海""夬""队"诸韵。是否"名手佳篇",捃选标准见仁见智,但以 206 韵为基础做割半分用,显然比沈谦等的处理更有效,也更具说服力。

第七,主张用韵宜严,这与戈载重视词体用韵的观念有关。戈氏很看重韵之于词体音律特性的重要性,他认为"韵不审,则宫调之理失",而"韵虽较为浅近,而实最多舛误。此无他,恃才者不屑拘泥自守,而谫陋之士往往取前人之稍滥者,利其疏漏,苟且附和,借以自文",故词之用韵切忌泛滥。对于前人对词韵严宽之争的焦点话题——真庚侵分合、元先覃分合及入声的分合问题,他认为应严分之。据此他批评《学宋斋词韵》:"以'学宋'为名,宜其是矣,乃所学者皆宋人误处。真、谆、臻、文、欣、魂、痕、庚、耕、清、青、蒸、登、侵皆同用,元、寒、桓、删、山、先、仙、覃、谈、盐、沾、严、咸、衔、凡又皆并部。入声则物、迄入质陌韵,合、盍、业、洽、狎、乏入月屑韵。滥通取便,踳驳不堪。试取宋人名作读之,果尽若是之宽者乎?"又"是古人之词具在,无韵而有韵;今人之韵成书,有韵而无韵。岂不大可笑哉"。

二 戈载的词体韵律主张

以上几点词韵主张,戈载不仅于《词林正韵·发凡》中有所论述,还将其融入具体韵部安排。但是,戈载对词体韵法的贡献远不止限于此。戈载对词韵学更大的贡献在于:第一,主张韵、律并重,第二,系统地阐释词韵与词律、宫调、词乐之间的关系。限于词韵系统的特殊性，戈载并不能将此两点主张融入韵部系统，但他的《词林正韵·发凡》中有详细深入的论述。

虽然清代词韵专书编订成就很大，但于词体学和词坛创作而言，词韵学的地位并不算高，影响力也不大。尤其是相较于对词律的探讨，词韵学始终处于次要地位。早在康雍时期，作为浙西词派中期的中坚力量，厉鹗就有提升词韵学地位，与词律并举的想法，其《论词绝句》十二云："去上双声仔细论，荆溪万树得专门。欲呼南渡诸公起，韵本重雠菉斐轩。"将"有上去入三声作平声"的菉斐轩《词林要韵》和严辨仄声、以上作平、以入作平的《词律》并举，以寓韵、律融通之意。但厉鹗本人并未针对词律和词韵做深入的研究。在此基础上，戈载在其《词林正韵·发凡》中明确地提出韵律并重，并深入地阐述了该主张的词体学理据。首先，他提出："填词之大要有二：一曰律，一曰韵。律不协，则声音之道乖；韵不审，则宫调之理失。二者并行不悖。韵虽较为浅近，而实最多舛误。此无他，恃才者不屑拘泥自守，而谫陋之士往往取前人之稍滥者，利其疏漏，苟且附和，借以自文。其流荡无节，将何底止？"认为韵与律一样，都关涉到词体声律的和谐。其次，进一步提出："词之合律与否全在乎韵。"①认为韵与律存在内在的必然联系，并引杨缵《作词五要》申说其旨：

> 杨缵有《作词五要》"第四"云："要随律押韵。如越调〔水龙吟〕、商调〔二郎神〕，皆合用平、入声韵。古词俱押去声，所以转折怪异，成不祥之音，昧律者反称赏之，真可解颐而启齿也。"杨缵字守斋，《苹洲渔笛谱》中所称"紫霞翁"者即是。诸词书引之为"杨诚斋"，误也。守斋洞晓音律，常与草窗论五凡工尺义理之妙，未按管色，早知其误。草窗之词皆就而订正之。玉田亦称其持律甚严，一字不苟作，观其所论可见矣。予尝即其言而推之，词之用韵，平、仄两途。而有可以押平韵、又可以押仄韵者，正自不少，其所谓"仄"，乃入声也。如越调又有〔霜天晓角〕〔庆春宫〕，

---

① （清）戈载：《宋七家词选》卷七，清道光十七年（1837）翠薇花馆刻本。

商调又有〔忆秦娥〕，其余则双调之〔庆佳节〕、高平调之〔江城子〕、中吕宫之〔柳梢青〕、仙吕宫之〔望梅花〕〔声声慢〕、大石调之〔看花回〕〔两同心〕、小石调之〔南歌子〕。用仄韵者，皆宜入声。〔满江红〕有入南吕宫、有入仙吕宫，入南吕宫者，即白石所改平韵之体，而要其本用入声，故可改也。外此，又有用仄韵而必须入声者，则如越调之〔丹凤吟〕〔大酺〕、越调犯正宫之〔兰陵王〕、商调之〔凤皇阁〕〔三部乐〕〔霓裳中序第一〕〔应天长慢〕〔西湖月〕〔解连环〕》、黄钟宫之〔侍香金童〕〔曲江秋〕、黄钟商之〔琵琶仙〕、双调之〔雨霖铃〕、仙吕宫之〔好事近〕〔蕙兰芳引〕〔六幺令〕〔暗香〕〔疏影〕，仙吕犯商调之〔凄凉犯〕、正平调近之〔淡黄柳〕、无射宫之〔惜红衣〕、正宫中吕宫之〔尾犯〕、中吕商之〔白苎〕、夹钟羽之〔玉京秋〕、林钟商之〔一寸金〕、南吕商之〔浪淘沙慢〕，此皆宜用入声韵者，勿概之曰"仄"，而用上、去也。其用上、去之调，自是通叶，而亦稍有差别。如黄钟商之〔秋宵吟〕、林钟商之〔清商怨〕、无射商之〔鱼游春水〕，宜单押上声。仙吕调之〔玉楼春〕、中吕调之〔菊花新〕、双调之〔翠楼吟〕，宜单押去声。复有一调中必须押上、必须押去之处，有起韵、结韵宜皆押上、宜皆押去之处，不能一一胪列。唐段安节《乐府杂录》有五音二十八调之图，平声羽七调，上声角七调，去声宫七调，入声商七调，上、平声调为征声，以五音之征有其声无其调，故只二十八调也。所论皆填腔叶韵之法，更有"商角同用""宫逐羽音"之说，可与紫霞翁之言相发明。作者宜细加考核，随律押韵，更随调择韵，则无转折怪异之病矣。

从格律的角度审视词调韵法，万树《词律》已开先河，戈载承之，又有所发扬，即适当地结合宫调论之。对词韵和词律、宫调内在联系的探讨，是戈载对词体学做出的最大贡献。这与戈载校订万树《词律》的工作分不开。顾千里曾称赞其订律："其论律之书，略已具稿，能发前人所未发，功可与论韵埒。二书间或互相证明，合而行之，词林指南于是乎备。他日者编定见示，不佞必又击节赏叹曰：'正如某腹中所欲言。'"俞樾《校勘词律序》亦评价道："道光见吴门有戈顺卿先生，又从万氏之后密益加密，于是阴平阳平及入声去声之辨，细入毫芒，词之道尊。"① 可惜戈氏所校订词律未刊失传，其韵律相协、互相证明之法亦不得而知。

不限于万树以词律考察词韵的视角，戈载还吸收了《钦定词谱》等前谱以词乐的视角审视词体韵法的观念，他在《词林正韵·发凡》中详述词韵与词乐的关系，如下：

> 词之为道，最忌落腔。落腔者，即丁仙现所谓落韵也。姜白石云："十二宫住字不同，不容相犯。"沈存中《补笔谈》载"燕乐二十八调杀声"。张玉田《词源》论结声正讹，不可转入别腔。"住字"、"杀声"、"结声"，名虽异而实不殊，全赖乎韵以归之。然此第言收音也。而用韵之吃紧处，则在乎起调、毕曲。盖一调有一调之起，有一调之毕。某调当用何字起、何字毕，"起"是始韵，"毕"是末韵，有一定不易之则。而"住字"、"杀声"、"结声"，即由是以别焉。词之谐不谐，恃乎韵之合不合。韵各有其类，亦各有其音，用之不紊，始能融入本调，收足本音耳。韵有四呼、七音、三十一等。呼分开、合，音辨宫、商，等叙清、浊。而其要则有六条：一曰"穿鼻"，二曰"展辅"，三曰"敛唇"，四曰"抵腭"，五曰"直喉"，六曰"闭口"。"穿鼻"之韵，"东冬锺"、"江阳唐"、"庚耕清青蒸登"三部是也。其字必从喉间反入，穿鼻而出作收韵，谓之"穿鼻"。"展辅"之韵，"支脂之微齐灰"、"佳半皆咍"二部是也。其字出口之后，必展两辅如笑状作收韵，谓之"展辅"。"敛唇"之韵，"鱼虞模"、"萧宵爻豪"、"尤侯幽"三部是也。其字在口半启半闭，敛其唇以作收韵，谓之"敛唇"。"抵腭"之韵，"真谆臻文欣魂痕"、"元寒桓删山先仙"二部是也。其字将终之际，以舌抵着上腭作收韵，谓之"抵腭"。"直喉"之韵，"歌戈"、"佳半麻"二部是也。其字直出本音以作收韵，谓之"直喉"。"闭口"之韵，"侵覃"、"谈盐沾严咸衔凡"二部是也。其字闭其口以作收韵，谓之"闭口"。凡平声十四部，已尽于此。上、去即随之，惟入声

---

① （清）张鸿卓：《绿竹词》卷首，清同治五年（1866）刻本。

有异耳。入声之本，体后有论，四声表在，亦可类推。至其叶三声者，则入某部即从某音，总不外此六条也。明是六者，庶几韵不假借，而"起"、"毕"、"住字"无不合矣，又何虑其落韵乎？

相较于《钦定词谱》自圆其说式地阐发韵和乐之间的关系，戈载的论述更加谨慎，皆以姜夔、沈括、张炎等宋人所论为据。不同于《钦定词谱》径以毛奇龄通转学说为据，戈载借毛先舒"六条论"证诸韵之分合，所论音理更具审音特征，结论也更加合理。

综上可见，戈载对词体韵法的探讨，不仅于分部韵法层面集诸家之长，还最大限度地吸收了前人从格律、音律层面考察词调韵法的视角和方法。张尔田在《朱祖谋〈彊邨遗书〉序》中，将清代词学分为四个繁盛期：万树编纂《词律》、戈载辨词之韵律、张惠言尊词体和朱祖谋校词籍。就词韵学而言，戈载确有集大成之功。

第二节 《碎金词韵》

就在《词林正韵》成书二十八年后，道光二十八年（1848）《碎金词韵》刊行。《碎金词韵》作者谢元淮，字均绪，号默卿，一作墨卿，曾号柏崖，湖北松滋人。生于乾隆四十九年（1784），约卒于同治六年（1867），大致与《词林正韵》作者戈载（1786—1856）同时。有《养默山房诗稿》十卷，《养默山房诗韵》六卷，《碎金词谱》十四卷，《碎金续谱》六卷，《碎金词韵》四卷，《养默山房诗余》（不分卷，收入《填词浅说》《海天秋角词》《碎金词》三种）等著作传世。

作为谢元淮词韵学领域的最终成果，《碎金词韵》有着与戈载《词林正韵》相同的词学背景，也有着大致相同的分部系统，但二书的词学史地位迥异。就版本而言，《碎金词韵》传世版本仅有道光二十八年刻本，为朱墨套印本，附刻于《碎金词谱》十四卷之后，收录于《续修四库全书·集部·词类》。扉页刻有"道光戊申秋月""本衙藏板"字样，板框高192毫米，宽282毫米，四周双边，白口，单鱼尾。半页十行，小字则双行，版中心刻书名及卷次。卷首记海州许乔林（石华）《碎金词韵序》及谢元淮自撰《碎金词韵论例》。今国家图书馆、南京图书馆、山东省图书馆、首都师大图书馆、香港大学图书馆和上海图书馆藏有该刻本，此外，湖北省图书馆和辽宁省图书馆还藏有重修本。这与稍早的《词林正韵》版本情况形成了鲜明对比，后者的传世版本众多，相比之下，《碎金词韵》版本非常单薄。就词坛评价而言，戈载的词韵研究被张尔田誉为清代词体学四大成就之一，而谢元淮《碎金词韵》竟未入历代词学家之法眼。

一 《碎金词韵》分部特点

词学背景相同、刊刻时间相近，谢元淮与戈载亦常有来往，作为晚出韵书，皆充分吸收前人成果，但词坛地位悬殊。那么，两家词韵到底有何异同，足以带来如此大的差异评价？我们可以从韵部和词韵主张两个方面加以对比。

先看分部异同，主要从韵部划分、韵部目及韵目使用三个方面来展开比较。

表7-1　　　　　《碎金词韵》和《词林正韵》韵部及标目对比

部次	《碎金词韵》及其对应的相关韵目				《词林正韵》
	《碎金词韵》	平水韵目	《广韵》韵目	《集韵》韵目	
1	东董韵： 平：一东二冬通用 仄：上：一董二肿、 去：一送二宋通用	平：一东二冬 上：一董二肿 去：一送二宋	平：一东二冬三锺 上：一董二肿 去：一送二宋三用	平：一东二冬三锺 上：一董二肿 去：一送二宋三用	第一部： 平：一东二冬三锺 上：一董二肿 去：一送二宋三用
2	江讲韵： 平：三江七阳通用 仄：上：三讲二十二养去：三绛二十三漾通用	平：三江七阳 上：三讲二十二养 去：三绛二十三漾	平：四江、十阳十一唐 上：三讲、三十六养三十七荡 去：四绛、四十一漾四十二宕	平：四江、十阳十一唐 上：三讲、三十六养三十七荡 去：四绛、四十一漾四十二宕	第二部： 平：四江十阳十一唐 上：三讲三十六养三十七荡 去：四绛四十一漾四十二宕

续表

部次	《碎金词韵》及其对应的相关韵目				《词林正韵》
	《碎金词韵》	平水韵目	《广韵》韵目	《集韵》韵目	
3	支纸韵： 平：四支五微八齐十灰(半)通用 仄：上四纸五尾八荠十贿(半)、去四寘五未八霁九泰(半)十一队(半)通用	平：四支五微八齐十灰(半) 上：四纸五尾八荠十贿(半) 去：四寘五未八霁九泰(半)十一队(半)	平：五支六脂七之、八微、十二齐、十五灰 上：四纸五旨六止、七尾、十一荠、十四贿 去：五寘六至七志、八未、十二霁十三祭、十四泰(半)、十八队二十废	平：五支六脂七之、八微、十二齐、十五灰 上：四纸五旨六止、七尾、十一荠、十四贿 去：五寘六至七志、八未、十二霁十三祭、十四太(半)、十八队二十废	第三部： 平：五支六脂之八微十二齐十五灰 上：四纸五旨止七尾十一荠十四贿 去：五寘六至七志八未十二霁十三祭十四太(半)十八队二十废
4	鱼语韵： 平：六鱼七虞通用 仄：上六语七麌、去六御七遇通用	平：六鱼七虞 上：六语七麌 去：六御七遇	平：九鱼、十虞十一模 上：八语、九麌十姥 去：九御、十遇十一暮	平：九鱼、十虞十一模 上：八语、九噳十姥 去：九御、十遇十一暮	第四部： 平：九鱼十虞十一模 上：八语九噳十姥 去：九御十遇十一暮
5	佳蟹韵： 平：九佳十灰(半)通用 仄：上九蟹十贿(半)、去九泰(半)十卦(半)十一队(半)通用	平：九佳十灰(半) 上：九蟹十贿(半) 去：九泰(半)十卦(半)十一队(半)	平：十三佳十四皆、十六咍 上：十二蟹十三骇、十五海 去：十四泰(半)、十五卦(半)十六怪十七夬(半)、十九代	平：十三佳十四皆、十六咍 上：十二蟹十三骇、十五海 去：十四太(半)、十五卦(半)十六怪十七夬(半)、十九代	第五部： 平：十三佳(半)十四皆十六咍 上：十二蟹十三骇十五海 去：十四太(半)十五卦(半)十六怪十七夬十九代

续表

部次	《碎金词韵》及其对应的相关韵目				《词林正韵》
	《碎金词韵》	平水韵目	《广韵》韵目	《集韵》韵目	
6	真轸韵： 平：十一真十二 文十三元(半)通用 仄：上十一轸十二 吻十三 阮(半)、去十二 震十三 问十四愿(半)通用	平：十一真十二 文十三元(半) 上：十一轸十二 吻十三阮(半) 去：十二震十三 问十四愿(半)	平：十七真十八 谆十九臻、二十 文二十一欣、二十三 魂二十四痕 上：十六轸十七 准、十八吻十九 隐、二十一 混二十二很 去：二十一震二十二 稕、二十三问二十四 焮、二十六 慁二十七恨	平：十七真十八 谆十九臻、二十 文二十一欣、二十三 魂二十四痕 上：十六轸十七 准、十八吻十九 隐、二十一 混二十二很 去：二十一震二十二 稕、二十三问二十四 焮、二十六 慁二十七恨	第六部： 平：十七真十八 谆十九臻二十 文二十一欣二十三 魂二十四痕 上：十六轸十七 准十八吻十九 隐二十一 混二十二很 去：二十一震二十二 稕二十三问二十四 焮二十六 慁二十七恨
7	寒阮韵： 平：十四寒十五 删一 先十三元(半)通用 仄：上十三 阮(半)十四旱十五 潸十六铣、去十四 愿(半)十五翰十六 谏十七霰通用	平：十四寒十五 删一先十三元(半) 上：十三阮(半)十四 旱十五潸十六铣 去：十四愿(半)十五 翰十六谏十七霰	平：二十二 元、二十五寒二十六 桓、二十七删二十八 山、一先二仙 上：二十阮二十三 旱二十四缓、二十五 潸二十六产、二十七 铣二十八狝 去：二十五 愿、二十八翰二十九 换、三十谏三十一 裥、三十二 霰三十三线	平：二十二 元、二十五寒二十六 桓、二十七删二十八 山、一先二仙 上：二十阮二十三 旱二十四缓、二十五 潸二十六产、二十七 铣二十八狝 去：二十五 愿、二十八翰二十九 换、三十谏三十一 裥、三十二 霰三十三线	第七部： 平：二十二元二十五 寒二十六桓二十七 删二十八山一 先二仙 上：二十阮二十三 旱二十四缓二十五 潸二十六产二十七 铣二十八狝 去：二十五愿二十八 翰二十九换三十 谏三十一裥三十二 霰三十三线

第七章 嘉道间的协律类词韵 217

续表

部次	《碎金词韵》及其对应的相关韵目				《词林正韵》
	《碎金词韵》	平水韵目	《广韵》韵目	《集韵》韵目	
8	萧筱韵： 平：二萧三肴四豪通用 仄：上十七筱十八巧十九皓、去十八啸十九效二十号通用	平：二萧三肴四豪 上：十七筱十八巧十九皓 去：十八啸十九效二十号	平：三萧四宵、五肴、六豪 上：二十九筱三十小、三十一巧、三十二皓 去：三十四啸三十五笑、三十六效、三十七号	平：三萧四宵、五爻、六豪 上：二十九筱三十小、三十一巧、三十二皓 去：三十四啸三十五笑、三十六效、三十七号	第八部： 平：三萧四宵五爻六豪 上：二十九筱三十小三十一巧三十二皓 去：三十四啸三十五笑三十六效三十七号
9	歌哿韵： 平：五歌独用 仄：上二十哿、去二十一箇通用	平：五歌 上：二十哿 去：二十一箇	平：七歌八戈 上：三十三哿三十四果 去：三十八箇三十九过	平：七歌八戈 上：三十三哿三十四果 去：三十八箇三十九过	第九部： 平：七歌八戈 上：三十三哿三十四果 去：三十八箇三十九过
10	麻马韵： 平：六麻独用 仄：上二十一马、去十卦(半)二十二祃通用	平：六麻 上：二十一马 去：十卦(半)二十二祃	平：九麻 上：三十五马 去：十五卦(半)四十祃	平：九麻 上：三十五马 去：十五卦(半)四十祃	第十部： 平：十佳(半)九麻 上：三十五马 去：十五卦(半)四十祃
11	庚梗韵： 平：八庚九青十蒸通用 仄：上二十三梗、二十四迥、去二十四敬二十五径通用	平：八庚九青十蒸 上：二十三梗二十四迥 去：二十四敬二十五径	平：十二庚十三耕十四清、十五青、十六蒸十七登 上：三十八梗三十九耿四十静四十一迥四十二拯四十三等 去：四十三映四十四净四十五劲四十六径四十七证四十八嶝	平：十二庚十三耕十四清、十五青、十六蒸十七登 上：三十八梗三十九耿四十静四十一迥四十二拯四十三等 去：四十三映四十四净四十五劲四十六径四十七证四十八嶝	第十一部： 平：十二庚十三耕十四清十五青十六蒸十七登 上：三十八梗三十九耿四十静四十一迥四十二拯四十三等 去：四十三映四十四净四十五劲四十六径四十七证四十八嶝

续表

部次	《碎金词韵》及其对应的相关韵目				《词林正韵》
	《碎金词韵》	平水韵目	《广韵》韵目	《集韵》韵目	
12	尤有韵： 平：十一尤独用 仄：上二十五有、去二十六宥通用	平：十一尤 上：二十五有 去：二十六宥	平：十八尤十九侯二十幽 上：四十四有四十五厚四十六黝 去：四十九宥五十候五十一幼	平：十八尤十九侯二十幽 上：四十四有四十五厚四十六黝 去：四十九宥五十候五十一幼	第十二部： 平：十八尤十九侯二十幽 上：四十四有四十五厚四十六黝 去：四十九宥五十候五十一幼
13	侵寝韵： 平：十二侵独用 仄：上二十六寝、去二十七沁通用	平：十二侵 上：二十六寝 去：二十七沁	平：二十一侵 上：四十七寝 去：五十二沁	平：二十一侵 上：四十七寝 去：五十二沁	第十三部： 平：二十一侵 上：四十七寝 去：五十二沁
14	覃感韵： 平：十三覃十四盐十五咸通用 仄：上二十七感二十八俭二十九豏、去二十八勘二十九艳三十陷通用	平：十三覃十四盐十五咸 上：二十七感二十八琰二十九豏 去：二十八勘二十九艳三十陷	平：二十二覃二十三谈、二十四盐二十五添二十八严、二十六咸二十七衔二十九凡 上：四十八感四十九敢、五十琰五十一忝五十二俨、五十三豏五十四槛五十五范 去：五十三勘五十四阚、五十五艳五十六㮇五十九酽、五十八陷六十鉴梵	平：二十二覃二十三谈、二十四盐二十五沾二十六严、二十七咸二十八衔二十九凡 上：四十八感四十九敢、五十琰五十一忝五十二俨、五十三豏五十四槛五十五范 去：五十三勘五十四阚、五十五艳五十六㮇五十八验、五十九鑑六十梵	第十四部： 平：二十二覃二十三谈、二十四盐二十五沾二十六严二十七咸二十八衔二十九凡 上：四十八感四十九敢、五十琰五十一跌五十二俨五十三豏五十四槛五十五范 去：五十三勘五十四阚、五十五艳五十六㮇五十七验五十八陷五十九鑑六十梵
15	屋沃韵：一屋二沃通用	一屋二沃	一屋、二沃三烛	一屋、二沃三烛	第十五部：一屋二沃三烛

续表

部次	《碎金词韵》及其对应的相关韵目				《词林正韵》
	《碎金词韵》	平水韵目	《广韵》韵目	《集韵》韵目	
16	觉药韵：三觉十药通用	三觉十药	四觉、十八药十九铎	四觉、十八药十九铎	第十六部：四觉十八药十九铎
17	质陌韵：四质十一陌十二锡十三职十四缉通用	四质十一陌十二锡十三职十四缉	五质六术七栉、二十陌二十一麦二十二昔、二十三锡、二十四职二十五德、二十六缉	五质六术七栉、二十陌二十一麦二十二昔、二十三锡、二十四职二十五德、二十六缉	第十七部：五质六术七栉二十陌二十一麦二十二昔二十三锡二十四职二十五德二十六缉
18	物月韵：五物六月七曷八黠九屑十六叶通用	五物六月七曷八黠九屑十六叶	八物九迄、十月十一没十二曷十三末、十四黠十五鎋、十六屑十七薛、二十九叶三十帖三十三业	八勿九迄、十月十一没十二曷十三末、十四黠十五鎋、十六屑十七薛、二十九叶三十帖三十一业	第十八部：八勿九迄十月十一没十二曷十三末十四黠十五鎋十六屑十七薛二十九叶三十帖
19	合洽韵：十五合十七洽通用	十五合十七洽	二十七合二十八盍、三十一洽三十二狎三十四乏	二十七合二十八盍、三十二洽三十三狎三十四乏	第十九部：二十七合二十八盍三十一业三十二洽三十三狎三十四乏

注：

①大体上，《碎金词韵》使用诗韵韵目，《词林正韵》采用《集韵》韵目，不利于直接比较二书分部情况。为更加清晰地对比两家异同，表中附上与《碎金词韵》相对应的平水韵（诗韵韵目）、《广韵》韵目和《集韵》韵目。

②《集韵》韵目标注方法本为"×韵第×"，如"东韵第一"等，为方便对比，此表均改作"一东"等。

③《碎金词韵》吸收了《词林正韵》另附入声作三声韵的做法，不同的是，谢氏将其统一置于十九部韵之后。入声作三声例并不关涉两家词韵的分部系统，故此表不列以对比。

通过表7-1我们可以看出，《碎金词韵》和《词林正韵》的标目方式和韵部划分有同有异，具体异同情况如下。

（一）韵目使用

谢元淮借鉴《词韵略》和仲恒《词韵》韵目标法，以诗韵韵目为基础，稍有改动。戈载《词林正韵》则借鉴《学宋斋词韵》，改用《集韵》韵目。

二书不同的韵目使用方法，各有所承，也有各自的考虑。谢元淮"词为诗余"的词韵观，主张词韵与诗韵之间有传承关系。所以，其词韵归纳以旧词为前提条件，辅以诗韵分合。《碎金词韵》既以诗韵为基础，其韵目自然以平水韵为参照。

（二）部目使用

谢元淮承袭《词韵略》和仲恒《词韵》部目标法，以传统诗韵韵目为基础，舒声十四部取平水韵平、上二声的第一个韵目字，入声五部则取平水韵入声的前两个韵目字，以"××韵"的形式标目，如"东董韵""江讲韵""屋沃韵"等。戈氏韵一改沈、仲二氏之法，借鉴《学宋斋词韵》的标目方法，以"第×部"的形式标目，如"第一部""第二部""第十五部"等。

两种标目方法，各有先例，亦各有优劣。谢氏部目以其诗韵韵目为基础，以诗韵框定词韵，模糊了二者差异，是其不足之处。但舒声十五部以"平＋上韵"的形式标目，很好地反映了旧词中的一些韵叶特征，也透露出清人的词韵主张（即宋词"词韵平声独押，上去通押，间有三声通押者，而入声断无与平上去通押之理"），这是其谢氏标目法的优点。相反，戈氏"第×部"的标目方式虽然避免了与206韵或者平水韵混淆，但未能更加直观地体现出旧词用韵"平声独押，上去通押"的特点。

（三）韵部划分

二书韵部划分基本相同，只是在对佳韵（谢氏韵佳蟹韵的九佳，戈氏韵第五部、第十部的十三佳半）、夬韵（谢氏韵中分属于佳蟹韵和麻马韵的十卦半，戈氏韵属于第五部的十七夬）、业韵（谢氏韵属物月韵的十六叶、戈氏韵第十九部的三十一业）的处理上略有差异。

1. 佳韵切割

这里的佳韵是指《广韵》206 韵之十三佳，平水韵中与十四皆合并为九佳。《碎金词韵》中属于佳蟹韵，对应到《词林正韵》中，即为第五部。然《词林正韵》第五部仅包含十三佳的部分字，另一部分十三佳韵字归入第十部，与九麻通用，戈氏将其记作十三佳（半）。对应到《碎金词韵》麻马韵中，六麻独用，是不含佳韵的。

2. 夬韵切割

这里的夬韵是指《广韵》206 韵之十七夬，平水韵中与十五卦、十六怪合并为十卦。《碎金词韵》中分属于佳蟹韵和麻马韵，但在《词林正韵》中只属于第五部（即《碎金词韵》中的佳蟹韵）。

3. 业韵归部

这里的业韵是指《广韵》206 韵之三十三业，平水韵中与二十九叶、三十帖合并为十六叶。《碎金词韵》中属于物月韵，对应到《词林正韵》中，为第十八部。然《词林正韵》第十八部并不包含业韵字，戈氏将其归入第十九部，与合、盍、洽、狎、乏等韵通用。

从词体分部韵法考察史来看，谢氏韵承袭之力多、改进之功少，且在戈载提出"韵律并重"的词坛新风气下，谢氏缺乏对韵、律关系的观照，难免无法得到世人的侧目与认可。不过，这并不意味着谢氏词韵缺乏自己的考虑。相反，单论创新度，谢氏词韵是大于《词林正韵》的，只不过其开创的方向和途径缺乏词律的支撑，难为词坛所接受。

二 "以曲歌词"及其对谢氏词韵的影响

作为谢元淮词学观中的一环，《碎金词韵》并非独立的存在，它与谢氏其他词学著作一起，构成了谢氏完整的词学体系。除《碎金词韵》，谢元淮还有《碎金词谱》十四卷、《碎金续谱》六卷和《填词浅说》。其中，《碎金词谱》和《碎金续谱》（合称"二谱"）是谢氏词学的重心和创新所在。道光二十四年（1844），谢元淮得许宝善所辑《自怡轩词谱》。受许氏"以词代曲"的启发，先是搜集许氏所遗〔回纥怨〕〔误桃源〕〔渔夫词〕〔长命女〕〔四国朝〕等词调，然后更正〔念奴娇〕〔阳关曲〕诸调，从《九宫大成》中摘录词乐谱一百七十余阕，编订成《碎金词谱》六卷，左注平仄，右注工尺、板眼，予以刊行。道光二十六年，谢氏邀汪汝式、吴同午、胡晋、胡卫清、汪元照等听其所谱《碎金词》。道光二十八年（1848），谢元淮邀请陈应祥、范云逵、陆启铿等曲师，以昆曲给旧词谱以工尺，编订成二十四卷《碎金词谱》，共收词五百余首。

谢元淮提出"以曲歌词"，即用昆曲的乐谱腔调来传唱词作。此举从实践层面打通了词律和曲乐、词学和曲学之间的关系，在当时引起了广泛的关注，收到了不错的效果，"一时词场，交口称誉"。[①] 两宋之后，词作第一次恢复了据谱可歌的特点，谢氏有首创之功，但其后鲜有继之者。[②] 晚清以降，学林对谢氏以曲歌词之举亦是毁多于誉。谢元淮深谙音律，提出用昆曲之法传唱词作，与其个人的音律修养不无关系。但"以曲歌词"能在当时及后世引起广泛关注，绝非个人因素使然，还存在必然的时代背景。审视该行为的产生和影响，亦应从其时代背景出发，历史地考察其时代特质，方能给以客观的评价。总体而言，"以曲歌词"的提出以吴中地区昆曲演唱艺术的兴盛为基础，满足了清人试图恢复词体之合乐可歌性的诉求，顺应了晚清词体学发展的新趋势。但就词体学理论体系而言，淡化曲乐与词乐的差异，不符合清代词坛的"尊体"诉求。其成与败，皆有着必然的时代因素。

（一）时代特质：吴中昆曲兴盛与清代词体学构建

以南曲乐歌唱纯文学形态的词作，得益于南曲有着成熟的发展，同时，离不开词体学对词之合乐可歌体性的诉求。

自古"吴中乐部甲天下"。元末明初，顾坚等吸收昆山一带方言曲调，创立昆山腔曲调，是为昆曲。由于早期的昆曲以吴方言为基础语音，演唱具有浓厚的地域色彩，虽颇受本地人欢迎，但异地人（尤其是北方人）难懂。所以，一直以来"止行于吴中"，流行范围并不广。到了明嘉靖年间，戏曲家魏良辅"愤南曲之讹陋"，与北曲名家张野塘对

[①] 吴梅著，王卫民编校：《吴梅全集（理论卷·中）》，河北教育出版社2002年版，第1085页。

[②] 仅民国学者陈任中对谢元淮歌词之法给予充分肯定，并基于"填词而为播之管弦可资歌咏"的考量，以谢氏《碎金词韵》为蓝本，编订《词韵谐声表》。

昆山腔加以改良,将昆山腔原来以腔传字的演唱方法改为依声行腔来演唱,沈宠绥称赞其改良之功:"尽洗乖声,别开堂奥。"① 经过一系列改良,清中期的昆曲唱法完善,一时间"梨园乐部,吴门最盛"②。

吴人善讴,昆腔苏白,雅俗共赏。此地文人向来推崇韵文文学的音乐体性。清中期以后,浙西词派衰微,注重词意内容的常州词派兴起,同时,"以戈载为首的吴中七子则从词之外在艺术形式入手,形成了与浙西、常州二派不同的声律派"③。注重声律是当时吴中词人群体的核心主张。

松滋人谢元淮在吴中及其周边一带(苏州、无锡、镇江、扬州等地)做官、游历近50年(1805—1852),与吴中词人(如戈载、朱绶、沈传桂、吴嘉洤、吴同午、赵函等词人)交往甚密。吴中昆曲的兴盛、吴中词人注重声律的词学主张对谢元淮的词乐观和词作实践不无影响。耳濡目染之下,谢氏越发注重词的音乐特性,加之自身音律素养,大胆提出"以曲歌词",以求恢复词的合乐可歌性。清中期以来,吴中地区昆曲的兴盛,为谢元淮"以曲歌词"的尝试提供了基础条件。

音乐体性与文学属性相结合的词,到两宋时发展至鼎盛,随着其文学属性的增强,词牌与词调音乐渐相分离,成为案头文学样式。南宋以降,词乐渐失,歌词之法不同程度地为南北曲所继承。到了明代,词已衰微,北曲杂剧盛行,歌词之法已不为人知,至魏良辅改良昆曲时,"歌法不传,殊有遗恨",词已失去其合乐可歌性。可以说,词的产生、发展和衰落都是和音乐密切相关的。它"因为合乐之需而兴盛,又因为与音乐脱离,失去音乐的凭籍而蜕变,逐渐丧失其在乐坛的地位,词的整个发展演变过程,始终受到音乐的制约与影响"④。清代词学兴盛,词学家欲复兴唐宋盛况,就不能不提升词乐研究的词体学地位。如何恢复词的音乐体性,是清人构建词体学体系的重要课题。

---

① (明)沈宠绥:《度曲须知》,《中国古典戏曲论著集成(五)》,中国戏剧出版社1959年版,第198页。
② 周秦:《苏州昆曲》,苏州大学出版社2004年版,第131页。
③ 沙先一:《清代吴中词派研究》,人民文学出版社2004年版,第1页。
④ 施议对:《词与音乐关系研究》,中华书局2008年版,第11页。

1. 词律、词乐文献整理

有清一代，词坛中兴，词谱、词乐、词韵等重要分支都得到了不同程度的发展。到了清代中期，清人在恢复词之"音律"特性方面主要做了两项工作。第一，整理词谱，考订词律、词韵。在词乐谱失传的情况下，尽可能地搜集两宋旧词成集，编制词谱、考订词律，并归纳总结词韵，制定填词用韵统一规范，是研究词之韵律（格律）的有效方法。第二，词乐的整理及考证。词乐是词之音律的重要体现，但由于原始词乐文献缺失，词乐的研究整理比词律、词韵的编订更加困难。直到乾隆、嘉庆、道光年间，陆宗辉、张奕枢、方成培、戈载、江藩等针对新发现的前朝散谱《白石道人歌曲》，做了大量的考证和整理工作，清人才算看到一丝研究词乐的希望。乾隆年间，周祥钰等通过搜罗前代遗存的词、曲乐谱，"分宫别调，缺者补之，失者正之，参酌损益，务极精详"①，编成《新定九宫大成南北词宫谱》，收录自9世纪以来流传的词、曲乐谱四千六百余首，套曲二百二十余套，只是词、曲、杂剧、南戏等各类乐谱混杂不清。后由许宝善筛选出其中的词乐谱，辑成《自怡轩词谱》，又将平仄格律皆同的曲谱收录其中，以词代曲，共得一百六十余首。此后，清人围绕词乐还做了很多考证工作。如阮元、戈载等补证、校勘散佚已久的《词源》音律部分，凌廷堪作《燕乐考原》，首次提出燕乐二十八宫调并非中国传统宫调，而是外来乐。

清代这两项工作成果颇丰，皆可谓"一时之盛"，但都只停留在文本研究层面，并未真正地从实践层面使词重新合乐可歌。

清人言词必宗宋，在词的外在形式层面，亦宗宋词之乐、律、韵（声律派主要宗南宋）。但词乐、词律和词韵不平衡发展带来的差异演变，必然导致两方面难以重现宋词之盛。一方面，由于南宋以降词乐渐失，旧有歌词之法已不为世人所知。到了清代，原始词乐文献材料的缺失，使得两宋词乐系统及其具体演奏方法无法还原。另一方面，两宋词合乐可歌，不独其词乐系统完善使然，乐、律、声、韵的完美融合，是其音乐体性的必备要素。清人通过搜集旧词，归纳句式、平仄，系联韵

---

① 周祥钰：《新定九宫大成序》，刘崇德校译：《新定九宫大成南北词宫谱校译》，天津古籍出版社1998年版，第4988页。

脚，考订词律、词韵，大体可明其"律"（包括句中平仄规律），知其韵脚所辖用字。但语音的发展，使得这些平仄用字及韵脚用字的实际读音已完全不同于两宋旧貌，清人只知其旧音类（如用字声调之平、上、去、入），不知其旧音值（如平、上、去、入声字的具体音高变化），导致原乐和原韵的实际配合关系无法重现。这是清代词学无法从实践层面使词重新合乐可歌的重要原因。

不能重现词之音乐体性，清代词体学建构就不够完整。直到道光年间，谢元淮继承前人的观点和研究成果，开创性地将词律、词乐文献的研究成果与昆曲歌法结合起来，并运用到词乐研究和词作实践中。为了保证词的合乐可歌性，甚至可以牺牲词意的表达需求，"至于自制各词，虽照依古人格调、句读、四声、阴阳而填，然字面既异，即工尺难同。亦令善讴者逐字逐句以笛板合之。遇有拗嗓不顺处，实时指出其字应换某声字方协，随手更正，纵使词乏清新，而律无舛错矣"①。据今人研究，谢元淮自己的词作"没有一首不是依照《九宫大成》所保存词作的平仄而填的，无一差误"②。在谢氏的努力下，词的音乐体性与文学属性才再一次相结合。

通过对旧词谱以新曲，谢元淮使词重新合乐可歌。"必使古人之词皆可入歌，歌则合律。其偶有一二字隔碍不叶者，酌量改易，其全不入律者删之"，以期"汇成一代雅音，作为后学程序"。③ 这在当时收到了很好的效果，"以新制《碎金词谱》求质于引商刻角……如弹丸之脱手，明珠之走盘，真不可及也"④。

从词学发展背景来看，谢元淮"以曲歌词"的尝试，符合清人中兴词坛、构建完整词体学体系的需求。同时，从实践层面而言，谢氏此举对恢复词之音乐体性、构建清代词学系统有筚路蓝缕之功。

2. 以曲乐代词乐的理论依据

实践层面不能重现词乐，谢元淮以曲乐代之，虽可权宜为之，但还需在理论层面寻求依据。为了配合这一实践，在词学理论层面，谢氏试

---

① （清）谢元淮：《填词浅说》，唐圭璋编：《词话丛编》，中华书局1986年版，第2509页。
② 刘超：《谢元淮词学研究》，硕士学位论文，河北大学，2008年，第18页。
③ （清）谢元淮：《填词浅说》，唐圭璋编：《词话丛编》，中华书局1986年版，第2510页。
④ （清）赵函：《碎金词序》，（清）谢元淮：《碎金词谱》，道光二十四年刻本。

图通过厘清诗、词、曲之间的传承关系，为其"以曲歌词"找到理论支撑——诗、词、曲乐一脉相承。

诗、词、曲体源流关系方面，谢元淮主张"词为诗余，乐之支也"，"（词）……迨金变而为曲，元变而为北曲，而曲又与词分。明分北曲为南曲，愈趋愈靡。是知词之为体……要于诗与曲之间，自成一境"。① 诗、词、曲韵关系方面，谢氏主张"词为诗余，填词自应以诗韵为准"②，"曲为词余，自应用词韵"③。诗、词、曲乐关系方面，谢氏主张："自三百篇一变而为古诗《乐府》，又递变而为近体词曲，今之词曲即古之《乐府》，若诵其辞而不能歌其声，可乎？歌之而不能协于丝竹，则必考究宫商，展转以求其协，非有一定之谱，何所适从耶！尝读《南北九宫曲谱》，见有唐宋元人诗余一百七十余阕，杂隶各宫调下，知词可入曲，其来已尚"，又"按宋人歌词一音协一字，故姜夔、张炎辈所传词谱，四声阴阳不容稍紊。今之歌曲则一字可协数音，曼衍抑扬，萦纡赴节，即使分刌节度，不能如宋词之谨严，亦足以协谐竹肉矣。……然则以歌曲之法歌词既能协律和声，由此进而歌唐诗歌乐府歌三百篇，当亦鲜不协和者"，且"《白石道人歌曲》载有工尺谱，张叔夏《词源》亦录之。……其歌曲皆系一字一声，与今之唱引子者略同。盖昆腔创于前明魏良辅，始极悠扬顿挫之妙，有一字填写六七工尺者，固不得泥古以非今，亦不可执今而疑古也"。④

通过对诗、词、曲之体、韵、乐关系的梳理，谢元淮认为以昆曲歌词的实践既有据，又可行。

值得注意的是，为配合"以曲歌词"的实践，谢元淮对声律的强调并不只局限于对词乐谱的考证和实践，同时将其歌词主张融入词韵的编订。道光二十八年，谢元淮编订《碎金词韵》四卷，并附刻于《碎金词谱》之后。不同于清代其他词韵专书，谢氏词韵体例非常繁杂，内容丰富，其韵字反切和声调系统的安排亦是谢氏"词宜入乐""以曲歌词"

---

① （清）谢元淮：《填词浅说》，唐圭璋编：《词话丛编》，中华书局1986年版，第2509页。
② （清）谢元淮：《碎金词韵》，《续修四库全书·集部·词类》第1737册，上海古籍出版社2002年版，第469页。
③ （清）谢元淮：《填词浅说》，唐圭璋编：《词话丛编》，中华书局1986年版，第2512页。
④ （清）谢元淮：《碎金词谱自序》，（清）谢元淮：《碎金词谱》，道光二十四年刻本。

这一词学主张在其词韵系统中的具体体现。① 相较于清代其他近二十部词韵专书，《碎金词韵》最大的特点在于对所收韵字的声母的关注。单就填词选韵而言，编韵者完全可以忽略韵字的声母因素。谢元淮却大费周章，以"九音"之法描写全书声母系统。通过音系描写和系统比较发现，《碎金词韵》声系具有昆剧声类特性，这与谢元淮"以曲歌词"的实践不无关系。

《碎金词韵》标注声类之法为：首先，以"九音"标注声母的发音部位。谢氏以"五音"（宫、商、角、徵、羽）指称唇、齿、牙、舌、喉五大发音部位。其中，唇音分宫与次宫，代表重唇与轻唇；齿音分商和次商，代表齿头和正齿；又以"半徵商"代表半舌音"来"母，以"半商徵"代表半齿音"日"母。于是，"五音"变作"九音"。其次，以"阴"、"阳"及"阴阳通用"标注声母的发音方法（清、浊）。"阴"即清音，包括全清声母"帮、非、端、知/庄/章、书、精、心、见、影"和次清声母"滂、敷、透、彻/初/昌、清、溪、晓"。"阳"即浊音，包括全浊声母"并、奉、定、澄/崇/船、禅、从、邪、群、匣"和次浊声母"明、微、泥、娘、疑、喻"。"阴阳通用"含"来""日"二母，谢元淮称其为"半清半浊"。

《碎金词韵》中共有3192个小韵（含增补小韵）。通过归纳统计这3192个小韵的九音、清浊，可得出其声类系统《碎金词韵》声类系统有36个声母。其中，该系统存在一些与吴音相似的声类特征，最典型的是"疑""喻"二母（即"角次浊音"和"羽次浊音"）相混的现象。该现象在当时的通语官话（包括谢元淮籍贯地——松滋方言）中并无体现，却在吴音、昆曲音中有相应的呈现，"吴音角次浊音，即雅音羽次浊音"②，并在清代中期已被纳入带有昆曲声系特点的《韵学骊珠》中（如分属疑母、喻母的"吴"和"王"在该书中声母相同③）。又如魏良辅《南词引正》中提到当时一类特殊的吴音"苏人惯多唇音，如冰、

---

① 杜玄图：《〈碎金词韵〉反切来源及调类安排依据考论》，《词学》第三十八辑，华东师范大学出版社2017年版，第195页。
② （元）黄公绍：《古今韵会举要凡例》，（元）黄公绍、熊忠著，甯忌浮整理：《古今韵会举要》，中华书局2000年版，第7页。
③ 游汝杰主编，戴黎刚等著：《地方戏曲音韵研究》，商务印书馆2006年版，第43页。

明、聘、清、亭之类",其中的"清"字,中古属清母(商次清音),但在苏州话中读作唇音,该现象在《碎金词韵》中普遍存在,如"寒阮韵"之"狝"字、"尤有韵"之"叟"字,中古皆为心母字,按例当为"商次清次音",但书中作"宫次浊次音"(即唇音)。这表明,在"疑""喻"等声类的安排上,谢元淮是考虑了吴音和昆曲音的。

对于"以曲歌词"来说,融入昆曲声类的必要性何在?前已论及,两宋词合乐可歌,需要乐、律、声、韵的融合,这是其音乐体性的必备要素。谢元淮深知这一点。"以曲歌词",其"乐"为昆曲乐,其声、韵亦自当有昆曲(主要是吴音)的特点,不然难成天籁。

韵部方面,既宗宋词,清人往往系联两宋旧词用韵,编订韵部系统。谢元淮采用相同的方法,大体以其《碎金词谱》和《碎金续谱》所收旧词为据,确立词韵十九部,同时,在"灰""元"等部分小韵的分合上,谢氏以体现南曲韵特点的《洪武正韵》为参照依据。相较于两宋旧词韵,南曲韵因素的加入无疑更有利于其歌词实践。

声类方面,昆曲的唱腔特点,要求谢元淮必须最大限度地采用吴音特点的声类。

以昆曲歌词,需要调和昆曲唱腔和汉字音节之间的矛盾。通常一个汉字就是一个音节,一个音节包含"声""韵"(包括调),日常语流中,声韵的组合是连贯融合的。但昆曲是"水磨调"的唱腔,在演唱过程中并非"一字一声"(引子除外),而是"极悠扬顿挫之妙,有一字填写六七工尺者"。① 因此,以昆曲歌词,必然使得汉字音节被切割为几个部分,其中"'计算磨腔时候,尾音十居五六,腹音十有二三,若字头之音则十且不能及一',字头所占时值既少,往往容易为曲家和听客所忽略"②。字头即声母,字音始出,而声母不过"几微之端","一点锋芒","似有如无,俄呈忽隐",若含糊不清,黏滞不净,则谓之"装柄""摘钩头"或"字疣",乃曲家大忌,这就是唱家所谓"出字难"。

鉴于此,谢氏非常强调字头(声母)的精确。"凡敷衍一字,各有字头、字腹、字尾,谓之声音、韵声者。出声也,是字之头音者……一

---

① (清)谢元淮:《碎金词谱自序》,(清)谢元淮:《碎金词谱》,道光二十四年刻本。
② 周秦:《魏良辅与新声昆山腔》,《苏州大学学报》(哲学社会科学版)2001年第4期。

点锋芒，为时曾不容瞬。歌者字音始出，各有几微之端，似有如无，俄呈忽隐，于'萧'字则似'西'音，于'江'字则似'几'音，于'尤'字则似'移'音，此一点锋芒，乃字头也。"① 所以，谢元淮才在《碎金词韵》中明确提出书中声类"字分宫、商、角、徵、羽五音，从黄氏《韵会举要》，其平分阴阳及阴阳通用，则从燕山卓从之《中原音韵类编》暨明吕坤《韵事》，其实皆本诸宋司马文正之《切韵》也"②。采用前人五音标注法专门注明声类，并尽可能反映当时昆曲声系特征。

（二）"以曲歌词"的理论困境

谢元淮"以曲歌词"的尝试，符合清人构建完整词学体系的时代需求；吴中昆曲的兴盛，为其提供了条件和实践土壤；诗、词、曲乐的相承关系，则提供了理论支撑。此举在当时有一定的影响，但并未得到普遍认同，且很快受到后世词学家的抨击。从实践层面重塑词之音乐体性，如昙花一现，在晚清就此绝迹。

总体而言，对"以曲歌词"的评价，历来都是毁大于誉。如丁绍仪："(《碎金词谱》) 询之善歌者，则只堪协以笙笛。后质之宜泉司马，言近时所行昆腔，与古歌迥殊……声音之道，与世递迁，执今乐以合古词，终不免宫凌羽替……天时地利限之，有非人力所能强者，不独歌词一端而已。"③ 杜文澜："谱虽甚精，恐不免如冬心先生之自度曲以意为之，未敢遽信。"④ 谢章铤："默卿尚有《碎金词》一卷，《碎金词谱》六卷……仿白石道人例，词旁自注工尺，并及平仄句韵，固以为独得减偷之秘矣……声音之道，随时变易。即使引商刻羽，其果画旗亭之壁，果复大晟之遗乎……今之自谓能歌词者，亦第以唱昆腔之法求之，而遂以周、柳、姜、史自命，此尤吾所不敢知者矣。"⑤ 江顺诒："《碎金词

---

① （清）谢元淮：《碎金词谱自序》，（清）谢元淮：《碎金词谱》，道光二十四年刻本。
② （清）谢元淮：《碎金词韵》，《续修四库全书·集部·词类》第1737册，上海古籍出版社2002年版，第469页。
③ （清）丁绍仪：《听秋声馆词话》，唐圭璋编：《词话丛编》，中华书局1986年版，第2791页。
④ （清）杜文澜：《憩园词话》，唐圭璋编：《词话丛编》，中华书局1986年版，第2870页。
⑤ （清）谢章铤：《赌棋山庄词话》，唐圭璋编：《词话丛编》，中华书局1986年版，第3551页。

谱》妄作聪明。"① 吴梅:"许宝善、谢元淮辈,取古今名调,一一被诸管弦,以南北曲之音拍,强诬古人,更不可为典要。"② 王易:"《碎金词谱》初集六卷、续集十二卷……遍注词之宫调工尺……然词之歌法久亡,虽白石旁谱具存,尚难按歌,况自昆腔既兴,元人南北曲歌法已失,此更以昆腔法歌词,又隔一尘,岂果合拍?特其用心之勤为可许耳。"③

如前所述,谢元淮"以曲歌词"是在词学复兴的时代背景下提出来的,其理论建构、实践演奏也都是从词乐层面出发,因此,历来对这一词学范畴实践的评价,必然受到词学主张和词学思潮的左右。由词学视角视之,"以曲歌词"缺乏"尊体"思潮下的词乐的合法性。

清人欲复兴词学,必先尊词之体。在"尊体"大背景,词学及其各环节或分支(词律、词乐、词韵等)不容许过度掺杂"他体"(如诗、曲)成分,不然,诗、词、曲界限不明,何谈"尊体"?

就乐而言,"自宋以词鸣而歌诗之法废,金元以北曲鸣而歌词之法废,明以南曲鸣而北曲之法又废",世移乐易,至清代"歌词之法"早已亡佚。谢元淮也承认"其废也,世风迭变,舍旧翻新,势有不得不然"④。就谱而言,虽经后人整理,拾得一二,但辗转之下,谢氏所得词乐谱已非唐宋词乐的原貌,而是保存在曲乐里面的部分词乐因素,这些因素已曲化(尤其是昆腔化)。且"制谱之道,亦非易易,板式歧则句读多淆,宫调乱则管色不一,正犯误则集牌相错,阴阳混则四呼不清"⑤。所以,从词体学角度来看,谢元淮以昆曲唱腔合诸其所得词(曲)谱,缺乏词乐的合法性,有违词坛"尊体"思潮的根本诉求。前述各家批判,多是针对这一点提出的。

以"尊体"的词学诉求为出发点,后人的评价是中肯的,但单就追求词之音乐体性而言,诸论有失公允。首先,谢元淮对于前代词谱不是

---

① (清)江顺诒:《词学集成》,唐圭璋编:《词话丛编》,中华书局1986年版,第3230页。
② 吴梅:《词学通论》,复旦大学出版社2005年版,第3页。
③ 王易:《词曲史》,江苏教育出版社2005年版,第277页。
④ (清)谢元淮:《碎金词谱自序》,(清)谢元淮《碎金词谱》,道光二十四年刻本。
⑤ 吴梅著,王卫民编校:《吴梅全集(理论卷·中)》,河北教育出版社2002年版,第1085页。

没有甄别筛选,其出发点亦并非要"以曲乐歌词",而是在尽量整理出前代词谱的基础上再被之管弦,且其中的词乐谱和曲乐谱"其口口相传,去古未远,必有不少接近唐宋词乐或者保存了唐宋词乐特点的地方"①,这些正是谢氏词谱留给后世最大的财富。其次,正如王易所言,纵使宋代原谱在世,"尚难按歌",谢氏延请当时曲师按昆曲之乐谱以工尺,虽是无奈之举,但在崇尚声律的时代背景下,谢氏的实践属于首创,也是草创,没有任何先例可言。谢氏之后,亦少有来者,其理论和实践得不到后人的完善,只留下"妄作聪明"的笑柄。若碍于世间有"非人力所能强"之事,寸步不前,吴中"声律"之说无异于纸上谈兵,仍置词于案头,何谈复闻词于井水处?谢元淮"以曲乐歌词"的实践,是谢氏个人的音乐素养使然,也是清人谋求词学复兴、崇尚声律走进死胡同之后必然的结果。没有合乐可歌的音乐环境,就不可能有两宋词作之盛。谢氏之举,虽是无奈借乐,但总好过案头无声。认识到这一点,才能理解谢元淮为何要"不合法"地"以曲歌词"。无怪乎吴梅先生也不得不感叹道:"两宋旧谱,既不可复,姑以歌曲之法歌词,虽非宋人之旧,而按律度以被管弦,较诸瓦釜不鸣,空谈音吕者,固高出倍蓰矣。"②

宋词"乐谱"早已亡佚,无论清人如何"尊体",也无从"合乐"。再者,清人音律上"守音合谱,严辨五音、六律"的努力看似以宋词为尊,实则背离了词的本体特征,正如王鹏运所论:"夫词为古乐府歌谣变体,晚唐北宋间,特文人游戏之笔,被之伶伦,实出声而得韵。南渡后与诗并列,词之体始尊,词之真亦渐失。当起末造,词已有不能歌者,何论今日?!"③ 所谓"词之真",就包括词的音乐体性。词乐系统的消亡和清代"尊体"的诉求,必然使得词不可能重新被诸管弦,这是"以曲歌词"在理论层面最根本的困境。

明确了此理论困境,再看谢元淮在《碎金词韵》中融入昆曲声类,

---

① 刘崇德:《碎金词谱今译》,河北大学出版社 2004 年版,第 3 页。
② 吴梅著,王卫民编校:《吴梅全集(理论卷·中)》,河北教育出版社 2002 年版,第 1084—1085 页。
③ (清)王鹏运:《词林正韵跋》,(清)王鹏运辑:《四印斋所刻词》,上海古籍出版社 1989 年版,第 328 页。

虽有创新之处，亦有"歌词"用途，但进一步动摇了词之为体的音律特质，徒生体例繁杂的冗赘之弊，不为词坛所接受。

综上，历经了乾嘉时期词体分部韵法的审音歧途，嘉道时期的分部韵法考察回归词体学，充分吸收前代词韵成果，表现为：兼顾清初韵法的格律视角和音律视角，同时反思乾嘉时分部韵法研究的优劣，择取众家之长，后出转精。该时期的成果主要表现为词韵专书的编订，以戈载《词林正韵》和谢元淮《碎金词韵》为代表。二书皆立足词体，皆有融合韵、律、乐的综合考量，可称作协律类词韵。就韵部划分而言，二书都主严，采用沈谦、仲恒诸家的十九韵部；从对律、乐二要素的融合角度来看，《词林正韵》主其说，但并不刻意将二要素融入词韵系统，《碎金词韵》则最大限度地改造声类、调类系统，以配合其"以曲歌词"主张。

结　　语

　　清代词韵学是清代词体学的重要组成部分，以探究词体的用韵法则为主要内容。清人论词以唐五代两宋旧词为宗，论及词体韵法亦多以归纳旧词用韵为据，但清代各家词韵成果并非对旧词用韵的再现，而是以清代词体学的系统架构为旨归、以时代韵学为津筏的韵法规范建构行为，具有人为建构性和历时递演性。清代词韵学的建构性主要体现于三个方面。

　　第一，其编韵宗旨在于融入词体学的系统架构，与系统内的词律、词乐等其他形制要素之学互为构成关系，这是清代词韵学建构性在宗旨目标层面的体现。清代词韵学与清代词体学的这种互构共生关系，既是词韵与词体关系的一种折射，又自有其时代学术特质。

　　清代词体学上承明代词体研究，并迎来了空前的发展：其一，细化了明代格律本位之下的词谱编纂和词韵编订；其二，填补了前代在词乐研究方面的空白；其三，作为清代词体学的主要组成部分，词韵学、词律（谱）学和词乐学之间积极互动，互相影响、互相制约，使清代词体学发展为一个内部要素彼此关联的有机系统，一改前代词体研究的零散局面。因此，清代词韵学在为词体学提供韵法体制层面的韵部、韵理支撑的同时，其对词体韵法的考察亦往往以词律、词乐为重要参考。比如，清初沈谦"博考旧词"，编成《词韵》，向词坛昭示了舒入分押、平声独押、上去通押、间有三声通押等词体韵法特征，为《词律》《钦定词谱》等词谱的编研（尤其是为具体词调中韵叶关系的判定和解释）提供了依据。而《钦定词谱》从音律出发，提出以韵释声、以韵为拍和间遵古韵等观点，对其后《词韵考略》《学宋斋词韵》等词韵专书的分部和音理的解读都有不同程度的影响。

系联旧词韵脚、归纳相叶关系，是制定词韵的基本依据，但在词体学系统发展的学术背景下，清代的词体韵法考察者不仅仅满足于韵脚归纳工作，还积极寻求与词体学相称的韵法阐释和韵理建构，此诉求决定了清代词韵学不可能再现旧词用韵，这是清代词韵学建构性特征的主要表现。

第二，其编韵原则在于兼顾词韵的合古性和范世性。清词号称中兴，除了词学昌盛，还表现为填词市场迅速发展。一方面，广阔的填词市场需要一部具有范世功能的选韵指南，但唐宋以来并无词韵指南传世，清人多以诗韵或曲韵代替，导致辨体不明、词体不尊；另一方面，随着词学（尤其是词体学）研究的深入，清人达成了合古尊体的词体观共识，确立了以两宋旧词为编韵依据的韵法主张。此背景下，清人理想的词韵指南宜既能合乎古，又可范于世。但在实际编韵中，合古诉求和范世功能之间存在着天然的矛盾，清人不得不对所编词韵"裁成独断"，方可兼顾合古、范世二性。人为裁定词韵系统，是清代词韵学建构性在编韵原则层面的体现。

在词乐尚存的宋代，词韵的功能完全系乎音律乐理，填词可按乐选韵，或用通语，或采方音，无须统一于某词韵指南系统。但在词乐消亡的语境下，清人既不能按乐填词，又无法根据旧词判定词韵的合乐原理，只能机械地从格律角度出发，通过系联旧词韵脚的韵叶关系，以求管窥词体的用韵法则。格律视角下，清人虽能得出一个大致的韵部框架，但不能解释旧词中的部间偶叶和"例外"用韵现象，这些本合乎音律乐理的用韵，成了清人制定完整韵部系统的最大障碍。韵部的系统缺失，直接影响了指南的范世价值。对于其间矛盾，清人普遍选择对韵部做规范处理，以图范世有方。比如，清初沈谦"详据古词"分词韵为十九部，其中支纸、鱼语、佳蟹大体分立为三部，但范仲淹、蒋捷等的词作中，三部相叶，沈谦便设"互通"之例，以期合古有据。毛先舒认为互通法不利于选韵范世，故其括略沈谦《词韵》时，径直舍弃互通之例。后出《词林正韵》《碎金词韵》等词韵专书，虽于舒入分立的韵部之外安排"入作三声之例"，兼顾旧词中的舒入相押现象，但仍以不影响韵部的系统性为前提。只有保证了韵部的系统性，才能有效地发挥其范世功能。

第三，其编韵视角经历了由表及里、由单一到复杂的演变。无论是编韵宗旨还是编韵原则，都涉及编韵出发点问题，即从什么角度去审视词韵的词体功能，这在一定程度上决定了所编词韵的性质。大体而言，清人的编韵视角经历了"格律—音律—格律、音律兼顾"的变化。编韵视角的递演，是清代词韵学建构性的又一体现。

词乐缺失的语境下，明末以来词体格律谱的编纂大盛，与之相应，清初词韵编订多以格律为视角本位，通过系联旧词韵脚归纳韵部，沈谦《词韵》、吴绮《词韵简》、仲恒《词韵》就是这类代表。然而，格律与词乐终究隔了一层，格律词韵不仅不能解决例外用韵的问题，还无法从根本上解释词韵的音律功能。随着清人对词体音律的反思和词乐文献整理研究的深入，清前中期的编韵试图关注词韵"何以然"的命题，探及词韵的内在乐理。比如，受《钦定词谱》"以韵释拍"等观点的启发，许昂霄《词韵考略》借时音和毛奇龄古韵通转之说，试图为宋词中〔—m〕〔—n〕〔—ŋ〕尾韵混押现象的音律特性寻找韵理依据。其后的《学宋斋词韵》和《榕园词韵》不同程度地受此风气影响。不过，清人直接融韵于乐的尝试收效甚微，乐理探求存在难以克服的瓶颈，且音律视角下所得词韵系统，或过宽不符合清初以来的尊体观念（如《学宋斋词韵》），或过严不便于实际填词操作（如《榕园词韵》）。嘉道间，关注词体形式的吴中词派主张韵严，强调词之内容的常州词派对严韵不以为然，但填词合韵尊体已是词坛共识。此时的词韵编订回归格律视角，既能保证韵之谨严，又能确保词韵指南的可操作性，韵部上沿用十九部，同时，于词调、词律、词乐考证中，力争"韵律相协"以见词体音律之实，《词林正韵》《碎金词韵》即属此类。这样的编韵视角引领了晚清的词韵观，符合晚清词体韵、律、乐兼容的体系观念，遂盛行于清末民初。

清代词韵学于编韵宗旨、原则和视角方面，表现出较强的体系观照、人为裁断和时代特征。清人编韵，以合古尊体为根本原则，是为行古；以融入清代词体学系统、服务时人填词选韵为目标指向，是为志今。行古志今便是清代词韵学的建构策略。学界研究清代词韵学，或将其纳入音韵学的范畴，通过对比清代各家词韵系统与两宋旧词用韵的实际情况，评判清人所确立词韵分部之优劣，将清代词韵学等同于归纳旧词用韵，无异于把清代词韵学从清代词体学中剥离了出来，实质上忽略了清代词韵学的时代性和建构性。审视清代词韵学，需要站在清人的视角，正视其以清代词体学系统为目标的建构性，考察其词韵系统构建的策略和具体方法，以更合理地把握清代词韵学的学术性质及其发展理路。

参考文献

(一) 清人及以前著述

(宋) 李清照著,徐培均笺注:《李清照集笺注》(修订本),上海古籍出版社2013年版。

(元) 黄公绍、熊忠著,甯忌浮整理:《古今韵会举要》,中华书局2000年版。

(明)《词林韵释》,王云五主编《丛书集成初编》第1239册,商务印书馆1936年版。

(明) 冯梦龙评选:《太霞新奏》,上海古籍出版社1993年版。

(明) 胡文焕:《文会堂词韵》,明万历间刻《格致丛书》本。

(明) 沈德符撰,杨万里校点:《万历野获编》,上海古籍出版社2012年版。

(明) 沈际飞:《古香岑草堂诗余四集》,明末翁少麓刊本。

(明) 吴讷著,于北山校点:《文章辨体序说》,人民文学出版社1962年版。

(明) 徐师曾著,罗根泽校点:《文体明辨序说》,人民文学出版社1962年版。

(明) 张綎:《诗余图谱》,《续修四库全书·集部·词类》第1735册,上海古籍出版社2002年版。

(明) 周瑛、蒋华:《词学筌蹄》,《续修四库全书·集部·词类》第1735册,上海古籍出版社2002年版。

(清) 卓回:《古今词汇二编》,清康熙刻本。

（清）柴绍炳：《柴氏古韵通》，清康熙年间刻本。
（清）戴震：《戴震全书》，黄山书社 2009 年版。
（清）道忞：《天童弘觉忞禅师北游集》，蓝吉富主编《禅宗全书》第 64 册"语录部二九"，北京图书馆出版社 2004 年版。
（清）冯金伯：《词苑萃编》，嘉庆十年（1805）刻本。
（清）戈载：《词林正韵》，上海古籍出版社 2010 年版。
（清）戈载：《宋七家词选》，清道光十七年（1837）翠薇花馆刻本。
（清）郭麐：《灵芬馆全集》，清嘉庆原刻本。
（清）黄中坚：《蓄斋二集》，清乾隆三十年刻本。
（清）蒋景祁：《瑶华集》，中华书局 1982 年版。
（清）焦循：《雕菰集》，江氏聚珍板丛书本。
（清）况周颐：《蕙风词话》，人民文学出版社 1960 年版。
（清）李光地著，陈祖武点校：《榕村语录　榕村续语录》，中华书局 1995 年版。
（清）李渔：《李渔全集》，浙江古籍出版社 1991 年版。
（清）厉鹗：《樊榭山房集》，上海古籍出版社 1992 年版。
（清）毛先舒：《毛稚黄十四种书》，国家图书馆藏康熙二十五年毛氏思古堂刻本。
（清）朴隐子：《诗词通韵》，康熙二十四年刻本。
（清）秦巘编著，邓魁英、刘永泰整理：《词系》，北京师范大学出版社 2010 年版。
（清）沈辰垣、王奕清等：《御选历代诗余》，浙江古籍出版社 1998 年影印康熙内府刊本。
（清）沈谦：《答毛稚黄论填词书》，《东江集钞》卷七，清康熙十五年刻本。
（清）万树：《词律（附索引）》，上海古籍出版社 2013 年版。
（清）王鹏运辑：《四印斋所刻词》，上海古籍出版社 1989 年版。
（清）王奕清等：《钦定词谱》，清康熙内府刊本。
（清）吴烺等辑：《学宋斋词韵》，《续修四库全书·集部·词类》第 1737 册，上海古籍出版社 2002 年版。
（清）吴烺：《五声反切正韵》，《续修四库全书·经部·小学类》第

258册，上海古籍出版社2002年版。

（清）吴宁：《榕园词韵》，《续修四库全书·集部·词类》第1737册，上海古籍出版社2002年版。

（清）吴绮、程洪：《记红集》，康熙二十五年自刻本。

（清）谢元淮：《碎金词谱》，道光二十四年刻本。

（清）谢元淮：《碎金词韵》，《续修四库全书·集部·词类》第1737册，上海古籍出版社2002年版。

（清）徐珂：《清代词学概论》，山西人民出版社2015年版。

（清）徐釚：《词苑丛谈》，道光丁未刻海山仙馆丛书本。

（清）徐釚撰，唐圭璋校注：《词苑丛谈》，中华书局2008年版。

（清）徐釚编著，王百里校笺：《词苑丛谈校笺》，人民文学出版社1988年版。

（清）永瑢等主编：《四库全书总目提要》，海南出版社1999年版。

（清）查培继辑编：《词学全书》，北京市中国书店1984年据木石居校本影印本。

（清）张鸿卓：《绿竹词》，清同治五年（1866）刻本。

（清）邹祗谟、王士禛编：《倚声初集》，《续修四库全书·集部·词类》第1729册，上海古籍出版社2002年版。

（二）近现当代专著

鲍恒：《清代词体学论稿》，人民文学出版社2007年版。

曹明升：《清代宋词学研究》，中华书局2019年版。

曹辛华：《中国词学研究》，福建人民出版社2006年版。

陈芳：《清代戏曲研究五题》，里仁书局2002年版。

陈宁：《明清曲韵书研究》，华中师范大学出版社2013年版。

陈水云：《清代词学发展史论》，学苑出版社2005年版。

陈水云：《清代词学思想流变》，社会科学文献出版社2018年版。

陈水云：《清代前中期词学思想研究》，武汉大学出版社1999年版。

程芸：《元明清戏曲考论》，中国社会科学出版社2013年版。

褚斌杰：《中国古代文体概论》（增订本），北京大学出版社1990年版。

方智范等著，施蛰存参订：《中国词学批评史》，中国社会科学出版社 1994 年版。

冯乾编校：《清词序跋汇编》，凤凰出版社 2013 年版。

葛渭君：《词话丛编补编》，中华书局 2013 年版。

耿振生：《明清等韵学通论》，语文出版社 1992 年版。

唐圭璋编：《词话丛编》，中华书局 1986 年版。

郭娟玉：《沈谦词学与其〈沈氏词韵〉研究》，台北：秀威资讯科技股份有限公司 2008 年版。

何九盈：《音韵丛稿》，商务印书馆 2002 年版。

江合友：《明清词谱史》，上海古籍出版社 2008 年版。

邝健行、吴淑钿编选：《香港中国古典文学研究论文选粹（1950—2000）·诗词曲篇》，江苏古籍出版社 2002 年版。

李昌集：《中国古代曲学史》，华东师范大学出版社 2007 年版。

李丹：《顺康之际广陵词坛研究》，上海古籍出版社 2009 年版。

李惠绵：《戏曲批评概念史考论》，国家出版社 2009 年版。

李佳莲：《清初苏州昆腔曲律研究：以〈寒〉〈广〉二谱与传奇作品为论述范畴》，花木兰文艺出版社 2012 年版。

李开：《汉语古音学研究》，上海人民出版社 2008 年版。

李燕青：《〈艺苑卮言〉研究》，中国文史出版社 2013 年版。

李蕴娜：《吴衡照〈莲子居词话〉研究》，中国出版集团、世界图书出版公司 2010 年版。

刘崇德校译：《新定九宫大成南北词宫谱校译》，天津古籍出版社 1998 年版。

刘崇德：《碎金词谱今译》，河北大学出版社 2004 年版。

刘梦芙编校：《近现代词话丛编》，黄山书社 2009 年版。

刘少坤：《清代词律批评理论史》，人民出版社 2015 年版。

刘永济：《宋词声律探源大纲 词论》，中华书局 2007 年版。

刘毓盘：《词史》，商务印书馆 2015 年版。

龙榆生：《唐宋词格律》（增订本），天津人民出版社 2019 年版。

龙榆生：《词曲概论》，北京出版社 2009 年版。

龙榆生：《词学十讲》，北京出版社 2011 年版。

龙榆生：《中国韵文史》，上海古籍出版社2010年版。
卢前：《词曲研究》，岳麓书社2011年版。
陆萼庭：《清代戏曲与昆剧》，中华书局2014年版。
洛地：《词乐曲唱》，人民音乐出版社1995年版。
洛地：《词体构成》，中华书局2009年版。
马大勇：《晚清民国词史稿》，华中师范大学出版社2015年版。
马兴荣：《马兴荣词学论稿》，上海古籍出版社2013年版。
木斋：《宋词体演变史》，中华书局2009年版。
甯忌浮：《汉语韵书史（明代卷）》，上海人民出版社2009年版。
〔日〕平田昌司：《文化制度和汉语史》，北京大学出版社2016年版。
秦华生：《清代戏曲文化论》，国家出版社2012年版。
屈兴国：《词话丛编二编》，浙江古籍出版社2013年版。
饶宗颐：《敦煌曲续论》，新文丰出版公司1996年版。
沙先一：《清代吴中词派研究》，人民文学出版社2004年版。
沙先一、张晖：《清词的传承与开拓》，上海古籍出版社2008年版。
邵荣芬：《集韵音系简论》，商务印书馆2011年版。
〔日〕神山志郎、刘育民：《中国戏曲音韵考》，学林出版社2014年版。
盛配：《词调词律大典》，中国华侨出版社1998年版。
施议对：《词与音乐关系研究》，中华书局2008年版。
施蛰存主编：《词籍序跋萃编》，中国社会科学出版社1994年版。
石芳：《清代考据学语境下的戏曲理论》，上海古籍出版社2017年版。
石汝杰：《明清吴语和现代方言研究》，上海辞书出版社2006年版。
〔美〕孙康宜：《词与文类研究》，李奭学译，北京大学出版社2004年版。
孙克强：《清代词学批评史论》，上海古籍出版社2008年版。
孙克强：《清代词学》，中国社会科学出版社2004年版。
孙霄兵：《汉语词律学》（第二版），华东师范大学出版社2013年版。
谭新红：《词学研究》，中国社会科学出版社2013年版。
陶然：《填词丛谈》，浙江古籍出版社2008年版。

田玉琪、陈水云、江合友：《词体声律研究与词谱编纂》，河北人民出版社 2017 年版。

田玉琪：《词调史研究》，人民出版社 2012 年版。

宛敏灏：《词学概论》，中华书局 2009 年版。

万柳：《清代词社研究》，中州古籍出版社 2011 年版。

汪超宏：《吴绮年谱》，浙江大学出版社 2011 年版。

汪超宏：《明清浙籍曲家考》，浙江大学出版社 2008 年版。

王汉民、刘奇玉：《清代戏曲史编年》，巴蜀书社 2008 年版。

王力：《清代古音学》，中华书局 2013 年版。

王易：《词曲史》，江苏文艺出版社 2008 年版。

王兆鹏：《词学史料学》，中华书局 2004 年版。

王兆鹏：《词学研究方法十讲》，北京大学出版社 2008 年版。

吴梅：《词学通论》，中华书局 2010 年版。

吴丈蜀：《词学概说》，中华书局 1983 年版。

吴志武：《〈新定九宫大成南北词宫谱〉研究》，人民音乐出版社 2017 年版。

夏承焘、吴熊和：《读词常识》，中华书局 2009 年版。

夏承焘：《夏承焘集》第二册，浙江古籍出版社、浙江教育出版社 1997 年版。

夏承焘著、吴蓓主编：《词例》，浙江古籍出版社 2018 年版。

夏敬观：《词调溯源》，台北：台湾商务印书馆 1967 年版。

谢桃坊：《词学辨》，上海古籍出版社 2007 年版。

谢桃坊：《中国词学史》，四川人民出版社 2015 年版。

严迪昌：《清词史》，江苏古籍出版社 1999 年版。

鲁国尧：《鲁国尧自选集》，大象出版社 1993 年版。

叶长海：《曲律与曲学》，学海出版社 1993 年版。

叶恭绰编：《全清词钞》，中华书局 2019 年版。

叶咏琍：《清真词韵考》，文史哲出版社 1972 年版。

游汝杰主编，戴黎刚等著：《地方戏曲音韵研究》，商务印书馆 2006 年版。

于安澜：《汉魏六朝韵谱》，河南大学出版社 2012 年版。

余意：《明代词史》，北京大学出版社2015年版。

余意：《明代词学之建构》，上海古籍出版社2009年版。

余迺永校注：《新校互注宋本广韵》，上海辞书出版社2000年版。

俞为民：《昆曲格律研究》，南京大学出版社2009年版。

俞为民、孙蓉蓉：《历代曲话汇编：新编中国古典戏曲论著集成清代编》，黄山书社2009年版。

俞为民、孙蓉蓉：《中国古代戏曲理论史通论》，中华书局2016年版。

岳淑珍：《明代词学批评史》，社会科学文献出版社2014年版。

昝圣骞：《晚清民初词体声律学研究》，社会科学文献出版社2017年版。

詹安泰著，汤擎民整理：《詹安泰词学论稿》，中山大学出版社2018年版。

张宏生：《清代词学的建构》，江苏古籍出版社1998年版。

张民权：《清代前期古音学研究》，北京广播学院出版社2002年版。

张若兰：《明代中后期词坛研究》，中国社会科学出版社2010年版。

张世彬：《中国音乐史论述稿》，友联出版社1982年版。

张世斌：《明末清初词风研究》，天津古籍出版社2008年版。

张世禄：《广韵研究》，商务印书馆1933年版。

张晓兰：《清代经学与戏曲——以清代经学家的戏曲活动和思想为中心》，上海古籍出版社2014年版。

张仲谋：《明词史》（修订本），人民文学出版社2015年版。

张仲谋：《明代词学通论》，中华书局2013年版。

张仲谋、王靖懿：《明代词学编年史》，高等教育出版社2015年版。

赵诚：《中国古代韵书》，中华书局2003年版。

郑孟津：《词曲通解》，上海古籍出版社2014年版。

中国戏曲研究院编：《中国古典戏曲论著集成》，中国戏剧出版社1959年版。

周妙中：《清代戏曲史》，中州古籍出版社1987年版。

朱崇才：《词话续编》，人民文学出版社2010年版。

朱谦之：《中国音乐文学史》，上海人民出版社2006年版。

(三) 学术论文

陈水云：《词调三分与词学转型》，《苏州大学学报》（哲学社会科学版）2013 年第 5 期。

陈水云：《康熙年间词学的辨体与尊体》，《华中师范大学学报》（人文社会科学版）1999 年第 6 期。

陈水云：《论明末清初的词坛新貌》，《河南师范大学学报》（哲学社会科学版）2011 年第 4 期。

高淑清：《〈词林正韵〉研究》，博士学位论文，吉林大学，2008 年。

龚宗杰：《明代戏曲中的词作研究》，硕士学位论文，浙江大学，2013 年。

胡元翎：《词曲统观视角下明代词曲互动研究》，《中国社会科学报》2019 年 7 月 2 日第 6 版。

花登正宏：《〈诗词通韵〉考》，《语言学论丛》第 15 辑，商务印书馆 1988 年版。

黄强：《李渔〈古今史略〉、〈尺牍初徵〉与〈一家言〉述考》，《文献》1988 年第 2 期。

黄雪晴：《〈音韵阐微〉的编撰特点——兼论康熙皇帝的文化思想》，《辞书研究》2016 年第 2 期。

江合友：《沈谦〈词韵略〉韵部形制及其词韵史意义》，《河北师范大学学报》（哲学社会科学版）2009 年第 2 期。

蒋寅：《清代词人邹祗谟行年考》，《山西大学学报》（哲学社会科学版）2007 年第 3 期。

李碧：《明代戏曲中词的变体与词曲的互动》，《文学遗产》2019 年第 6 期。

李子君：《陈铎曲韵与〈词林韵释〉》，《音韵论丛》，齐鲁书社 2004 年版。

麦耘：《〈笠翁词韵〉音系研究》，《中山大学学报》（哲学社会科学版）1987 年第 1 期。

倪博洋：《〈词韵选隽〉与乾隆时代词韵编纂思想》，《岭南学报》2021 年第 1 期。

倪博洋：《沈雄"朱敦儒拟韵说"辨伪》，《文献》2019 年第 2 期。

倪博洋：《〈文会堂词韵〉文献价值说略——〈词林韵释〉的一个明代别本》，《文献》2022 年第 2 期。

彭洁明：《明清时期的词曲之辨研究》，博士学位论文，南京大学，2012 年。

汪超：《明代戏曲中的词作初探——以毛晋〈六十种曲〉所收传奇为中心》，《中国石油大学学报》（社会科学版）2011 年第 5 期。

王琳夫：《〈钦定词谱〉编纂始末》，《文献》2022 年第 2 期。

王卫星：《浙西词派的词体正变观与宗法门径考辨》，《中国文论的学术史——古代文学理论研究》（第 43 辑），2016 年。

吴晨骅：《论〈钦定词谱〉的和声、衬字观念——兼与〈词律〉相比较》，《文学遗产》2021 年第 4 期。

吴晨骅：《〈钦定词谱〉与明末清初的词体观念研究》，博士学位论文，武汉大学，2020 年。

叶晔：《论古典小说、戏曲中的词"别是一家"》，《中国社会科学》2015 年第 11 期。

昝圣骞：《词为声学：晚清词学的基础观念》，《文学遗产》2021 年第 4 期。

张宏生：《词学反思与强势选择——马洪的历史命运与朱彝尊的尊体策略》，《文学遗产》2007 年第 4 期。

张立敏：《论博学鸿词科对王士禛的诗学影响》，《文学遗产》2019 年第 4 期。

张立敏：《论康熙博学鸿词科对毛奇龄的诗学影响》，曹虹、蒋寅、张宏生：《清代文学研究集刊》第 4 辑，人民文学出版社 2011 年版。

张晓兰：《清代的"学人之曲"及其形成》，《学习与实践》2017 年第 6 期。

张晓兰：《论清代戏曲创作的三种模式：曲人之曲、才人之曲与学人之曲》，《戏曲艺术》2011 年第 3 期。

周秦：《魏良辅与新声昆山腔》，《苏州大学学报》（哲学社会科学版）2001 年第 4 期。